CONSPIRAÇÕES
sobre
HITLER

RICHARD J. EVANS

CONSPIRAÇÕES sobre HITLER

O Terceiro Reich e a imaginação paranoica

Tradução
Renato Marques de Oliveira

CRÍTICA

Copyright © 2020, Richard Evans All rights reserved
Copyright © Editora Planeta do Brasil, 2022
Copyright da tradução © Renato Marques de Oliveira
Título original: *The Hitler Conspiracies: The Third Reich and the Paranoid Imagination*
Todos os direitos reservados.

Preparação: Karina Barbosa dos Santos
Revisão: Diego Franco Gonçales e Alessandro Thomé
Diagramação: Nine Editorial
Capa: Daniel Justi
Imagem de capa: INTERFOTO/ Alamy Stock Photo

DADOS INTERNACIONAIS DE CATALOGAÇÃO NA PUBLICAÇÃO (CIP)
ANGÉLICA ILACQUA CRB-8/7057

Evans, Richard J.
    Conspirações sobre Hitler: o Terceiro Reich e a imaginação paranoica / Richard J. Evans; tradução de Renato Marques de Oliveira. – São Paulo: Planeta do Brasil, 2022.
 272 p.: il.

ISBN 978-65-5535-708-0
Título original: The Hitler Conspiracies: The Third Reich and the Paranoid Imagination

1. Alemanha - História – 1933-1945 2. Hitler, Adolf, 1889-1945 3. Nazismo 4. Teoria da conspiração I. Título II. Oliveira, Renato Marques de

22-1395   CDD 943.086

Índice para catálogo sistemático:
1. Alemanha – História – 1933–1945

MISTO
Papel produzido a partir de fontes responsáveis
FSC® C019498

Ao escolher este livro, você está apoiando o manejo responsável das florestas do mundo

2022
Todos os direitos desta edição reservados à
Editora Planeta do Brasil Ltda.
Rua Bela Cintra 986, 4º andar – Consolação
São Paulo – SP CEP 01415-002
www.planetadelivros.com.br
faleconosco@editoraplaneta.com.br

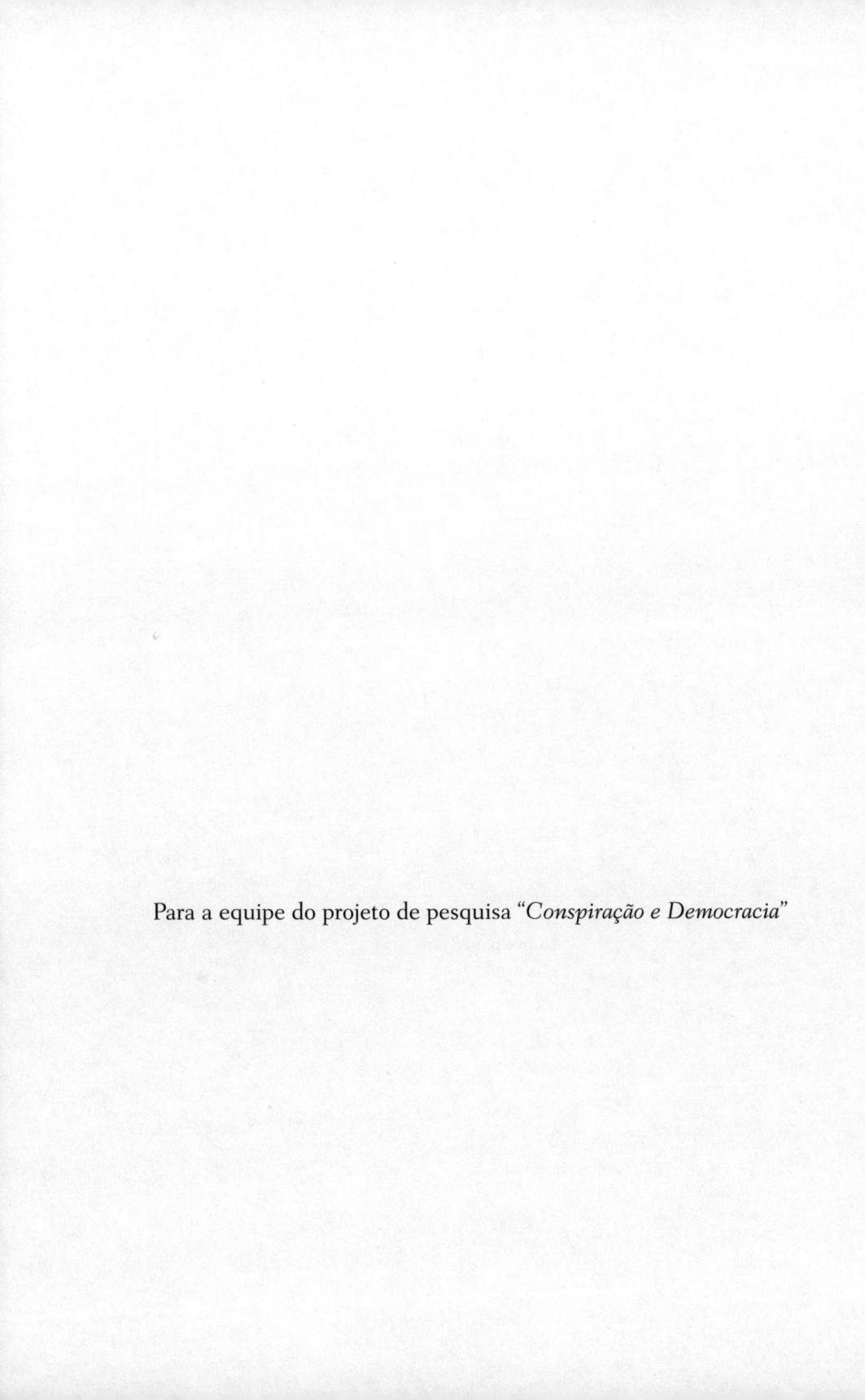

Para a equipe do projeto de pesquisa *"Conspiração e Democracia"*

SUMÁRIO

INTRODUÇÃO 9
1. OS PROTOCOLOS FORAM UMA "AUTORIZAÇÃO OFICIAL PARA O GENOCÍDIO"? 21
2. O EXÉRCITO ALEMÃO FOI "APUNHALADO PELAS COSTAS" EM 1918? 53
3. QUEM INCENDIOU O REICHSTAG? 89
4. POR QUE RUDOLF HESS VOOU PARA A GRÃ-BRETANHA? 123
5. HITLER ESCAPOU DO BUNKER? 165
CONCLUSÃO 213
AGRADECIMENTOS 219
LISTA DE ILUSTRAÇÕES E CRÉDITOS FOTOGRÁFICOS 221
NOTAS 223
ÍNDICE REMISSIVO 257

INTRODUÇÃO

A ideia de que na história nada acontece por acaso, de que nada é exatamente o que parece à primeira vista, de que tudo o que ocorre é resultado de maquinações secretas de grupos malignos de pessoas manipulando tudo nos bastidores é tão antiga quanto a história em si. Todavia, no século XXI as teorias da conspiração parecem desfrutar de um surto de popularidade, cada vez mais difundidas e alimentadas pela ascensão da internet e das mídias sociais, em decorrência do declínio da influência dos tradicionais gargalos de informação, a exemplo de editores de jornais e editoras de livros, e estimuladas pela disseminação da incerteza acerca das distinções entre verdade e inverdade, o que é sintetizado no perverso conceito de "fatos alternativos".[1]

Muitos anos atrás, o intelectual liberal estadunidense Richard Hofstadter chamou a atenção para as teorias da conspiração em seu célebre artigo *The Paranoid Style in American Politics* [O estilo paranoico na política estadunidense], publicado pela primeira vez na edição de novembro de 1964 da revista *Harper's*. Hofstadter deixou claro que não estava chamando os teóricos da conspiração de pessoas insanas ou clinicamente perturbadas. Em vez disso, escreveu: "Chamo de estilo paranoico simplesmente porque nenhuma outra palavra evoca de forma adequada a sensação de exagero veemente, desconfiança e fantasia conspiratória que tenho em mente". Logicamente, ele apontou, nada havia de novo: seria possível rastrear as origens do estilo paranoico escrevendo sobre grupos como os maçons ou os *illuminati* do século XVIII. Mas a tendência ressurgiu no século XX, sobretudo na forma do macarthismo após a Segunda Guerra Mundial. A visão distorcida do senador McCarthy sobre comunistas clandestinos infiltrados em todos os cantos da sociedade estadunidense era um exemplo clássico do estilo paranoico, imaginando um inimigo pernicioso e oculto a manipular acontecimentos a fim de minar a ordem social e política. Hofstadter continuou:

> Ao contrário do restante de nós, o inimigo não é enredado nas fainas do vasto mecanismo da história, uma vítima do próprio passado, de seus desejos, de suas limitações. Ele almeja, e de fato fabrica, o mecanismo da história, ou tenta desviar o curso normal da história de maneira maligna. Engendra crises, inicia apavoradas corridas aos bancos, causa depressões, fabrica desastres, e em seguida saboreia o sofrimento que produziu, lucra com ele. A interpretação que o paranoico faz da história é claramente pessoal: eventos decisivos não são interpretados como parte do fluxo da história, mas tidos como consequências da vontade de alguém.

A escrita paranoica exibia, Hofstadter observou, um nível surpreendentemente alto de pedantismo e pseudoerudição. "Uma das coisas impressionantes sobre a literatura paranoica", ele escreveu, "é o contraste entre suas conclusões fantasiosas e a preocupação quase comovente com a factualidade que, invariavelmente, mostra. Produz uma busca heroica por evidências para provar que o inacreditável é a única coisa em que se pode acreditar".

Desde a publicação do texto de Hofstadter, e especialmente desde a virada do século, o pressuposto que fundamentava seu ensaio – o de que o discurso público em geral e a retórica política em particular baseavam-se em um conjunto compartilhado de valores liberais que incorporam a racionalidade e rejeitam a ideia de que forças ocultas estão por trás de todos os grandes eventos políticos – parecia, na visão de muitos comentadores, ter sido ultrapassado pelos eventos. Como observou Joseph Uscinski, importante estudioso contemporâneo nesse campo, as teorias da conspiração

> tornaram-se uma marca distintiva do início do século XX. Teorias da conspiração têm dominado o discurso da elite em muitas partes do mundo e se converteram no grito de guerra de movimentos políticos de grande envergadura. [...] A internet, antes exaltada como um instrumento da democracia, vem sendo usada para manipular as massas – para obtenção

de lucro ou poder –, em que as *fake news* consistem basicamente de teorias da conspiração construídas a partir de fantasias e pura invencionice. [...] Nossa cultura está inundada de teorias da conspiração.²

Em lugar nenhum a propagação de teorias da conspiração e de "fatos alternativos" tornou-se mais óbvia do que nas hipóteses e explicações revisionistas acerca da história do Terceiro Reich, o império nazista alemão. Teorias da conspiração havia muito desacreditadas ganharam novo sopro de vida, uma nova chance para viver, respaldadas por alegações de evidências recém-descobertas e novos ângulos de investigação. No centro deste mundo de teorias da conspiração está a figura de Adolf Hitler. "Qualquer pessoa que ame uma boa teoria da conspiração terá ouvido uma quantidade considerável de coisas sobre Hitler", observou recentemente um estudante de jornalismo.³ Hitler, de fato, raramente está ausente das discussões online sobre quase tudo. Já em 1990, o advogado e escritor estadunidense Mike Godwin propôs o que se tornou conhecido como "Lei de Godwin" ou "Regra de Godwin", que diz o seguinte: "Quanto mais duradoura for uma discussão online, maior é a probabilidade de ocorrer uma referência ou comparação envolvendo Hitler ou os nazistas e, assim que ele é mencionado, a conversa geralmente (mas nem sempre) chega ao fim". Em 2012, o termo havia sido incluído até mesmo nos sagrados salões linguísticos do *Dicionário Oxford* da língua inglesa. As comparações com Hitler estão por toda parte, sobretudo, claro, no mundo da política, no qual é quase *de rigueur* comparar ao ditador nazista qualquer pessoa que alguém desaprove, de Donald Trump para baixo. Por que Hitler? Nas palavras de Alec Ryrie, em sua história do ateísmo e do agnosticismo:

> A figura moral mais potente da cultura ocidental é Adolf Hitler. Elogiá-lo é tão monstruoso quanto outrora teria sido difamar Jesus. Ele se tornou o ponto de referência permanente pelo qual definimos o mal [...]. O nazismo, praticamente sozinho em nossa cultura relativista, é um padrão absoluto: um ponto em que termina a discussão, porque se é bom ou mau não está em debate [...]. O nazismo cruzou a barreira que separa acontecimentos históricos de verdades atemporais.⁴

Um aspecto-chave das teorias da conspiração costuma ser uma forte tendência a dividir o mundo em bem e mal, e quem poderia ser mais maligno do que Hitler?

Contudo, essas considerações exigem certo grau de qualificação. Na prática, as crenças descritas por Ryrie não são totalmente universais. Há algumas pessoas que, apesar de tudo o que se sabe sobre Hitler, conservam forte admiração pelo líder nazista, e provavelmente essas pessoas são mais do que propensas a corroborar teorias da conspiração, inclusive a negação do Holocausto (que envolve acreditar que a verdade sobre o Holocausto – a de que ele não aconteceu – foi sistematicamente abafada pelos acadêmicos e jornalistas de todo o mundo desde a década de 1940, como resultado de uma conspiração das elites judaicas). Outros conspiracionistas, como veremos (numa gama que varia daqueles que acreditam que o mundo foi – e continua a ser – visitado por alienígenas do espaço sideral àqueles que têm a convicção de que a história humana desde sempre foi regida por forças ocultas e sobrenaturais), buscam envolver Hitler em suas teorias de modo a lhes conferir interesse para os não crentes, ou para reforçar suas alegações, associando-as a esta que é a mais notória das figuras históricas. A gritante oposição entre o bem e o mal que alguns postularam como característica das teorias da conspiração acaba sendo mais complexa e ambivalente do que parece à primeira vista.

As teorias da conspiração, como esses exemplos começam a sugerir, não são todas idênticas. Os estudiosos do gênero dividiram essas teorias em diferentes tipos. Existem duas variantes principais. Em primeiro lugar, há a *teoria da conspiração sistêmica*, em que uma única organização conspiratória realiza uma ampla variedade de atividades com o objetivo de assumir o controle de um país, uma região, ou mesmo do mundo inteiro. Com frequência, de acordo com a teoria, a conspiração é incubada por muito tempo, até mesmo séculos, e se espalha por uma área geográfica bastante ampla, em alguns casos por quase todo o globo terrestre, propagada e perpetuada por alguma espécie de organização universal como os *illuminati*, os maçons ou os comunistas, ou um grupo racial como os judeus. Em seguida há a *teoria da conspiração por trás de um evento*, em que um grupo organizado secreto está por trás de um único acontecimento, a exemplo do assassinato de John F. Kennedy, presidente dos Estados Unidos, ou o primeiro pouso do homem na Lua. Nesse caso, as conspirações imaginadas são geralmente de curto prazo, tramadas apenas com alguns meses ou semanas ou, no máximo, alguns anos de antecedência. Na mente de alguns conspiracionistas, os dois tipos de conspirações podem estar ligados – isto é, uma *conspiração por trás de um evento* pode ser considerada uma expressão de uma *conspiração sistêmica*, mas esse não é necessariamente o caso.[5] O fato importante é que ambos os tipos de teoria da conspiração imaginam uma mão oculta por trás de eventos históricos (e, em muitos casos, reais e concretos). Comum a ambos é também a ideia de que aquilo que os teóricos da conspiração descrevem como a versão "oficial" ou, em outras palavras, a versão geralmente aceita de um processo, evento ou de uma série de acontecimentos é falsa. De fato, o próprio uso do termo "oficial" implica que os governos de Estados ou as poderosas elites coagiram ou enganaram historiadores, acadêmicos, jornalistas e outros contando histórias destinadas a esconder a verdade, com o intuito de manter o *status quo* e se perpetuar no poder. Isso, por sua vez, fornece aos teóricos da conspiração a garantia de que eles, e somente eles, são os donos exclusivos da verdade real.

Existem conspirações reais, é claro, e nem toda teoria da conspiração está errada. O exemplo óbvio é o Watergate, quando o presidente dos Estados Unidos Richard M. Nixon, candidato do Partido Republicano nas eleições presidenciais de 1972, organizou o arrombamento da sede de campanha de seu rival, o Partido Democrata, no hotel Watergate, em Washington, D.C., com o objetivo de encontrar documentos comprometedores ou sigilosos. Ao longo dos séculos houve inúmeras outras conspirações genuínas. O que todas elas têm em comum é, em primeiro lugar, o fato de envolverem um número muito pequeno de pessoas. Uma conspiração deve necessariamente ser realizada em segredo, caso contrário será descoberta e impedida por aqueles que constituem seu alvo. Portanto, quanto mais pessoas estiverem envolvidas, maior é o perigo de a conspiração ser traída e dar errado. Em segundo lugar, todas as teorias da conspiração, em maior ou menor grau, têm prazo de validade. Isso porque têm em mente um objeto específico e chegam ao fim quando o alcançam, ou (na maioria dos casos) são descobertas antes de conseguirem chegar tão longe. Por outro lado, nem tudo que foi chamado de teoria da conspiração envolveu alegações de uma trama. Uma teoria da conspiração não é a mesma coisa que um exemplo de *fake news*, a distorção ou manipulação da verdade, ou a postulação de "fatos alternativos" para explicar ou minimizar algum tipo de acontecimento. Uma teoria da conspiração genuína deve pressupor um grupo de pessoas tramando em segredo para levar a cabo uma ação ilícita. O grupo deve almejar um resultado específico para suas ações, visão correspondente à crença central dos teóricos da conspiração de que nenhum evento importante na história acontece por acaso, é produto da coincidência ou realizado por um "lobo solitário" que age de forma independente.

Na Alemanha nazista, o vasto aparato estatal de propaganda controlado por Joseph Goebbels bombardeou imensas quantidades de *"fake news"* – ou, em outras palavras, mentiras –, e Hitler, de modo consistente, tentou ludibriar pessoas dentro e fora da Alemanha acerca de suas reais intenções, garantindo à Grã-Bretanha, à França e a outros países europeus que tinha propósitos pacíficos, mesmo quando se rearmava e realizava atos de agressão internacional. Mas apenas uma pequena parte dessa produção enganosa envolvia teorias da conspiração; tampouco a ocultação da verdade por parte de Hitler e Goebbels sobre o que os nazistas estavam fazendo equivale a uma conspiração. Ao contrário de Stálin, que via conspirações por toda parte ao seu redor e lançou uma longa série de expurgos e julgamentos públicos encenados* para punir muitos de seus subordinados com base em alegações fantasiosas de conspiração contra o regime soviético, Hitler não era propriamente um teórico da conspiração. Se Stálin abriu caminho até o topo da hierarquia soviética lutando contra políticos que eram, pelo menos de início, mais conhecidos e mais estimados do que ele, e por isso no fim das contas julgou que tinha que acabar com qualquer possibilidade de seus rivais se voltarem contra ele, Hitler foi desde o início levado ao topo do poder por seus subordinados imediatos, e por isso permaneceu leal a eles quase até o fim. Verdade seja dita, na "Noite das facas longas" ou "Noite dos longos punhais", em 1934, ele ordenou o assassinato dos líderes das tropas de assalto** e de uma série de conservadores políticos pelos quais nutria rancor, mas sua oposição tinha sido pública, não arquitetada nos bastidores. As próprias ações de Hitler, preparadas em sigilo e executadas sem aviso prévio, carregavam muitas das marcas de uma conspiração, mas a alegação do Führer de que Ernst Röhm e os defensores de uma "segunda revolução" tentaram um golpe de Estado após a tomada do poder pelos nazistas no ano anterior estava um pouco distante de incorporar uma teoria da conspiração, pois tudo o que Röhm disse e fez, ele disse e fez abertamente.

Claro que houve uma conspiração verdadeira para derrubar Hitler, preparada em segredo por um grupo de oficiais do exército e seus colegas durante a guerra e culminando na malograda tentativa de matá-lo com uma bomba plantada por Claus von Stauffenberg em 20 de julho de 1944. Em meio a uma série de acasos, Hitler sobreviveu; os conspiradores cometeram suicídio, foram fuzilados ou presos, julgados e executados. Em seu discurso pelo rádio após o fracasso do atentado a bomba, Hitler atribuiu a tentativa de tirar sua vida a "uma camarilha muito pequena de oficiais ambiciosos, desprovidos de consciência e ao mesmo tempo criminosamente

---

* Nesse "teatro judicial", o veredicto era determinado de forma antecipada, e os direitos de defesa, reduzidos a uma mera formalidade. Os tribunais de Stálin eram transmitidos por rádio para toda a União Soviética, para servir de exemplo e amedrontar o povo. [N. T.]
** A *Sturmabteilung* (Batalhão Tempestade, Destacamento Tempestade ou Seção de Assalto, SA) foi a milícia paramilitar nazista durante o período em que o nacional-socialismo exerceu o poder na Alemanha. O líder dessas tropas era Ernst Röhm, capitão do exército, notório por seu senso de organização e sua capacidade de comando. [N. T.]

estúpidos". A investigação policial que se seguiu tomou como ponto de partida o pressuposto de que um número reduzidíssimo de pessoas estava envolvido no complô. Em outras palavras, tratou-se de uma conspiração clássica, de organização bastante coesa. Os participantes eram exclusivamente homens militares. Seus objetivos eram reacionários de cabo a rabo. Contudo, embora os nazistas tenham continuado a adotar essa linha de argumentação, repetindo-a incansavelmente em seus pronunciamentos públicos sobre o atentado, e insistindo nessa mesma versão ao selecionar os conspiradores a serem julgados, as investigações realizadas a portas fechadas pela Gestapo *[a polícia secreta nazista]* revelou a participação, em maior ou menor grau, de um número muito maior de pessoas, incluindo civis, militares e políticos de esquerda e centro, bem como da direita conservadora. Em vez de ver a trama como uma conspiração clássica, faz mais sentido entendê-la como um conjunto de redes sobrepostas, algumas mais decisivas do que outras. Decerto não há dúvida de que Stauffenberg e seus colegas oficiais que efetivamente prepararam e tentaram concretizar tanto a tentativa de assassinato como o golpe militar planejado estavam bem no centro dessas redes, mas havia muito mais indivíduos ocupando uma variedade de posições mais distantes – por exemplo, os homens com os quais os conspiradores imaginavam formar um governo civil após a morte de Hitler. Diplomatas, advogados, industriais, proprietários de terras, sindicalistas, social-democratas, teólogos, altos funcionários públicos e muitos outros estiveram envolvidos de uma forma ou de outra. No fim, é claro, apenas os militares no centro do conluio estavam em posição para colocar o plano em prática, mas vê-lo exclusivamente como uma operação militar seria subestimar sua amplitude e profundidade. O que unia os conspiradores, no entanto, era o fato de quase todos eles serem pessoas acima de qualquer suspeita; só poderiam ter sido bem-sucedidos em sua missão por não estarem submetidos à estreita vigilância da Gestapo, como era o caso dos reais ou potenciais oponentes do regime – e mesmo assim, a conspiração havia se tornado tão grande que, quando a bomba foi colocada no quartel-general de Hitler, vários de seus membros já haviam sido presos e a Gestapo estava fechando o cerco sobre muitos outros.[6] Havia outros movimentos clandestinos de oposição, por exemplo, a rede soviética de espiões "Orquestra Vermelha", mas que não eram conspirações no sentido clássico do termo, uma vez que não estavam a serviço de um objetivo único e definível. A trama do atentado a bomba de 1944 permaneceu mais ou menos singular, um raríssimo caso em que Hitler efetivamente acusou pessoas de estarem envolvidas em uma conspiração contra ele.

No entanto, teorias da conspiração não eram totalmente estranhas ao mundo dos nazistas. Historiadores identificaram algumas que a seu ver influenciaram Hitler, outras tantas de que o Führer foi o mentor, e algumas em que o Führer se envolveu ativamente. Este livro, entretanto, não trata de conspirações reais.[7] Seu objeto de interesse é o modo como a imaginação paranoica se concentrou em Hitler e nos nazistas. Examinam-se aqui cinco supostas conspirações, e cada uma delas até agora tem sido tratada de forma isolada, tanto por historiadores sérios como por teóricos da conspiração de um tipo ou outro. Ao examiná-las através das mesmas lentes de obras gerais recentes sobre teorias da conspiração, é possível vê-las sob uma luz diferente e revelar alguns dos aspectos talvez surpreendentes que elas têm em comum. A primeira delas é a notória fraude antissemita *Os protocolos dos sábios de Sião*: onde se originou esse tratado? Por que foi distribuído de maneira tão ampla? E foi realmente uma "autorização oficial para o genocídio", propiciando o impulso que levou Hitler a iniciar o Holocausto? Esse texto configura um clássico exemplo dos perigos de se permitir que teorias da conspiração se proliferem e se disseminem pelo mundo? Que tipo de teoria da conspiração esse texto materializa? À primeira vista, *Os protocolos* parecem se encaixar perfeitamente na categoria de *teorias da conspiração sistêmicas* e, certamente, o conteúdo do documento era vago e genérico ao extremo. *Os protocolos* costumam ser vistos como o mais importante texto de conspiração antissemita, suscitando a questão de até que ponto o próprio antissemitismo é em si uma teoria da conspiração. Ademais, *Os protocolos* apontam para outra questão, muitas vezes negligenciada: em que medida e de que forma o antissemitismo era e é diferente de outros tipos de racismo. Examiná-los à luz dos debates atuais sobre teorias da conspiração pode fornecer algumas respostas a essas perguntas.

O Capítulo 2 examina a lenda da "punhalada pelas costas", teoria que aponta que a derrota da Alemanha na Primeira Guerra Mundial foi o resultado de uma conspiração para minar as Forças Armadas alemãs por meio da preparação e efetivação de uma revolução no *front* doméstico. Ao contrário de *Os protocolos*, essa lenda pode ser entendida como um exemplo de *teoria da conspiração por trás de um evento*, embora ainda seja relativamente vaga e genérica em alguns aspectos decisivos. Existem três versões. Primeiro, havia a afirmação muito genérica de que a Alemanha perdeu a guerra devido a uma situação cada vez mais desesperada de desabastecimento, levando à escassez de munições na frente de batalha e de alimentos e necessidades domésticas básicas. Isso, por sua vez, causou uma crise na vontade de lutar e uma quebra do entusiasmo inicial pela guerra, expressas no crescente apoio à ideia da transigência e de uma "paz de entendimento". Um colapso no estado de ânimo em âmbito doméstico apunhalou pelas costas as Forças Armadas e tornou impossível que os soldados continuassem a lutar contra um inimigo que dispunha de melhores recursos. Em segundo lugar, havia a alegação mais específica de que os socialistas minaram o moral das tropas ao fomentar o descontentamento na Alemanha e depois nas próprias Forças Armadas, a fim de ocasionar a revolução democrática que derrubou o cáiser em 9 de novembro de 1918 e, assim, acabou com o que poderia ter sido uma possibilidade real de a Alemanha continuar lutando. Em terceiro e último lugar, na ultradireita do espectro político, o socialismo e a revolução eram vistos como expressões da subversão judaica, o que trouxe à tona a seguinte questão: em que medida Hitler e o Partido Nazista, em sua ascensão ao poder no rescaldo da Primeira Guerra Mundial, usaram a lenda da punhalada pelas costas como uma arma de propaganda e, em termos mais amplos, até que ponto a lenda foi um fator que levou milhões de alemães a votarem nos nazistas nos anos finais da República de Weimar? De maneira perturbadora, a lenda da punhalada pelas costas, pelo menos em suas formas mais brandas, passou recentemente por uma espécie de ressurreição, e esse capítulo indaga se as novas alegações sobre a derrota da Alemanha em novembro de 1918 resistem a um escrutínio mais detalhado.

O Capítulo 3 revisita o incêndio do Reichstag, o parlamento nacional alemão, em 27 e 28 de fevereiro de 1933, algumas semanas após a nomeação de Hitler para chanceler do Reich. O incêndio criminoso foi o pretexto para que o governo de Hitler decretasse a suspensão das liberdades civis, marcando o primeiro e crucial passo para a criação da ditadura nazista. A afirmação do próprio líder nazista de que o incêndio foi provocado pelos comunistas como o primeiro estágio de um golpe de Estado caiu facilmente em descrédito. Era uma teoria da conspiração que nem mesmo os juízes do Terceiro Reich eram capazes de confirmar. Ficou claro, porém, quem se beneficiou com o incêndio. Os comunistas foram rápidos em reiterar que se tratava de uma ação deliberadamente arquitetada com antecedência e executada pelos próprios nazistas como uma operação de "ataque de bandeira falsa", um pretexto para introduzir a base semilegal de uma ditadura, legitimando a captura de milhares de comunistas e sua prisão nos recém-inaugurados campos de concentração. Aqui, portanto, estamos diante de um evento que formou o tema de duas teorias da conspiração diametralmente opostas. Ao contrário da teoria dos nazistas, a versão comunista foi revivida repetidamente, apesar das evidências detalhadas apresentadas desde a década de 1960 que mostravam que o incêndio havia sido obra de um único incendiário esquerdista, o jovem holandês Marinus van der Lubbe. Nos últimos anos, na verdade, essa *teoria da conspiração por trás de um evento* foi ressuscitada. Até que ponto são plausíveis esses novos argumentos, e há alguma nova evidência que seja convincente para corroborar a teoria? E em que medida eles resistem a avaliações críticas quando examinados no contexto mais amplo de nossa compreensão sobre teorias da conspiração e como elas funcionam?

Debates também giraram em torno do voo repentino e não anunciado de Rudolf Hess, vice-líder do Partido Nazista, para a Escócia em 10 de maio de 1941. A ampla literatura sobre esse tema, grande parte dela recente, apresentou várias teorias e levou muitos historiadores a considerar o voo de Hess como um mistério sem solução. Hess levava consigo uma oferta de Hitler para firmar um acordo de paz em separado? Foi incentivado a fazer isso por um grupo significativo de políticos britânicos, e havia outra conspiração de Churchill e seu Gabinete de Guerra em Whitehall [centro administrativo e sede do governo britânico] para rejeitar a proposta de paz e esconder a verdade sobre o voo? Ou estava em curso uma conspiração criada pelos serviços de segurança e inteligência britânicos, a fim de atrair Hess para a Grã-Bretanha e, em caso afirmativo, qual era o objetivo dessa trama? Muitos anos depois, em 1987, quando Hess foi encontrado morto em sua cela de prisão em Spandau, teria sido esse o resultado derradeiro da conspiração britânica para abafar as verdades inconvenientes que o ex-líder nazista estava prestes a revelar? Claramente, trata-se de outra *teoria da conspiração por trás de um evento*, mas até que ponto são convincentes as evidências apresentadas para respaldá-la?

Por fim, o livro indaga por que os persistentes rumores da fuga de Hitler do bunker em Berlim em 1945, para viver seus últimos dias na Argentina, tornaram-se mais difundidos na mídia nos últimos anos. Onde se originaram? São, de alguma forma, convincentes? E por que se recusaram a morrer em face de tantas tentativas de desmenti-los e desaboná-los? Como as outras teorias da conspiração examinadas neste livro, as alegações de que Hitler ainda estava vivo na década de 1950, e mesmo depois, passaram por um ressurgimento na mídia. De todas as *teorias da conspiração por trás de um evento* examinadas neste livro, essa é sem dúvida a mais desvairada e fantástica: suas transformações na era da internet e das mídias sociais têm muito a nos dizer sobre como as teorias da conspiração funcionam e, em especial, sobre que tipo de pessoa as propaga e acredita nelas.

Este é um livro sobre fantasias e ficções, fabulações e falsificações. A exploração consciente de mitos e mentiras para um propósito político não é meramente uma criação do século XXI. Algumas das pessoas que encamparam teorias da conspiração sobre Hitler, sobre os judeus ou sobre o Partido Nazista claramente acreditavam no que diziam. De maneira igualmente clara, outros manipularam histórias que sabiam serem falsas. De tempos em tempos, distorceram cinicamente os fatos ou inventaram mentiras deslavadas para fins políticos. Por vezes, limitaram-se a fomentar declarações sensacionalistas a fim de encher os próprios bolsos. Em alguns casos, afirmaram que, no fim das contas, não importava se suas afirmações eram verdadeiras ou falsas; o importante era que, mesmo se fossem inequivocamente baseadas em evidências forjadas ou falsificadas (como no caso de *Os protocolos*), revelavam uma verdade subjacente e, portanto, eram verdadeiras em algum sentido mais amplo do que o meramente empírico. Uma afirmação como essa traz à baila questões profundas sobre a natureza da própria verdade, estabelecendo um desafio que as pessoas que acreditam na elucidação cuidadosa e imparcial das evidências, a fim de chegar a conclusões convincentes e sustentáveis, muitas vezes demoram a enfrentar. Este é um livro de história, mas é um livro de história para a era da "pós-verdade" e dos "fatos alternativos", um livro para nossos próprios e atribulados tempos.

1

OS PROTOCOLOS FORAM UMA "AUTORIZAÇÃO OFICIAL PARA O GENOCÍDIO"?

I

O breve opúsculo *Os protocolos dos sábios de Sião*,* publicado pela primeira vez no início do século XX, talvez seja uma das obras mais famigeradas de todos os tempos. "Ainda hoje", de acordo com Michael Butter, importante estudioso de teorias da conspiração, continua sendo "o texto mais importante sobre a conspiração judaica mundial", porque "ajudou a criar uma atmosfera que culminaria, ao fim e ao cabo, no genocídio dos judeus europeus".[1] Em sua clássica obra de 1967 sobre as origens e a influência do tratado, Norman Cohn argumentou que *Os protocolos* forneceram a ostensiva justificativa para o extermínio dos judeus pelos nazistas: para citar o título do livro de Cohn, constituíram uma "autorização oficial para o genocídio". Na perspectiva de Cohn, o documento era "a suprema expressão e o veículo do mito da conspiração judaica mundial". O texto "apoderou-se da mente de Hitler e se tornou a ideologia de seus seguidores mais fanáticos na Alemanha e no exterior – e assim ajudou a preparar o caminho para o quase extermínio dos judeus europeus".[2] De maneira semelhante, um estudo mais recente de *Os protocolos*, por Alex Grobman, intitula-se *License to Murder* [Licença para assassinar].[3] Robert Wistrich, o mais conceituado historiador

---

* A edição usada aqui como referência é *Os protocolos dos sábios de Sião*. Texto completo e apostilado por Gustavo Barroso. São Paulo: Agência Minerva, 1936. [N. T.]

do antissemitismo, também identificou uma linha de causalidade entre *Os protocolos* e o Holocausto. A importância do tratado também foi reiterada pela filósofa Hannah Arendt. Em seu influente livro *Origens do totalitarismo*, publicado em 1951, Arendt descreveu *Os protocolos* como o principal texto do nazismo, e chegou a chamar Hitler de "estudante" ou "pupilo" do tratado.[4] Essa visão remonta ao tempo de Hitler, quando Alexander Stein, um menchevique de origem báltico-germânica, em um livro intitulado *Adolf Hitler, Schüler der "Weisen von Zion"* [Adolf Hitler, aluno dos "sábios do Sião"],[5] descreveu *Os protocolos* como "a Bíblia do nacional-socialismo". Hitler, asseverou o historiador judeu-alemão Walter Laqueur, percebeu o enorme potencial de propaganda das ideias básicas de *Os protocolos*. E se refere à presença delas em *Minha luta (Mein Kampf)*: "Muita coisa que ele [Hitler] diz em sua obra-prima é baseada nesse livro".[6] "*Os protocolos*", afirmou outro historiador, "tornaram-se um elemento essencial no pensamento conspiratório de Hitler".[7] Klaus Fischer detalhou esse ponto de vista em seu livro *Nazi Germany: A New History* [Alemanha nazista: uma nova história]. Hitler, ele argumenta,

> acreditava na existência de uma conspiração judaica mundial, conforme prevista em *Os protocolos dos sábios de Sião*. Em sua exaustiva pesquisa sobre as maquinações secretas dos judeus ao longo dos tempos, Hitler revelou que acreditava fervorosamente em uma visão conspiratória da história, que afirma que os judeus são as verdadeiras forças causais por trás dos eventos [...]. Assim, todo evento destrutivo é desmascarado pela mente paranoica de Hitler como fruto dos planos e intrigas de um judeu conspirador.[8]

Como consequência, Fischer acrescenta, Hitler pensava estar realizando uma ação de importância histórica e mundial quando deu início ao extermínio dos judeus da Europa durante a Segunda Guerra Mundial. A essa altura, *Os protocolos* haviam se tornado, de acordo com o psicólogo social Jovan Byford, "a pedra angular da propaganda nazista".[9] *Os protocolos* tinham a reputação de um documento tão importante que o escritor Umberto Eco dedicou seu último romance, *O cemitério de Praga*, a um relato fictício sobre sua origem e composição: o penúltimo capítulo do romance é intitulado "A solução final", ecoando o eufemismo nazista da "solução final do problema judaico na Europa" para se referir ao Holocausto.[10] O historiador Wolfgang Wippermann, em um estudo sobre teorias da conspiração publicado em 2007, descreveu *Os protocolos* como "a mais célebre e, até os dias atuais, a mais eficaz de todas as teorias da conspiração", uma "imensa influência" cujos "entusiásticos leitores" incluíam, entre muitos outros, o líder nazista Adolf Hitler.[11] A estudiosa acadêmica Svetlana Boym afirmou que *Os protocolos* "inspiraram e justificaram *pogroms* e massacres étnicos na Rússia e na Ucrânia e as políticas nazistas de extermínio".[12] Acerca do documento, Stephen Bronner declarou que Hitler "procurou implementar suas implicações práticas".[13] Já se afirmou que "Hitler usou *Os protocolos* como manual em sua guerra para exterminar os judeus".[14]

Diante dessa visão generalizada de que os *Protocolos* constituíram a mais preponderante de todas as afirmações da teoria de que os judeus estavam envolvidos em uma conspiração mundial para subverter a sociedade e destruir suas instituições, teoria que levou diretamente ao Holocausto, sobretudo por sua influência sobre Adolf Hitler, não surpreende que muitas pesquisas sobre o tratado tenham sido realizadas por historiadores e estudiosos especialistas em análise textual. Além disso, hoje dispomos de uma documentação muito mais completa acerca dos pontos de vista de Hitler em relação ao que estava disponível quando Cohn escreveu, tanto diretamente, por meio de edições das obras de Hitler, como indiretamente, por meio de novas publicações, a exemplo dos diários de Goebbels. Tudo isso nos leva a questionar se Hitler era realmente um seguidor de *Os protocolos*. Essa obra é de fato a mais perigosa e influente de todas as teorias da conspiração? Para responder a essas perguntas, precisamos voltar ao início e examinar o conteúdo dos próprios *Protocolos*. Quem compilou o texto, como e com que propósito? Em muitos aspectos, as respostas para essas questões revelam-se um tanto surpreendentes.

I I

O documento geralmente conhecido como *Os protocolos dos sábios de Sião* traz, na realidade, o título "Dos relatórios dos 'homens sábios de Sião' sobre as reuniões realizadas no âmbito do Primeiro Congresso Sionista na Basileia em 1897" – a palavra "protocolos" significa essencialmente, aqui, "minutas". O congresso foi um evento real, mas, como o documento implica, também ensejou a ocasião para alguns encontros bastante secretos nos bastidores. O sionismo, neste estágio inicial de sua história, era um movimento pequeno e incipiente, quase desconhecido até mesmo nos círculos judaicos. Mesmo na década de 1920, ainda não era amplamente conhecido pelo público em geral. Seu objetivo era estimular os judeus a se reinstalarem na Palestina, à época um feudo do Império Otomano. Para a maioria dos leitores, o "Primeiro Congresso Sionista" poderia facilmente parecer uma assembleia geral da comunidade judaica mundial, embora tal coisa não existisse de fato.[15]

As "minutas" registram ao todo 24 sessões, resumidas em uma longa série de parágrafos muito curtos. Por toda parte, lê-se no início do texto, as pessoas más superam em número as pessoas boas, e a força e o dinheiro governam o mundo. "Nós" (isto é, os judeus) controlamos o dinheiro do mundo e, portanto, comandamos o mundo. Quem tem poder é quem manda, e o domínio sobre as massas ignorantes só pode ser exercido sem restrições morais. O terror e a trapaça são nossos métodos, e, a fim de obter o poder, destruiremos os privilégios da nobreza e os substituiremos pelas regras de nossos próprios banqueiros e intelectuais. Nosso controle sobre a imprensa nos permitirá minar as crenças que asseguram a estabilidade social; de fato, já fomos bem-sucedidos na propagação das nocivas doutrinas de Marx, Darwin e Nietzsche. De maneira semelhante, nossos jornais e panfletos dividem a sociedade, semeando a discórdia, solapando a confiança no governo ao aliciar as massas para movimentos subversivos, como o anarquismo, o comunismo e o socialismo. Ao mesmo tempo, ao fomentar uma perniciosa luta econômica de todos contra todos no livre mercado, estamos desviando a atenção dos gentios para longe dos verdadeiros senhores da economia, ou seja, nós mesmos. Exerceremos nossa influência para destruir a indústria criando nossos próprios monopólios, encorajando gastos excessivos e especulação insensata, e causando inflação. Criaremos uma corrida armamentista e provocaremos guerras destrutivas. No fim, os gentios estarão empobrecidos e prontos para ser controlados.[16]

O sufrágio universal levará as massas ao poder, continuam as supostas minutas, e nós, os judeus, controlamos as massas. "Os gentios são um rebanho de ovelhas, e nós, os judeus, os lobos." Minamos a ordem moral ao disseminar publicações imorais. Na hora marcada, nós nos insurgiremos em revolução no mundo todo, e executaremos impiedosamente todos os que estiverem em nosso caminho. Quando tivermos alcançado o poder, censuraremos a imprensa e as editoras com tanta severidade que nenhuma crítica será possível. A consciência das pessoas sobre as realidades da situação será entorpecida pelos esportes de massa, pelo entretenimento e pela provisão de bordéis. Não permitiremos nenhuma religião, exceto o judaísmo. Todos os maçons não judeus serão executados, e estabelecimentos maçônicos judaicos se espalharão por todo o globo. Os antigos juízes serão substituídos por outros, mais jovens, que estiverem dispostos a se submeter ao domínio dos mais fortes. O ensino de direito, de ciência política, de todas as disciplinas humanísticas será extinto das universidades. "Apagaremos da memória da humanidade todos os fatos históricos que nos incomodam, e deixaremos apenas aqueles que lançarem uma luz particularmente desfavorável sobre os erros dos governos não judaicos." A educação se concentrará em habilidades práticas. Os professores serão forçados a fazer propaganda para nós. Os advogados deixarão de ser independentes e terão que servir aos interesses de nosso Estado. O Papa será substituído por um novo rei judeu. Os impostos sobre a propriedade serão elevados gradualmente. A especulação se tornará impossível. O desemprego e o alcoolismo desaparecerão, visto que a moderna indústria de produção em massa será restringida e a produção artesanal em pequena escala, reinstalada.[17]

Desconexo, caótico e desarticulado, o documento está longe de ser um exemplo de retórica antissemita demagógica. É expresso em linguagem abstrata, é extremamente repetitivo e repleto de contradições, sobretudo, talvez, nas constantes referências à maçonaria, nos títulos e subtítulos das subseções, ainda que muitas vezes não haja menção à maçonaria no corpo do texto. Em algumas partes do documento, fala-se de uma revolução mundial geral, em outras, o documento insiste no pressuposto de que a revolução ocorrerá apenas em um único Estado. Entre as excentricidades do texto está a afirmação de que os judeus encheriam de explosivos as ferrovias subterrâneas que na época estavam sendo construídas em muitas das maiores cidades do mundo e mandariam tudo pelos ares caso se sentissem ameaçados ou em perigo.[18] A distopia que os judeus supostamente criariam tão logo alcançassem o poder supremo é, de muitas maneiras, estranhamente positiva: quem, por exemplo, poderia se opor a um mundo sem desemprego ou um mundo onde o alcoolismo foi abolido?[19]

É perceptível que muitas das ideias centrais da ideologia antissemita estão ausentes do documento. Alegações tradicionais do antissemitismo religioso – por exemplo, a de que os judeus mataram Cristo, profanavam o cibório [cálice das hóstias da comunhão], envenenavam poços e praticavam rituais de assassinato de meninos cristãos – são notáveis por sua ausência.[20] Tampouco encontramos no documento imagens racistas e antissemitas modernas; em lugar nenhum os "sábios anciões de Sião" mencionam, por exemplo, as características raciais dos judeus, como o autor antissemita do tratado poderia tê-las imaginado, ou condenam as supostas marcas de identificação de outras raças, ou exibem um desejo de subverter a ordem social por meio da miscigenação racial (uma das obsessões mais potentes de Hitler). Como Stephen Bronner observou, "o documento carece dos fundamentos primitivos biológicos e pseudocientíficos tão admirados por fanáticos mais modernos como Adolf Hitler".[21] O contexto da composição de

Os protocolos na virada do século XIX para o XX é indicado principalmente por sua obsessão com os ensinamentos das universidades, a irresponsabilidade da imprensa e as manipulações do mundo financeiro.[22] De resto, o discurso sobre uma corrida armamentista, o restabelecimento do sistema de produção doméstica, o advento do sufrágio em massa e da democracia política ou a ameaça do anarquismo apontam para a sua origem uma década e meia antes da eclosão da Primeira Guerra Mundial. Também não há, obviamente, nenhuma menção ao comunismo ou ao bolchevismo, cuja identificação como parte de uma imaginária conspiração judaica mundial tornou-se um elemento central nas fantasias antissemitas dos anos posteriores às revoluções europeias de 1917–18. Em seu estranho amálgama de ideias muitas vezes bizarras e suas numerosas omissões, o documento não representava nem o antissemitismo tradicional nem o moderno: era muito *sui generis*.

De *Os protocolos* é possível extrair alguns princípios gerais, não sem dificuldade em alguns casos: (1) a ideia de que havia, e há, um grupo organizado de "sábios anciões" judeus conspirando em escala global para ocasionar o enfraquecimento sistemático da sociedade e substituí-la por uma ditadura judaica; (2) que isso está sendo alcançado pela proliferação de ideologias divisivas, a saber, liberalismo, republicanismo, socialismo e anarquismo; (3) que esses judeus organizados controlam a imprensa e a economia e estão usando seu poderio para empobrecer a sociedade e minar seus valores essenciais; (4) que abaixo da superfície da vida cotidiana, instituições políticas e estruturas econômicas tais como as percebemos, reside um poder maligno oculto; (5) que aquilo que julgamos progressista e democrático, seja a extensão do direito ao voto ou a disseminação de instituições liberais, é na verdade apenas outra tática da conspiração judaica mundial para impor seu poder ao mundo não judaico; (6) que as guerras são causadas não pelo choque de objetivos e crenças entre diferentes países, porém, mais uma vez, pelas maquinações dos "sábios anciões de Sião"; (7) e, por fim, de maneira implícita, que antagonismos aparentemente arraigados, por exemplo, entre socialistas e capitalistas, também são causados por uma conspiração judaica que visa minar a sociedade não judaica colocando-a em desavença contra si mesma.[23] Esses princípios, no entanto, não são exclusivos de *Os protocolos* nem originados por eles; já existiam no início do século XX, e o que *Os protocolos* propiciaram foi uma aparente confirmação de sua exatidão de dentro da própria suposta conspiração.

Na superfície, trata-se de um texto que segue os moldes clássicos das teorias da conspiração, prometendo ao leitor que aceitar suas premissas uma revelação de verdades escondidas da vasta maioria das pessoas, incluindo cientistas, estudiosos acadêmicos, governos e políticos: estimula a autoestima dos crédulos, compartilhando com eles o entendimento secreto que o mundo do "conhecimento oficial" e os milhões por ele enganados não possuem; e fornece uma chave para a compreensão de acontecimentos e processos complexos aparentemente incompreensíveis, desde guerras e revoluções até quebras de bolsas de valores e crises econômicas, ligando todos esses eventos por meio de uma explicação grandiosa e paranoica: eles todos podem se resumir às atividades de um único conjunto organizado e coeso de indivíduos malignos.[24] É enganoso, no entanto, pintar um retrato de Os protocolos como o documento que "assinala a linha divisória entre o antijudaísmo da Idade Média e do início da Era Moderna e o antissemitismo moderno", no qual "o foco está agora menos nos judeus como inimigos religiosos dos cristãos; em vez disso, eram vistos através das lentes da teoria racial como uma raça específica de pessoas com atributos próprios".[25] Pelo contrário, embora tenham sido, sem dúvida, usados como "prova" das características raciais judaicas por antissemitas após a Primeira Guerra Mundial, Os protocolos em si não foram de fato influenciados de modo algum pela teoria racial: evidência, talvez, de como quase nunca eram lidos com atenção, mas simplesmente citados em apoio às convicções que eles próprios não representam.

O que pôs Os protocolos em ampla circulação foi, acima de tudo, sua pretensão de fornecer evidências autênticas de que a conspiração judaica mundial emanava de um centro organizacional da própria comunidade judaica internacional. E, no entanto, Os protocolos nada tinham de autênticos. Ao longo dos anos, pesquisadores acadêmicos dispenderam uma grande quantidade de tempo e energia para rastrear as origens do texto. Agora está claro que a ideia de uma conspiração subversiva para minar a ordem social e política teve início na esteira da Revolução Francesa de 1789. Oito anos após a Revolução, e cinco anos após o Terror, um jesuíta francês, o abade Barruel, em uma extensa obra em cinco volumes sobre o jacobinismo, atribuiu a eclosão da Revolução e a execução de Luís XIV às maquinações de pensadores iluministas e sociedades secretas, especialmente os *philosophes*, os *illuminati* e os maçons da Baviera, influenciados pela tradição mais antiga dos Templários.[26] Claro, os *illuminati* e os maçons, apesar de todas as suas ambições de transformar a sociedade, eram muito menos influentes do que Barruel alegava, e os Templários haviam sido destruídos de forma definitiva na Idade Média e desde então não ressurgiram. O que movia Barruel era o ímpeto de procurar culpados pela extinção da ordem dos jesuítas pelos regimes iluministas em diversos países no final do século XVIII, e pelo programa de secularização da Revolução, seu confisco de terras da Igreja e destruição de igrejas. Seu trabalho foi acompanhado por um tratado similar, de autoria do matemático escocês John Robison, *Proofs of a Conspiracy against all the Religions and Governments of Europe, carried on in the Secret Meetings of Free-Masons, Illuminati and Reading Societies* [Provas de uma conspiração contra todas as religiões e governos da Europa, tramadas nas reuniões secretas de maçons, *illuminati* e sociedades de leitura] (1798).[27]

Nenhum dos autores mencionou os judeus, mas em 20 de agosto de 1806 Barruel recebeu uma carta de um oficial do exército piemontês chamado Giovanni Battista Simonini, que lhe disse que na realidade os judeus estavam por trás de todas essas conspirações e, tendo recebido igualdade de direitos civis pela Revolução na França, e por Napoleão em todas as terras por ele conquistadas, estavam planejando dominar o mundo. A teoria da conspiração ganhou credibilidade quando, em 1806, Napoleão convocou uma assembleia de rabinos e estudiosos judeus na França com o objetivo de garantir o apoio da comunidade judaica. Ao chamar o encontro de "o Grande Sinédrio", nome da suprema corte judaica no mundo antigo, o imperador incutiu em alguns de seus oponentes ultraconservadores a ideia de que um pseudogoverno judeu havia existido em segredo ao longo dos séculos e estava exercendo uma influência maligna sobre a humanidade no presente. Barruel, no entanto, se deixou levar apenas em parte por esses argumentos, e até sua morte em 1820 permaneceu convencido de que a principal culpa pela eclosão da Revolução recaía sobre os maçons. Talvez os judeus tivessem exercido alguma influência sobre eles, mas a seu ver a chave para a compreensão da Revolução era o fato de que os maçons operavam um intrincado sistema de estabelecimentos e uma secreta estrutura paralela de interconexões que, no seu entender, os judeus não tinham. Com efeito, Barruel decidiu não publicar a carta de Simonini, nem qualquer outro texto dela derivado, pois temia que pudesse provocar massacres de judeus, e o documento permaneceu inédito até 1878. Tão logo foi publicada, a carta desfrutou de vida própria e foi reimpressa em vários opúsculos antissemitas nos primeiros anos do século XX.[28]

Ao longo do século XIX, diversos escritores reacionários articularam preconceitos antissemitas em sua rejeição da proposta, propagada pela Revolução, promulgada por Napoleão e defendida por reformadores liberais de uma ponta à outra do continente, de que a minoria religiosa judaica passasse a ter direitos civis plenos e iguais aos dos cristãos. Para os proponentes de uma restauração da ordem pré-revolucionária, a Europa e todos os seus

Estados e nações constituintes deveriam se fundamentar nos princípios de um cristianismo renovado e vigilante, a fim de evitar a desordem, a guerra e a dissolução da sociedade. Para eles foi muito fácil passar do argumento de que a emancipação dos judeus, a única comunidade não cristã de peso significativo na maior parte da Europa, minaria a hegemonia desses princípios à declaração de que os judeus estavam empenhados em uma campanha deliberada para alcançar esse objetivo.

Não causou surpresa, portanto, que essas teorias tenham ressurgido novamente na esteira de uma nova eclosão de revoluções que assolaram o continente em 1848-49, maré revolucionária que alguns comentaristas ultraconservadores, sobretudo na Alemanha, mais uma vez atribuíram às maquinações dos maçons — embora sem justificativas maiores do que havia ficado evidente nas alegações de Simonini. Uma das principais leis promulgadas por praticamente todos os governos revolucionários em 1848-49, a maior parte deles de vida breve, foi, afinal, a emancipação dos judeus. Duas décadas após a eclosão da revolução, foi publicado um romance intitulado *Biarritz*, apresentando essa hostilidade na forma de uma teoria da conspiração. O nome do autor que constava na capa era "*Sir* John Retcliffe"; porém, ao contrário do que parecia, ele não era inglês, mas alemão: Herrmann Goedsche, escrevendo sob pseudônimo. Autor de uma série de romances de tremendo sucesso, todos de teor romântico ao estilo de *Sir* Walter Scott, Goedsche também atuara a serviço da polícia política prussiana, tendo trabalhado no correio para falsificar cartas que incriminavam os democratas alemães — pego em flagrante e julgado em 1849, teve que abandonar essa atividade. Depois disso, trabalhou como jornalista para o periódico ultraconservador *Kreuzzeitung*.

Cerca de quarenta páginas do romance *Biarritz* descrevem uma cena no cemitério de Praga, onde, uma vez a cada século, os representantes das doze tribos de Israel se reúnem com um representante da diáspora para tramar a dominação do mundo. Entre os meios escolhidos estão levar a aristocracia à falência, provocar revoluções, assumir o controle das bolsas de valores, abolir as leis que impediam o lucro excessivo e antiético, dominar a imprensa, levar os países à guerra, estimular a indústria e empobrecer os trabalhadores, disseminar o livre-pensamento e minar a Igreja, emancipar os judeus (que à época ainda não desfrutavam de plenos direitos civis em muitas partes da Europa) e muito mais. Numa interpretação distorcida e negativa, Goedsche apresentou praticamente na íntegra o programa do liberalismo alemão de meados do século como a expressão de um conluio judaico para destruir o Estado e a sociedade.[29]

A cena do cemitério, que deve muito a uma passagem do romance *Joseph Balsamo*, de Alexandre Dumas, pai, em que o conspirador Alessandro Cagliostro e seus cúmplices tramam jogar em descrédito a rainha Maria Antonieta no "caso do colar de diamantes", era uma invenção típica da ficção gótica. Entre outras coisas, descreve como os treze participantes, envergando túnicas brancas esvoaçantes, aproximam-se de um túmulo e, um por um, ajoelham-se em frente à sepultura: assim que o último dos treze se ajoelha, uma chama azul bruxuleia de repente, iluminando a cena, e ouve-se uma voz abafada: "Eu os saúdo, chefes das doze tribos de Israel", ao que todos entoam em resposta: "Nós o saudamos, ó filho do amaldiçoado". Há ainda outros exemplos de disparates góticos desse naipe. É difícil imaginar que alguém levasse isso a sério, e muito menos que visse isso como uma descrição fidedigna de acontecimentos reais.

Mas a passagem ganhou vida própria, completamente separada do restante do romance. Essa bizarra transformação começou na Rússia, em 1872, quando o trecho foi impresso como um panfleto com uma observação afirmando que, embora se tratasse de ficção, era baseado em fatos (característica de muitas teorias da conspiração, que com frequência omitem a distinção entre fato e ficção, alegando que, no final, não importa se os pormenores de uma narrativa são falsos, contanto que expressem uma verdade fundamental subjacente). Outras edições do panfleto apareceram na Rússia nos anos seguintes, e em 1881 o texto foi publicado em francês, os vários discursos agora fundidos em uma única exposição oral, supostamente proferida no cemitério por um rabino-chefe; a fonte foi identificada como o livro de um diplomata inglês, "*Sir* John Readclif". *O discurso do rabino*, como era conhecido, foi reimpresso por antissemitas em diversos idiomas, inclusive em russo. Na Alemanha, o livro foi publicado pelo propagandista antissemita radical Theodor Fritsch em seu *Handbuch der Judenfrage*, o *Manual da questão judaica*. Tornou-se um componente padrão na imaginação paranoica de antissemitas em toda a Europa.[30]

Muito antes de Fritsch produzir sua enciclopédia, a ideia de uma conspiração judaica mundial, inspirada por Satanás e propagada por instituições da maçonaria, tornara-se uma arma padrão no arsenal do antissemitismo francês, entre outros. Nas décadas de 1870 e 1880, após a derrota da França para a Prússia e a queda de Napoleão III, a nova Terceira República desferiu um resoluto ataque aos privilégios da Igreja Católica Romana, que em larga medida ainda era monarquista em suas relações. Maçons, seculares e republicanos (embora, em poucos casos, judeus), eram vigorosos defensores da nova ordem política liberal, e autores ultraconservadores ligados ao clero lançaram uma série de publicações condenando a República como a criatura de uma conspiração de judeus e maçons, assim como, em sua imaginação febril, a Revolução de 1789 tinha sido. Alguns, de fato, passaram a alegar que existia um governo judaico secreto de âmbito mundial manipulando não somente os republicanos franceses, mas também governos e políticos em todo o planeta, por meio do controle das finanças internacionais e dos órgãos de imprensa. No mundo político real, essas alegações encontraram uma válvula de escape na atmosfera fervorosamente católica e ferozmente antissemita do "Caso Dreyfus", durante a década de 1890, quando o oficial do exército judeu Alfred Dreyfus foi condenado injustamente por uma suposta atuação como espião para os alemães.[31]

Foi na Rússia, no entanto, que as ideias incluídas em *Os protocolos* encontraram sua síntese definitiva. Os cerca de cinco milhões de judeus da Rússia estavam sujeitos a inúmeras restrições legais, incluindo a obrigação de viver em uma área no lado oeste dos domínios do tsar, conhecida como Distrito de Residência. Quando vários judeus, irritados com essas restrições, engrossaram as fileiras do crescente movimento revolucionário, os partidários da autocracia tsarista e a Igreja Ortodoxa responderam desencadeando uma violenta e extrema onda de antissemitismo. Foi nessa atmosfera de crescente tensão política que *Os protocolos* vieram a domínio público. O documento foi publicado pela primeira vez, embora sem a seção final, no outono de 1903, em um jornal editado por Pavel Aleksandrovich Krushevan, destacado antissemita que havia pouco organizara um massacre em Kishinev,* em sua província natal da Bessarábia, episódio no qual 45 judeus foram mortos e mais de mil casas e lojas de judeus, destruídas.[32] Em 1905, uma versão revisada foi publicada por Sergei Nilus, pequeno proprietário de terras e ex-funcionário público que culpava os judeus pelo fracasso de sua propriedade. Antissemita mais por motivações religiosas do que racistas, e obcecado com as visões do vindouro Apocalipse, Nilus conseguiu uma distribuição mais ampla do documento, aprimorou a qualidade da linguagem e adicionou material, criando uma falsa ligação entre *Os protocolos* e o Congresso Sionista da Basileia. Porções significativas do texto assumiram características de *O discurso do rabino*, apresentadas em nova roupagem e novo contexto.[33]

Mas isso não constituía a parte principal do texto. Ao apresentá-lo ao público, Krushevan mencionou que o documento era pelo menos em parte traduzido do francês e, de fato, amplas seções foram retiradas de um

---

* Hoje, Chisinau, capital e maior cidade da Moldávia. [N. T.]

tratado publicado em 1864 por um escritor francês, Maurice Joly.* Era tudo menos um documento antissemita. Tratava-se, na verdade, de um ataque da esquerda ao regime manipulador e ditatorial do imperador Napoleão III, desferido na forma de um diálogo imaginário entre Montesquieu, que fala a favor do liberalismo, e Maquiavel, que expõe muitas das justificativas cínicas para a ditadura encontradas em *Os protocolos* e que Joly atribuiu ao imperador Napoleão III. Como era de se esperar, são sobretudo os argumentos maquiavélicos que figuram com destaque no opúsculo antissemita, transmutados em justificativas para os métodos e objetivos políticos da suposta conspiração judaica mundial.[34] O mais provável é que, em 1902, *Os protocolos* tenham sido efetivamente elaborados no sul da Rússia (a língua usada nas primeiras edições traz fortes traços de ucraniano). O compilador desconhecido juntou partes de *O discurso do rabino* e da sátira de Joly (fornecida por antissemitas franceses a um conhecido em meados da década de 1890 e traduzida para o russo) com uma mistura das supostas decisões do Congresso Sionista da Basileia para formar o texto final de *Os protocolos*.[35] As origens híbridas do tratado também foram reveladas por sua obsessão pelas questões financeiras, em especial o padrão-ouro, que apresentava uma versão distorcida de algumas das diretrizes políticas que Sergei Yulievitch Witte, ministro das Finanças russo, estava tentando introduzir a fim de modernizar a economia russa, duramente combatida pelos elementos conservadores entre as elites do país.

Em sua forma final, portanto, os *Protocolos* eram uma colagem feita às pressas, um misto de fontes francesas e russas, e sua natureza confusa e caótica atesta o desmazelo e a incompetência com que as partes foram compiladas.[36] A hipótese de Cohn de que o documento já existia na íntegra, em francês, em 1897 ou 1898, não tem fundamento no registro documental: a montagem final foi sem dúvida realizada na Rússia. Infelizmente, ainda não está claro exatamente quem produziu essa versão final: embora Pavel Krushevan possa muito bem ter desempenhado um papel relevante no que diz respeito a enfeixar o texto, não há nenhuma evidência concreta para respaldar essa suspeita, e a identidade do compilador continua a ser, pelo menos por enquanto, um mistério.[37]

O antissemitismo russo encontrou expressão prática em primeiro lugar nas contrarrevolucionárias "centúrias negras", violentas gangues armadas que, após a malograda Revolução de 1905, perambulavam pelo país

---

* Ed. bras: *Diálogo no inferno entre Maquiavel e Montesquieu: ou a política de Maquiavel no século XIX, por um contemporâneo*. Trad. Nilson Moulin. São Paulo: Editora Unesp, 2009. [N. T.]

assassinando judeus, a quem identificavam como os agentes malignos da insurreição. A violência antissemita ressurgiu na esteira da Revolução de 1917, sobretudo no movimento contrarrevolucionário "branco" contra os bolcheviques, que chegaram ao poder em 1917 e aprisionaram e depois assassinaram o tsar Nicolau II, juntamente com sua família. À medida que a guerra civil se alastrava pela Rússia no outono de 1918, dois oficiais "brancos", Piotr Nikolaievich Schabelski-Bork e Fiódor Viktorovich Vinberg, ambos antissemitas fanáticos, escaparam para o oeste a bordo de um trem providenciado pelos alemães, que estavam evacuando as áreas ocupadas na Ucrânia durante a Primeira Guerra Mundial até o armistício de 11 de novembro. Chegando quando a própria Alemanha estava sob as torturas da revolução, após a abdicação forçada do cáiser, os dois homens não perderam tempo em divulgar sua visão de que tanto a revolução russa quanto a alemã, bem como a própria Guerra Mundial, eram obra dos "sábios anciões de Sião". Levaram consigo uma cópia de *Os protocolos* e, na terceira edição de seu anuário *Luch Sveta* ("Raio de luz"), imprimiram o texto completo do documento, na versão de Nilus de 1911.[38]

Também deram uma cópia a um homem chamado Ludwig Müller von Hausen, fundador de uma obscura organização de ultradireita que iniciou suas atividades na Alemanha pouco antes da guerra, a "Associação Contra a Presunção dos Judeus". Subsidiado por um grupo de mecenas aristocráticos, incluindo muito provavelmente membros da família real alemã deposta, o panfleto foi traduzido para o alemão e publicado por Müller von Hausen em janeiro de 1920. Na violenta atmosfera pós-revolucionária daquele tempo, quando o antigo *establishment* imperial e muitos de seus apoiadores e beneficiários de classe média estavam enfurecidos contra a revolução alemã e a República Democrática de Weimar fundada em seu rastro, o tratado fez sucesso instantâneo nos círculos da extrema direita. O texto foi reimpresso cinco vezes antes do final de 1920 e em poucos meses vendeu mais de 120 mil exemplares. Em 1933, somava 33 edições, muitas delas aprimoradas com apêndices e ilustrações de lavra recente.[39] "Com a publicação em alemão de *Os protocolos dos sábios de Sião*, a teoria da conspiração tornou-se um dos mais importantes elementos da propaganda étnico-chauvinista alemã", concluiu Volker Ullrich, o mais recente biógrafo de Hitler.[40] Para os antissemitas da extrema direita, a derrota da Alemanha em 1918, a queda do regime do cáiser e a chegada da democracia na República de Weimar eram, todas, provas da exatidão de *Os protocolos*. Os judeus haviam triunfado, e, portanto, já não precisavam manter o documento em segredo, como supostamente tinham feito até então.[41]

Um dos primeiros a ler o livro em alemão foi o general Erich Ludendorff, que, com efeito, havia sido o líder militar da Alemanha durante a última parte da Primeira Guerra Mundial, desempenhando um papel importante em uma série de tentativas violentas, mas malsucedidas, de derrubar a República de Weimar, incluindo o *Putsch* de Kapp de 1920,[*] quando Berlim foi brevemente ocupada por um golpe militar de ultradireita, e o "*Putsch* da cervejaria", encabeçado por Adolf Hitler e seu incipiente Partido Nazista em Munique em 1923. Quando obteve uma cópia, Ludendorff já havia escrito seu relato da guerra, mas ainda conseguiu inserir uma nota de rodapé adicional recomendando *Os protocolos* a seus leitores e declarando que, à luz das revelações do documento, a história moderna e, sobretudo, a história contemporânea, precisariam ser completamente reescritas. Ludendorff foi adiante, observando que *Os protocolos* "têm sido fortemente atacados pela oposição e caracterizados como imprecisos em termos históricos". Mas isso realmente não importava. O fato é que Ludendorff já tinha formulado seus pontos de vista, e *Os protocolos*, ao fim e ao cabo, não exerceram grande influência sobre eles.[42]

No entanto, nos primeiros anos da República de Weimar, o documento claramente influenciou um grupo secreto de jovens conspiradores extremistas de ultradireita conhecido como *Organização Cônsul*. O grupo foi responsável, entre outras coisas, pelo assassinato de Walther Rathenau, rico empresário, intelectual e político alemão que fora uma figura-chave na gestão da economia durante a guerra. Em 1922, Rathenau foi nomeado ministro das Relações Exteriores. Rapidamente concluiu um tratado com a União Soviética, no qual a Alemanha e a Rússia, os dois párias da ordem internacional, renunciavam a suas reivindicações territoriais e financeiras mútuas. Foi um importante passo para trazer a Alemanha de volta à arena diplomática. Contudo, para a extrema direita, firmar qualquer tipo de acordo com os bolcheviques era um ato de traição, e mais grave ainda era renunciar a todas as pretensões em território soviético. Para a *Organização Cônsul*, em particular, o acordo era produto da conspiração judaica internacional descrita em *Os protocolos*. Pois Rathenau era judeu e, em 1909, fora incauto o suficiente para se queixar, em um artigo de jornal, de que "trezentos homens, todos os quais se conhecem mutuamente, guiam os destinos econômicos do continente e apontam seus sucessores entre seus próprios seguidores".

---

[*] O Putsch de Kapp (*Kapp-Putsch*) foi uma tentativa de golpe de Estado no início da República de Weimar, entre 13 e 17 de março de 1920, conduzido pelo político nacionalista Wolfgang Kapp e pelo general Walther von Lüttwitz, comandante do maior grupo do *Reichswehr*. O episódio é muitas vezes referido como *Putsch Kapp-Lüttwitz*. [N. T.]

Rathenau defendia uma ampliação das elites econômicas da Alemanha, França e outros países europeus, e não fez nenhuma menção a judeus em qualquer parte do artigo, mas para os jovens fanáticos da *Organização Cônsul*, incentivados por Ludendorff, a afirmação só poderia ter um significado: Rathenau, como alegou Ernst Techow, um dos membros da organização, "era um dos trezentos sábios anciões de Sião, cujo propósito e objetivo era submeter o mundo inteiro à influência judaica, como o exemplo da Rússia bolchevique já mostrou". Questionado pelo juiz no julgamento dos assassinos, Techow afirmou ter retirado a ideia dos "trezentos sábios anciãos" de "um panfleto", ou seja, *Os protocolos*, e em sua súmula o juiz chamou a atenção da corte e da imprensa para "aquela calúnia vulgar, *Os protocolos dos sábios de Sião*", que "semeia entre as mentes confusas e imaturas o desejo de matar".[43]

Os protocolos não exerceram impacto sobre esses jovens assassinos em um vácuo ideológico. Afinal, já antes da guerra o pensamento da ultradireita na Alemanha estava impregnado de uma inebriante mistura de ideias derivadas do monarquista francês Artur de Gobineau, que em meados do século XIX inventou o conceito de uma "raça ariana superior"; o conceito do darwinismo social da história como uma luta entre as raças para a "sobrevivência dos mais aptos"; e a identificação do socialismo como o produto de uma conspiração judaica para destruir a civilização europeia. Essas ideias foram propagadas em uma série de publicações, a principal delas *Foundations of the Nineteenth Century* [Alicerces do século XIX] (1899), de autoria do genro do compositor antissemita Richard Wagner, o antissemita ainda mais veemente Houston Stewart Chamberlain. Obras semelhantes, como o *Manual da questão judaica,* de Theodor Fritsch (1907), ou *Das Gesetz des Nomadenthums und die heutige Judenherrschaft* [A lei dos nômades e a dominação judaica hoje] (1887), também apresentaram a alegação de que os judeus eram a força oculta por trás de muitos acontecimentos e tendências que seus autores consideravam malignos.[44] Os jornais, revistas, tratados e panfletos nacionalistas de ultradireita propagaram a ideia dos judeus como uma influência oculta por trás de tudo que odiavam na vida moderna, desde o feminismo e o socialismo até a música atonal e a arte abstrata, muito antes da Primeira Guerra Mundial.[45] Na esteira da derrota da Alemanha na Primeira Grande Guerra, e na febril atmosfera de revolução e contrarrevolução que se seguiu, o antissemitismo tornou-se uma parte central da ideologia de extrema direita.

Na Baviera pós-revolucionária em especial, a massa de minúsculos grupos políticos contrarrevolucionários lançou fulminantes ataques contra os judeus, gente que, a seu ver, instigava a subversão revolucionária e se empenhava em lucrar com a guerra. Essa propaganda, é claro, exagerava de maneira grosseira o papel dos judeus, tanto nos partidos socialistas e comunistas como no mundo dos bancos e das altas finanças. A óbvia objeção a essas alegações, a saber, a de que capitalistas e comunistas dedicavam boa parte de seu tempo e energia digladiando-se, era recebida com a resposta paranoica de que isso apenas comprovava como os judeus estavam agindo nas sombras, manipulando fantoches e rachando a sociedade por trás das cortinas. Foi nesse ambiente, e não diretamente de *Os protocolos*, que Hitler adquiriu as crenças antissemitas que seriam tão centrais em sua mundividência.[46]

A primeira menção que Hitler fez a *Os protocolos* foi em notas que ele compilou para uma reunião realizada em 12 de agosto de 1921; e o relatório sobre um discurso que ele proferiu na cidade de Rosenheim, no sul da Baviera, em 19 de agosto de 1921, observou que "Hitler demonstra, a partir do livro *Os sábios de Sião*, elaborado no Congresso Sionista da Basileia em 1897, que estabelecer seu próprio jugo, por qualquer meio possível, sempre foi e sempre será o objetivo dos semitas".[47] No entanto, a biblioteca privada de Hitler, que no fim chegou a ter mais de 16 mil volumes, não continha um único exemplar de *Os protocolos*. Mesmo se contivesse, não seria prova de que o Führer leu o documento; claramente, quase todos os volumes de sua coleção jamais foram sequer folheados. Como muitas pessoas, Hitler ouviu sobre *Os protocolos* indiretamente. Deixando de lado a probabilidade de Hitler ter sido informado do conteúdo do texto, ou pelo menos de sua importância, por meio de conversas com os amigos, em especial seu primeiro mentor, Dietrich Eckart, após o fim da Primeira Guerra Mundial o veículo parece ter sido uma série de artigos de jornal escritos por pena de aluguel para o fabricante norte-americano de motores Henry Ford e publicados em 1920 em uma edição encadernada sob o título *The International Jew: The World's Foremost Problem* [O judeu internacional: o problema capital do mundo], traduzida para o alemão em 1922. Um exemplar foi incluído na biblioteca de Hitler. Uma grande porção do livro, começando no capítulo 10, é dedicada a uma exposição de *Os protocolos*, exemplificada com copiosas citações do texto.[48] Foi a partir desse livro que Joseph Goebbels, mais tarde ministro da Propaganda de Hitler, também travou conhecimento sobre *Os protocolos* em 1924, o que o levou a buscar o documento real a fim de obter uma compreensão adequada do que definiu como "a questão judaica".[49]

Em 1923, enquanto a hiperinflação destruía a vida econômica e a estabilidade social na Alemanha, Hitler se referiu a *Os protocolos* em seus discursos. Entre outras coisas, declarou: "De acordo com os Protocolos sionistas, a intenção é fazer com que as massas se submetam pela fome a uma segunda revolução [depois daquela de 1918] sob a estrela de Davi".⁵⁰ Pouco tempo depois disso, Hitler tentou tomar o poder em Munique com um violento golpe armado e foi preso, julgado e condenado por um indulgente juiz nacionalista a passar um breve período de "confinamento em uma fortaleza". Hitler usou esse lazer forçado para escrever seu longo tratado político e autobiográfico *Mein Kampf* (*Minha luta*), e aqui, também, fez referência a *Os protocolos*.

III

No entanto, a essa altura já se tornara público e notório que *Os protocolos* eram uma falsificação flagrante.⁵¹ Em 13 de julho de 1921, Philip Graves, correspondente de Istambul do jornal *The Times*, informou com entusiasmo a seu editor em Londres, Henry Wickham Steed: "Uma descoberta muito curiosa foi feita por um russo (ortodoxo) aqui [...]. É que *Os protocolos dos sábios* são em grande medida o plágio de um livro publicado em Genebra [...] [em] 1864. O livro é uma série de diálogos entre Montesquieu e Maquiavel [...]. Muitas das semelhanças são extraordinárias". Graves forneceu uma série de exemplos de trechos desse livro plagiados pelo autor de *Os protocolos*. "Há <u>inúmeras</u> outras similaridades: em muitas passagens, *Os protocolos* são uma mera paráfrase. A mim me parece que aqui há elementos de furo jornalístico", disse ele a Steed.⁵² Um dia antes, continuou Graves, o russo que havia feito a descoberta, Mikhail Mikhailovich Raslovlev, que era parente por afinidade do correspondente do *The Times* em São Petersburgo, entrara em contato com ele e se ofereceu para lhe vender o exemplar do livro de Joly, originalmente publicado em Genebra. De acordo com o relato de Graves, "o sr. Raslovlev obteve o Livro de Genebra de um ex-coronel russo da Okhrana [polícia secreta tsarista] que não deu importância à obra". O próprio Raslovlev era antissemita ("A seu ver, o perigo judeu reside no materialismo dos judeus, e não em seu idealismo revolucionário", escreveu Graves), e pertencia a um grupo de monarquistas russos exilados pela Revolução Bolchevique em 1917. Ele estava numa maré de azar e precisava de dinheiro, depois de ter perdido seus bens e propriedades para os bolcheviques.

No entanto, o dinheiro não era sua única motivação, do contrário teria oferecido o livro a algum comprador judeu, que sem dúvida pagaria mais pela obra. "Eu não gostaria de dar nenhum tipo de arma aos judeus", disse ele a Graves, "de quem nunca fui amigo especial. Guardei por muito tempo o segredo da minha descoberta (pois é de fato uma descoberta!) na esperança de usá-la algum dia, mais cedo ou mais tarde, como prova de imparcialidade do grupo político a que pertenço. E é apenas uma necessidade muito urgente de dinheiro que me persuadiu agora a mudar de ideia". Ele não queria vender o livro de imediato: por acreditar que a guerra civil e a fome generalizada que assolavam a Rússia logo dariam fim ao regime bolchevique, Raslovlev pediu apenas um empréstimo de 300 libras, reembolsáveis após cinco anos; em troca, o *The Times* teria direitos exclusivos sobre o material até que o dinheiro fosse reembolsado. Rapidamente elaborou-se um contrato, assinado em 1º de agosto de 1921. "Acredito que possa ser um furo muito grande para o *The Times*", disse Graves ao seu editor estrangeiro em Londres, "por isso tomei a providência acima mencionada para <u>ter controle sobre a pessoa que fez a descoberta</u>". Caso contrário, havia o perigo de Raslovlev tentar vender o segredo para outra pessoa, ou de que o plágio fosse descoberto de maneira independente. Graves concordou, no entanto, em manter o anonimato da identidade de seu informante, a fim de proteger os parentes de Raslovlev que permaneceram na Rússia.[53]

Sua decisão de revelar o documento foi motivada sobretudo pelo fato de que, um ano antes, jornais de Londres, incluindo o *Morning Post* e o *Illustrated Sunday Herald*, apresentaram uma tradução para o inglês de *Os protocolos*, o que despertou o interesse no mundo político e angariou comentários favoráveis de ninguém menos que Winston Churchill, entre muitos outros. Houve pressão por parte de alguns parlamentares britânicos conservadores para a abertura de um inquérito oficial sobre a conspiração judaica supostamente desmascarada pelo documento. Sob a batuta de seu editor, o ultraconservador H. A. Gwynne, um tóri da linha mais tradicionalista, o *Morning Post* era à época fortemente antibolchevique e tinha muitos contatos na extrema direita, em especial com exilados tsaristas. A denúncia de *Os protocolos* pelo *The Times*, portanto, seria um duro golpe à credibilidade do jornal rival.[54] Porém, mesmo antes disso, o autor alemão Otto Friedrich, em um livro intitulado *Die Weisen von Zion: Das Buch von Fälschungen* (*Os sábios de Sião: o livro das falsificações*), publicado em 1920, havia chamado a atenção para as semelhanças entre *Os protocolos* e *O discurso do rabino*.[55] Outro jornalista, Lucien Wolf, em 1921, também apontou que *Os protocolos* eram plagiados de *O discurso do rabino*.[56] No mesmo ano, nos Estados Unidos, Herman Bernstein, ativista e jornalista judeu nascido na Rússia, publicou uma denúncia parecida.[57] As provas de que se tratava de uma falsificação se acumularam a todo vapor. Mas o desmascaramento por parte de Raslovlev de que *Os protocolos* se compunham de um extenso plágio do texto de Joly era inteiramente novo e constituiu uma revelação muito mais devastadora.

Graves rapidamente escreveu três artigos para o *The Times*. "Creio que a publicação deva ocorrer o mais rápido possível", disse ele a seu editor de assuntos internacionais na Inglaterra. No entanto, não era uma tarefa fácil. Ele precisava entregar os artigos e livros aos cuidados de um britânico de confiança que estivesse de partida de Constantinopla para a Inglaterra. "O problema", disse ele a seu editor de assuntos internacionais em 25 julho de 1921, "é que as pessoas que neste momento estão viajando são indivíduos a quem [sic] sei que são sujeitos descuidados, que podem perfeitamente fazer duas ou três paradas ao longo do caminho *pour faire la noce** em Veneza ou Paris e aumentar os riscos de perda". Por fim, ele encontrou um "mensageiro de confiança que partirá no Expresso do Oriente [...]. Ele não fará nenhuma parada na rota, como pretendia, e entregará um pacote ao editor de assuntos internacionais na mesma noite de sua chegada". A viagem no luxuoso trem levou cinco dias. O Departamento de Relações Exteriores do jornal *The Times* anotou devidamente em 9 de agosto de 1921 que "O pacote secreto de Constantinopla chegou por mensageiro especial esta noite". Os artigos de Graves foram publicados nos dias 16, 17 e 18 de agosto de 1921 e logo reimpressos na forma de panfleto; a procura foi tão grande que foi necessária uma nova reimpressão de 5 mil cópias em 22 de agosto. Rapidamente foram negociados os direitos para traduções em outras línguas junto a jornais e editoras da Europa continental. Somente em Paris o agente que representava o *The Times* se deparou com uma recusa e fracassou. "O tema, de uma forma ou de outra, não parece ser de interesse para eles – os franceses são um bocado esquisitos!", escreveu ele.[58]

A acusação de embuste apareceu em detalhes na Alemanha em 1924 e recebeu ampla divulgação.[59] Hitler certamente deve ter lido sobre as denúncias na imprensa alemã. Mas o desmascaramento não o deteve. O fato de que os judeus detestavam *Os protocolos dos sábios de Sião*, declarou Hitler, fomentava alegações de que eram

> baseados em uma "falsificação", o que constitui a prova mais segura de que são genuínos. O que muitos judeus fazem talvez de maneira inconsciente está aqui desvendado às claras. Mas é isso que importa. É absolutamente indiferente qual cérebro judeu tenha produzido essas revelações. O que importa é que elas revelam, com confiabilidade realmente terrível, a natureza e a atividade do povo judeu, e as expõem em sua lógica interna e suas finalidades. Todavia, é a realidade que fornece

---

* "Para farrear", "para fazer farra", em francês. [N. T.]

o melhor comentário. Qualquer um que examinar o desdobramento histórico dos últimos cem anos sob o prisma deste livro compreenderá de imediato por que a imprensa judaica faz tanto alvoroço.[60]

Esta foi, no entanto, a única referência que Hitler fez ao documento nas muitas centenas de páginas de *Mein Kampf*.

Da mesma forma, Joseph Goebbels, dois dias depois de ter decidido informar-se acerca do conteúdo do documento, confidenciou a seu diário:

> Creio que *Os protocolos dos sábios de Sião* são uma falsificação. Não porque a cosmovisão das aspirações judaicas expressas nessa obra seja por demais utópica ou fantástica – vê-se hoje como, um após o outro, os fatos apontados pelos *Protocolos* estão se concretizando –, mas porque a meu juízo os judeus não são tão completamente estúpidos a ponto de não manter em segredo protocolos tão importantes. Acredito na verdade interior, mas não factual, de *Os protocolos*.[61]

Muito mais entusiasmado com *Os protocolos* estava o autoproclamado filósofo e ideólogo nazista Alfred Rosenberg, um alemão báltico que havia fugido da Revolução na Rússia e estava convencido de que havia uma conspiração judaica mundial por trás da Revolução Bolchevique. Ele via maquinações dos judeus por toda parte e, ao chegar à Alemanha, produziu a toque de caixa uma torrente aparentemente interminável de panfletos e tratados de teor antissemita radical. Rosenberg elaborou um comentário sobre os *Protocolos* já em 1923, no qual afirmou que "o judeu" triunfara na Alemanha com a criação da República de Weimar, mas alertou que sua "queda no abismo" ocorreria em breve, após a qual "não haverá lugar para o judeu na Europa nem nos Estados Unidos". Dez anos depois, quando os nazistas chegaram ao poder, Rosenberg proclamou que esse momento tinha finalmente chegado: "Que a nova edição deste livro revele mais uma vez ao povo alemão em que ilusão ele estava aprisionado, antes que o grande movimento alemão a despedaçasse [...], e com que profundidade esse entendimento estava arraigado entre os líderes do nacional-socialismo desde o princípio do movimento".[62] Quando Joseph Goebbels, o ministro para Esclarecimento Popular e Propaganda do Reich, ordenou um boicote nacional às lojas judaicas em 1º de abril de 1933, supostamente em retaliação a um boicote a produtos alemães preconizado por grupos judaicos nos Estados Unidos – em si mesmo um sinal da crença nazista em "uma nefasta trama judaica mundial" –, Julius Streicher, chefe do Partido Nazista na Francônia e editor do jornal nazista e antissemita *Der Stürmer* [O tempestuoso], descreveu o boicote como uma "ação defensiva contra os criminosos judeus do mundo" e seu "plano da Basileia" (onde supostamente teria ocorrido a reunião registrada nas minutas que constituíam *Os protocolos*). O jornal de Streicher mencionava com frequência *Os protocolos* e fazia todo o possível para mantê-los aos olhos do público. O próprio Partido Nazista custeou a publicação de *Os protocolos* em uma edição barata e bastante acessível e exortou "todos os alemães a ler atentamente a aterrorizante declaração dos sábios de Sião e compará-las ao incessante sofrimento de nosso povo, e, em seguida, tirar as conclusões necessárias e fazer com que este livro chegue às mãos de todos os alemães".[63]

Em meados da década de 1930, as reivindicações acerca da autenticidade de *Os protocolos*, por assim dizer, receberam mais dois golpes. Em julho de 1934, durante um julgamento em Grahamstown, na África do Sul, de três fascistas locais, líderes dos "camisas cinza",* Nahum Sokolow, presidente da Organização Sionista Mundial, prestou um depoimento asseverando que *Os protocolos*, que os réus foram acusados de distribuir, era uma falsificação que já havia sido desmascarada alguns anos antes. Ele ressaltou que Henry Ford retirou seu apoio à alegação de autenticidade do documento.[64] Fato mais importante: no mesmo ano, representantes da comunidade judaica em Berna, Suíça, iniciaram um processo contra a Frente Nacional Suíça, organização fascista que havia distribuído o documento durante uma manifestação no ano anterior. A ação legal foi iniciada ao abrigo de um estatuto local que proibia a disseminação de textos imorais, obscenos ou brutalizantes. A defesa foi encabeçada por Ulrich Fleischhauer ("antissemita profissional e provavelmente um huno,** fez declarações contestando meu caráter pessoal e minha veracidade", queixou-se Graves). Na Alemanha, a imprensa nazista afirmou que Graves era judeu, ou estava sendo pago pelos judeus, ou até mesmo um pseudônimo de Lucien Wolf. Seguindo uma longa série de depoimentos técnicos de renomados especialistas e estudiosos acadêmicos que serviram de testemunhas, incluindo exilados russos, a exemplo do intelectual menchevique Boris Nicolaievski, confirmando que *Os protocolos* eram fraudulentos e propensos a incitar o ódio contra os judeus, o tribunal concluiu que *Os protocolos* eram um texto plagiado, obsceno e falsificado, e

---

* Os judeus refugiados do nazismo que chegaram à África do Sul em fins de outubro de 1936 foram recebidos com protestos de um movimento radical de direita, os chamados "camisas cinza e pretas", que imitavam os nazistas e fascistas europeus, sendo totalmente contra a imigração de judeus para o país. [N. T.]
** Termo pejorativo para "alemão", originário da Primeira Guerra Mundial. [N. T.]

deu ganho de causa à acusação. O juiz declarou que o documento era "um risível disparate" e lamentou que o tribunal tivesse sido obrigado a passar uma quinzena inteira discutindo tamanho absurdo.⁶⁵

Não era o fim da história, uma vez que a defesa recorreu com uma apelação formal contra o veredicto e o recurso foi confirmado pela Suprema Corte suíça em novembro de 1937. Isso não foi, no entanto, uma validação de *Os protocolos*, uma vez que os juízes decidiram que se tratava de fato de um documento forjado e falsificado, embora tenham concluído, não obstante, que não violava as disposições do estatuto sobre literatura obscena porque, em última instância, estava incluído na categoria de propaganda política. O pagamento das custas processuais recaiu sobre os réus (isto é, os apoiadores da autenticidade de *Os protocolos*), e o tribunal expressou publicamente seu pesar diante do fato de a lei não oferecer aos judeus proteção adequada contra as falsas alegações apresentadas em *Os protocolos*. Os fascistas e antissemitas suíços, é claro, alardearam o resultado final como um triunfo, e condenaram seus acusadores judeus por se comportarem exatamente da forma como *Os protocolos* previam; todavia, o efeito geral em termos de publicidade foi tudo menos favorável à causa dos antissemitas.⁶⁶

Graves sentiu-se incapaz de comparecer ao julgamento como testemunha, porque tinha parentes por afinidade vivendo em Munique, os quais, ele temia, poderiam estar sujeitos a represálias por parte dos nazistas, mas encaminhou uma declaração por escrito confirmando as conclusões a que chegara em seus artigos de 1921. A essa altura, porém, havia perdido o apoio de seu jornal. O novo editor do *The Times*, Geoffrey Dawson, um vigoroso defensor do apaziguamento, lamentou que seu jornal tivesse publicado o desmascaramento de *Os protocolos*, como Graves lembrou-o posteriormente:

> Há algum tempo, lembro-me de que você me disse que considerava que a descoberta pelo T. T. [*The Times*] da falsificação era, sob alguns aspectos, infeliz. Vejo perfeitamente que no atual estado de sentimento predominante em grande parte da Europa Continental, <u>The Times</u> talvez venha a desejar ser dissociado dessa publicação no futuro, não por conta de qualquer afinidade com o antissemitismo ora vigente, mas porque o vínculo do *The Times* com o desmascaramento torna difícil persuadir muitas pessoas importantes na Alemanha e em outros lugares de que o *The Times* não é "influenciado pelos judeus" ou "administrado por judeus".⁶⁷

Na véspera da guerra, o diretor assistente do *The Times* disse a Graves que, se seu panfleto fosse reimpresso, "talvez seja sensato não darmos a ele muita publicidade, ou nenhuma publicidade, nas colunas do THE TIMES, em vista da possibilidade de represálias contra nós na Alemanha".⁶⁸

O veredicto do julgamento de Berna foi um dos diversos fatores que influenciaram dirigentes do Ministério da Propaganda de Goebbels a decidir contra o uso ostensivo de *Os protocolos* em seus pronunciamentos públicos. Em suas reuniões diárias com a imprensa, em que o Ministério da Propaganda instruía os jornais e as revistas alemãs acerca das linhas editoriais que deveriam seguir em questões importantes (e às vezes nem tão importantes) e de interesse na atualidade, um periódico nazista, *Deutsche Zeitung*, foi alvo de duras críticas por alegar que a exposição dada a *Os protocolos* no julgamento de Berna alertaria a opinião pública alemã mais uma vez sobre a ameaça representada por maquinações judaicas em todo o mundo. "Os especialistas do Ministério da Propaganda não têm, de forma alguma, a mesma opinião", informou um comunicado. "Pede-se à imprensa alemã que não transforme o julgamento de Berna [...] em uma ação antissemita de grande envergadura". Por conseguinte, os jornais minimizaram o julgamento, apresentando-o sobretudo como uma questão interna da Suíça. Interpretaram o veredicto do tribunal como uma decisão baseada nas sutilezas da lei suíça, em vez de uma condenação das pretensões de autenticidade de *Os protocolos*. O próprio processo de acusação era, aos olhos da imprensa nazista, uma evidência do esforço reiterado dos judeus internacionais no sentido de "espalhar veneno por toda a Alemanha". É bem provável que os dirigentes nazistas, cientes de que a opinião pública sabia da natureza fraudulenta de *Os protocolos*, e conhecendo as limitações do conteúdo do documento, mantivessem uma contínua relutância em usar *Os Protocolos* como ferramenta de propaganda antissemita. Apenas os antissemitas mais extremistas, sobretudo Streicher, citavam o documento com alguma frequência. No que dizia respeito à doutrinação antissemita, havia à mão documentos muito mais importantes e amplamente distribuídos e acessíveis, em especial manuais nazistas antissemitas de um tipo ou de outro. Como concluiu a investigação mais minuciosa e criteriosa da questão, "as evidências [...] sugerem que a liderança da propaganda nazista sabia que *Os protocolos* não eram o que simulavam ou tencionavam ser. Mas isso aparentemente não incomodou muito os dirigentes nazistas. O que quer que fossem *Os protocolos*, eles serviam como propaganda útil, desde que não se entrasse em excessivos pormenores". Contudo, como ponto programático central na plataforma antissemita do regime nazista, o documento tinha importância limitada.⁶⁹

Não obstante, embora raramente fizesse referência direta a *Os protocolos*, a retórica antissemita dos nazistas foi, até o fim da guerra, permeada por referências diretas e indiretas a uma "conspiração judaica mundial". O judeu, declarou Goebbels no comício do Partido Nazista de 1937, era "o inimigo do mundo, o destruidor de civilizações, o parasita entre os povos, o filho do Caos, a encarnação do mal, o fermento da decomposição, o demônio que ocasiona a degeneração da humanidade".[70] No sexto aniversário de sua nomeação para Chanceler do Reich em 1933, um inflamado Hitler declarou, sob uma estrondosa salva de aplausos dos fiéis dirigentes nazistas que se aglomeravam em fileiras cerradas no Reichstag, que "se os financistas judeus internacionais, dentro e fora da Europa, obtiverem êxito em mergulhar novamente as nações em uma guerra mundial, então o resultado não será a bolchevização do planeta, e a consequente a vitória do judaísmo, mas a aniquilação da raça judaica na Europa!".[71] Por "guerra mundial" ele queria dizer essencialmente o envolvimento dos Estados Unidos em uma guerra contra a Alemanha, e não foi por acaso que, quando isso aconteceu, no verão de 1941, teve início o extermínio dos judeus em larga escala. Como afirmou Goebbels em novembro de 1942: "Todos os judeus, em virtude de seu nascimento e raça, pertencem a uma conspiração internacional contra a Alemanha nacional-socialista".[72] A ideia de que todos os judeus, em todos os lugares, dedicavam-se à completa destruição da Alemanha e dos alemães foi repetida incessantemente pelo aparato de propaganda de Goebbels durante o restante da guerra, ganhando veemência e intensidade à medida que a maré militar começava a virar a favor dos Aliados. "Assim como o besouro-da-batata destrói e de fato tem de destruir os batatais", disse Goebbels a uma entusiasmada multidão reunida no Sportpalast de Berlim em 15 de junho de 1943, "também o judeu destrói os Estados e as nações. Só existe um meio de impedir isso: a eliminação radical da ameaça".[73] O Ministério da Propaganda continuou com essa linha de raciocínio mesmo na derrota. "Se fosse possível dar xeque-mate nos trezentos reis judeus secretos que governam o mundo", informou o ministério em um comunicado à imprensa em 29 de dezembro de 1944, numa extrapolação do número inicialmente atribuído por Rathenau à Alemanha, sem menção aos judeus, muitos anos antes, "o povo desta terra finalmente encontraria a paz".[74] No entanto, a propaganda nazista raramente ou nunca mencionava de maneira direta *Os protocolos* quando se referia à suposta conspiração judaica global. É um erro pensar que cada uma dessas referências era também uma referência ao documento, como alguns historiadores presumiram.[75] A ideia de uma conspiração judaica mundial foi disseminada por muitas outras publicações também; foi um lugar-comum da ideologia antissemita, e a bem da verdade *Os protocolos* eram apenas um exemplo entre muitos.[76]

IV

Assim, a ideia de uma conspiração judaica mundial é irrealista em um grau extremo. Imaginar que milhões de indivíduos estão todos sendo comandados pelas ordens centrais de um pequeno grupo conspiratório secreto, quer esse grupo consista em treze homens ou em trezentos, é entrar no terreno da fantasia em um grau extraordinário. Para funcionar, uma conspiração deve ter uma organização muito rígida e coesa. O segredo do seu funcionamento tem que ser guardado a sete chaves. O conluio deve envolver o mínimo de pessoas possível. Uma conspiração que envolva treze pessoas é viável, mas trezentas já é esbarrar nos limites da possibilidade. Quanto mais pessoas estiverem envolvidas em uma conspiração, maior a probabilidade de uma traição e maiores as chances de que a trama seja descoberta. Não importa quantos membros estejam envolvidos, eles precisam estar em comunicação constante a fim de amadurecer seus planos e colocá-los em prática. E ainda assim *Os protocolos* invariavelmente mencionam apenas as reuniões no Congresso Sionista Mundial de 1897 e no cemitério de Praga; não há alusão a quaisquer outras reuniões, exceto em um dos precursores do documento, em que se afirmava que os encontros no cemitério de Praga aconteciam uma vez a cada cem anos. Seria de se esperar que, ao longo dos anos, algum conspirador – ou provavelmente muitos mais – traísse seus segredos. É de se imaginar, também, que as supostas vítimas das conspirações teriam pegado em armas para se defender da subversão nessa escala; no entanto, em nenhuma parte de *Os protocolos* há qualquer menção a supostas precauções dos "sábios" para se proteger de retaliações.

E há ainda a questão de como as instruções dos sábios eram transmitidas aos milhões de pessoas que formavam a comunidade judaica em todo o mundo. Jamais vieram à tona evidências, nem sequer "provas" forjadas, que contivessem o menor indício de que os judeus em qualquer parte do mundo estavam recebendo quaisquer instruções emitidas pelos supostos mestres da conspiração. A bem da verdade, como admitiu após a guerra Erich von dem Bach-Zelewski,* o antigo líder da polícia da SS na Rússia Central e cruel assassino em massa de muitos judeus da região:

---

* Importante ferramenta do terror nazista, o Esquadrão de Proteção (*Schutzstaffel*), conhecido como SS, a princípio formava uma guarda especial com a função de proteger Adolf Hitler e outros líderes do Partido Nazista em ocasiões públicas. Seus membros formavam uma tropa de elite, serviam como policiais auxiliares e, mais tarde, como guardas dos campos de concentração. Bach-Zelewski ocupou o cargo de SS-*Obergruppenführer* ("Líder de Grupo Sênior da SS", equivalente a general). Nos Julgamentos de Crimes de Guerra de Nuremberg, foi condenado por assassinatos políticos cometidos antes da guerra, e morreu na prisão em 1972. [N. T.]

Ao contrário da opinião dos nacional-socialistas de que os judeus eram um grupo extremamente organizado, o fato espantoso era que não tinham nenhuma organização. [...] Desmente aquele velho slogan de que os judeus estão conspirando para dominar o mundo e são extremamente organizados. [...] Se tivessem tido algum tipo de organização, essas pessoas poderiam ter sido salvas aos milhões, mas, em vez disso, foram pegas completamente de surpresa. Não sabiam absolutamente o que fazer; não tinham diretrizes ou slogans sobre como deveriam agir [...]. Na realidade, não tinham a menor organização, nem sequer um serviço de informação.[77]

De acordo com o comentário de Norman Cohn, o mito da conspiração judaica mundial "alcançou sua formulação mais coerente e mortífera exatamente no momento em que os judeus estavam, na realidade, mais divididos do que nunca – entre ortodoxos e reformados, praticantes e indiferentes, crentes e agnósticos, assimilacionistas e sionistas", sem mencionar as divisões de classe, política e lealdade nacional. No fim das contas, *Os protocolos* e o mito de uma conspiração judaica mundial tiveram "muito pouco a ver com pessoas reais, situações reais e conflitos reais no mundo moderno", fato evidente, pelo menos após o evento, até mesmo para um insensível assassino em massa e nazista como Bach-Zelewski.[78]

Como vimos, o tipo de teoria da conspiração representada pela obra *Os protocolos* tinha pouca semelhança com as expressões tradicionais de antissemitismo. O antissemitismo antigo e medieval tinha caráter religioso: um corpo estranho não convertido na cristandade, e a quem a Igreja culpava por ter causado a morte de Cristo, era fácil imaginar os judeus, praticantes de uma religião diferente daquela da maioria dos europeus, como indivíduos envolvidos em atividades nefastas, envenenando poços usados por cristãos, ou matando meninos cristãos a fim de utilizar seu sangue imaculado para propósitos sacrificiais. No entanto, essas lendas sempre giraram em torno de incidentes específicos em locais específicos em momentos específicos, nos quais se davam nomes aos bois. A teoria da conspiração secular que *Os protocolos* e seus antecedentes exemplificavam desde as décadas após a Revolução de 1789 era algo inteiramente diferente. Nunca houve menção a nenhum dos indivíduos que, segundo alegavam *Os protocolos*, estavam por trás das destrutivas maquinações dos maçons, tampouco foram identificados quaisquer judeus que, em tese, estavam envolvidos na subversão dos princípios fundamentais da ordem social cristã tradicional. Com efeito, na imprecisão dessas alegações residia boa parte de seu poder: até certo ponto, *Os protocolos* eram um texto "aberto" que permitia uma variedade de leituras diferentes.[79] Essas teorias da conspiração eram concebidas, de modo consciente ou não, para incutir medo e suspeita, por meio da sugestão de que havia forças invisíveis e desconhecidas em ação.[80] E as provas fornecidas quase sempre tinham teor histórico, referindo-se a uma ou outra reunião conspiratória ocorrida no passado recente – ou, em alguns casos, distante – envolvendo algum grupo ou organização secreta que vinha atuando de forma subversiva nos bastidores durante décadas ou mesmo séculos a fio.[81]

Com clareza incomum, um dos primeiros ensaios críticos sobre *Os protocolos*, de autoria do historiador John Gwyer e publicado em 1938, ampliou a discussão a partir desses pontos. Dedicando-o ironicamente a "todos os que acreditam na Mão Oculta", Gwyer observou que essas pessoas

> tornam-se crentes, membros daquele infeliz grupo que enxerga complôs em toda e qualquer coisa. Não são mais capazes de abrir o jornal ou ler um livro ou ir ao cinema sem observar a Mão Oculta em ação, envolvendo-os em propaganda sutil, ou tentando torná-los peões em um elaborado esquema de sabotagem [...] [Entretanto,] a Mão Oculta havia feito tanta coisa que era demais para ser verdade. Urdiu a Revolução Francesa, arquitetou os distúrbios na Irlanda e a Grande Guerra [...]; organizou a Revolução Bolchevique, embora permanecesse persistentemente por trás das Altas Finanças [...]. Com efeito, suas atividades eram infindáveis. Mas seus ardis (eu contraporia) eram quase todos contraditórios; aparentemente, organizava com uma das mãos o que, com a outra, se esforçava para derrubar.[82]

Mais adiante, Gwyer aponta que a literatura do que ele chamou de "a Mão Oculta", ou o que chamaríamos de teorias da conspiração, englobava tantos eventos e processos da história mundial que "não posso deixar de sentir orgulho do poder de nossa civilização para resistir ao ataque". Ao que parece, a crença paranoica na Mão Oculta "deve certamente ser tão inquietante e desconfortável quanto qualquer outra forma de mania de perseguição". Mas, de fato, ponderou ele, era conveniente. "Pensar assim economiza boa dose de reflexão: analisar o mundo e concluir que todos os seus problemas se devem à malignidade de um único grupo de conspiradores misteriosos."[83] Talvez, ele refletiu, essas crenças fossem bastante inofensivas, contanto que não se permitisse sua interferência na vida real. Porém, no caso da crença em uma "Mão Oculta judaica", infelizmente não foi o que aconteceu: ela levou a repetidos atos de violência praticados por antissemitas contra os judeus, muitos dos quais, nos últimos anos, usaram *Os protocolos* como justificativa para ações "terrivelmente selvagens", incluindo "assassinatos, perseguições, despejos e massacres". Daí a decisão dele de escrever um breve livro para demonstrar que *Os protocolos* eram uma fraude.[84]

"Relutamos em pensar", Gwyer escreveu na conclusão de seu curto livro, "que a inteligência média da humanidade é realmente tão baixa a ponto de não ser capaz de distinguir entre a verdade pura e a falsidade fantasiosa".[85] Mas parecia ser o caso com os adeptos de *Os protocolos*. A revelação do caráter fraudulento do texto não impediu que milhares de pessoas continuassem a ler a obra, tratando-a como se fosse genuína. E, de fato, teorias da conspiração como as que são alardeadas em *Os protocolos* operam de várias maneiras que estão fora do âmbito comum do discurso racional. Para começo de conversa, são autovedantes: isto é, as críticas, e até as denúncias de que são plagiados e fraudulentos, geralmente são rebatidas com o argumento de que os próprios críticos fazem parte da conspiração, como judeus ou como ferramentas a serviço dos judeus. Nenhum defensor de *Os protocolos* jamais tentou elaborar uma defesa apresentando provas de que eles são genuínos ou fornecendo evidências para apoiar sua autenticidade. Muito pelo contrário, em uma justificativa típica dos teóricos da conspiração, os adeptos de *Os protocolos* focam sua atenção nos motivos, no caráter, na origem racial ou nas convicções políticas de quem critica o documento. Mas está claro que a questão de quem apresenta um argumento ou de qual pode ser sua motivação nada tem nada a ver com a validade concreta do argumento em si, que deve ser abordado em seus próprios termos.

Ademais, pelo menos alguns daqueles que fizeram uso de *Os protocolos* tinham plena ciência do fato de que eram uma fraude grosseira. *Os protocolos* costumavam ser empregados como uma espécie de "falsidade piedosa", um meio vil e infame para justificar o que as pessoas que deles tiravam proveito apresentavam como fins elevados e honrosos. Como afirmou o próprio Hitler, a prova da verdade intrínseca de *Os protocolos* não estava tanto no documento em si, mas na história dos dois séculos anteriores de tramas e conspirações judaicas. Em termos semelhantes, Alfred Rosenberg admitiu que o documento tinha origens obscuras, mas julgava que era genuíno porque correspondia a sua intuição.[86] O fato de os *Protocolos* serem um embuste era, portanto, mais ou menos irrelevante, assim como os antissemitas franceses que teimavam em insistir que o oficial judeu Alfred Dreyfus era culpado de espionagem para os alemães na década de 1890 e pouco lhes importava que os documentos que o incriminavam fossem forjados: forjados ou não, para eles os documentos atestavam uma verdade superior, ou seja, o fato de que todos os judeus eram ou viriam a ser traidores, porque a seu ver os judeus não eram leais a país nenhum – uma convicção, conforme isso demonstra, já generalizada nos círculos antissemitas mesmo antes da composição de *Os protocolos*.[87]

Como observou Jovan Byford, a comprovação da fraude de *Os protocolos* por Philip Graves e, novamente, pelo julgamento de Berna,

> ao que parece não prejudicou o status do livro de objeto cultuado entre os milhões de leitores enfeitiçados por ele em todo o mundo. Muitos admiradores do livro simplesmente rejeitaram as evidências contra a obra, por considerar que tudo não passava de uma tentativa dos judeus de minimizar o documento "vazado", que revela com tremenda clareza o sinistro segredo judaico. Por outro lado, havia aqueles – entre eles o ideólogo nazista Alfred Rosenberg – que desde o início estavam cientes de que *Os protocolos* não eram genuínos, mas que simplesmente não se importavam com isso.[88]

Para esses teóricos da conspiração, mesmo que *Os protocolos* em si fossem uma falsificação, ainda assim revelavam uma verdade mais profunda que já era de seu conhecimento. Henry Ford concluiu que o aspecto crucial de *Os protocolos* era que "se encaixam com o que está acontecendo", declaração espantosamente semelhante à de Hitler em *Mein Kampf*. Da mesma forma, a historiadora antissemita e teórica da conspiração Nesta Webster concluiu em 1924 que *"genuínos ou não"* [destaque meu], "*Os protocolos* representam o programa de uma revolução mundial".[89] Como conclui Byford, "para o teórico da conspiração antissemita, *Os protocolos* funcionam como a *Bíblia*: são um documento histórico que 'convida ao encantamento, não à interpretação crítica'".[90] Como muitos – senão quase todos – teóricos da conspiração, Hitler e outros antissemitas nazistas viviam em um casulo ideológico hermeticamente fechado, que nenhuma crítica racional seria capaz de penetrar.[91]

Reforçando a tendência de quem usava *Os protocolos* como um meio de "provar" que os judeus estavam empenhados em uma conspiração mundial para subverter a ordem existente, havia a probabilidade de que, dos que apresentavam esse argumento, poucos realmente se davam ao trabalho de ler o documento. Certamente foram impressos e reimpressos centenas de milhares de exemplares, mas pouquíssimas pessoas teriam sido capazes de entender o conteúdo, e, em todo caso, era necessário que as fantasias conspiratórias dos séculos XVIII e XIX contidas em *Os protocolos* fossem traduzidas em termos relevantes para leitores do século XX. Nenhuma edição era publicada sem um prefácio explicativo, e muitas traziam enormes notas explicativas, geralmente relacionando *Os protocolos* aos dias atuais.[92] Não raro, vinham acompanhadas de documentos adicionais, em sua maioria também falsificados ou inventados. A edição de Alfred Rosenberg estava repleta de notas e adendos cujo intuito era mostrar, como ele próprio definiu, que "a política de hoje corresponde exatamente e em detalhes às intenções e planos já discutidos e registrados em papel trinta e cinco anos atrás" em *Os protocolos*. De fato, o Prefácio era normalmente a porção mais legível de cada edição. A maior parte do documento em si era, como observou um comentarista, "estupendamente enfadonha", mas as anotações nas margens que apareceram da edição de Nilus em diante e foram incorporadas ao documento como subtítulos para as diferentes seções eram quase sempre dramáticas e sensacionalistas. O fato de que muitas vezes tinham pouco a ver com o conteúdo não fazia diferença. Foram esses subtítulos que garantiram a *Os protocolos* um amplo público, a ponto de serem, de fato, lidos e não meramente citados como uma "prova" não examinada: "Reinado de terror"; "Destruição dos privilégios dos aristocracias gentios", "Guerras econômicas como base da supremacia judaica", "A degenerescência dos gentios", "O dinheiro da nobreza está sendo roubado", "Inflamar disputas e antagonismos entre os povos"; "O governo bem-sucedido mantém em segredo seus objetivos", "O veneno do liberalismo", "Disseminação de epidemias e outras estratégias dos maçons", "Gentios são cordeiros", "Servidão do futuro", "As universidades tornadas inofensivas", "O rei dos judeus como o verdadeiro papa e patriarca da Igreja mundial", "Distúrbios e motins"; e assim por diante.[93] Ao fim e ao cabo, no entanto, as pessoas já não precisavam ler nem mesmo essas seções: o que importava era que *Os protocolos* existiam.[94]

V

Em seu livro sobre *Os protocolos*, Norman Cohn procurou analisar o mito da conspiração judaica mundial em termos psicanalíticos. A maior parte de seus argumentos carece de plausibilidade e de todo tipo de evidência comprobatória, e não passa de especulações infundadas e difíceis de aceitar, exceto para os seguidores convictos de Sigmund Freud. Além disso, na época em que Hitler e os nazistas colocaram em operação sua própria versão particular do mito da conspiração judaica mundial, ela já havia evoluído para muito além dos prognósticos futuros de *Os protocolos*. Seja qual for a profecia do documento, não é o extermínio do mundo gentio.

Em lugar nenhum de *Os protocolos* encontramos qualquer declaração de intenção genocida. O que mais impressiona no antissemitismo nazista, no entanto, é sua visão apocalíptica de uma inescrupulosa conspiração judaica mundial firmemente decidida a eliminar de forma absoluta e total o mundo dos gentios. Nesse sentido, talvez haja algum mérito na identificação que Cohn faz da versão nazista do mito de uma conspiração judaica mundial como uma espécie de projeção negativa dos instintos destrutivos e genocidas dos próprios nazistas. Assim como *Os protocolos* delinearam um apocalipse futuro em que os judeus ocasionariam uma "reavaliação de todos os valores" nietzschiana e decretariam o fim da civilização cristã tal qual ela havia surgido e se desenvolvido ao longo dos dois milênios anteriores, os nazistas retrataram o século XX como a culminação apocalíptica de milhares de anos de guerra racial, em que "o eterno Judeu, esse fomentador de destruição, celebrará seu segundo Purim triunfal em meio às ruínas de uma Europa devastada".[95] Tudo isso, entretanto, estava muito distante do futuro projetado pelos *Protocolos*, nos quais os gentios abririam mão de sua liberdade em troca de uma ordem mundial paternalista e de muitas maneiras benevolente governada pelos judeus.

Para Hitler, e para os nazistas em geral, o desejo de conspirar e subverter instituições sociais, políticas, culturais e econômicas na Alemanha em particular, e no mundo civilizado como um todo, era inerente ao caráter judaico. Estava incutido nele por meio da hereditariedade, assim como as supostas virtudes da raça "ariana" eram transmitidas de geração em geração no sangue. Daí a reveladora declaração de Hitler em *Mein Kampf* de que *Os protocolos* expunham, "de maneira consciente", o que "muitos judeus talvez façam inconscientemente". Em outras palavras, os judeus, na mente de Hitler, não estavam agindo em nome de um tipo de conspiração consciente, estavam agindo movidos por um instinto determinado por fatores raciais. A conspiração supostamente revelada em *Os protocolos* era apenas um exemplo de uma tendência comportamental bem mais ampla. Os judeus não estavam subvertendo valores e instituições "arianos" de modo consciente, eles provavelmente nem sabiam que estavam fazendo isso. Em outras palavras, não havia nenhum grupo clandestino de "sábios de Sião" atuando por trás de todas as crises que assolavam o mundo. Nesse aspecto, também, *Os protocolos* não deveriam ser interpretados ao pé da letra.

A compreensão de Hitler acerca da natureza e das origens do que ele considerava ser a subversão judaica através dos tempos, uma compreensão compartilhada por importantes figuras do regime nazista, pouco mudou da década de 1920 até o fim de sua vida. Isso foi explicado com clareza mais uma vez, agora com algum grau de pormenor, na anotação de Joseph Goebbels em seu diário, em 13 de maio de 1943:

> Estou estudando *Os protocolos* sionistas em detalhes mais uma vez. Até agora, sempre me disseram que não eram adequados para a propaganda relativa às questões hodiernas. À medida que leio, chego à conclusão de que poderíamos fazer muito bom uso deles. *Os protocolos* sionistas são tão modernos hoje quanto no dia em que foram publicados pela primeira vez. É de se espantar a extraordinária consistência com a qual o ímpeto judaico de dominação mundial é caracterizado aqui. Mesmo que não sejam genuínos, *Os protocolos* sionistas foram, todavia, inventados por um brilhante crítico de sua era. Ao meio-dia, toco no assunto em uma conversa com o Führer. O Führer considera que *Os protocolos* sionistas podem reivindicar ser absolutamente genuínos. Ninguém é capaz de descrever o ímpeto judeu de dominação mundial como os próprios judeus. O Führer adota o ponto de vista de que os judeus não precisam trabalhar para um programa fixo; agem de acordo com seu instinto racial, que sempre os instigará a realizar o tipo de ação mostrado no curso de toda a sua história.[96]

Como o próprio Goebbels concluiu: "Não se pode falar em conspiração da raça judaica em qualquer acepção direta do termo; essa conspiração é mais uma característica da raça do que um caso de intenções intelectuais. Os judeus sempre agirão conforme seu instinto judaico lhes instruir".[97] Nesse sentido, o conteúdo vago e inespecífico de *Os protocolos* amalgamava-se perfeitamente ao teor básico já existente na ideologia nazista.[98] Durante os anos de guerra, quando a perseguição nazista e o genocídio dos judeus da Europa estavam atingindo seu auge terrível, *Os protocolos* não foram mais reimpressos na Alemanha; sua mensagem, concluíram os nazistas, não era mais necessária; havia sido substituída pela propaganda mais poderosa e mais direta, a exemplo dos filmes antissemitas *O eterno judeu* e *O judeu Süss*, ambos lançados em 1940.[99]

O impacto de *Os protocolos* sobre Hitler e os nazistas foi, portanto, indireto. Traçar paralelos entre as ações hitleristas e nazistas de perseguição antissemita e as panaceias propagadas em *Os protocolos* não convence, especialmente à luz do conteúdo do documento; e mesmo se houvesse paralelos, ainda assim não seriam prova de que as ações nazistas resultaram de uma leitura do documento.[100] Com efeito, longe de ser uma revelação, o conteúdo de *Os protocolos* foi interpretado pelos nazistas como uma confirmação do que eles já sabiam.

2

O EXÉRCITO ALEMÃO FOI "APUNHALADO PELAS COSTAS" EM 1918?

Quando a Primeira Guerra Mundial terminou em 1918, muitas pessoas tinham a esperança de que seria "a guerra para acabar com todas as guerras". O acordo de paz assinado no ano seguinte tinha como objetivo implementar um conjunto de medidas que impedissem outra guerra de acontecer. Essa gama de medidas ia desde a proibição da diplomacia secreta à criação de uma Liga das Nações para resolver as diferenças entre Estados com base na arbitragem, desde a priorização do desarmamento multilateral à sujeição da política externa e militar a controles democráticos em todos os países. A Alemanha, acusada pelos vitoriosos Aliados de ter começado a guerra em 1914, tornou-se uma república democrática, e foi sobrecarregada com condições de paz destinadas a refrear suas ambições e restringir suas capacidades militares. Após a mortandade e destruição em massa dos anos de guerra, o caminho parecia aberto para um mundo melhor, mais pacífico e ordenado de maneira mais racional.

E, no entanto, apenas duas décadas depois, essas nobres ambições foram totalmente subvertidas. Em uma nação após a outra, a democracia deu lugar à ditadura. A Liga das Nações mostrou-se totalmente incapaz de assegurar a paz. A economia mundial havia mergulhado na mais profunda depressão dos tempos modernos. Antigas nações súditas da monarquia dos Habsburgos lutavam entre si em uma série de disputas de fronteira. Revoluções, guerras civis e conflitos armados se espalhavam pela Europa, da Polônia à Espanha.

O racismo e o nacionalismo resultaram em discriminação severa, em uma nação após a outra. A Alemanha se rearmou e invadiu primeiramente a Áustria e, em seguida, a Tchecoslováquia, submetendo seus cidadãos a políticas de ocupação brutais e assassinas. Em 1939 a Alemanha invadiu a Polônia, ignorando as objeções da Grã-Bretanha e da França, e uma Segunda Guerra Mundial eclodiu, levando a um nível de destruição ainda maior do que a primeira.

Uma razão fundamental para o fracasso da Primeira Guerra Mundial no sentido de trazer paz e estabilidade à Europa e ao restante do mundo foi a recusa dos alemães em aceitar a derrota. Os termos com os quais foram forçados a concordar no acordo de paz em nada ajudaram. Não apenas as consequências da guerra, mas também o fato da derrota em si, mostraram-se inaceitáveis. A derrota enviou ondas de choque que reverberaram violentamente no seio da população alemã. Nos anos seguintes, longe de ser sufocada ou esquecida, como alguns historiadores sugeriram, essa onda permaneceu como uma purulenta ferida aberta no corpo político alemão.[1] Ao longo das décadas de 1920 e 1930, quando os alemães falavam de "tempos de paz", não se referiam ao período após a guerra, mas antes dela.[2] A guerra era um assunto inacabado; e quando Hitler ascendeu ao poder em 1933, foi principalmente com o objetivo de renovar o conflito e levá-lo a uma conclusão favorável.[3]

Por que a grande maioria dos alemães se recusou a aceitar a derrota em 1918? Uma das principais razões reside no fato de que, quando a guerra chegou ao fim, as tropas alemãs ainda ocupavam solo estrangeiro, na Bélgica, no norte da França e em uma grande porção do nordeste do continente europeu, em contraste completo com a situação após o fim da Segunda Guerra Mundial em 1945, quando cada centímetro de solo alemão foi invadido por tropas inimigas. A propaganda do governo alemão alardeou os triunfos dos exércitos germânicos quase até o final da guerra em 1918.[4] A expectativa de vitória foi, na verdade, respaldada pelos eventos militares da primeira metade do derradeiro ano de guerra. Em novembro de 1917, depois que o governo do tsar russo Nicolau II se desintegrou sob a pressão de uma guerra contínua contra a Alemanha e a Áustria-Hungria, uma insurreição liderada por Vladimir Ilitch Lênin e seu Partido Bolchevique havia estabelecido uma ditadura comunista. Respondendo ao esmagador desejo dos cidadãos comuns por paz, Lênin negociou a cessação das hostilidades em 3 de março de 1918 na cidade de Brest-Litovsk, deixando os alemães livres para transferir imensos contingentes de tropas para desferir a maciça ofensiva da primavera na Frente Ocidental, decisão tomada por sua liderança militar sem sequer cogitar a ideia de lançar uma campanha diplomática paralela; a vitória no campo de batalha, acreditava-se, traria suas próprias recompensas.[5] Pela primeira vez desde que assumira uma posição defensiva após a custosa Batalha de Verdun em 1916, o exército tomou a iniciativa e partiu para o ataque. O longo impasse finalmente parecia ter acabado: a vitória estava à vista.

Em 21 de março de 1918, forças alemãs romperam as linhas Aliadas e cruzaram o rio Marne. Paris parecia estar ao seu alcance. Mas os reforços transferidos desde o leste não eram de forma alguma robustos o suficiente para fazer a balança pender para o lado alemão no oeste, e a logística e os recursos germânicos simplesmente não conseguiram sustentar o rápido avanço. As linhas de abastecimento dos alemães logo foram esticadas ao ponto de ruptura, e a investida não trouxe a vitória esperada. O importantíssimo ímpeto do avanço minguou no final de abril. Nos meses seguintes, houve novos ataques a posições Aliadas, e as tropas alemãs conseguiram avançar sua linha de frente em vários pontos. Mas o valor estratégico disso era limitado: o terreno que conquistaram estava irreconhecível em decorrência da destruição causada por tantos anos de batalha, e as baixas fatais entre março e julho de 1918 chegaram a quase 1 milhão de homens no lado alemão, sobretudo de soldados experientes e de elite, o que deixou o exército germânico irrecuperavelmente debilitado.[6]

A mobilização Aliada de contingentes cada vez maiores de tanques, capazes de sobrepujar trincheiras e posições defensivas, ajudou a virar a maré contra a Alemanha e a Áustria (as "Potências Centrais", ao lado da Bulgária e Turquia otomana). No início de agosto, o supremo comandante efetivo do exército alemão, o general Erich Ludendorff, foi forçado a iniciar uma série de retiradas táticas. Ludendorff sabia que em 1919 os Aliados teriam condições de colocar em ação milhares de tanques na Frente Ocidental; os alemães só haviam fabricado vinte carros de combate. A guerra durara tanto tempo sobretudo porque as trincheiras, o arame farpado e as metralhadoras davam vantagem às táticas defensivas. A invenção e o rápido aperfeiçoamento dos blindados começaram a virar o jogo a favor da guerra ofensiva. Os tanques podiam esmagar as barricadas de arame farpado, suas lagartas passavam por cima de trincheiras e, com suas couraças de blindagem, rechaçavam as rajadas de metralhadoras. Depois de alguns erros iniciais, os Aliados passaram a aprender rapidamente a melhor forma de usá-los, sobretudo em combinação com o poderio aéreo, a artilharia e os ataques de infantaria em massa. Ademais, o bloqueio econômico Aliado, em vigor desde o início da guerra, estava causando grave escassez, e eram precárias as provisões de munições, equipamentos, combustível, alimentos e até mesmo uniformes.

No outono de 1918, tropas alemãs desesperadas começaram a atacar trens de abastecimento em busca de comida e a se render em massa aos Aliados: o número de desertores não parava de crescer.[7]

Após o fracasso da ofensiva da primavera, na qual tantas esperanças foram depositadas, o moral das tropas alemãs e austríacas rapidamente desmoronou, a começar pelos soldados rasos e depois rapidamente subindo pela hierarquia para chegar aos oficiais de patentes mais altas, até que o desespero com relação à perspectiva de evitar a derrota finalmente atingiu o auge. O Comando Supremo do Exército criou uma divisão de educação política para tentar refrear isso, mas a medida crucial – a promessa de reformas democráticas em âmbito doméstico para os soldados destituídos de direitos políticos – foi rejeitada pelos generais conservadores, que permaneciam aferrados ao sistema político autoritário liderado pelo cáiser. Os combates contínuos, sangrentos e sem sentido exauriram as tropas e minaram sua vontade de continuar lutando.[8] O enorme massacre no campo de batalha reduziu a força divisional média de quase 7 mil homens no início da guerra para menos de mil no final do verão. Em julho, chegaram ao front mais de 1 milhão de soldados dos Estados Unidos, país que havia entrado na guerra em 1917, reforçando a superioridade Aliada em número de blindados e desequilibrando o jogo de forças de maneira decisiva contra os alemães. Escrevendo em meados da década de 1920, Adolf Hitler, que serviu como soldado na Frente Ocidental durante toda a guerra, lembrou que, em agosto de 1918, "os reforços vindos da pátria rapidamente tornavam-se inferiores em termos de qualidade, de modo que sua chegada significou mais um enfraquecimento do que um fortalecimento da força de combate. Os jovens reforços, em particular, eram em sua maioria imprestáveis".[9]

Uma nova ofensiva organizada pelos Aliados no final do verão de 1918 começou a expulsar os alemães na Frente Ocidental, acabando com o impasse. Em 2 de setembro de 1918, Ludendorff informou aos políticos civis em Berlim que era impossível vencer a guerra, embora por algum tempo fosse viável dar continuidade a operações defensivas bem-sucedidas. Ludendorff concluiu que nessa situação seria aconselhável pedir a paz, de modo a acabar com a possibilidade de um avanço Aliado na Alemanha e preservar o sistema político existente. Em 5 de outubro de 1918, firmou-se o acordo para formar um novo governo civil em Berlim, com o apoio dos partidos democráticos e liderado pelo príncipe liberal Max von Baden. Era a promessa de reformas políticas democráticas, na esperança de facilitar as negociações dos termos de paz. Se no fim ficasse claro que esses termos eram severos demais e, portanto, impopulares na Alemanha, Ludendorff, nacionalista extremado e inimigo da democracia, calculou que os liberais e democratas alemães levariam a culpa. De fato, acreditava que eles já haviam solapado o esforço de guerra simplesmente por terem feito campanha pela instalação de um governo civil democrático em Berlim, em vez da forte ditadura militar que ele julgava necessária para levar a guerra a um desfecho de sucesso. Em seguida, disse que sua intenção era "agora conduzir ao poder esses círculos, aos quais devemos agradecer por terem chegado tão longe. Portanto, agora colocaremos esses senhores nos ministérios. Eles agora podem fazer a paz que deve ser feita. Eles podem comer o caldo que prepararam para nós!".[10]

De maneira decisiva, no entanto, Ludendorff não informou ao comando do exército, nem aos políticos, tampouco ao povo alemão sobre a rápida deterioração da situação militar. Pelo contrário, durante várias semanas continuou a divulgar uma mensagem otimista, depois de ter admitido em âmbito privado o desalento da posição do exército. A rígida censura militar impedia que qualquer indício da gravidade da crise chegasse ao público geral. Mesmo quando a ofensiva Aliada estava a pleno vapor em agosto de 1918, a propaganda do exército alemão falava de "vitórias defensivas" e insistia que um triunfo Aliado sobre o "invencível" povo alemão estava fora de cogitação. Em 1º de outubro de 1918, no entanto, Ludendorff alertou o governo de Max von Baden de que a situação havia se agravado ainda mais. Um decisivo avanço dos Aliados poderia ocorrer "a qualquer momento", e era possível que uma ou outra divisão na frente de batalha "sucumbisse a qualquer momento". Por isso, era fundamental obter os melhores termos de paz enquanto o *front* ainda estava intacto.[11] No entanto, o príncipe Max continuou insistindo, pelo menos em público, que o *front* permanecia "ileso". Ainda em meados de outubro, a imprensa alemã foi praticamente unânime quanto à própria falha em admitir a gravidade da situação militar.[12] Essa recusa generalizada de reconhecer a realidade viria a ser um fator significativo na geração de posteriores teorias da conspiração sobre as razões da derrota da Alemanha.[13]

Nesse meio-tempo, a situação militar das Potências Centrais sofreu uma deterioração ainda mais drástica com a derrota da Bulgária. Esse pequeno Estado dos Bálcãs estava efetivamente sob controle alemão, impingido por uma série de divisões do exército transferidas da Frente Russa após a paz de Brest-Litovsk. No sul, em 15 de setembro de 1918, teve início uma ofensiva Aliada de grande envergadura, e em pouco tempo as tropas francesas e britânicas adentraram o país. O moral das Forças Armadas búlgaras já estava muito baixo nessa época. Requisições de comida alemãs e uma colheita ruim resultaram em condições de fome generalizada nas trincheiras, as tropas estavam mal equipadas e as reivindicações de posse austríacas, alemãs e turcas sobre as principais áreas agrícolas do país desmoralizaram o governo. Soldados desertaram da frente de batalha e unidades começaram a entrar na capital, Sófia, para unir forças com revolucionários socialistas a fim de exigir a punição do governo, que foi forçado a renunciar. Com o exército em frangalhos, os búlgaros não tiveram escolha a não ser se render. Um cessar-fogo entrou em vigor em 29 de setembro de 1918. Com a Bulgária fora do caminho, as forças Aliadas avançaram em direção ao Danúbio, cortando as comunicações entre a Alemanha e sua aliada, a Turquia otomana, e ameaçando a Áustria-Hungria, que então retirou suas forças da Frente Italiana a fim de proteger a pátria.[14]

No início de outubro de 1918, o ministro das Relações Exteriores alemão foi obrigado a transmitir a má notícia à liderança do exército germânico em um telegrama breve, mas decisivo:

> De acordo com os relatórios mais recentes da Bulgária, devemos desistir do jogo lá. Do ponto de vista político, portanto, não faz sentido mantermos nossas tropas lá, e menos ainda reforçá-las. Pelo contrário, seria politicamente desejável evacuá-las da própria Bulgária, de modo a não pressionarmos o governo búlgaro a debandar para o lado do inimigo.[15]

Os alemães não tinham estratégia para responder à situação nos Bálcãs. O colapso da Bulgária logo levou a Alemanha a pedir o armistício aos Aliados em 6 de outubro. O presidente dos Estados Unidos, Woodrow Wilson, estava dando as cartas, à medida que novos batalhões e recursos norte-americanos continuavam a inundar a Frente Ocidental, desgastada por uma campanha de guerra tão dura. Antes, Wilson havia divulgado uma proposta de quatorze pontos para a paz, reforçando sua pauta em um discurso proferido em 27 de setembro de 1918. Suas exigências incluíam a evacuação alemã de todos os territórios ocupados, o fim da diplomacia secreta, o direito de autodeterminação de todas as nações, a formação de uma Polônia independente a partir de território retirado da Alemanha, Rússia e Áustria, e a criação de uma Liga das Nações para regular as relações internacionais no futuro. O governo alemão não aceitou de maneira irrestrita o plano de paz de Wilson em seu comunicado de 6 de outubro, mas considerou que a proposta era a base inevitável para as negociações.[16]

Enquanto isso, a situação das Potências Centrais continuava a se deteriorar. Os governos britânico e francês aproveitaram a oportunidade para pressionar Wilson a tornar mais rígidos seus termos de armistício, incluindo a devolução à França das províncias da Alsácia e Lorena, anexadas pela Alemanha na Guerra Franco-Prussiana de 1870-71. De maneira decisiva, em sua terceira nota ao governo alemão, em 23 de outubro de 1918, Wilson insistiu que os termos do armistício tornassem impossível que os alemães renovassem as hostilidades, e declarou que não negociaria a paz com um "autocrata monárquico", portanto, exigiu efetivamente a abdicação do cáiser Guilherme II. Em seguida, Max von Baden impôs a renúncia da cúpula militar alemã – sobretudo Erich Ludendorff, que era totalmente propenso a rejeitar essas condições e lutar para defender a pátria – e começou a sério as negociações de paz.

Esses eventos ajudaram a levar outro grande aliado da Alemanha, a Turquia otomana, a assinar um armistício regional em 30 de outubro. A essa altura, o principal aliado europeu da Alemanha, o Império Habsburgo da Áustria-Hungria, também enfrentava sérios problemas. Cada vez mais dominado por conselheiros militares alemães, tornou-se extremamente impopular, em especial após a morte do idoso e respeitadíssimo imperador Francisco José em 1916. As condições de vida no Império pioraram, a ponto de haver pessoas morrendo de fome, e a Frente Italiana, estável durante a maior parte da guerra, estava se desintegrando após uma vitória dos italianos na Batalha do Rio Piave em junho de 1918. A rendição da Bulgária era uma ameaça ao Império no sul e no leste, à medida que as tropas britânicas e francesas avançavam em suas fronteiras. Um último conselho ministerial realizado em Viena em 27 de outubro de 1918 encerrou formalmente a aliança austríaca com a Alemanha. No mesmo dia, o jovem imperador Carlos I, que sucedeu seu avô Francisco José, mas sem conseguir de forma alguma igualar seu prestígio ou popularidade, disse ao cáiser alemão que a situação de desespero das Forças Armadas o obrigava a buscar uma paz em separado, a fim de se concentrar na preservação do Império.[17] No entanto, uma após a outra, as nacionalidades súditas do Império passaram a declarar sua independência, principalmente porque não podiam mais ter certeza de que a administração dos Habsburgos em Viena seria capaz de rechaçar a Revolução Bolchevique que ameaçava se espalhar da Rússia para o oeste.

No final de outubro, os alemães estavam sem aliados. Mesmo se esse não tivesse sido o caso, a situação militar em rápida deterioração na Frente Ocidental significava que não teriam sido capazes de continuar lutando, especialmente em decorrência de sua inferioridade numérica em termos de tanques, homens e equipamentos. Enfrentando o avanço de inimigos no oeste e no sul, só restava aos alemães aceitar quaisquer termos de armistício que os Aliados lhes oferecessem. Em 8 de novembro de 1918, o governo de

Max von Baden enviou o conservador moderado Matthias Erzberger, ministro sem pasta ministerial, a Compiègne, no norte da França, para concluir os termos. As delegações se reuniram em um vagão de trem estacionado em um ramal no bosque. Não houve negociação. Erzberger e sua equipe simplesmente receberam os documentos necessários e foram instruídos a assiná-los. Sob pressão do governo civil e de sua própria junta militar, o cáiser abdicou em 9 de novembro de 1918 e seguiu para o exílio nos Países Baixos, onde permaneceu até sua morte em 1941.

À medida que a notícia do iminente fim das hostilidades se espalhou, oficiais navais alemães tentaram ordenar que a frota saísse de sua base em Kiel para ir lutar contra a Marinha Real no mar do Norte, mas os marinheiros se amotinaram em 3 de novembro de 1918 e interromperam esse sacrifício fútil de vidas antes mesmo de começar. Conselhos de marinheiros *ad hoc* formados em 4 de novembro prenderam e desarmaram oficiais e assumiram o comando dos navios. O movimento dos conselhos rapidamente se espalhou, chegando a Berlim em 9 de novembro de 1918 na forma de um Conselho de Trabalhadores e Soldados, que assumiu as rédeas de instituições públicas e militares enquanto o regime do cáiser derretia. A extrema esquerda – que em breve se tornaria o Partido Comunista da Alemanha *[Kommunistische Partei Deutschlands, KPD]* –, sob a batuta de Karl Liebknecht, proclamou uma república socialista, mas foi sobrepujada em 9 de novembro por Philipp Scheidemann, figura de proa dos Social-democratas Majoritários [o Partido Social-democrata da Alemanha, *Sozialdemokratische Partei Deutschlands, SPD]*, a maior agremiação política da Alemanha, que no mesmo dia proclamou uma república democrática. Rapidamente os social-democratas formaram um Conselho de Delegados do Povo como um governo revolucionário provisório em coalizão com o Partido Social-democrata Independente da Alemanha *[Unabhängige Sozialdemokratische Partei Deutschlands, USPD]*, uma aliança interpartidária de políticos de esquerda unidos apenas por sua oposição à continuidade da guerra. O líder dos Social-democratas Majoritários, Friedrich Ebert, tornou-se chefe de fato do novo governo republicano e, apoiado pelo chefe do exército titular, o marechal de campo Paul von Hindenburg, instruiu Erzberger a aceitar os termos do armistício, o que ele fez sob protesto logo depois das 5h da manhã do dia 11 de novembro, em vigor a partir das 11h, horário da França.

Os termos incluíam a evacuação imediata de todos os territórios ainda ocupados pelas forças alemãs nas frentes Oriental e Ocidental e a remoção de todas as tropas alemãs de todos os territórios a oeste do rio Reno. Os alemães tinham que entregar todas as aeronaves e navios de combate, além de uma grande quantidade de recursos militares, incluindo armas e locomotivas. O bloqueio naval Aliado da Alemanha continuou até que se chegou a um acordo de paz completo e formal. Isso levou muitos meses. Por fim, no Acordo de Paz de Paris em 20 de outubro de 1919, entrou em vigor o Tratado de Versalhes, impondo termos severos aos alemães, incluindo a cessão de 13% do território do Reich para a França, Dinamarca e Polônia, e o pagamento de enormes reparações financeiras, em ouro, para cobrir os custos dos danos causados pela ocupação alemã do norte da França, da Bélgica e de Luxemburgo. Um número significativo de políticos conservadores nacionalistas e ex-militares alemães exigiu a rejeição desses termos severos. Alguns deles julgavam que os alemães poderiam mais uma vez pegar em armas contra os Aliados vitoriosos; outros consideravam que, mesmo se o país fosse invadido e ocupado, ainda seria possível preservar o núcleo da velha Prússia no leste, onde o início do conflito armado entre o novo Estado da Polônia e do regime bolchevique na Rússia, no contexto de uma guerra civil russa, teria condições de propiciar à Alemanha a oportunidade de construir o próprio território autônomo. Ainda mais apocalíptico, o conde Brockdorff-Rantau, que representou a Alemanha na Conferência de Paz de Paris, especulou que as tropas Aliadas que receberam ordens para invadir a Alemanha poderiam se amotinar, indignadas por ter que continuar lutando após a decretação formal do encerramento da guerra, desencadeando uma revolução em âmbito doméstico e minando tentativas Aliadas de fazer cumprir o Tratado. Tudo isso era ilusório. Os termos do Tratado foram cumpridos integralmente.[18]

I I

Ao longo da guerra, a liderança militar da Alemanha considerou que as críticas a seu modo de conduzir as ações, incluindo o objetivo de anexar vastas porções de território inimigo após uma vitória germânica, eram apenas um pouco melhores do que traição. A cúpula militar germânica se desdobrava para impedir que as críticas chegassem à opinião pública. Um sistema elaborado de controles militares, incluindo a censura de jornais, livros e revistas e a detenção e prisão dos principais oponentes da guerra, foi posto em prática quase imediatamente e mantido em vigor quase até o último dia.[19] No entanto, esse empenho não foi capaz de evitar que os políticos de esquerda, democráticos e liberais defendessem o fim dos combates com base em um compromisso de paz.[20] "O que esperamos do *front* doméstico [a população civil]", queixou-se, em 1º de novembro de 1918, o general Wilhelm Groener, que havia sido nomeado para comandar o exército após a exoneração de Ludendorff, "não é crítica nem polêmica, mas o fortalecimento e endurecimento do coração e da alma. Se não ocorrer uma rápida mudança, o *front* doméstico destruirá o exército". Mesmo antes disso, em 20 de outubro de 1918, uma revista protestante direitista reclamava do "colapso atrás do *front* – não o colapso de nossa heroica frente de batalha". Após a guerra, esses ataques retóricos a políticos que exigiam a paz sem anexações territoriais forneceram o pano de fundo essencial para o surgimento da lenda da punhalada pelas costas.[21] De muitas maneiras, esse foi o resultado de uma progressiva polarização do sistema político alemão durante a guerra, em que uma direita nacionalista cada vez mais radical, autoritária e antissocialista confrontou uma esquerda cada vez mais crítica, oposicionista e, eventualmente, revolucionária.[22]

Nada disso, ainda assim, correspondia a qualquer tipo de teoria da conspiração. Todavia, a retórica recrudesceu aos poucos depois que a guerra acabou e os tratados de paz foram assinados. Ludendorff atribuiu a derrota ao "efeito que o medo e o desânimo da pátria tiveram sobre o exército". Os alemães se acovardaram. Os apelos do cáiser para que a população civil readquirisse o controle das emoções e voltasse ao normal tinham sido em vão.[23] O general disparou essas alegações em parte como uma medida de autodefesa contra a acusação generalizada, e muito mais plausível, de que ele próprio perdera a coragem após o fracasso de suas ofensivas, muito custosas, equivocadas e conduzidas de maneira desastrosa, na Frente Ocidental. No entanto, Ludendorff estava refletindo um ponto de vista que já havia se espalhado por todo o oficialato do exército, a saber, que no fim das contas a vitória e a derrota tinham sido uma questão de força de vontade. A vontade do exército se manteve firme; a dos civis, não – crença esta que, de fato, estava muito longe da verdade, como claramente mostrava a desintegração do moral do exército após a derrota na ofensiva da primavera de 1918.[24]

Foi algum tempo antes do fim da guerra que a expressão "punhalada pelas costas" veio a ser usada pela primeira vez para expressar essa crença (a frase evoca a cena no drama musical de Richard Wagner, *O crepúsculo dos deuses*, em que o vilão Hagen crava sua lança nas costas do corajoso herói Siegfried, que ninguém, nem mesmo um deus, é capaz de derrotar em uma luta justa).[25] A primeira ocasião conhecida de seu uso se deu em 19 de junho de 1917, após a aprovação no Reichstag de uma resolução dos deputados social-democratas, liberais esquerdistas e do católico Partido do Centro [*Zentrumspartei* ou *Zentrum*] pedindo uma paz negociada, sem anexações territoriais. O general Hans von Seeckt, oficial do alto escalão do

Estado-maior que se tornaria o comandante chefe do exército após a guerra, perguntou, enfurecido: "De verdade, ainda estamos lutando em nome de quê? O *front* doméstico nos atacou por trás, e, com isso, a guerra está perdida".[26] De maneira semelhante, em fevereiro de 1918, o político aristocrata ultraconservador Elard von Oldenburg-Januschau fez a acusação de que uma nova resolução aprovada pelo Reichstag em favor de uma paz negociada "investiu contra o exército, de súbito, pela retaguarda".[27] A ideia original de uma "punhalada pelas costas" se referia, portanto, apenas às resoluções do Reichstag que, do ponto de vista de conservadores e importantes militares, minaram a vontade dos soldados de lutar até alcançarem a vitória final.

Essas ideias eram compartilhadas, talvez de maneira paradoxal, até mesmo por algumas figuras da esquerda e do centro da política alemã, embora não se referissem às resoluções de paz, mas às condições econômicas e sociais gerais no *front* doméstico. Nos primeiros dias de novembro de 1918, o esquerdista socialista Kurt Eisner, que pouco tempo depois formaria um governo revolucionário em Munique, alertou em uma reunião na cidade que era importante que a população civil não "quebrasse a espinha" das tropas em combate, enquanto na mesma ocasião, Ernst Müller-Meiningen, deputado liberal do Reichstag, declarou que "contanto que o *front* externo se mantenha, temos o maldito dever de continuar firmes em âmbito doméstico. Se atacássemos os que estão no *front* e os esfaqueássemos pelas costas, teríamos que encarar com vergonha nossos filhos e netos".[28] Observações como essas refletiam não apenas o desejo dos liberais moderados e dos social-democratas de evitar serem considerados antipatrióticos, mas também sua ignorância (mesmo nesse momento tardio) acerca do verdadeiro estado das coisas no *front*. Depois que a guerra acabou, essas opiniões se tornaram mais difundidas. O político liberal Gustav Stresemann, em 17 de novembro de 1918, declarou, por exemplo, que o *front* militar continuou lutando até o fim, mas o *front* doméstico entrou em colapso.[29]

A revolução que estourou em 9 de novembro de 1918 levou ao drástico aguçamento e radicalização da ideia de uma "punhalada pelas costas", que a partir de então deixou de girar em torno do estado geral do *front* doméstico ou do efeito das resoluções de paz sobre o espírito de luta dos homens, para se concentrar nas atividades específicas dos social-democratas e seus aliados de esquerda, que haviam levado a revolução ao poder. Já em 10 de novembro de 1918, dia seguinte à revolução, antes de a paz ter sido assinada, um comandante militar de alta patente, o príncipe herdeiro Rupprecht (Rodolfo) da Baviera – depois ter sido informado acerca da natureza das exigências dos Aliados – opinou que os termos do armistício não teriam sido tão duros se os Aliados não tivessem sido convencidos, pela eclosão da revolução, de que os alemães já não eram capazes de resistir a quaisquer termos que lhes fossem oferecidos – ideia compartilhada pelo sociólogo Max Weber, que declarou que a revolução "tirou as armas das mãos da Alemanha". Em 11 de novembro de 1918, em um discurso proferido às tropas por um major do exército, o conde Friedrich zu Eulenburg-Wicken, que em fevereiro de 1919 formaria a violenta facção paramilitar de extrema direita "Força Livre Eulenburg", afirmou que "traidores da pátria, liderados por agitadores egoístas" estavam "tirando proveito deste momento" de avanços dos Aliados e de recuo alemão para "nos esfaquear pelas costas". Eles haviam ocupado as pontes sobre o Reno, alegou Eulenburg-Wicken, a fim de interromper a chegada de suprimentos ao *front*. Ludwig Beck, oficial do Estado-maior que mais tarde ascenderia ao posto de chefe da organização sob os nazistas, fez uma reclamação semelhante em 28 de novembro de 1918, de que uma revolução "que há muito vinha sendo preparada" se abateu "sobre nós por trás, no momento mais crítico da guerra".[30] Até mesmo os comunistas deram crédito a essa teoria. Em 12 de novembro de 1918, o ministro das Relações Exteriores soviético Georgi Chicherin declarou em uma mensagem às tropas aliadas que "o militarismo prussiano foi esmagado não pelas armas e tanques do imperialismo Aliado, mas pela revolta dos trabalhadores e soldados alemães", ao passo que a Liga Espartaquista Alemã, a precursora do Partido Comunista da Alemanha, convocou uma assembleia de militares desertores em 30 de novembro de 1918 para celebrar sua fuga das linhas de frente como um feito revolucionário.[31] Logicamente, essas afirmações, tais como as declarações de nacionalistas de direita, ignoravam o fato de que os Aliados já haviam elaborado seus termos não negociáveis para um armistício bem antes de a delegação alemã chegar a Compiègne em 8 de novembro de 1918 e, portanto, antes da eclosão da revolução em 9 de novembro. Todavia, declarações como a de Chicherin contribuíram bastante no sentido de dar crédito às alegações da direita de traição por parte da esquerda.

A ideia da punhalada pelas costas passou a circular com maior fôlego por conta de uma investigação oficial realizada em 1919. Terminada a guerra, políticos Aliados exigiram, aos brados, o julgamento dos alemães que a seu ver tinham sido culpados por desencadear o conflito. Ao fim e ao cabo, os esforços para levar o cáiser à justiça fracassaram – ele estava fora de alcance em seu exílio nos Países Baixos –, e os procedimentos legais instaurados contra um punhado de oficiais do exército tiveram poucos resultados tangíveis. Nesse ínterim, no entanto, as acusações e contra-acusações disparadas de parte a parte no plenário da Assembleia Nacional Alemã eleita em janeiro de 1919 levaram os parlamentares a tomar medidas preventivas por meio da criação, em agosto, de sua própria comissão de inquérito acerca das origens e da condução da guerra; os partidos da "Coalizão de Weimar" – os social-democratas, os liberais de esquerda e do católico Partido do Centro – dominaram a comissão. No entanto, ao convocar importantes nacionalistas e líderes militares como testemunhas e permitir que falassem à vontade, a comissão fez o jogo da direita. O político Karl Helfferich, especialista em economia e filiado ao nacionalista Partido Popular Alemão [*Deutsche Volkspartei, DVP*], causou sensação quando se recusou a responder às perguntas feitas pelo representante dos Social-democratas Independentes, Oskar Cohn. "*Herr* Cohn", disse ele, "foi parcialmente culpado, talvez o maior culpado de todos, pelo colapso do *front* alemão". Ele estava se referindo a "uma soma em dinheiro que os bolcheviques russos haviam pagado a *Herr* Cohn para que apoiasse a revolução". Cohn negou a acusação, o que intensificou ainda mais a retórica de culpar a revolução em âmbito doméstico pela derrota alemã na frente de batalha – adicionando uma camada extra de conspiracionismo ao alegar que os bolcheviques russos estavam por trás de tudo.[32] No entanto, a retórica ainda ficava um pouco aquém de uma teoria da conspiração genuína, que teria exigido uma motivação. Até então, de qualquer forma, ninguém parecia estar afirmando que a esquerda alemã agira com o propósito específico de provocar a derrota da Alemanha de modo a entregar a vitória aos revolucionários.

Quem causou a maior sensação nas audiências foi o marechal de campo von Hindenburg, cujo depoimento provavelmente foi escrito por Helfferich em consulta com Ludendorff.[33] Em 19 de novembro de 1919, Hindenburg se apresentou à comissão parlamentar de inquérito e, "feito um cadáver vivo", leu seu depoimento e recitou uma narrativa que "alguém havia lhe ensinado e ele havia decorado". O marechal de campo declarou: "Poderíamos ter continuado a guerra até alcançar um desfecho bem-sucedido, tivesse havido uma cooperação unificada e inquebrantável entre o exército e a pátria". Mas isso não tinha acontecido. "Um general inglês disse, com razão, que o exército alemão foi 'apunhalado pelas costas'."[34] Qual general inglês disse isso? A história parece ter surgido a partir de um artigo publicado no jornal *London Daily News* pelo general *Sir* Frederick Maurice, que servira no Estado-maior Geral Imperial até maio de 1918 e agora era um requisitado analista militar. Maurice já havia sido citado explicitamente por um deputado da extrema direita na Assembleia Nacional Alemã, Albrecht von Graefe, em 29 de outubro de 1919, como o criador da ideia da punhalada pelas costas. Mas foi o depoimento de Hindenburg que garantiu de fato a identificação do general inglês como o responsável, dando à declaração a aparência de objetividade que militares e políticos conservadores alemães eram incapazes de fornecer por si próprios.[35]

Na verdade, o único argumento que Maurice estava apresentando era o de que o fracasso da ofensiva desferida pelos alemães na primavera e interrompida em definitivo em junho de 1918 foi decisivo para o fim da guerra. "A partir do momento em que o fiasco alemão ficou claro", escreveu ele, "o vínculo moral que mantinha a coesão de seus parceiros se rompeu" – em outras palavras, as vitórias dos Aliados na Frente Ocidental depois disso "desgastaram a capacidade de resistência do inimigo e exauriram suas reservas", a tal ponto que se tornou impossível para as forças do cáiser ajudar a Bulgária e a Áustria-Hungria quando as forças militares desses países começaram a capengar. Em 17 de dezembro de 1918, o principal jornal suíço, o *Neue Zürcher Zeitung*, tomando como ponto de partida o artigo de Maurice, publicou uma reportagem argumentando que "um exército não pode lutar sem ter o apoio do povo. Como a coragem do povo alemão havia se esvaído, o exército e a marinha desmoronaram [...]. No que diz respeito às Forças Armadas alemãs, o senso comum pode ser resumido na frase: foi apunhalado pelas costas pela população civil".[36]

Essa era uma representação precisa das opiniões de Frederick Maurice? Em seu livro *The Last Four Months* [Os últimos quatro meses], publicado em 1919, Maurice afirmou com firmeza que: "Não há dúvida de que os exércitos alemães sofreram uma derrota completa e decisiva no campo de batalha". O problema era que o governo e a propaganda militar alemães abafaram esse fato, e assim, Maurice afirmou, "o povo alemão atribuiu a rendição [...] à revolução, não foi favorável a ela". A recepção das tropas que retornaram da guerra, disse ele, reforçou essa impressão enganosa.[37] O jornal suíço o interpretou mal. Em julho de 1922, Maurice afirmou que "Nunca, em momento nenhum, expressei a opinião de que o desfecho da guerra foi o resultado de o exército ter sido apunhalado pelas costas pelo povo alemão". Maurice tinha seu próprio intento ao declarar que a derrota militar da Alemanha já estava consumada e completa muito antes da eclosão da Revolução Alemã, é claro: ele estava refutando os argumentos de comentaristas que alegaram que o armistício de 11 novembro foi prematuro e queriam que os exércitos Aliados continuassem lutando, mesmo que fosse Alemanha adentro. Isso, Maurice pensou, era desnecessário e teria suscitado uma perda maior e inútil de vidas humanas. Ainda assim, não há razão para duvidar de sua ponderação. Como declarou Erich Kuttner, editor do diário social-democrata *Vorwärts!*, em 1921: "Nada é mais característico da lenda da punhalada pelas costas do que o fato de que sua existência é baseada em uma falsificação [...]. Verdade seja dita, as 'palavras' do general Maurice eram, de A a Z uma invenção".³⁸

Circulava também uma versão bastante diferente da história, envolvendo outro general inglês, o chefe da Missão Militar Britânica em Berlim *Sir* Neil Malcolm. Mais tarde, Ludendorff recordou-se de um jantar com Malcolm, que lhe perguntou qual era, a seu ver, o motivo de a Alemanha ter perdido a guerra. O general alemão iniciou seu longo e conhecido discurso sobre a fraqueza do *front* doméstico e do governo e a incapacidade de ambos em dar apoio adequado às tropas em combate. Malcolm perguntou: "O senhor está tentando me dizer, general, que foi apunhalado pelas costas?". Os intensos olhos azuis de Ludendorff se iluminaram ao ouvir a expressão. "É isso!", gritou ele, triunfante. "Eles me apunhalaram pelas costas!".³⁹ Na verdade, Ludendorff estava ou confundindo os dois homens ou inventando a história, que não era corroborada por nenhuma evidência.⁴⁰ No fim das contas, como acontece com tantas teorias da conspiração, a verdade não importava muito. "Quem quer que tenha sido o inventor da expressão 'punhalada pelas costas'", observou, com desdém, o general prussiano Hermann von Kuhl no relatório final da comissão parlamentar de inquérito, "se foi o general britânico Maurice ou não, é irrelevante".⁴¹

O fato de Hindenburg ter endossado a história da punhalada pelas costas em seu depoimento perante a comissão parlamentar de inquérito em 1919 foi de imensa importância.⁴² As diligências da CPI receberam ampla cobertura e destaque nacional na imprensa, e o próprio comparecimento de Hindenburg foi acompanhado por ruidosas manifestações contra a República, organizadas por admiradores do marechal, muitos deles convencidos de que Hindenburg não deveria ser exposto à indignidade de ser convocado por uma mera comissão parlamentar. Os estragos causados à condução ordeira do funcionamento da comissão foram de tal magnitude que, a partir desse ponto, os deputados decidiram continuar os trabalhos a portas fechadas. A imprensa nacionalista extraiu o máximo de capital do depoimento de Hindenburg, que ele repetiu pouco depois em seu livro de memórias (também redigido por pena de aluguel), escrevendo que "nosso exaurido *front* desabou feito Siegfried sob a traiçoeira lança de Hagen; tentara, em vão, fazer despertar uma nova vida a partir da nascente ressecada dos recursos da pátria". Foi notável o fato de ele ter admitido que o *front* – ao contrário do jovem e colossal herói Siegfried – estava "exaurido". Notável também foi a imprecisão da acusação de Hindenburg, o que a tornava eminentemente adequada para ser usada para uma gama de propósitos.⁴³ Ao emprestar sua autoridade ao mito, Hindenburg não apenas ajudou a ancorá-lo na ideologia dos oponentes direitistas da República, mas também lhes forneceu uma potente arma para se opor às tentativas de desaboná-lo.[44] O fato de que o mito também recebeu credibilidade por parte do próprio ex-cáiser Guilherme II só ajudou a aumentar sua influência entre as pessoas que lamentaram o desaparecimento da monarquia.[45] E transformou Hindenburg em uma figura trágica, traída por inimigos conterrâneos, em vez do fracassado líder militar que ele realmente era.

Assim, o fiasco do *front* doméstico foi pela primeira vez incluído em uma genuína teoria da conspiração. Militaristas da extrema direita, a exemplo do coronel Max Bauer, ex-assessor de Ludendorff e autor, entre outras coisas, de uma extensa e pormenorizada (embora não publicada) diatribe contra o feminismo, agora julgou que tinha razão ao proclamar que "perdemos a guerra única e exclusivamente por causa da inação dos que estavam em casa".[46] Até então, vago demais. Mas Bauer continuou em frente para alegar que o rápido esgotamento das Forças Armadas da Alemanha no verão e outono de 1918 havia sido causado por um imenso aumento no número de homens que se esquivaram do alistamento militar. Von Kuhl afirmou também que "vagabundos irresponsáveis" e "desertores" haviam sido encorajados por pacifistas e socialistas que vinham fazendo vigorosa pressão para que a guerra terminasse; suas atividades também tiveram um efeito material em minar a vontade de lutar na frente de batalha, o que, é lógico, afirmou ele, era exatamente o efeito que estavam almejando. Em última análise, também, "a possibilidade da continuação da guerra pela Alemanha [...] foi impedida apenas pela revolução, que quebrou a espada na mão do comandante, subvertendo toda a ordem e disciplina no Exército – acima de tudo, atrás do *front* – e impossibilitou toda e qualquer resistência".[47] Ludendorff alegou, de forma semelhante, que democratas alemães de todos os matizes de opinião haviam aproveitado a oportunidade para destruir o império autoritário construído com tanta paciência por Bismarck e seus sucessores. No momento em que era necessário um Estado forte, esses traidores criminosos pacifistas tomaram o poder com o objetivo de chegar à paz, enquanto o exército continuava a lutar pela vida da pátria na frente de batalha. Esse foi o resultado de anos da ação de socialistas solapando a vontade de lutar do povo. A derrota da Alemanha em 1918 foi, portanto, o produto de uma campanha deliberada de socialistas e pacifistas para causar a derrota da Alemanha a fim de fazer uma revolução, em conformidade com o conceito de Lênin de "derrotismo revolucionário".[48]

Essas acusações não se limitaram de forma alguma aos militares. Um número significativo de grupos políticos civis da direita também culpou o *front* doméstico. Associações estudantis direitistas, por exemplo, apoiadas por alguns professores nacionalistas, adotaram a mesma linha, bem como elementos da conservadora Igreja Evangélica Protestante. Igreja oficial do Estado antes da guerra, estava intimamente vinculada à monarquia, de sorte que os apoiadores do cáiser e os defensores do restabelecimento de seu regime também usaram o mito da punhalada pelas costas como um meio de depreciar a nova democracia.[49] Na direita nacionalista radical, a Liga Pangermânica, organização pequena, mas influente, declarou em 4 de março de 1919 que a derrota fora culpa de "traidores" da pátria, aos quais um governo frouxo permitiu "sistematicamente minar a vontade de vitória de nosso povo".[50] Surgiu, assim, a alegação de que a derrota da Alemanha se devia não tanto a uma fraqueza geral da vontade e uma carência de recursos no *front* doméstico, mas a uma conspiração específica contra a nação por obra de socialistas, comunistas e pacifistas, maquinação que colocou seu efeito mais letal em prática na própria revolução.

III

Para os ultrapatriotas da extrema direita, analisando esses eventos durante a década de 1920, parecia óbvio que, segundo a opinião do dr. Albrecht Philipp, um dos principais líderes do nacionalista Partido Popular Alemão, "a revolução apunhalou o exército pelas costas, depois de prolongados esforços terem sido feitos para subvertê-lo de antemão. A lenda da punhalada pelas costas não é um mito vago e perigoso, como se afirmou. É uma clara descrição de um dos fatos mais tristes e vergonhosos na história alemã".[51] A afirmação de Philipp, como a de Ludendorff, de que a subversão do exército havia começado muito tempo antes da revolução, serviu como referência para as greves em massa que eclodiram nas fábricas em janeiro de 1918.[52] Durante um debate parlamentar em 26 de fevereiro de 1918, mais de oito meses antes do fim da guerra, o secretário de Estado para o Interior, Max Wallraf, que se tornaria um destacado membro do Partido Popular Alemão, afirmou "que influências internacionais estavam em ação" nas greves, defendendo "manifestações violentas contra o sistema de governo dominante". As greves, alertou ele, visavam claramente "dar respaldo a poderes hostis [...]. Qualquer pessoa que, de maneira desonrosa e desleal, ataca nossos bravos guerreiros pelas costas enquanto eles realizam sua sagrada tarefa é um criminoso e deve ser punido com o extremo rigor da lei".[53]

No entanto, os fatos não confirmavam a ideia de que todos esses eventos estavam ligados e formavam parte de uma conspiração socialista muito maior cujo intuito era minar o moral do exército. As greves foram motivadas pelas condições cada vez piores, sobretudo nas fábricas de munições, e foram resolvidas por uma série de acordos entre os sindicatos e a liderança militar, resultando em uma organização mais eficaz de produção e no abastecimento e, em especial, em uma melhoria nos salários e condições de trabalho. Em termos políticos, as greves deram respaldo às principais exigências dos social-democratas de uma paz sem anexações e reformas internas. Elas não ocorreram para impulsionar uma revolução. Os motins por comida, protagonizados esmagadoramente por mulheres em 1915-16, eram mais difíceis de controlar, uma vez que se tratavam de protestos mais espontâneos do que organizados, mas aqui também a reestruturação de estruturas de abastecimento ajudou a silenciar o descontentamento. Foi perceptível que o Partido Social-democrata da Alemanha desempenhou um papel central para pôr fim às greves e manifestações. Sua base de apoio entre os trabalhadores excedia em muito a de seus rivais de esquerda, cuja influência sobre os trabalhadores era, na melhor das hipóteses, limitada. E os social-democratas não procuravam derrubar o cáiser, simplesmente queriam reformar o sistema político comandado por ele. Somente em novembro de 1918 Scheidemann proclamou a República Democrática, a fim de impedir a tentativa ultraesquerdista de estabelecer um regime socialista.[54]

Infelizmente, Friedrich Ebert, o líder dos Social-democratas Majoritários no primeiro governo pós-revolucionário, contribuiu de modo efetivo para a propagação do mito da punhalada pelas costas quando, em 10 de dezembro de 1918, recebeu as tropas que retornavam da frente de batalha com as seguintes palavras: "Nenhum inimigo venceu vocês".[55] Sua intenção era enaltecer os soldados pelos anos de perigos e privações que suportaram, e inculcar neles uma dose de autoestima enfatizando o fato de que, na opinião dele, não tinham sido derrotados em uma grande batalha nem permitido que o inimigo invadisse a Alemanha em si. Mas o estrago estava feito. E a impressão de um exército invencível foi reforçada pela visão das disciplinadas e metódicas colunas de tropas marchando diante de Ebert, acompanhadas por bandas militares e aplaudidas calorosamente pela multidão, com tanto entusiasmo que era como se tivessem sido vitoriosas. Na verdade, esses grupos de soldados eram totalmente diferentes das tropas em geral: enquanto a maior parte das Forças Armadas da Alemanha saía em debandada, depondo suas armas, descartando seu uniforme e voltando para casa da maneira que pudessem, os homens que desfilavam diante de

Ebert consistiam de nove divisões, todas elas bastante desfalcadas, é claro, e alocadas pela alta cúpula do exército sob a liderança de Wilhelm Groener porque eram "confiáveis" e poderiam ser convocadas para defender o novo governo contra novos distúrbios e levantes revolucionários.[56]

Ebert não foi o único a falar nesses termos. Os líderes do governo pós-revolucionário dos Social-democratas Majoritários no estado de Baden já haviam saudado as tropas que retornaram no dia 16 de novembro de 1918 com estas palavras: "Vocês estão voltando invencíveis e imbatíveis".[57] O jornal local de Magdeburg noticiou em 12 de dezembro: "um exército invicto está voltando para casa".[58] Usando tais fórmulas, Ebert e outros políticos, juntamente com muitos jornalistas, pretendiam transmitir ao público a sua convicção de que as Forças Armadas alemãs haviam sido sobrepujadas apenas porque o inimigo mobilizara recursos superiores e de que os germânicos mantiveram a disciplina e o ímpeto até o fim. O próprio Hindenburg, em sua derradeira ordem do dia, emitida para as tropas em 11 de novembro, pouco antes da assinatura do armistício, declarou que suas forças "deixavam a batalha orgulhosas e de cabeça erguida" após quatro anos de bem-sucedida defesa da pátria contra "um mundo de inimigos", invocando assim outro mito, o de que a guerra começou apenas porque a Alemanha tinha sido "cercada" por um grupo de potências hostis em 1914.[59]

Para muitos alemães comuns, que saudaram com aplausos, vivas, acenos e patriotismo fanático as colunas de soldados em marcha, foi também a oportunidade de agradecer às tropas por seus sacrifícios; episódios de hostilidade pública para com os soldados eram raros, mesmo nas áreas da classe trabalhadora, que, afinal, havia fornecido boa parte do contingente que lutou na frente de batalha.[60] Muita gente se esqueceu do inconveniente fato de que, no fim das contas, isso fez pouca diferença diante da esmagadora superioridade dos Aliados em termos de equipamentos, armas, suprimentos, efetivos e aparelhagem militar. Somado ao fracasso da ofensiva da primavera de 1918 e aos avanços dos Aliados de julho de 1918 em diante, isso teve um efeito devastador sobre o moral das tropas, o que se refletiu no crescente número de deserções, no esgotamento do vigor e declínio do moral no final do verão e outono. Suprimentos, logística e recursos são, obviamente, uma parte da guerra tão importante quanto os combates travados na frente de batalha, fato que alguns pareciam ter esquecido, pensando que de alguma forma era injusto terem desempenhado um papel decisivo na derrota da Alemanha. Além do mais, aqueles que alegavam que a Alemanha havia saído invicta em 1918 falavam como se os alemães tivessem lutado sozinhos, ignorando a influência do colapso da Bulgária e a monarquia dos Habsburgos, os dois principais aliados da Alemanha, no curso dos eventos em outubro e início de novembro de 1918.[61]

O organizado desfile de revista das tropas que voltaram do *front* em Berlim e outros lugares obliterou o vergonhoso espetáculo de centenas de milhares de soldados se "desmobilizando" após o armistício e voltando para casa em desordem, saqueando e roubando ao longo do caminho. Foram as tropas, não os civis no *front* doméstico, que se comportaram de forma pouco heroica no final da guerra e, na verdade, durante alguns meses antes do fim. O declínio do moral das Forças Armadas alemãs no verão e no outono de 1918 não foi causado por agitadores e conspiradores socialistas trabalhando para minar o empenho dos soldados, mas sim pelo catastrófico fracasso da ofensiva da primavera, pela destruição das esperanças exageradas de vitória definitiva que acompanhavam a ofensiva e pelo desalento cada vez maior da luta à medida que legiões cada vez maiores de tanques Aliados e tropas estadunidenses eram despejadas na refrega. Quatro anos de guerra mecanizada em massa minaram a autoridade do corpo de oficiais junto aos homens, ao passo que unidades esgotadas, suprimentos escassos e as contínuas ofensivas infrutíferas vinham solapando o moral dos homens desde julho de 1918. Em 29 de setembro, Ludendorff foi forçado a admitir, sem mencionar qualquer tipo de influência revolucionária ou socialista, que "o Supremo Comando do Exército alemão chegou ao fim [...]. As tropas já não são confiáveis".[62] Ele sabia, em outras palavras, que a derrota era militar.

O mito da punhalada pelas costas não arrefeceu à medida que a Primeira Guerra Mundial ficava mais distante no tempo. Teve um papel importante na propaganda do Partido Popular Alemão, o mais bem-sucedido movimento conservador direitista e crítico da democracia de Weimar até a ascensão dos nazistas no final da década de 1920.[63] Jornalistas e políticos nacionalistas continuaram a tentar desmoralizar os social-democratas e, por implicação, a República de Weimar, alegando que haviam apoiado a agitação trabalhista na Alemanha durante a guerra.[64] Em 1924, Friedrich Ebert, presidente do Reich, que encabeçara os esforços para acabar com o descontentamento dos trabalhadores, moveu uma ação judicial por difamação contra o editor de um jornal nacionalista que o acusara de cometer traição por apoiar as greves dos operários das fábricas de munições em 1918. O juiz do caso, um conservador que, como a grande maioria dos membros do Judiciário na República de Weimar, havia começado sua carreira sob os auspícios do cáiser e compartilhava a visão do monarca de que os social-democratas eram revolucionários sem compromisso com a pátria, manipulou descaradamente o julgamento, que terminou com a absolvição do réu. O próprio Ebert não foi obrigado a testemunhar, uma vez que, afinal de contas, era o chefe de Estado. No entanto, ele apresentou uma declaração ao tribunal, negando a acusação. Os apoiadores de Ebert apontaram que ele havia perdido dois filhos na frente de batalha, o que tornava improvável, para dizer o mínimo, que quisesse interromper o fornecimento de munições às tropas. Durante o julgamento, Ebert teve uma crise de apendicite, mas adiou o tratamento porque não queria dar a impressão de que estava tentando ganhar a simpatia do público por causa de um problema de saúde: o adiamento foi fatal, e ele morreu em 28 de fevereiro de 1925, vítima, mesmo que apenas indiretamente, do mito da punhalada pelas costas.[65]

Um segundo julgamento, realizado em Munique ao longo de cinco semanas de outubro a dezembro de 1925, com foco em acusações apresentadas pelo ativista nacionalista Paul Cossmann (judeu que se converteu ao cristianismo e mais tarde foi assassinado pelos nazistas) contra um editor de jornal social-democrata que havia refutado, em termos muito pessoais, a afirmação de Cossmann de que os social-democratas apunhalaram o exército pelas costas ao fomentar a inquietação no *front* doméstico durante a guerra, em especial os motins navais que iniciaram a revolução em novembro de 1918. Entre os que foram convocados a testemunhar no que a imprensa chamou de "o julgamento da punhalada pelas costas" incluíam-se figuras importantes do tempo de guerra, líderes militares e navais, como Groener, Hermann von Kuhl, e várias outras testemunhas cujos depoimentos confidenciais para a comissão de inquérito do Reichstag agora eram trazidos aos olhos do público. O julgamento terminou com a aplicação de uma pequena multa em dinheiro ao editor social-democrata; as custas processuais foram atribuídas ao autor da ação. Seu efeito geral, no entanto, foi ambivalente. Por um lado, trouxe à luz uma imensa quantidade de evidências detalhadas da conduta do movimento trabalhista social-democrata durante a guerra, que de maneira geral provou seu patriotismo e refutou o ponto central das acusações de Cossmann. Por outro lado, a imprensa nacionalista destacou apenas os depoimentos que davam respaldo a essas acusações e, por isso, o julgamento de nada serviu para impedir a propagação da lenda da punhalada pelas costas.[66]

Quando a comissão parlamentar de inquérito do Reichstag finalmente apresentou seu relatório, publicado em oito volumes em 1928, tornando pública uma enorme quantidade de depoimentos contraditórios, sobre os quais seus membros haviam se debruçado durante anos desde a instauração da CPI, era tarde demais para desabonar o mito, que já tinha entrado no discurso da direita nacionalista como uma verdade incontestável. A alentada extensão do relatório e o fato de haver uma série de declarações divergentes dos membros da comissão, sobretudo os social-democratas e comunistas, enfraqueceram gravemente seu impacto. Ainda assim, as divisões políticas que afligiam a República eram tão profundas que todos tiraram do relatório as conclusões que queriam ouvir.[67] Uma rara voz conservadora a se erguer contra o mito da punhalada pelas costas foi a do ilustre historiador militar Hans Delbrück, já idoso, uma figura muito respeitada no *establishment* prussiano (nascido em 1848, lecionou por muitos anos na Universidade de Berlim). Era um crítico de longa data do que ele definiu como o "chauvinismo" dos pangermânicos, cujo nacionalismo hiperagressivo havia, na opinião de Delbrück, envenenado a atmosfera política na Alemanha durante e após a guerra. Essa mesma postura passou a ser compartilhada pelos dirigentes militares e, assim, prolongou o conflito ao persuadi-los a não buscarem um compromisso de paz. E a insistência em uma paz vitoriosa havia instigado os Aliados ocidentais a insistirem na mesma coisa, o que resultou na punitiva sentença de Versalhes. Se alguém era o culpado pela derrota alemã na guerra, Delbrück pensava, era Ludendorff, contra quem o historiador conduziu uma implacável campanha pública. Acusou o general de insultar as tropas que tinham lutado com tanta bravura ao sugerir que haviam abandonado a luta sob a influência dos agitadores socialistas. Na condição do historiador militar mais respeitado e influente da Alemanha, Delbrück foi convocado ao Reichstag pela comissão parlamentar que investigava as causas da derrota da Alemanha. Em preparação para seu depoimento, coletou uma grande quantidade de provas, incluindo cartas disponibilizadas pelos próprios soldados. A maioria delas confirmava sua teoria de que a persistente rejeição de Ludendorff a um compromisso de paz havia criado entre as tropas uma sensação de cansaço da guerra cada vez mais intensa. Em vez de lançar a equivocada e malfadada ofensiva da primavera em 1918, o exército deveria ter mudado de ideia enquanto podia em relação a aceitar uma paz negociada sem anexações. Não surpreende que no fim as tropas tenham se recusado a continuar lutando por uma vitória que talvez levasse anos para ser alcançada.[68]

Delbrück repetiu essas acusações quando foi chamado para depor como testemunha especialista no julgamento de Cossmann, apontando que Erzberger já tinha partido rumo a Compiègne com a instrução de Hindenburg para aceitar os termos oferecidos em 7 de novembro de 1918, dois dias antes da eclosão da revolução, o que, portanto, não pode ter exercido qualquer influência na assinatura do armistício. A Alemanha tinha sido derrotada, não por causa da subversão, mas por causa do fracasso estratégico da ofensiva da primavera de 1918. Isso levou a um colapso do moral no *front*, acentuado pela situação cada vez mais precária dos suprimentos. Ludendorff e seus aliados estavam apenas protegendo a própria reputação quando atribuíram a culpa à agitação socialista. Delbrück era ouvido com respeito pela imprensa, pois não tinha interesse político nem pessoal em atacar o mito da punhalada pelas costas. Contudo, quando ele morreu em 1929, a voz de seu conservadorismo sensato já estava sendo abafada pelos gritos estridentes dos nacional-socialistas.

IV

A lenda da punhalada pelas costas não era necessariamente ou invariavelmente antissemita. Em sua clássica forma conspiracionista, tinha como alvo antes de mais nada os socialistas e revolucionários que encabeçaram a revolução que derrubou o cáiser e estabeleceu, com a ajuda de parlamentares liberais, a República de Weimar. Ao mesmo tempo, no entanto, as versões mais radicais incorporaram um poderoso elemento de conspiracionismo antissemita. Mesmo antes da eclosão da guerra, indivíduos e grupos na extrema direita do espectro da política nacionalista alemã dirigiram acusações de comportamento antipatriótico contra a pequena minoria judaica no país. No decorrer do século XIX, a longa tradição do antissemitismo cristão foi sobreposta e, em alguns aspectos, substituída por uma nova variante racista. Influenciado por teorias racistas derivadas de Artur de Gobineau, por variantes radicais do darwinismo social, pelo desprezo imperialista por súditos coloniais e pela nova ciência da eugenia, um pequeno número de políticos e jornalistas na Alemanha começou a argumentar que os judeus, incluindo aqueles convertidos ao cristianismo, eram subversivos e antipatrióticos congênitos. Essas ideias foram retomadas por movimentos ultranacionalistas como a Liga Pangermânica, que queria reverter a maré da democracia representativa, restringir o poder do Reichstag e instalar um governo autoritário que adotaria uma política externa agressiva e militarista e estabeleceria a Alemanha como a maior potência mundial.[69]

Os judeus, declararam os pangermânicos, estavam subvertendo os valores alemães, enfraquecendo a agressividade masculina dos homens por meio do estímulo ao feminismo e causando o caos ao minar a estabilidade da família alemã. Sua propaganda insinuava que o movimento feminista era liderado por mulheres judias, embora isso não fosse verdade – as mulheres judias tinham sua própria organização, em grande medida apartada do feminismo liberal dominante.[70] Nessa visão racista e distorcida, os judeus da Alemanha eram indivíduos desprovidos de raízes, antipatrióticos, fracos e afeminados. Durante a guerra, enquanto jovens alemães eram mortos às centenas de milhares, havia a necessidade cada vez maior de novos recrutas, e as associações patrióticas e seus apoiadores começaram a fazer campanha contra "os vagabundos irresponsáveis" que a seu ver tinham se esquivado do serviço militar, assim como, na Grã-Bretanha, sufragistas convertidas em nacionalistas saíam pelas ruas distribuindo plumas brancas aos homens sem uniforme, que na sua opinião deveriam ter se alistado nas Forças Armadas.

Perto do fim de 1916, ficou nítido que essa campanha cada vez mais intensa contra os "vagabundos irresponsáveis que se esquivavam do alistamento" se concentrava sobretudo nos judeus da Alemanha.[71] Agindo sob essa pressão política, o Ministério da Guerra iniciou um amplo recenseamento de soldados judeus nas Forças Armadas alemãs na linha de frente. Influentes figuras da direita nacionalista alegaram que, graças à intervenção de médicos e oficiais judeus, os soldados judeus serviam predominantemente atrás das linhas, longe do perigo. Por mais falha que a metodologia pudesse ser, e ainda que os dados fossem incompletos, o resultado frustrou as expectativas ao demonstrar que 80% dos soldados judeus serviam no *front*. Ao todo, na verdade, cerca de cem mil judeus (definidos como adeptos da fé judaica) cumpriram serviço militar durante a guerra; 12 mil foram mortos e 35 mil, condecorados por bravura. Em vez de alardear esses resultados como evidência do patriotismo dos judeus alemães, o ministério escondeu as descobertas do censo, permitindo assim a disseminação inconteste da suspeita de que os judeus eram "vagabundos irresponsáveis" que se evadiam da luta. Nesse ínterim, o mero fato da realização do censo, somado à propaganda antissemita que o acompanhava, enviou ondas de choque sobre a comunidade judaica, levando muitos judeus a enfatizar mais do que nunca seu fervor patriótico.[72]

Como era de se esperar, a omissão dos resultados da investigação criou a oportunidade para espalhar o mito da punhalada pelas costas impregnado de antissemitismo na extrema direita. Já em uma sessão decisiva do Alto-Comando do Exército [*Oberkommando des Heeres, OKH*] em Spa, na Bélgica, em 9 de novembro de 1918, um general direitista sugeriu o envio de tropas munidas com lança-chamas e granadas de gás contra soldados refratários. Recorrendo a um estereótipo antissemita bastante comum, ele alegou que a situação era culpa do fato de "que judeus aproveitadores que lucram com a guerra e vagabundos irresponsáveis que se evadem da luta atacaram o exército pelas costas e impediram o envio de suprimentos".[73] No entanto, sob o comando do general Groener, a reunião rejeitou essa ideia e decidiu não usar métodos violentos, ou quaisquer outros métodos, numa inútil tentativa de escorar o decadente regime do cáiser Guilherme II, que na mesma tarde deixou Spa a bordo de um trem rumo a seu exílio nos Países Baixos.

Entretanto, em 17 de novembro de 1918, menos de uma semana após a assinatura do armistício, Groener declarou:

> Por quatro anos o povo alemão permaneceu imperturbado contra um mundo de inimigos – e agora se permitiu ser derrubado como um cadáver por um punhado de marinheiros, nos quais se injetou o veneno russo de *Herr* Joffe [o embaixador soviético] e de seus camaradas. E quem é que mexe os pauzinhos? Os judeus, tanto aqui como lá.[74]

Ao articular esse ponto de vista, Groener provavelmente refletia uma opinião mais ampla do Estado-maior. Poucos dias antes, outro oficial de alta patente, o general Albrecht von Thaer, já havia alegado, em uma clara referência a *Os protocolos dos sábios de Sião*, que um estabelecimento maçônico judaico secreto em Paris decidira destruir "não apenas todas as dinastias, mas também a Santa Sé e a Igreja".[75] Opiniões semelhantes foram expressas pelo líder da Liga Pangermânica, Heinrich Class, que em fevereiro de 1919 declarou que a "influência judaica" foi a "força motriz" na derrota da Alemanha. Os judeus eram um "elemento estranho" na Alemanha, e a Liga, como já havia feito antes da guerra, exigiu a retirada de direitos civis da população judaica. Um de seus principais líderes publicou estatísticas com o objetivo de mostrar que, para cada soldado judeu morto durante a guerra, morreram nada menos que trezentos soldados não judeus. Essas estatísticas eram pura invenção, logicamente, como o não publicado "censo judaico" de 1916 já havia demonstrado.

Mas a acusação não desapareceu. Enquanto o resultado do censo permanecia indisponível, os jornais e políticos da direita continuaram a polemizar contra os "indolentes e preguiçosos" judeus do tempo de guerra, cujo mau exemplo supostamente minou a vontade dos soldados alemães de continuar lutando.[76] O oficial militar que, dizem, teria exigido e realizado o "censo judaico", o general de divisão Ernst von Wrisberg, cujo papel durante a guerra era administrar o envio de suprimentos para a linha de frente, foi o primeiro a elaborar a versão antissemita do mito da punhalada pelas costas, em uma longa discussão sobre o que ele chamou de "ataques à classe de oficiais". Em março de 1919, alegou que "uma parte da população judaica apoiou a revolução alemã. Não é de se admirar, uma vez que essa tribo está fazendo de tudo para aniquilar uma classe que há muito tempo tem sido uma pedra em seu sapato".[77] As alegações de Wrisberg causaram muita controvérsia, e ele foi exonerado do exército meses depois, mas isso não o impediu de repetir essas afirmações em sua autobiografia, publicada em 1921, na qual alegou que "a atividade desordeira e subversiva dos judeus na economia doméstica e no exército foi em grande medida a culpada pelo infortúnio que se abateu sobre nossa pátria".[78]

No mesmo ano, o coronel Max Bauer repetiu a mesma acusação em seu livro de memórias. O declínio do moral no exército da reserva nos últimos meses de guerra, apontou ele, tinha sido causado por "doutrinação bolchevique socialista". Foi a partir dessas unidades da reserva, declarou ele, que a revolução tinha se espalhado; e esses "indolentes e preguiçosos" eram em sua maioria judeus. Desnecessário dizer que ele não forneceu evidências concretas para nenhuma dessas alegações, embora presumisse que seriam comprovadas e validadas pelos ainda inéditos resultados do "censo judaico".[79] Outro supremacista masculino, Hans Blüher, o ideólogo do movimento juvenil, escrevendo sob a influência do escritor austríaco Otto Weininger, cujo livro *Sex and Character* [Sexo e caráter] havia apresentado pontos de vista antissemitas, bem como ideias antifeministas, adotou uma linha característica dos teóricos da conspiração ao declarar, em 1922:

> De nada adianta hoje a imprensa judaica tentar refutar o mito da punhalada pelas costas. Pode-se provar e refutar qualquer coisa. Mas tornou-se um fato que todo alemão tem isso em seu sangue: o prussianismo e heroísmo andam de mãos dadas, assim como o judaísmo e o derrotismo [...]. A conexão associativa entre a essência da masculinidade e a essência do ser alemão, e entre o feminino e o servil e o judeu, é um sentimento intuitivo direto do povo alemão que se torna mais evidente a cada dia. A este respeito, nenhuma "prova", a favor ou contra, tem qualquer utilidade, mesmo se cem mil judeus tivessem sucumbido pela pátria.[80]

Portanto, o que vale no caso de *Os protocolos dos sábios de Sião* vale também no caso da lenda da punhalada pelas costas e, mais além, para outras teorias da conspiração: no fim, os fatos não tinham importância. Mesmo que fossem comprovadamente falsas, essas teorias expressavam, no entanto, uma verdade *essencial* que, ao fim e ao cabo, não era suscetível a uma verificação empírica.

Propagandistas desse tipo se entregavam a fantasias infundadas. Um escritor alegou em 1919 que os judeus estavam "em toda parte": tinham sido "dominantes" "no reinado de Guilherme II, eram maioria entre os liberais e nos grupos socialistas", ideia que não tinha a mínima base na realidade, sobretudo à luz do veemente antissemitismo do próprio cáiser.[81] Muito mais comum era associar revolucionários a judeus. Com efeito, Arthur Hoffmann-Kutsche, em seu livro *Der Dolchstoss durch das Judentum* [A punhalada pelas costas desferida pelos judeus, 1922], recuou no tempo e levou o mito para o século XIX, ao descrever o momento da emancipação dos judeus na Alemanha como o ponto de partida histórico da "punhalada pelas costas".[82] A ultranacionalista Sociedade Alemã de Proteção e Desafio (*Deutscher Schutz-und Trutzbund*) afirmou que "a revolução foi feita com dinheiro dos judeus, conduzida e realizada pelo espírito judeu". Outros, incluindo Ludendorff, alegaram que os judeus tinham forte representação sobretudo entre os socialistas revolucionários de esquerda.[83] Alguns antissemitas destacaram o que a seu ver era "a monstruosa multidão de judeus ocupando importantes posições governamentais" no novo regime estabelecido na Alemanha pela revolução de 1918.[84]

Todavia, as tentativas de demonstrar isso não foram nada convincentes. Por exemplo, Karl Liebknecht, deputado esquerdista do Reichstag e mais tarde membro do Partido Comunista, contrário à guerra desde o início, aparecia com frequência em listas antissemitas de supostos judeus do movimento socialista, mas na verdade não era judeu. Verdade que havia alguns judeus esquerdistas em importantes posições, remontando ao próprio Karl Marx e incluindo Rosa Luxemburgo, cofundadora do comunismo alemão com Liebknecht; o líder socialista bávaro Kurt Eisner; e o socialista pacifista Hugo Haase, colíder, com Friedrich Ebert, do conselho revolucionário em 1918–19: não por acaso, todos foram assassinados nos primeiros meses da República de Weimar. Mas o número de pessoas de origem judaica em posições de liderança nos partidos de esquerda era muito pequeno e, de maneira decisiva, ao se tornarem socialistas ou comunistas, abandonavam sua identidade judaica, considerando que algum dia a tiveram. Ademais, não havia nenhuma evidência para corroborar as alegações de que elas conspiraram de alguma forma para apunhalar a Alemanha pelas costas. Na ausência de quaisquer fatos reais para comprovar essas alegações fantasiosas, os antissemitas tiveram que recorrer ao arrazoado de que na revolução de 1918 o poder havia sido tomado não pelos social-democratas, mas por "judeus manipuladores secretos", que agiam por trás dos bastidores para controlá-los. Portanto, em outras palavras, mesmo que não fosse possível demonstrar que esses homens tinham família judia ou outras conexões judaicas, ainda assim eram judeus no final das contas, porque seu "espírito" era judeu, mesmo que sua ancestralidade não fosse.[85]

V

Talvez seja surpreendente o fato de a ideia da "punhalada pelas costas" quase nunca ter sido usada pelos nazistas. Por exemplo, ela aparece apenas uma vez nas centenas de páginas de *Mein Kampf*, como parte de um ataque geral ao governo do cáiser por não reconhecer a ameaça representada pelo "marxismo", ou, em outras palavras, a social-democracia, movimento que, no entendimento de Hitler, era encabeçado por judeus.[86] Um meticuloso pente-fino pelas edições completas dos discursos, proclamações e artigos de Hitler apresenta apenas resultados muito escassos.[87] Para os nazistas, o regime do cáiser fez por merecer seu destino; o motivo de sua derrocada não foi a punhalada pelas costas: a queda se deu principalmente porque lhe faltara vontade de sobreviver. "Essa derrota", declarou Hitler, "foi mais do que merecida" porque o cáiser e seu governo não estavam preparados "para aplicar medidas inteiramente radicais" a fim de vencer a guerra.[88] Os nazistas ainda argumentavam que o exército estivera em posição de vencer a guerra na Frente Ocidental em novembro de 1918, alegação que nem mesmo Ludendorff havia sugerido ("Eu nunca disse que o exército estava invicto no outono de 1918", ele escreveu em 1921). Contudo, ao contrário dos conservadores que propagaram o mito, os nazistas não eram de forma alguma nostálgicos em relação ao Império Bismarckiano, por isso não tinham muito interesse em relembrar as razões de sua derrota. Em vez disso, concentraram-se no que consideravam ser os males da Alemanha no presente, sobretudo na Depressão econômica que assolou o país em 1929.[89] Se os judeus desempenharam um papel relevante na derrota da Alemanha em 1918, não foi, Hitler pensou, por meio de ação violenta ou conspiração, mas por meio de um lento e gradual envenenamento da vontade alemã de lutar.[90]

Na única ocasião em que falou de maneira pormenorizada sobre as razões da derrota em 1918 (em 9 de novembro de 1928, o décimo aniversário da abdicação forçada do cáiser), Hitler não fez rodeios e, sem meias-palavras, colocou a culpa no "verme" que "lentamente nos arruinou e envenenou [...], os hebreus". No entanto, para Hitler, esse processo, em que aos poucos se impôs ao povo alemão que se tornasse espiritualmente indefeso, era secundário em comparação com os "criminosos de novembro" que assinaram o armistício e o Tratado de Versalhes. Na mente de Hitler, mais importante do que identificar as causas da derrota era criar uma "comunidade do povo" germânica e unificada, reproduzindo o suposto "espírito de 1914", em que o cáiser havia proclamado que não reconhecia mais qualquer partido, apenas alemães.[91] Hitler receava atribuir a culpa pela derrota na guerra à fraqueza do *front* doméstico em um sentido mais geral, sobretudo porque, em especial após o fiasco do "*Putsch* da cervejaria" [a tentativa de golpe de Estado de Hitler em Munique, na Baviera] em 1923, ele estava concentrando sua atenção em ganhar votos; muitos de seus potenciais apoiadores, especialmente as mulheres, mas também os homens mais velhos, passaram os anos da guerra no *front* doméstico, e em nada ajudaria a causa hitlerista acusá-los de ter apunhalado o exército pelas costas ou de não terem força de vontade para continuar a apoiar os soldados até o fim.[92]

Não havia dúvida, claro, quanto ao antissemitismo visceral do Partido Nazista e do próprio Hitler, desde o início. Para o Führer, "o judeu internacional" foi "o verdadeiro organizador da revolução" de 1918. A derrubada do regime do cáiser havia sido arquitetada a fim de estabelecer "o domínio dos judeus", que, Hitler acreditava, agora ocorria na forma da República de Weimar. A "chamada Revolução de Novembro" não passara de "um golpe judeu". O jornal nazista *Völkischer Beobachter*, comentando sobre o julgamento de 1925, alegou que "os judeus foram o principal fator na punhalada pelas costas".[93] Mas obviamente era mais ou menos inevitável que o jornal usasse esse termo ao noticiar e comentar um julgamento no qual o conceito assumia lugar central. De maneira mais geral, nem Hitler em seus discursos nem a imprensa nazista em seus artigos faziam mais do que menções ocasionais à punhalada pelas costas.[94] Preferiram concentrar sua energia nos "criminosos de novembro", os homens que (a seu ver) tinham covardemente aceitado os termos do armistício e traído a raça alemã no acordo de paz. A fraqueza do cáiser e a frouxidão de seu regime haviam resultado em derrota na guerra, mas a traição dos criminosos de novembro acarretara a perda da paz.[95]

Além disso, em sua propaganda inicial e no programa oficial do partido promulgado em 1920, os nazistas enfatizaram o aspecto que passaram a retratar como a criminalidade econômica dos judeus da Alemanha. Uma das principais acusações girava em torno da denúncia de que empresários judeus haviam sido "aproveitadores que lucravam com a guerra". De fato, a guerra ocasionou um considerável deslocamento na economia alemã. Sob o impacto de um bloqueio econômico Aliado que durou muitos meses após o armistício, os suprimentos, sobretudo de comida, escassearam, e mais de meio milhão de alemães morreram de desnutrição e doenças correlatas. À medida que as autoridades militares impuseram um racionamento cada vez mais severo, um vasto mercado clandestino cresceu por trás das cortinas, proporcionando lucros substanciais para os criminosos que o comandavam. Claro, esses criminosos eram em sua maioria não judeus (a população judaica da Alemanha estava abaixo de 0,5%), mas os antissemitas viam esse comportamento como evidência de um "espírito judeu", e assim atribuíam toda a atividade do mercado ilícito à manipulação dos judeus, que se aproveitavam da guerra para auferir lucros. A "inflação judaica do tempo de guerra" foi, portanto, "tão responsável pela destruição da vontade alemã de lutar [...] quanto a agitação revolucionária".[96]

No entanto, isso não desempenhou um papel relevante na propaganda nazista durante os anos de 1930 a 1933, quando os nazistas deixaram de ser um fenômeno marginal para se tornarem o maior partido. Nas eleições nacionais de 1928, eles descobriram que o antissemitismo não encontrava eco entre a maioria dos eleitores. Em 1933, é claro, tudo mudou. Contudo, embora a retórica antissemita tenha sido intensificada mais uma vez após a tomada do poder pelos nazistas em 1933, Hitler deixou de lado seus ataques retóricos anteriores contra os "criminosos de novembro" e passou a enfatizar, de forma mais positiva, a necessidade de evitar, na guerra iminente, os erros cometidos na guerra anterior. O Estado nazista removeria os judeus da Alemanha, de modo a se proteger da subversão interna; robusteceria a vontade do povo alemão, educando-o a abraçar a guerra com entusiasmo e comprometimento; empregaria medidas disciplinares implacáveis nas Forças Armadas para punir "indolentes preguiçosos" e "derrotistas". Em vez de continuar a atacar as velhas elites imperiais por sua suposta falta de força de vontade em 1918, linha de ação que teria desagradado e afugentado a opinião pública em um momento em que precisava de seu apoio, Hitler preferiu arrastar o povo consigo no caminho da guerra e da conquista.[97]

No entanto, quando Hitler falava ou escrevia sobre a Primeira Guerra Mundial (o que não fazia com muita frequência), era menos para lamentar a derrota da Alemanha do que para celebrar as vitórias da Alemanha – Tannenberg, em vez de Verdun, por exemplo –, ou para enfatizar exemplos extremos de sacrifício heroico, em especial Langemarck, em que milhares de jovens alemães foram para a batalha entoando canções patrióticas e sendo dizimados pelas metralhadoras inimigas.[98] A atuação do próprio Hitler durante a guerra tinha sido, afinal, o maior e mais gratificante momento de sua vida. Ele preferia não remoer a derrota, que o fazia – e às suas plateias – lembrar-se da humilhação da Alemanha; em vez disso, concentrou-se em aprender as lições para a guerra seguinte: superar a divisão de classes que minou a solidariedade do povo alemão entre 1914 e 1918; destruir a democracia, que significava o enfraquecimento da vontade, e substituí-la pela ditadura, sob a qual a Alemanha seria guiada por uma única e poderosa vontade inquebrantável – a sua própria; punir impiedosamente os desertores e os "vagabundos que se esquivavam do alistamento" (mais de 15 mil soldados alemães seriam executados por esse crime durante a Segunda Guerra Mundial); evitar uma guerra de dois *fronts* (objetivo que, no fim das contas, escapou a Hitler); evitar a recorrência dos problemas de abastecimento que, ele acreditava, haviam afetado a Alemanha durante a Primeira Guerra Mundial; conquistar vastas porções do Leste Europeu e, principalmente, usar os cereais e alimentos da Ucrânia, "o cesto de pão da Europa", para manter os padrões de vida na Alemanha; instituir generosos subsídios e auxílios familiares para que as tropas mobilizadas no *front* não se preocupassem com a condição de seus entes queridos na Alemanha; fortalecer a mão de obra empregando trabalhos forçados e, assim, liberar os jovens para lutar na frente de batalha; e, sobretudo, neutralizar o que ele julgava serem elementos potencialmente subversivos, principalmente os judeus, obrigando-os a deixar a Alemanha e, no final, exterminando-os.[99]

Para Hitler e os dirigentes nazistas, o genocídio dos judeus da Europa foi, sobretudo, um ato de vingança por sua suposta traição à Alemanha durante a Primeira Guerra. Mas eles não conceberam isso em termos de subversão socialista. Hitler atribuiu a culpa pela Primeira Guerra Mundial ao "capital financeiro internacional" dos judeus. "Essa raça de criminosos tem na consciência os 2 milhões de mortos na [Primeira] Guerra Mundial", e "mais centenas de milhares", disse ele em 25 de outubro de 1941, "então não me digam que não podemos mandá-los para os atoleiros", o que significava matá-los levando-os para os pântanos de Pripyat, área da Ucrânia conquistada pelos exércitos alemães após a invasão da União Soviética. Ainda mais explícita foi a declaração de Heinrich Himmler em 4 de outubro de 1943, dirigindo-se à alta cúpula da SS reunida em Posen e falando abertamente sobre os assassinatos em massa que vinham realizando: "Provavelmente teríamos chegado ao estágio do ano de 1917/18 se os judeus ainda estivessem alojados no corpo do povo alemão".[100]

A ideia da punhalada pelas costas assumiu uma forma muito diferente em 1944, após o fracassado atentado contra a vida de Hitler, realizado em 20 de julho por militares conservadores do movimento de resistência ao nazismo. De início, Hitler tentou culpar um pequeno grupo de conspiradores que pensaram que "conseguiriam enfiar a adaga nas costas, como em 1918". Embora a expressão "punhalada pelas costas" tenha sido usada com frequência pela liderança nazista nos dias e semanas seguintes, no entanto, não se referia mais aos socialistas, nem mesmo aos judeus, mas, depois que o chefe da SS, Heinrich Himmler, e a Gestapo descobriram o envolvimento de um grande número de generais e oficiais do exército na trama, o termo passou a ser empregado em uma inversão exata de sua formulação original: não foi o *front* doméstico que apunhalou o exército pelas costas em 1918; não eram "desertores, judeus, antissociais, criminosos" os culpados pela derrota da Alemanha, mas os próprios generais. De fato, a partir desse ponto até o final da guerra, a ideia da "punhalada pelas costas" perdeu todas as suas especificidades anteriores e foi usada pelo regime nazista para estigmatizar qualquer pessoa, qualquer que fosse sua posição na sociedade, sua ideologia política ou sua etnia, que estivesse minando de alguma maneira o esforço de guerra cada vez mais inútil.[101]

VI

O mito da punhalada pelas costas assumiu uma variedade de formas durante e depois da guerra. Havia uma versão muito ampla, que argumentava que a derrota em 1918 havia sido causada pelo colapso do *front* doméstico em geral, por razões econômicas e sociais, prejudicando a produção de guerra e enfraquecendo o moral; ninguém teve a intenção de causar isso, simplesmente aconteceu, sobretudo como uma consequência do bloqueio Aliado. Formulado dessa maneira, o mito ainda não havia assumido a forma de uma verdadeira teoria da conspiração, que deve necessariamente incluir um elemento de intenção deliberada. No entanto, essa crença foi a que exerceu o impacto mais tangível em Hitler e nos nazistas, à medida que estes desenvolveram bem no início o objetivo de conquistar o Leste Europeu a fim de obter "espaço vital" (*Lebensraum*), o que significava a anexação de vastas áreas agrárias na Ucrânia e em outros lugares, sua colonização por agricultores alemães, e o uso da terra para fornecer alimentos ao povo alemão, determinados que estavam a não sofrer como haviam sofrido sob o bloqueio dos Aliados na Primeira Guerra Mundial.

Em seguida, havia uma versão mais restrita, em que militaristas e nacionalistas apontavam o dedo para a esquerda alemã, acusando-a de deliberadamente minar o esforço de guerra por meio de subversão, greves, tumultos e, eventualmente, a revolução em solo alemão, a fim de destruir o regime do cáiser e substituí-lo por um Estado socialista. A bem da verdade, essa versão veio à tona em sua forma totalmente desenvolvida somente após a revolução de 9 de novembro de 1918, embora seus adeptos agora alegassem que os conspiradores socialistas tinham se infiltrado nas Forças Armadas antes disso, ou solaparam a vontade da população civil de continuar apoiando o esforço de guerra. Hitler e os nazistas, como vimos, fizeram uso relativamente pequeno dessa ideia em sua propaganda política. Sua repressão aos social-democratas e comunistas, que foram detidos e encarcerados aos milhares e executados às centenas em 1933 e depois, quando os nazistas chegaram ao poder, refletia acima de tudo o fato de que esses dois movimentos políticos forneciam a maior parte da oposição ativa ao nazismo e, portanto, tinham que ser destruídos.

Por último, havia uma versão antissemita, que atribuía a subversão socialista ao trabalho propositalmente desintegrador dos judeus na Alemanha e no exterior, refletindo a convicção de que os judeus em todos os lugares eram inclinados por hereditariedade a se envolver na subversão do Estado e da raça alemã.[102] Foi esta última crença, em vez de qualquer teoria da conspiração antissemita específica que vinculasse os judeus alemães à derrota de seu país na guerra, que levou o regime nazista a conduzir a expulsão dos judeus da "comunidade nacional" alemã, privando-os de seus direitos, forçando-os a emigrar aos milhares, no maior número possível, e, ao fim e ao cabo, durante a guerra propriamente dita, prendendo-os, confinando-os em guetos e assassinando-os em uma genocida campanha de extermínio que logo se estendeu muito além das fronteiras da Alemanha.

Até certo ponto, essas três variantes do mito são contraditórias entre si. A versão do mito que atribuía a derrota da Alemanha ao colapso da economia interna, levando ao desmoronamento do moral no *front* doméstico e, em seguida, nas próprias Forças Armadas, implicava que não havia a menor possibilidade de os exércitos continuarem a lutar por mais tempo do que efetivamente fizeram. Nas outras duas variantes do mito, ambas tratando a derrota como resultado de uma conspiração cujo intuito deliberado era fazer a Alemanha perder a guerra, há uma contradição implícita: a afirmação de que os exércitos poderiam ter continuado a combater se a revolução não tivesse eclodido, garantindo assim um compromisso de paz em termos melhores do que aqueles que foram de fato obtidos; na versão mais extremada, tanto o exército quanto o povo poderiam se insurgir em defesa da pátria, caso o governo rejeitasse os termos de paz e os Aliados invadissem o território alemão.

A alegação de que o governo alemão poderia ter arrancado à força dos Aliados um acordo de paz em condições mais favoráveis caso a eclosão da revolução não tivesse impedido o exército de continuar lutando foi recentemente reavivada pelo historiador Gerd Krumeich, que chamou essa hipótese de "realista" e perguntou, de maneira retórica, se porventura a tese da punhalada não tinha uma semente de verdade.[103] Contudo, como vimos, o momento do colapso militar da Alemanha e a eclosão da revolução pesam contra essa hipótese. O moral das tropas alemãs começou a despencar, por razões militares, após o fracasso da ofensiva da primavera de 1918, no mais tardar em julho; no início de setembro, ficou claro que a guerra estava perdida e, no início de outubro, o exército alemão na Frente Ocidental já estava começando a se desintegrar. A ideia de que as tropas poderiam ter continuado a lutar pela defesa da pátria em um momento no qual os soldados já estavam desertando aos borbotões era, e é, uma fantasia. E se tivessem feito isso, ainda que exaustos, debilitados, precariamente equipados e abastecidos, com número insuficiente de homens, teriam sido esmagados pelas forças Aliadas cada vez mais numerosas, com mais e mais tropas estadunidenses desembarcando no *front*, e mais tanques chegando todos os dias, tornando cada vez mais fácil arrasar as defesas alemãs. Ironicamente, dada sua posterior adesão à teoria da punhalada, era Ludendorff quem, pelo menos no decorrer de setembro e início de outubro de 1918, estava sendo realista aqui, não os historiadores posteriores. E foi Ludendorff quem abandonou o exército e, de fato, o país, quando a revolução estourou – usando óculos de armação azul e uma barba postiça, fugiu para a Suécia, onde permaneceu pelos meses seguintes, até ser convidado pelas autoridades suecas a ir embora do país.

Qual foi o efeito dessas várias versões do mito? Para muitos milhões de comunistas e social-democratas, é claro, nenhuma delas significava muita coisa. Tampouco tiveram muita relevância, de forma mais ampla, para os partidos políticos moderados que apoiaram a República de Weimar desde o início, os social-democratas, os democratas alemães da esquerda liberal e o Centro Católico. Todas as variedades da lenda circulavam em peso e com grande popularidade na direita nacionalista, que olhava para trás com nostalgia dos dias do cáiser e da monarquia militar prussiana tão bem representada por Frederico, o Grande, no século XVIII. Na extrema direita, entre os pangermânicos e vários grupos contrarrevolucionários radicais – pequenos, mas quase sempre violentos –, sobretudo entre os nacional-socialistas, a versão antissemita predominou. O mito, portanto, estava confinado a uma pequena ala marginal – diminuta, mas ruidosa e influente – do sistema político da República de Weimar até o final da década de 1920. Não foi adotado pela grande maioria do eleitorado.[104] Além disso, a relutância dos nazistas em usá-lo em sua propaganda contribuiu ainda mais para diminuir sua influência. O que prejudicou a legitimidade da República de Weimar não foi tanto o mito da punhalada pelas costas em qualquer uma de suas várias formas, mas um sentimento muito mais geral de que o advento da democracia veio acompanhado pela humilhação nacional do acordo de paz e a "cláusula de culpa de guerra" do Tratado de Versalhes, segundo a qual, quaisquer que tivessem sido as razões para a derrota da Alemanha, os germânicos deveriam aceitar a culpa total de um conflito pelo qual eram, de fato, responsáveis.

O mito da punhalada pelas costas era uma teoria da conspiração muito mais específica do que a atribuição aos judeus, em todo o mundo, de instintos subversivos, conspiratórios e determinados pela raça que documentos como *Os protocolos* alardeavam. Por um lado, o mito ficou restrito principalmente (mas não apenas) à Alemanha, e seu foco eram eventos históricos alemães específicos. Por outro, as versões mais bem definidas do mito apontaram para grupos específicos da sociedade, fossem socialistas, comunistas e pacifistas, ou (uma categoria que se sobrepõe na mentalidade da extrema direita) judeus na Alemanha, ajudados e estimulados por outros judeus no exterior, sobretudo na Grã-Bretanha, na França e nos Estados Unidos. Ao mesmo tempo, não era o tipo de teoria da conspiração que mencionava indivíduos nomeados ou identificáveis que supostamente teriam causado a derrota da Alemanha, exceto algumas figuras representativas, como Karl Liebknecht ou Philipp Scheidemann, nenhum dos quais era judeu. Para um tipo de teoria da conspiração com foco ainda mais restrito e dirigida contra indivíduos identificados pelo nome e em tese responsáveis por um evento específico, precisamos desviar nossa atenção dos dias 9–11 de novembro de 1918 para outro ponto de virada na história alemã, que ocorreu na noite de 27–28 de fevereiro de 1933.

3

QUEM INCENDIOU O REICHSTAG?

I

As teorias da conspiração muitas vezes tendem a se aglutinar em torno de eventos políticos violentos e inesperados. A súbita morte de um chefe de Estado, o assassinato de um ministro do governo, um ataque a bomba a um prédio ou contra uma multidão – essas e outras ocorrências similares, aparentemente aleatórias, exigem explicação. Para muitos, a ideia de que possam ser produto do acaso, ou de um acidente, ou da mente perturbada de um único indivíduo enlouquecido, parece simples demais para ser plausível. Qualquer que sejam as sugestões das evidências que venham à tona, a autoria dessas enormes atrocidades certamente deve ter sido coletiva, após um demorado e meticuloso planejamento. O assassinato do presidente John F. Kennedy em Dallas em 1963 e a destruição das Torres Gêmeas do World Trade Center em Nova York em 2001 são, talvez, os dois maiores vórtices que sugaram os teóricos da conspiração em nosso tempo, vomitando hipóteses e pseudoexplicações cada vez mais intrincadas sempre que o tema ressurge. O debate continua a ferver, à medida que os adeptos de teorias rivais constroem oceanos de evidências com uma quantidade tão descomunal de pormenores surpreendentes e uma complexidade tão impressionante que, para o leigo, muitas vezes é quase impossível navegar nessas águas.

Histórias alternativas desse tipo são um produto da imaginação paranoica, conforme identificado no famoso artigo de Richard Hofstadter. Elas têm uma longa história. Em 1933, outro importante evento, violento e totalmente inesperado, ocorreu em Berlim, capital da Alemanha, que estava começando a passar pela transição da República de Weimar ao Terceiro Reich. Instalado como Chanceler do Reich, Hitler chefiava um governo de coalizão que consistia principalmente de conservadores, mas ainda não tinha poderes ditatoriais, e estava no meio de uma campanha de eleições gerais. Os nazistas já tinham arquitetado ações no sentido de subjugar seu adversário mais ferrenho, o Partido Comunista da Alemanha, que, na eleição anterior, em novembro de 1932, conquistara cem cadeiras no Reichstag, o parlamento federal. O comunismo alemão era um poderoso movimento de massa, mas já em fevereiro de 1933 foi forçado a fechar a sede do partido em Berlim e obrigado a usar os auditórios do Reichstag para as reuniões da campanha eleitoral do partido. Às 20h de 27 de fevereiro de 1933, faltando uma semana para a eleição, o líder da delegação comunista do Reichstag Ernst Torgler deixou o edifício pouco antes das 20h40, após uma dessas reuniões, acompanhado por Anna Rehme, deputada e secretária da delegação do partido. Ao saírem, o espirituoso Torgler, membro muito popular do Reichstag, entregou as chaves ao porteiro Rudolf Scholz, com quem trocou algumas amenidades. O porteiro do turno diurno já havia feito suas rondas de inspeção, verificou a câmara de debates por volta das 20h30 e encontrou tudo em ordem. Ao entrar em serviço, o porteiro do turno da noite Albert Wendt conversou brevemente com o mensageiro oficial Willi Otto, que subiu as escadas carregando sua lanterna pelo prédio às escuras para esvaziar a caixa de correio dos deputados. Otto saiu do prédio por volta das 20h55. As luzes estavam todas apagadas e nenhum dos homens ouviu nada de suspeito na câmara de debates nem nos corredores ecoantes.[1]

Às 21h03, um jovem estudante de teologia, Hans Flöter, passava pelo lado oeste do enorme edifício de pedra a caminho de casa, depois de mais um dia na Biblioteca Estadual da Prússia, quando ouviu, em meio à escuridão, o som de vidro quebrando na fachada do prédio. De início não deu importância, mas como o barulho persistiu, ele se deu conta de que uma das janelas estava sendo metodicamente quebrada. Dando a volta para a frente do edifício, avistou um vulto escuro que, carregando uma tocha acesa, entrou por uma janela ao lado do pórtico frontal. Graças a suas incursões regulares pelo prédio, Flöter sabia que um policial ficava posicionado nas proximidades, e o alertou sobre o incidente. A seguir, foi para casa, tendo cumprido seu dever cívico. O policial Karl Buwert dirigiu-se ao edifício e espreitou o interior. Estava acompanhado por dois transeuntes, incluindo um jovem tipógrafo, Werner Thaler. Já eram 21h10. Eles observaram uma mistura de sombras e chamas bruxuleantes que se deslocavam de uma janela para outra atrás da fachada e, do lado de fora, correram acompanhando as sombras e as labaredas. Quando o movimento dentro do edifício parou por um momento, o policial disparou sua pistola, mas não conseguiu atingir nada. Despachou um de seus companheiros até a delegacia de polícia mais próxima para convocar o corpo de bombeiros. Agora era possível ver as chamas dentro do prédio, atraindo a atenção de outros transeuntes, que ligaram para a brigada de incêndio. Chegaram mais policiais, depois de terem ouvido o tiro disparado por Buwert. O porteiro noturno do Reichstag, Albert Wendt, foi convocado e ligou para o secretário do Reichstag, Hermann Göring.

A essa altura, os carros de bombeiros estavam se aproximando do edifício e seus ruídos alertaram o supervisor do prédio, que apareceu correndo com as chaves. Entrou acompanhado de três policiais que aguardavam do lado de fora, e os quatro abriram caminho até a câmara de debates, aonde chegaram pouco depois das 21h20. Viram as chamas subindo pelas cortinas atrás da cadeira do presidente do parlamento e, vasculhando o interior do prédio com as pistolas empunhadas, passaram por vários outros focos de incêndio muito menores. Na sala onde as estenógrafas geralmente se sentavam, ardia um fogaréu feroz. Chegando ao restaurante, os homens foram recebidos por uma parede de labaredas. Retornando pela câmara de debates, encontraram um rapaz seminu, que suava em bicas, e o prenderam sob a mira das armas. "Por que você fez isso?", perguntou, aos gritos, o supervisor do prédio. "Em protesto!", respondeu o homem. Enfurecido, o supervisor o esmurrou duas vezes, o revistou e arrancou seus documentos de identidade, que revelaram que se tratava de Marinus van der Lubbe, nascido em Leiden, Holanda, em 13 de janeiro de 1909. Ele foi levado para a delegacia de polícia mais próxima. Eram 21h27. Ninguém mais foi encontrado na cena do crime. Mais tarde, revelou-se que uma figura misteriosa que foi vista saindo do edifício era um homem que se abrigara do frio no vão da porta de entrada enquanto esperava o ônibus. Um relatório policial oficial apresentado pelo dr. Walter Zirpins em 3 de março concluiu que van der Lubbe tinha sido o único autor do crime. Sob interrogatório, o jovem holandês havia reconstruído com precisão a sequência de eventos. Não se descobriu em nenhuma parte do prédio qualquer outro foco de incêndio que, de acordo com sua descrição, ele não tivesse causado.

A brigada de incêndio, que havia chegado nove minutos antes, entrou no edifício e apagou quase todos os focos menores de incêndio. Quando tentaram entrar na câmara de debates, no entanto, os bombeiros encontraram um mar de chamas: os painéis de madeira e os móveis ardiam em labaredas, e o calor era tão forte que foram obrigados a recuar. O fogo foi sugando o ar e criando uma feroz corrente ascendente. Enquanto isso, mais carros de bombeiros começaram a chegar. Pouco depois das 21h40, havia no mínimo sessenta deles, bombeando água do rio Spree, que ficava nas proximidades, para apagar as chamas e, por volta das 23h, todos os focos de incêndio foram apagados. O plenário ficou completamente destruído; todas as guarnições e peças decorativas de madeira não passavam de restos carbonizados. Na manhã seguinte, tudo o que restava do parlamento nacional alemão era uma carcaça.

Um dos primeiros "forasteiros" a chegar ao local foi o repórter britânico Sefton Delmer, que de alguma forma conseguiu cair nas graças dos líderes nazistas. Delmer deixou um relato rico em detalhes sobre os eventos que se desenrolaram naquela noite fatídica.

A notícia de que o Reichstag estava em chamas me foi dada por um dos muitos frentistas de posto de gasolina a quem entreguei meu cartão com um pedido para me ligarem se algo de estranho acontecesse nas proximidades. Não havia táxis à vista, e eu já havia guardado meu carro na garagem a 400 metros de distância. Então corri, corri e corri ao longo dos 2,5 quilômetros do meu escritório até o Reichstag. Cheguei lá às 21h45 – somente quarenta minutos após o primeiro alarme ter sido acionado. Já havia um bom número de pessoas ao redor, observando as chamas se afunilarem através da grande cúpula de vidro em uma coluna de fogo e fumaça. A cada minuto chegavam novos comboios de carros de bombeiros, soando suas sirenes enquanto serpeavam às pressas ruas afora. Agitado, um policial me disse: "Pegaram um dos sujeitos que fez isso, um homem que estava só de calças. Parece que usou o próprio casaco e a camisa para atear o fogo. Mas ainda deve haver outros lá dentro. Estão à procura deles lá".

Delmer falou com o maior número possível de pessoas, anotando tudo, e mais tarde foi capaz de reconstituir com algum grau de detalhe as reações dos líderes nazistas. O primeiro a espalhar a notícia do incêndio foi Ernst Hanfstängl, conhecido por todos como "Putzi", um playboy e boêmio beberrão meio estadunidense, meio alemão que ajudara Hitler após o *Putsch da cervejaria* em 1923 e desde então continuou sendo seu amigo. Notório brincalhão, Hanfstängl muitas vezes não era levado a sério. Nesta ocasião não foi diferente. De acordo o relato de Delmer,

Hanfstängl, que estava muito gripado e tentava dormir em um quarto do palácio presidencial de Göring, de frente para o Reichstag, havia despertado com o barulho dos carros de bombeiros. Olhou pela janela, viu o fogo, correu para o telefone e ligou para Goebbels. "O Reichstag está pegando fogo!", ele quase gritou. "Avise ao Führer." "Ah, pare com essa bobagem, Putzi. Não tem graça", respondeu Goebbels. "Mas estou dizendo a verdade." "Não quero ouvir mais nenhuma de suas piadas sem graça. Volte para cama. Boa noite!", e Goebbels desligou.
O problema era que, cerca de quatro dias antes, o pequeno e brincalhão Goebbels, para divertir Hitler, pregara uma peça telefônica em Hanfstängl. E quando Hanfstängl ligou para avisar do incêndio do Reichstag, Goebbels pensou que também era um trote. Mas Hanfstängl telefonou de novo. "Olhe aqui! O que estou dizendo é a verdade absoluta. É seu dever contar ao Führer. Se você não fizer isso, garanto que haverá problemas!" Ainda assim, Goebbels relutou em acreditar. No entanto, desta vez passou a mensagem para Hitler, que estava no quarto ao lado.

Enquanto conversava com testemunhas oculares na cena do incêndio, Delmer viu duas Mercedes pretas passando pelo cordão policial montado em torno do Reichstag.

"Aquele ali é Hitler, aposto!", falei para um homem ao meu lado. Eu me abaixei para passar sob o cordão que a polícia tinha acabado de colocar para afastar os curiosos e corri para verificar. Cheguei ao portal número 2 da entrada do Reichstag no instante em que Hitler saltou do carro e subiu correndo as escadas, de dois em dois degraus, as abas de seu sobretudo esvoaçando, seu chapéu de artista, preto e frouxo cobrindo sua cabeça. Goebbels e o guarda-costas estavam atrás dele [...]. À espera, do lado de dentro, estava Göring, enorme em um casaco de pelo de camelo, com as pernas afastadas feito um soldado da guarda de Frederico, o Grande, em um filme da UFA.* Seu chapéu mole e marrom estava levantado na frente, no que se chamava de estilo "Potsdam". Seu rosto estava muito avermelhado, e ele me olhou com expressão de desaprovação. Como teria adorado me expulsar a pontapés. Mas Hitler tinha acabado de dizer "Boa noite, *Herr* Delmer", autorizando a minha entrada.
Göring fez seu relatório para Hitler, enquanto Goebbels e eu ficamos de lado, ouvindo avidamente. "Sem dúvida, isto é trabalho dos comunistas,

---

* Universum Film Aktiengesellschaft, a principal produtora e rede de estúdios de cinema na Alemanha durante a República de Weimar e o Terceiro Reich. [N. T.]

Herr Chanceler", disse Göring. "Diversos deputados comunistas estavam presentes aqui no Reichstag vinte minutos antes de o fogo começar. Conseguimos prender um dos incendiários." "Quem é ele?", perguntou Goebbels, animado. Göring virou-se para encará-lo e respondeu com aquela boca fina de tubarão: "Não sabemos ainda, mas vamos esmpremê-lo até arrancar dele essa informação. Não se preocupe, doutor". Ele disse isso em tom de ressentimento de uma crítica implícita a sua eficiência. Em seguida, Hitler fez uma pergunta: "Os outros prédios públicos estão a salvo?". "Tomei todas as precauções possíveis", respondeu Göring. "Mobilizei toda a polícia. Há uma guarda especial em cada edifício público. Estamos prontos para qualquer coisa." Tenho certeza de que ele estava falando com toda seriedade, e não apenas encenando. Tanto Hitler como Göring ainda temiam a possibilidade de um golpe comunista. Com 6 milhões de votos nas últimas eleições e um grande número de adeptos nos sindicatos, os comunistas eram ainda uma força poderosa. E no passado já haviam tentado tomar o poder por meio de golpes de Estado – assim como os nazistas fizeram.

Feito o relatório de Göring, partimos para inspecionar o prédio. Em meio a poças de água, detritos carbonizados e nuvens malignas cheirando a fumaça, atravessamos salas e corredores. Alguém abriu uma porta de carvalho amarelo envernizado, e por um momento espiamos a fornalha ardente que antes era a câmara de debates. Foi como abrir a porta de um forno. Embora os bombeiros esguichassem vigorosos jatos de água com as mangueiras, o fogo ainda rugia na cúpula com tal fúria que nos fez recuar e fechar a porta às pressas. Göring pegou um trapo no chão perto de uma das cortinas carbonizadas e disse: "Aqui, o senhor pode ver por si mesmo, *Herr* Chanceler, como foi que eles começaram o incêndio. Eles penduraram panos embebidos em gasolina sobre os móveis e acenderam". Observe o uso de "eles". "Eles" fizeram isso, "eles" fizeram aquilo. Para Göring, não havia dúvida de que se tratava de obra de mais de um incendiário. Tinha que ser mais de uma pessoa para se encaixar em sua convicção de que o incêndio era resultado de uma conspiração comunista. Devia ter sido uma gangue de incendiários. Porém, quando examinei os trapos e as outras evidências, não vi nada que um único homem não pudesse ter feito por conta própria.

Entramos em um saguão esfumaçado. Com os braços estendidos, um policial barrou nosso caminho. "Vocês não devem passar aqui, *Herr* Chanceler. Aquele candelabro pode desabar a qualquer momento." E apontou para um lustre de cristal. No corredor seguinte, Hitler recuou um pouco e se juntou a mim. Ele profetizou: "Deus permita que isto seja obra de comunistas. Você agora está testemunhando o início de uma nova e grandiosa época na história alemã, *Herr* Delmer. Este incêndio é o começo".[2]

Os líderes nazistas acreditavam claramente que o ataque incendiário era parte de uma conspiração comunista. Como Goebbels escreveu em seu diário, os comunistas pretendiam "por meio do fogo e do terror semear confusão para, em meio ao pânico generalizado, tomar para si o poder".[3] Na mesma noite, Göring ordenou a prisão em massa de comunistas, e as tropas de assalto nazistas, já oficialmente nomeadas como força policial auxiliar, espalharam-se por toda a capital para deter ativistas conhecidos do Partido Comunista e levá-los para prisões improvisadas, porões, armazéns e centros de tortura. A violenta tomada de poder pelos nazistas estava em curso.

Na manhã seguinte, o gabinete, em que ainda predominava uma maioria de conservadores não nazistas, reuniu-se para redigir um decreto de emergência, que ficou conhecido como Decreto do Incêndio do Reichstag [cujo nome oficial era Decreto do Presidente do Reich para a Proteção do Povo e do Estado, *Verordnung des Reichspräsidenten zum Schutz von Volk und Staat*], que revogava liberdades civis em toda a Alemanha. Assinado no mesmo dia pelo presidente do Reich, Paul von Hindenburg, o decreto extinguiu a liberdade de expressão, a liberdade de reunião e de associação e a liberdade de imprensa; suspendeu a autonomia dos estados federados, como Baden e Baviera; e legalizou a instalação de escutas telefônicas, aboliu o sigilo do correio e autorizou a interceptação de correspondências, além de outras intromissões nos direitos dos cidadãos. A norma foi de grande ajuda para os nazistas no sentido de impor restrições severas à campanha de seus oponentes nas eleições gerais, dando aos partidos do governo uma pequena maioria de 52 a 48%. Aspecto muito mais importante, no entanto, é que o decreto foi repetidamente renovado até o final do Terceiro Reich em 1945. Foi o primeiro dos dois documentos fundamentais que serviram de base para a ditadura do Terceiro Reich. A Lei de Concessão de Plenos Poderes [também conhecida como Lei Habilitante, Lei de Autorização ou Lei Plenipotenciária], aprovada pelo Reichstag sob maciça intimidação nazista e na ausência dos deputados comunistas em 23 de março de 1933, atribuiu poderes legislativos exclusivos para Hitler e seus ministros, ignorando assim o presidente e o Reichstag. O documento completou o processo de tomada do poder pelos nazistas. No verão de 1933, toda a oposição já havia sido esmagada. Quase 200 mil comunistas, social-democratas e outros oponentes dos nazistas passaram pelo regime brutal dos campos de concentração. Todos os partidos políticos independentes foram forçados a se dissolver, o gabinete passou a ter composição quase exclusivamente nazista, e o regime ditatorial de Hitler foi estabelecido com mão de ferro.[4]

O Terceiro Reich, portanto, foi construído sobre os alicerces de uma teoria da conspiração, a teoria de que os comunistas incendiaram o Reichstag como o primeiro ato de um conluio para derrubar a República. Adversários mais implacáveis dos nazistas, os comunistas haviam amealhado aproximadamente 17% dos votos nas últimas eleições totalmente livres da República de Weimar, em novembro de 1932, aumentando o número de cadeiras que detinham na legislatura nacional, ao passo que os nazistas haviam perdido algumas das suas. O Partido Comunista da Alemanha nunca escondeu sua intenção de destruir a democracia de Weimar e criar uma "Alemanha soviética", nos moldes da União Soviética de Stálin. Violentas tomadas do poder tinham sido uma prática comunista na Rússia em 1917 e, com menos sucesso, em outros países nos anos seguintes, incluindo a própria Alemanha. Parecia óbvio para Hitler que a destruição do Reichstag só poderia ser o resultado de uma conspiração comunista planejada. Os dirigentes nazistas passaram, portanto, a acusar diversos comunistas de conspirar para incendiar o prédio do parlamento alemão. Acompanhada por uma avalanche de propaganda, essa acusação convenceu muitos alemães da classe média de que o decreto era justificável em face da ameaça de golpe comunista.

Quando van der Lubbe foi levado a julgamento perante a Suprema Corte de Leipzig, estava acompanhado no banco dos réus por Geórgi Dimitrov, chefe da Seção da Europa Central da Internacional Comunista, e dois outros comunistas búlgaros que estavam em Berlim na época, juntamente com Ernst Torgler, líder da bancada do Partido Comunista da Alemanha no Reichstag (sob a alegação de ele tinha sido visto saindo do prédio não muito antes do início do incêndio – mesmo havendo, como vimos, uma explicação perfeitamente inocente para isso). Embora o juiz Wilhelm Bünger, conhecido conservador e simpatizante nazista, tentasse em todas as oportunidades calar sua voz, Dimitrov assumiu a própria defesa, deu de dez a zero na acusação e zombou, com inteligência e brio, da teoria da conspiração nazista. Um momento decisivo veio com o interrogatório de Hermann Göring, que, na condição de testemunha convocada pela acusação, apresentou o que considerava ser uma prova do papel dos comunistas no incêndio. Dimitrov demoliu a credibilidade de Göring e sugeriu que ele estava mentindo.

Goering ficou furioso [...]: "Não vim aqui para ser acusado por você".
Dimitrov: "O senhor é testemunha".
Goering: "A meu ver, você não passa de um canalha, um vigarista que merece a forca".
Dimitrov: "Muito bem, estou muito satisfeito".
Nesse momento, o juiz Buenger interrompeu Dimitrov, novamente acusando-o de fazer propaganda, mas não repreendeu Goering de forma alguma. Dimitrov tentou fazer mais perguntas, mas o juiz ordenou que ele se sentasse. Disse uma última coisa: "O senhor tem muito medo das minhas perguntas, não é, *Herr* ministro?".
A raiva de Goering aumentou. Ele respondeu: "Você terá medo quando eu pegar você. Espere só até eu tirar você do poder deste tribunal, seu vigarista!".
O juiz, sempre zeloso, disse: "Dimitrov está expulso por três dias. Levem-no!".[5]

Os juízes encarregados do julgamento cederam à necessidade política e decidiram que os comunistas haviam planejado o incêndio. Porém, por mais tendenciosos que fossem, não eram meros fantoches nazistas e ainda se apegavam a pelo menos alguns vestígios de retidão legal. Assim, rejeitaram as acusações contra Torgler e o três búlgaros, por considerarem que faltavam evidências concretas para as condenações.[6]

Considerado o único culpado, Van der Lubbe foi sentenciado à morte e executado de acordo com um decreto nazista que incluía incêndios criminosos como delitos sujeitos à pena de morte, embora essa lei não existisse na ocasião do incêndio do Reichstag – a primeira de muitas violações nazistas dos princípios jurídicos fundamentais.[7] Os nazistas fizeram o possível para extrair capital político do veredicto geral do tribunal, mas, em âmbito privado, Hitler estava furioso. Ele rapidamente criou um novo sistema de tribunais especiais, coroados pelo chamado Tribunal Popular, de modo a passar por cima do sistema legal tradicional (que claramente não era confiável) e proferir o veredicto que quisesse em outros casos. Mas Torgler e os búlgaros não podiam ser julgados novamente (a dupla pena, ou seja, a ideia de que o réu não pode ser processado ou condenado novamente pelo mesmo delito, era um princípio que nem mesmo os nazistas queriam violar), e acabaram libertados; após negociações secretas, os búlgaros foram para a União Soviética, onde Dimitrov se preparou para se tornar o primeiro líder comunista da Bulgária após a guerra. Torgler, ansioso para salvar seu filho da violência que os nazistas ameaçaram desferir contra ele, começou a trabalhar secretamente para a Gestapo e acabou encontrando um cargo pouco relevante no Ministério da Propaganda, o que lhe causou problemas consideráveis após a guerra. Por fim abandonou o comunismo e ingressou no Partido Social-democrata da Alemanha Ocidental.[8]

II

Bem antes dessa ocasião, Dimitrov e o aparato de propaganda comunista haviam desenvolvido sua própria teoria da conspiração sobre o incêndio. A campanha foi orquestrada por Willi Münzenberg, o articulador de propaganda da Internacional Comunista, editor de um célebre jornal ilustrado e organizador de inúmeras iniciativas e campanhas ligadas à Frente Comunista. A linha de raciocínio de Münzenberg era direta. Os nazistas tinham se beneficiado do incêndio: logo, os nazistas deviam ter começado o fogo – argumentos *cui bono* ["para o benefício de quem?" Quem sai ganhando é, portanto, o responsável] desse tipo são quase sempre uma característica das teorias da conspiração. Münzenberg e sua equipe rapidamente compuseram *O livro marrom do terror de Hitler e do incêndio do Reichstag*, publicado meses depois.[9] Além de inúmeros relatos em primeira mão, sem dúvida genuínos e muitas vezes comoventes e chocantes, de vítimas da brutalidade nazista, *O livro marrom* apresentava noventa páginas de documentação demonstrando o argumento de que uma equipe nazista de incendiários encabeçada por Edmund Heines, um destacado camisa-parda [membro das Tropas de Assalto ou Tropas de Choque, as *Sturmabteilung*], havia entrado no Reichstag através de um túnel secreto que partia da residência oficial de Göring, ateou fogo em vários pontos ao mesmo tempo, depois voltou através do túnel, deixando o infeliz van der Lubbe como um fantoche para assumir a culpa, conforme a sugestão de "seus empregadores".[10] O livro dava especial ênfase aos detalhes fornecidos por um memorando supostamente escrito por Ernst Oberfohren, líder da bancada dos aliados conservadores do Partido Nacional-socialista de Hitler no Reichstag, e que colocou a culpa nos nazistas.

Respaldado por um sensacionalista contrajulgamento *in absentia* dos supostos autores nazistas do incêndio, realizado diante de um banco de juízes internacionais cuidadosamente selecionados em Londres, *O livro marrom* colocou os nazistas na defensiva. Münzenberg pôs em prática um verdadeiro golpe de propaganda, e as alegações apresentadas na obra receberam ampla aceitação da opinião pública. A teoria da conspiração era, de fato, convincente. Todavia, depois da guerra, em meio a um maciço programa de "desnazificação" e instauração de processos de acusação, ninguém conseguiu encontrar outros culpados a serem julgados pelo crime, e van der Lubbe foi o único condenado. A amnésica cultura política que vigorava na Alemanha Ocidental atuou contra qualquer tentativa de identificar nazistas que pudessem estar envolvidos no incêndio. Na Alemanha Oriental, a versão de *O livro marrom* continuou a ser considerada verdadeira, e ninguém viu sentido em esquadrinhar ainda mais a fundo a questão. Em 1956, as conclusões de *O livro marrom* foram provisoriamente corroboradas por uma investigação realizada em nome do serviço de educação política do governo da Alemanha Ocidental.[11]

Mais tarde, em 1959, a revista *Der Spiegel* publicou uma série de artigos argumentando que ambas as teorias da conspiração, a comunista e a nazista, estavam erradas: van der Lubbe, de fato, agiu sozinho. Três anos depois, a pesquisa apresentada nos artigos foi publicada em forma bastante expandida, em um extenso livro de autoria do até então desconhecido escritor Fritz Tobias, intitulado *The Reichstag Fire: Legend and Reality* [O incêndio do Reichstag: lenda e realidade]. Em mais de setecentas páginas, a obra trazia uma gama de análises de provas meticulosamente detalhadas e respaldadas por uma quantidade enorme de pesquisas minuciosas, ratificando a tese de que van der Lubbe havia provocado o incêndio sozinho.[12] Entre outras coisas, Tobias apresentou evidências contemporâneas que demonstravam que Oberfohren não havia escrito o memorando a ele creditado. Ressaltou que van der Lubbe sempre negou o envolvimento de qualquer outra pessoa no incêndio criminoso e recebeu com explícita expressão de riso a alegação em contrário de Dimitrov no tribunal.[13] Os peritos convocados ao tribunal como testemunhas para explicar perante a corte como o fogo se espalhou com tanta rapidez afirmaram que isso só foi possível porque os focos de fogo haviam sido provocados com líquidos incendiários em vários pontos simultaneamente, mas é claro que estavam testemunhando em apoio à acusação *nazista* de que *comunistas* haviam causado o incêndio; sabiam que, se o tribunal concluísse que van der Lubbe não tinha agido sozinho, estariam em sério perigo, numa época em que os nazistas torturavam e assassinavam milhares de seus adversários. No entanto, no interrogatório de Dimitrov, as testemunhas especialistas admitiram que, dado o fato de que van der Lubbe estava ofegante e encharcado de suor quando foi detido, era pelo menos possível que tivesse corrido através do edifício ateando fogo em vários locais diferentes no espaço de um quarto de hora. Tobias citou outros exemplos de incêndios de grandes proporções em edifícios de tamanho considerável para corroborar a suposição de que não teria sido difícil para uma só pessoa causar um incêndio no Reichstag em curto espaço de tempo.[14]

Ironicamente, de fato, boa parte das evidências contra a tese de uma conspiração nazista foi produzida pelo tribunal de Leipzig ao examinar a tese nazista de uma conspiração comunista. Isso se aplica, por exemplo, ao túnel pelo qual os incendiários supostamente teriam ganhado acesso ao Reichstag e por onde fugiram logo após atear fogo ao edifício. Havia de fato um túnel, que o tribunal investigou de maneira minuciosa. O labirinto de porões e salas de serviço abaixo do prédio do Reichstag era tão intrincado que um policial mandado para tentar encontrar o caminho até a residência oficial de Göring se perdeu e teve que ser resgatado por um grupo de busca. Os incendiários teriam que destrancar tantas portas para acessar os porões do Reichstag e, em seguida, trancá-las novamente para ocultar suas atividades no caminho de volta, que seria impossível realizar a ação com rapidez. Além do mais, uma inspeção realizada imediatamente após o incêndio revelou que as portas estavam todas trancadas e bloqueadas.

O grupo de jornalistas conduzido pelo túnel constatou que as placas de metal frouxamente fixadas que cobriam o chão da passagem faziam tanto barulho quando se pisava nelas que o ruído do destacamento das tropas de assalto sem dúvida teria alertado o porteiro noturno na residência oficial de Göring, mesmo que os homens estivessem usando chinelos de feltro (e de fato foi feita uma tentativa de percorrer o túnel com esse tipo de calçado, com o mesmo resultado ruidoso). O próprio porteiro noturno alegou sob juramento que não tinha visto nem ouvido qualquer coisa suspeita antes do início do incêndio. Por outro lado, era irrefutável a evidência da janela através da qual van der Lubbe teve acesso ao prédio, juntamente com o depoimento de testemunhas que ouviram o barulho do vidro da janela se quebrando.[15] Tobias apontou que no local do incêndio não foi encontrado qualquer vestígio de líquidos inflamáveis ou recipientes. Acompanhado por uma centena de páginas de documentação do julgamento e outras fontes, além de mapas e plantas do edifício, o livro de Tobias foi uma formidável contestação à versão comunista dos eventos.

A linguagem veemente, às vezes raivosa e desdenhosa, com que Tobias apresentou suas teses denotava claramente seu livro como o trabalho de um intruso na profissão de historiador. No entanto, o livro recebeu apoio crucial quando o respeitado Instituto de História Contemporânea de Munique, principal centro de pesquisa alemão sobre o nacional-socialismo, contratou o jovem historiador Hans Mommsen (que mais tarde se tornou o respeitadíssimo decano da historiografia do Terceiro Reich na Alemanha) para investigar a questão e chegar a um veredicto. Em 1964, Mommsen publicou um artigo criterioso, fruto de cuidadosa pesquisa e poderosa argumentação, dando respaldo às teses de Tobias. Entender o incêndio do Reichstag como um evento não planejado levou Mommsen a defender a ideia de que os nazistas eram oportunistas que se aproveitavam das ocorrências fortuitas potencialmente favoráveis para introduzir suas diretrizes políticas e promover seus próprios objetivos. Essa leitura tornou-se a chamada interpretação "funcionalista" do poder no Terceiro Reich, em oposição à teoria "intencionalista" de quem via tudo como resultado dos planos de Hitler. Essa interpretação foi posteriormente aplicada a uma ampla gama de questões na história da Alemanha nazista, incluindo as origens do Holocausto.[16]

Os defensores da teoria da conspiração, que culpavam os nazistas, não deixariam a história acabar aqui. Münzenberg estava morto havia muito; encontraram seu corpo em 1940 nos Alpes franceses, onde, a caminho da fronteira com a Suíça após fugir da prisão, foi assassinado ou pela Gestapo ou pela polícia secreta soviética.[17] Porém, na década de 1960 isso era coisa do passado, e uma nova geração de comunistas e seus simpatizantes entraram em cena para ressuscitar sua teoria da conspiração sobre o incêndio do Reichstag. O mais ativo entre eles era o jornalista croata Edouard Calic, nascido em 1910. Estudante em Berlim durante a guerra, Calic foi considerado suspeito, ironicamente, de participar de "tramas e conspirações" de estrangeiros e de espionagem a serviço dos britânicos. Preso pelos nazistas, foi levado para o campo de concentração de Sachsenhausen, nos arredores de Berlim, mas sobreviveu, e depois da guerra permaneceu na Alemanha trabalhando como jornalista. Desenvolveu grande interesse pelo debate sobre o incêndio do Reichstag, argumentando que o fogo havia sido iniciado pela SS sob o comando de Reinhard Heydrich.[18]

Calic declarou-se indignado com as descobertas de Tobias, a quem difamou como "nazista de primeira hora". Publicou evidências que, segundo ele, provavam que os nazistas haviam mesmo iniciado o incêndio. Contudo, os críticos logo começaram a detectar anomalias que os levaram a acreditar que muitas dessas evidências não eram genuínas. Por exemplo, em 1968 Calic publicou transcrições de duas supostas entrevistas com Hitler realizadas em 1931 por Richard Breiting, editor-chefe de um jornal, as quais depois ele supostamente enterrou em uma vasilha no jardim de casa porque temia por sua vida caso o conteúdo viesse a ser descoberto.[19] Teoricamente, as entrevistas mostravam que Hitler já estava planejando queimar o Reichstag dois anos antes do evento. "Na minha opinião", registra-se que Hitler teria dito a Breiting, "quanto mais cedo vier abaixo este clube de discussão em que nada realmente acontece, mais cedo o povo alemão será libertado da influência estrangeira".[20] No entanto, as entrevistas continham tantas anomalias (por exemplo, tratavam Churchill e Roosevelt como figuras de suma importância, muito antes de serem) que Hugh Trevor-Roper, professor régio de história moderna em Oxford e autor da clássica obra de referência *Os últimos dias de Hitler* (1947), e outros nomes importantes imediatamente denunciaram a obra como uma falsificação. Reunidas em um livro intitulado *Unmasked* [Desmascarado] – termo característico usado em muitas teorias da conspiração –, as "entrevistas" tinham sido obviamente inventadas em grande parte, senão na íntegra, pelo próprio Calic. Uma análise mais aprofundada da edição alemã mostrou que a linguagem em que o texto foi escrito continha muitas expressões idiomáticas croatas traduzidas diretamente para o alemão. A tentativa posterior de Calic de se defender nos tribunais não teve sucesso.[21]

No entanto, no momento de sua publicação, *Unmasked* foi amplamente saudado por alguns historiadores como uma importante revelação. Aproveitando-se do sucesso, Calic formou uma comissão para pesquisar as origens e consequências da Segunda Guerra Mundial – a chamada Comissão Luxemburgo – e angariou o apoio de prestigiosos historiadores do Terceiro Reich, como Karl Dietrich Bracher e Walther Hofer (ambos "ultraintencionalistas"), e contou com o respaldo de Willy Brandt e outros indivíduos renomados. Em 1972 e 1978, a comissão, chefiada pelos historiadores Friedrich Zipfel e Christoph Graf, apresentou dois volumes de documentos e comentários, somando quase setecentas páginas e incluindo antigos e novos relatórios de peritos e testemunhas especialistas, o depoimento de uma série de bombeiros que atuaram no local do incêndio, trechos do depoimento de van der Lubbe, e mais de cinquenta páginas de análises de evidências acerca da passagem subterrânea; ao fim e ao cabo, as conclusões reafirmavam detalhadamente as teses centrais de *O livro marrom*. Tobias e Mommsen sofreram pesados ataques de Zipfel e Graf, que os acusaram de falsificar deliberadamente os relatórios de peritos.[22] Uma característica marcante desses dois volumes documentais foi a alegação de que toda uma série de testemunhas supostamente inconvenientes do ataque incendiário em teoria arquitetado pelos nazistas morreu nos meses seguintes ao evento, sobretudo na "Noite das facas longas", o expurgo de Hitler da organização das tropas de assalto no final de junho de 1934. Oberfohren foi encontrado morto à sua mesa de trabalho apenas algumas semanas após o incêndio, e Breiting morreu em 1937, em tese envenenado pela Gestapo. Essas mortes misteriosas de testemunhas-chave ou de participantes supostamente importantes viriam a ser um elemento essencial em muitas das teorias da conspiração em torno do assassinato do presidente Kennedy, trinta anos depois.

Os dois imponentes volumes, que incluíam uma robusta defesa da autenticidade das entrevistas de Breiting e a reprodução de trechos de outra suposta entrevista incriminadora com Alfred Hugenberg, o magnata da imprensa e ministro do gabinete da coalizão de Hitler, foram acusados também de conter falsificações e invenções, primeiro em uma série de artigos no semanário liberal *Die Zeit* em 1979 e depois em um volume coletivo publicado em 1986 com contribuições de Mommsen, Tobias e outros. Um dos colaboradores, Henning Köhler, apresentou caudalosas evidências para corroborar a ideia de que a entrevista de Hugenberg era um embuste. Ele chamou a documentação de Calic de "falsificações em série, numa esteira rolante".[23] A maior parte dos documentos impressos não era disponibilizada aos historiadores para a verificação de originais, ou aparecia apenas como excertos; quase todos os autores estavam mortos, portanto não poderiam ser questionados sobre as fontes; ademais, continham numerosas contradições em relação aos fatos conhecidos.

Sob pressão para submeter os originais a exame forense, a Comissão Luxemburgo apresentou apenas uma página de um único documento, apontado como o testemunho de um dos supostos incendiários nazistas, Eugen von Kessel, redigido em 1933, logo após o incêndio. Mas no fim ficou claro que tinha sido escrito em papel com uma marca-d'água datada de 1935, vários meses após a morte de seu suposto autor.[24] Outro dos documentos falsos inspirou-se no relato de uma conversa com Göring registrada no livro *Conversations with Hitler* [Conversas com Hitler] do conservador administrador local Hermann Rauschning, publicado em 1940. De acordo com Rauschning, Göring admitiu a autoria do incêndio; mas quando chamaram a atenção de Göring para esse trecho do livro, durante seu julgamento pelo Tribunal Militar Internacional de Nuremberg após a guerra, ele afirmou que só se encontrara pessoalmente com Rauschning em duas ocasiões, ambas de passagem, e jamais teria confessado algo assim a um desconhecido.[25] Na verdade, não havia nada de genuíno no livro de Rauschning: suas "conversas com Hitler" não aconteceram, assim como também suas supostas conversas com Göring. Ele havia sido incumbido de escrever o livro por Emery Reeves, agente literário de Winston Churchill e responsável também por outra compilação bastante duvidosa de memórias, *I Paid Hitler* [Eu paguei Hitler], do industrial Fritz Thyssen; durante muitos anos, o livro de Rauschning não foi levado a sério pelos historiadores.[26]

Outras investigações revelaram que Calic mentiu sobre o próprio passado: sua alegação de ter sido preso e enviado para Sachsenhausen em 1941 mostrou-se falsa, por conta de evidências de sua contínua atividade como jornalista em Berlim nos dois anos seguintes. Na verdade, ele foi encaminhado para o campo de concentração apenas em fevereiro de 1943. Sua afirmação de que em 1944 havia obtido evidências documentais da autoria nazista do incêndio do Reichstag das mãos de um dos conspiradores militares da resistência a Hitler que ele conhecera em Sachsenhausen era pura invenção, uma vez que não havia registros de que o conspirador em questão tenha estado lá. O processo por difamação movido por Calic contra um jornal em 1982 saiu pela culatra, pois o tribunal concluiu que era legítimo chamar Calic de "figura de caráter duvidoso" (*zwielichtige Figur*). Por fim, em 9 de março de 2014 o jornal *Die Welt* revelou que Calic havia dado informações à polícia secreta da Alemanha Oriental, a Stasi, sobre uma importante rota de fuga dos alemães orientais, que em 1961 estavam tentando escapar através do recém-construído Muro de Berlim para o Ocidente. Não se sabe o número de pessoas que foram parar em prisões na Alemanha Oriental como resultado dessa denúncia de Calic. Contatos de Calic com o regime da Alemanha Oriental revelaram que ele estava profundamente impregnado do mundo mental e moral do comunismo. Um verdadeiro discípulo de Münzenberg, ele evidentemente acreditava, como seu mestre, que falsificações e artifícios eram justificados pelos efeitos políticos que causavam.

No final, portanto, a falsificação de Calic do registro histórico conseguiu apenas convencer a maior parte dos historiadores de que Tobias estava certo. Quando combinada com a pesquisa deste último e respaldada pelo artigo de Mommsen, isso parecia deixar a questão de lado, e, durante as décadas de 1970 e 1980, quase todos os historiadores sérios aceitavam a teoria de que Marinus van der Lubbe foi o único autor do incêndio do Reichstag. De maneira significativa, os historiadores profissionais da Alemanha Oriental não intervieram no debate, ignorando tanto a obra de Tobias quanto a de seus críticos e preferindo, em vez disso, apenas se juntar aos historiadores búlgaros e soviéticos e publicar documentos até então indisponíveis (e, sem dúvida, genuínos) de seus próprios arquivos.[27] Em livretos e relatos populares sobre o incêndio do Reichstag, historiadores da Alemanha Oriental enfatizaram acima de tudo o fato de que os nazistas se beneficiaram do episódio, o que era prova de que o causaram, mais uma vez mobilizando o argumento *cui bono* a serviço de uma teoria da conspiração.[28]

Na década de 1990, no entanto, vozes dissidentes se levantaram mais uma vez. Em 1992, o cientista político Alexander Bahar, aluno de Walther

Hofer, o chefe da Comissão Luxemburgo, organizou uma reedição da documentação da comissão, no que, em suas palavras, era um ato de "resistência contra as tendências fascistas" na Alemanha recém-unificada (tendências que poucos outros conseguiram detectar, ao que parece). Oito anos depois, em um trabalho a quatro mãos com Wilfried Kugel, ele publicou um livro de mais de oitocentas páginas, apresentando novamente os mesmos argumentos com base em registros de investigação policial, documentos dos julgamentos e protocolos de interrogatórios descobertos nos arquivos da Alemanha Oriental após a queda do Muro de Berlim. Essa nova tentativa de validar O *livro marrom* e seus sucessores foi completamente rejeitada em uma série de resenhas hostis na imprensa. Mesmo as críticas mais neutras concluíram que a nova documentação, embora pudesse conter algum material útil, não provava coisa alguma.[29] Os resenhistas notaram mais uma vez a presença daquele componente padrão de teorias da conspiração: as mortes misteriosas dos principais participantes da trama pouco depois do evento. Bahar e Kugel chegaram a sugerir que a "Noite das facas longas" foi desencadeada também pela necessidade de silenciar as pessoas que talvez tivessem dito a verdade (se foi esse o caso, por que esperar quase um ano e meio?).[30]

Foi relevante notar que Bahar tinha duradoura associação com causas da esquerda, incluindo uma "busca pela igualdade global", nome de um site para o qual ele contribuía sob o pseudônimo de Alexander Boulerian.[31] Seu colaborador Wilfried Kugel, descrito como físico e psicólogo, também estava cadastrado na Associação de Parapsicologia dos Estados Unidos,[32] portanto, não era de se surpreender que entre as provas que o livro apresentou estava o relatório de uma sessão espírita realizada em Berlim na noite da véspera do incêndio, em que Wolf-Heinrich von Helldorf, integrante das tropas de assalto de Berlim e mais tarde chefe de polícia, perguntou a uma médium: "Nosso grande plano para assegurar o poder será bem-sucedido?". A sugestão de que essa pergunta vaga fizesse referência ao incêndio do Reichstag não tinha base na realidade, é claro. De modo ainda mais bizarro, os autores adicionaram a sugestão de que a vidente poderia ter hipnotizado van der Lubbe, convertendo-o em um títere a ser usado pelos nazistas.[33] Anos depois, em 2006, Bahar lançou um volume de ensaios, incluindo uma breve defesa de Tobias por um historiador aposentado do Instituto de História Contemporânea, Hermann Graml, juntamente aos novos ataques a Tobias e Mommsen por outros autores e mais um longo apêndice documental.[34] Mas isso em nada contribuiu para melhorar a credibilidade de sua colaboração com Kugel, que, não pela última vez na história das teorias da conspiração sobre Hitler e os nazistas, introduziu um elemento de ocultismo e paranormalidade nos mecanismos de funcionamento da imaginação paranoica.

III

Embora os argumentos de Bahar e Kugel tenham sido recebidos de maneira positiva por alguns comentaristas, não demorou muito para se tornarem alvos das críticas de outros pesquisadores. Sua supostamente nova documentação pelo menos era genuína, admitiu-se, mas outros historiadores, apontou-se, já haviam usado esse material sem conseguir demonstrar prova alguma de culpa nazista. Esse e muitos outros aspectos cruciais foram salientados em um extenso artigo em *Der Spiegel* e em um livreto do jornalista Sven Felix Kellerhoff, *Der Reichstagsbrand: Die Karriere eines Criminalfalls* [O incêndio do Reichstag: a carreira de um caso criminal], publicado em 2008 com prefácio de Mommsen. Editor da seção de história no jornal conservador *Die Welt*, Kellerhoff desmantelou sistematicamente a obra de Bahar e Kugel, e com isso desmontou toda a teoria da conspiração que remontava à Comissão Luxemburgo e a *O livro marrom*. Ele ressaltou mais uma vez que nenhum vestígio de líquido inflamável fora encontrado no prédio após o incêndio. Não havia nenhuma evidência de que a passagem subterrânea da residência oficial de Göring tinha sido usada. Kellerhoff observou, sobre os soldados das tropas de choque identificados como supostos autores do incêndio criminoso, que um certo Hans-Georg Gewehr não tinha conexão comprovada com o fato, ao passo que outro, Adolf Rall, estava detido sob prisão preventiva na hora do incêndio.[35] Kellerhoff perguntou de forma incisiva: se os nazistas tivessem utilizado a passagem subterrânea, incendiado o edifício e, em seguida, escapado da detecção voltando pelo caminho de onde vieram, então por que os transeuntes ouviram o som do vidro se espatifando, causado por alguém que entrou no edifício através de uma janela pouco antes de o incêndio começar?

Kellerhoff rejeitou a tentativa dos autores de desabonar Tobias e a série original de artigos de *Der Spiegel*, apontando que, embora a revista realmente empregasse ex-nazistas e até ex-membros da SS (em cargos que nada tinham a ver com o debate em torno do incêndio do Reichstag), o mesmo acontecia com quase todos os órgãos de notícias e opinião na Alemanha Ocidental na década de 1950. Mommsen também foi atacado por supostamente ter impedido a publicação de um relatório anterior sobre o incêndio, encomendado pelo Instituto de História Contemporânea de Munique junto ao professor Hans Schneider, natural da Suábia. Adeptos da teoria da conspiração alegaram que isso aconteceu porque Schneider havia provado que as descobertas de Tobias estavam equivocadas, e Mommsen não queria que isso viesse à tona. Ele de fato afirmou que a publicação do relatório de Schneider era indesejável por razões políticas. Mas, a bem da verdade, Mommsen acabou chamando a atenção para o relatório em seu próprio artigo, ao agradecer a Schneider por sua assistência e manifestar o desejo de que o relatório fosse efetivamente publicado. Portanto, não tinha fundamento a alegação de que Mommsen havia tentado apagá-lo do mapa. E, de fato, quando o trabalho de Schneider finalmente foi publicado, em 2004, suas divergências com Tobias e Mommsen estavam longe de ser convincentes. De acordo com o veredicto de Kellerhoff, o relatório de Schneider era "um apanhado precário de material repleto de juízos infundados". Não se parece nada com uma confirmação retumbante da alegação dos críticos de Tobias de que o relatório era tão danoso que precisava ser eliminado.[36]

Alguns poderiam pensar que o livro de Kellerhoff liquidou de vez o assunto.[37] Contudo, em 2014 empreendeu-se mais uma tentativa para validar as teses originais de O livro marrom. Agora não se tratava mais de uma fonte na esquerda alemã, mas de um advogado e historiador estadunidense, Benjamin Carter Hett, que ganhou fama e reputação com uma biografia do advogado judeu e esquerdista Hans Litten.* A humilhação a que Litten submeteu Hitler em um interrogatório durante o julgamento criminal de soldados das tropas de assalto no final da República de Weimar, fazendo o líder nazista perder as estribeiras, resultou na prisão do advogado na noite do incêndio do Reichstag; Litten recebeu maus-tratos tão brutais nos campos de concentração que acabou por cometer suicídio. O livro ganhou merecidamente o Prêmio Fraenkel de História Contemporânea (estive no júri que o concedeu) e mais tarde foi transformado em um documentário televisivo. O interesse de Hett pelo incêndio do Reichstag foi evidentemente instigado por sua obra sobre Litten. Seu livro, *Burning the Reichstag* [Incendiando o Reichstag], baseou-se em documentos mantidos em duas dúzias de arquivos em vários países, incluindo alguns, como os arquivos da Stasi, nunca antes consultados por pesquisadores. Ele também usou coleções privadas (em especial os papéis de Tobias), correspondências e entrevistas. O livro é uma obra impressionante, que trouxe à baila novas evidências e apresentou suas teses com sofisticação muito maior do que a de outros defensores dos argumentos de O livro marrom. É um texto bem escrito e agradabilíssimo

---

* *Crossing* Hitler: *The Man Who Put the Nazis on the Witness Stand* [Contrariando Hitler: o homem que colocou os nazistas no banco dos réus], publicado em 2008. [N. T.]

de ler. Mas é mais o trabalho de um advogado de acusação do que de um historiador equilibrado e objetivo.[38]

Em primeiro lugar, o livro de Hett tem uma falha no diálogo direto com boa parte da literatura anterior sobre o tema: o livro de Kellerhoff é mencionado apenas duas vezes, por exemplo, e seus argumentos não são confrontados. Os historiadores que aceitaram as conclusões de Tobias foram desdenhados, descartados como ignorantes ou negligentes com base em um punhado de erros diminutos, tática que desviou a atenção das principais questões em jogo. Em vez de abordá-las diretamente, o método preferido de Hett foi a clássica tática de tribunal de desacreditar as testemunhas. Assim, uma testemunha-chave, o chefe da Gestapo, Rudolf Diels, que não acreditava na existência de uma conspiração nazista para incendiar o Reichstag, caiu no descrédito aos olhos de Hett porque a polícia política a que Diels pertencia era pró-nazista e corrupta, e de qualquer maneira, ele era mulherengo, imoral e pouco confiável, ao passo que um oficial rival da Gestapo, Hans Bernd Gisevius (cujo depoimento a favor da tese de conspiração Hett aprovava), foi descrito como "um dos primeiros oponentes do governo de Hitler",[39] embora na verdade em 1933 estivesse ocupado prendendo comunistas e outros genuínos adversários dos nazistas. Em todo caso, naquele ano o aparato judicial e policial na Alemanha não era a instituição "nazificada" que mais tarde se tornaria, como indicavam claramente os milhares de processos contra os violentos soldados das tropas de assalto – mais tarde anulados por ordem de Hitler. Com efeito, Hermann Göring considerava que nesse momento a polícia não era confiável, e descreveu a corporação policial como "marxista", ou, em outras palavras, social-democrata; para contornar essa dificuldade, nomeou as tropas de assalto como forças policiais auxiliares. Como Tobias já havia apontado, Diels sabia muito bem que os nazistas haviam sido pegos de surpresa pelo incêndio e, em outros aspectos (por exemplo, suas tentativas de conter os "bárbaros" campos de concentração e centros de tortura criados pelas tropas de assalto em 1933), suas memórias mostram que ele estava longe de ser uma ferramenta dos nazistas. Como chefe da Gestapo, ele estava em uma posição melhor do que qualquer outra pessoa para chegar à verdade em 1933. Por outro lado, todas as provas de Gisevius eram boatos, e ele foi incapaz de apresentar qualquer evidência pessoal direta para confirmar a questão de quem iniciou o incêndio.[40]

Hett também lançou um sistemático ataque à integridade e às motivações de Tobias. Retratou Tobias como um nazista que chamava Hitler de gênio e que, enquanto atuava como oficial alemão nos Países Baixos durante a guerra, realizou atividades que "poderiam ter envolvido a denúncia de judeus para deportação", alegação típica da insinuação que é a mercadoria trivial tanto do advogado de acusação quanto dos teóricos da conspiração.[41] Na verdade, a breve referência de Tobias a Hitler como uma espécie de gênio não sugere, de forma alguma, admiração por ele; uma pessoa pode ser um gênio do mal, afinal. Depois da guerra, afirmou Hett, Tobias tratou com simpatia antigos nazistas, e uma nova edição de seu livro foi publicada em 2011 pelo extremista de direita Grabert Verlag, o que certamente atestou suas filiações nazistas. Na verdade, no momento do acordo para a publicação, Tobias tinha uma doença terminal, e o livro só saiu depois de sua morte; esse caso está longe de ser o único em que uma organização da extrema direita publicou trabalhos de historiadores respeitáveis sem seu consentimento.[42] Por outro lado, Hett não mencionou o fato de que os textos dos críticos de Tobias apareciam principalmente em editoras obscuras localizadas na extrema esquerda do espectro político.

Na verdade, ao longo da vida Fritz Tobias foi um social-democrata, não um nazista, nem sequer um criptonazista, ou neonazista ou quase-nazista. Nas primeiras frases de seu livro, ele diz a seus leitores: "perdi meu emprego, minha profissão e minha casa como consequência direta do incêndio do Reichstag. O mesmo aconteceu com o meu pai".[43] O pai de Fritz Tobias foi dirigente sindical, e seus familiares eram todos social-democratas marxistas moderados. Nas semanas e meses após a suspensão das liberdades civis pelo Decreto do Incêndio do Reichstag, essas pessoas foram expulsas do emprego, o que não era pouca coisa num período em que a Alemanha ainda estava atolada nas profundezas da Depressão e enfrentando o desemprego em escala monumental. Não raro, eram detidas e enviadas para um dos muitos campos de concentração improvisados que surgiram na época. Não é à toa que Tobias ficou obcecado pelo incêndio do Reichstag, que custou muito caro a ele e sua família. Como mesmo depois da guerra a verdade sobre o incêndio insistia em escapar às pessoas, ele começou a coletar, de forma assistemática, informações e documentação sobre o episódio, inspirado sobretudo pelo editor social-democrata de jornal Friedrich Stampfer, que em 1957 declarou: "em 1933, entramos em um novo período da história, no qual o historiador deve dar prioridade ao detetive criminal". O próprio Tobias se confessou surpreso com os resultados de sua investigação. Porém, concluiu, eles eram irresistíveis.[44]

Tobias mantinha relações amigáveis com muitas pessoas, incluindo esquerdistas como os ex-camaradas de van der Lubbe nos Países Baixos. Benjamin Carter Hett, na esteira de declarações anteriores de Calic, afirmou que Tobias se permitira ser usado como porta-voz de antigos dirigentes da Gestapo que temiam ser processados judicialmente na década de 1950 por sua suposta participação no incêndio. Essa foi a origem, alegou ele, de todo o argumento de que van der Lubbe causara sozinho a conflagração. Como era de se esperar, Hett estava certo em dizer que esses homens tinham algum motivo para, pelo menos, se distanciar de qualquer suposto envolvimento no incêndio; mas, de fato, como o próprio Hett apontou, a maioria deles havia cometido crimes muito piores durante o Terceiro Reich, então é de se perguntar por que teriam dedicado tanta energia a um delito que, de tão insignificante, empalidecia em comparação com a deportação de judeus para Auschwitz ou o extermínio de civis como supostos *"partisans"* por trás da Frente Oriental.[45]

Hett sugeriu que Tobias não tinha qualquer motivo independente para empreender seu projeto, suposição evidentemente absurda à luz da enorme extensão e complexidade da empreitada, para não mencionar o fundamento lógico que ele apresenta com todas as letras no início do livro para todos lerem. Mas sua tentativa de difamar o caráter de Tobias foi muito além das alegações de admiração secreta pelo nazismo. Hett apontou que Tobias não era apenas um funcionário público, mas um alto funcionário do Ministério do Interior do estado da Baixa Saxônia, trabalhando para o serviço de inteligência, e que, atuando nesse cargo, usou informações confidenciais à sua disposição para chantagear Hans Mommsen e o Instituto de História Contemporânea e persuadi-los a dar um sumiço no relatório de Schneider, e justificar suas próprias opiniões ameaçando revelar o passado nazista do diretor do instituto, Helmut Krausnick. Infelizmente, Hett deixou de mencionar que, na verdade, "o passado nazista" de Krausnick não era segredo nenhum, e no fim das contas isso não significava muita coisa – era raro na Alemanha do pós-guerra que alguém, sobretudo entre os profissionais liberais, não tivesse um "passado nazista". Embora tenha sido membro do Partido Nazista desde 1932, ele não se envolveu em nenhum crime de guerra ou qualquer outro delito, tendo passado quase todo o período do Terceiro Reich como estudante universitário e arquivista, e só serviu nas Forças Armadas nos últimos meses da guerra. Suas muitas contribuições para a instauração de processos judiciais contra criminosos de guerra nazistas ao longo dos anos, e seu pioneirismo na divulgação das atrocidades dos SS *Einsatzgruppen** por

---

* Os *Einsatzgruppen* [literalmente, "grupos operacionais", também conhecidos como "esquadrões da morte"] eram unidades especiais da SS e das forças policiais encarregadas de manter controle sobre os territórios ocupados à medida que as forças armadas alemãs avançavam pelo Leste Europeu. Após a invasão alemã na União Soviética em junho de 1941, esses esquadrões implementaram de forma impiedosa o assassinato em massa de milhões de judeus soviéticos, ciganos e oponentes políticos. [N. T.]

trás da Frente Oriental, tornaram mais ou menos irrelevante sua filiação formal ao Partido Nazista durante os anos de Hitler.[46]

Em todo caso, desafia a credulidade que um historiador tão combativo e inflexível como Hans Mommsen abdicasse de seu julgamento profissional diante das ordens de Krausnick e das ameaças de Tobias. Seu artigo certamente não foi apenas "uma consequência direta da campanha de Tobias contra Krausnick e seu instituto", como Hett alegou.[47] Krausnick e o Instituto de História Contemporânea, originalmente com a intenção de produzir pesquisas demonstrando que Tobias estava errado, não "tinham mudado de posição quanto ao incêndio do Reichstag" por causa das "ameaças de Tobias":[48] mudaram porque as evidências apresentadas por Tobias eram simplesmente convincentes demais para ser ignoradas.

IV

Muito mais importantes do que os motivos das pessoas que, como Tobias e Mommsen, argumentavam que van der Lubbe agira sozinho e cometera sem ajuda externa o incêndio criminoso do Reichstag são as questões reais sobre as evidências a favor e contra essa tese. É preciso atacar a questão por seus próprios méritos. O argumento de Hett era, em essência, o mesmo arrazoado, agora tradicional, lançado inicialmente em *O livro marrom* e incrementado por seus sucessores, a saber: por ordem de Göring e Goebbels, um grupo de nazistas das tropas de assalto entrou no Reichstag através do túnel de sua residência oficial, ateou fogo em vários pontos do edifício com a ajuda de líquidos inflamáveis, esgueirou-se de volta pelo túnel, abandonando van der Lubbe no local para levar a culpa; posteriormente, vários deles foram assassinados como forma de assegurar seu silêncio. Essa tese já havia sido refutada por Tobias, com evidências esmagadoras que Hett optou por ignorar. Hett lançou mão de um vasto arsenal de sugestões e insinuações que não tinham absolutamente nenhuma relação direta com o caso. Alegou que peritos modernos em pirotecnia consultados por ele rejeitaram a hipótese de que o incêndio teria sido iniciado por uma única pessoa, mas a opinião desses especialistas era imprestável, uma vez que nem sequer haviam examinado os detalhados relatórios contemporâneos da cena do incêndio em si.[49] Ele forneceu evidências pormenorizadas de que as tropas de assalto recebiam treinamento para usar equipamentos pirotécnicos, como manejo de querosene e trapos. Mas lidavam com esse material apenas vez por outra, para queimar colunas de publicidade que exibiam cartazes hostis ao movimento nazista, e o fato de terem sido treinados em técnicas incendiárias de forma alguma provava que esse treinamento pretendia prepará-los para atear fogo no Reichstag, uma questão inteiramente diferente que não recebeu menção alguma nas fontes que Hett apresentou. Hett investigou mais a fundo os hipotéticos assassinatos de membros das tropas de assalto por supostamente serem testemunhas inconvenientes, mas foi incapaz de demonstrar que o fato de terem sido (supostamente) testemunhas do incêndio era a razão pela qual foram assassinados (as tropas de assalto executavam muitas pessoas, incluindo membros do próprio movimento, por uma série de diferentes razões). Ainda que admitisse que Oberfohren muito provavelmente cometeu suicídio, Hett tentou resgatar as opiniões que o político conservador supostamente expressara em seu (forjado) memorando, embora não passassem de boatos, uma vez que Oberfohren não tinha conhecimento direto de quem estava por trás do incêndio.

Quanto ao suposto recrutamento de van der Lubbe como fantoche por parte do comando das tropas de assalto, tudo o que Hett pôde dizer foi que ele evidentemente se encontrou com um ativista comunista chamado Walter Jahnecke alguns dias antes do incêndio, que Jahnecke *poderia ter sido* um agente policial, e que seu amigo Willi Hintze, que também esteve com van der Lubbe em um apartamento onde ele passou a noite de 22 de fevereiro, era sem dúvida um agente da polícia. Isso aparentemente tornava Jahnecke e Hintze "candidatos plausíveis por terem colocado van der Lubbe na órbita das *Sturmabteilung*".[50] Além desse fiapo de suposição, no entanto (os dois homens nem sequer eram membros do movimento dos camisas-pardas), não há nenhuma evidência a sugerir que o incendiário teve qualquer contato com membros das tropas de assalto antes do incêndio. Certamente, a tarefa de recrutar o jovem holandês como bode expiatório em uma operação tão complexa e perigosa como incendiar o Reichstag exigiria muito mais do que uma única reunião na calada da noite num apartamento em Berlim com dois homens que na época alegavam ser comunistas e eram em geral considerados como tal. E embora insinuações feitas muitos anos depois pelo suposto camisa-parda líder dos incendiários, Hans-Georg Gewehr, dessem a entender que ele teve participação no ato criminoso, tratava-se de um notório beberrão, com um domínio extremamente instável sobre a verdade e a memória. Quando, após a guerra, nomeou Gewehr como principal suspeito do incêndio do Reichstag, Gisevius acreditava que ele estava morto, mas Gewehr estava muito vivo e ressurgiu da obscuridade histórica para processar Gisevius por difamação ao saber da acusação: e ganhou a causa.

Hett apontou que o decreto que suspendeu as liberdades civis tinha sido preparado muito antes do incêndio que o colocou em vigor, bem como já estavam prontas de antemão as listas de antinazistas a serem presos.[51] No entanto, isso não mostra que os nazistas planejaram incendiar o Reichstag, apenas que pretendiam suspender as liberdades civis, e que os altos funcionários públicos tinham elaborado planos de contingência para essa suspensão muito antes de os nazistas chegarem ao poder. Listas de membros do Partido Comunista também foram elaboradas pela polícia muito antes do incêndio, mas, novamente, isso não mostra que a conflagração do Reichstag foi planejada, simplesmente que a polícia esperava em algum momento prender essas pessoas, o que não é nem um pouco surpreendente, tendo em vista o histórico de violência do partido e sua intenção publicamente alardeada de destruir a República e substituí-la por um sistema soviético. Se o incêndio tivesse sido planejado, juntamente com as prisões de comunistas que se seguiram, provavelmente os nazistas teriam preparado a ação com uma enxurrada de propaganda, a fim de alegar que os comunistas estavam prestes a iniciar uma revolução. Mas nenhuma dessas afirmações apareceu na imprensa, como Tobias apontou: mais um indício de que o incêndio pegou de surpresa os nazistas.[52] Sem dúvida, os nazistas estavam esperando por uma oportunidade para apertar o cerco sobre a Alemanha e, com mão de ferro, avançar no sentido de estabelecer uma ditadura. O incêndio do Reichstag acabou sendo exatamente essa oportunidade; contudo, se não tivesse ocorrido, sem dúvida Hitler teria encontrado algum outro pretexto para suspender as liberdades civis.

Hett tentou desabonar a tese da responsabilidade exclusiva de van der Lubbe expondo minúsculas discrepâncias na cronologia dos eventos presentes nos depoimentos de várias testemunhas oculares, o que levava à conclusão de que não havia tempo suficiente para van der Lubbe ter agido por conta própria; mas, embora isso pudesse ser convincente se todas as pessoas envolvidas tivessem cronometrado o tempo usando relógios eletrônicos ou sincronizados com um moderníssimo relógio atômico, não é nada convincente, visto que os relógios em questão, todos mecânicos, são suscetíveis a significativas variações no tempo que registram. Hett deixou de lidar com as evidências de "Putzi" Hanfstängl, mas, ainda assim, por que Hanfstängl mentiria? Sua história também foi corroborada, como vimos, pelas memórias do repórter Sefton Delmer, do *Daily Express*.[53] Mas Hett não mencionou esse depoimento, que sem dúvida era extremamente inconveniente para sua argumentação. Kellerhoff concluiu que Helmut Heisig e Walter Zirpins, os policiais que investigaram o incêndio, sem dúvida estavam certos em declarar que "a questão de saber se van der Lubbe executou a ação sozinho pode ser respondida de maneira afirmativa, sem considerações adicionais". Se os nazistas realmente atearam o fogo que matou a República de Weimar, então por que não plantaram evidências da suposta conspiração comunista no prédio do Reichstag? Essa era sua prática padrão, usada, por exemplo, na tentativa de atribuir ao governo polonês um ataque a uma estação de rádio alemã em Gleiwitz, na fronteira com a Alemanha, em 1939, o que eles de fato fizeram, como pretexto para iniciar as hostilidades. Nessa ocasião os nazistas deixaram cadáveres espalhados (presidiários de campos de concentração vestidos com uniformes poloneses), e o mais óbvio é que fizessem algo semelhante se o incêndio do Reichstag tivesse sido uma operação planejada.

Por que, ao chegar à cena do crime, Sefton Delmer encontrou os líderes nazistas em pânico, em vez da serena satisfação que teriam demonstrado se o incêndio tivesse sido planejado de antemão? Não há indício algum de que estavam desempenhando um papel, e de fato estavam longe de serem capazes disso. Se Goebbels estava envolvido nos preparativos para o incêndio, por que não mencionou isso em seus diários privados, se mais tarde mencionou, ainda que de maneira indistinta, os preparativos para crimes muito mais graves, incluindo o assassinato em massa de judeus europeus? Hett alegou que Goebbels deve ter omitido de caso pensado todas as menções aos preparativos para o incêndio, pois sabia que seus diários seriam publicados; porém, nessa época, em 1933, Goebbels estava publicando apenas excertos cuidadosamente editados: a intenção de publicá-los na íntegra, sinalizada pela mudança em que deixou de escrever e passou a ditar os diários, só veio mais tarde. Mesmo em 1938, quando, em público, descreveu o *pogrom* de 9–10 de novembro como uma explosão espontânea de raiva popular contra os judeus, Goebbels registrou em seu diário o fato de que ele mesmo havia orquestrado a violência em cumprimento à ordem de Hitler.[54]

De maneira decisiva, Hett foi incapaz de lidar de forma convincente com o problema do próprio van der Lubbe. Por que os nazistas escolheram o jovem holandês como fantoche quando ele não era nem sequer um membro incluído na folha de pagamento do Partido Comunista da Alemanha ou de qualquer outra organização comunista? Não há evidências para corroborar a afirmação de Hett de que van der Lubbe foi drogado pelos nazistas durante seu julgamento para que não revelasse o fato de que agiu em nome dos nazistas como parte de um grupo maior de incendiários, bem como não há provas acerca da sugestão de Bahar e Kugel de que van der Lubbe foi hipnotizado. Van der Lubbe enxergava mal, por problemas de visão decorrentes de um acidente industrial que ocorrera anos antes, mas não era tão cego a ponto de não conseguir reconhecer grandes peças de mobília, portas e outros obstáculos em sua passagem através do edifício do Reichstag. De acordo com relatórios da época, no momento em que foi detido, van der Lubbe estava ofegante e suando profusamente, o que seria natural depois de ter corrido pelo prédio, em vez de ficar parado feito um títere nazista esperando para ser preso, ou agido em conluio com outros numa divisão de trabalho planejada, na qual cada membro ocuparia uma posição fixa em diferentes pontos espalhados pelo edifício. Em momento nenhum encontrou-se alguma evidência que implicasse o envolvimento de outros cúmplices. E em meio aos escombros não se encontraram vestígios de material inflamável além daquele que pertencia ao jovem holandês. E o mais importante: depois de intermináveis horas de cansativos interrogatórios, van der Lubbe jamais se desviou de sua história e não alterou a versão de que agiu sozinho, e nunca acusou os próprios nazistas de estarem por trás do crime. Sua confissão continua sendo uma evidência convincente de sua autoria exclusiva do incêndio, talvez a mais convincente de todas.[55]

Rejeitar a tese da culpa nazista não obriga ninguém a ver o incêndio como um evento totalmente aleatório. Nos primeiros meses de 1933, os nazistas acabariam encontrando uma série de desculpas para restringir liberdades civis e, por fim, aboli-las de vez. Todos os aspectos da violência irrestrita e da propaganda extrema e mentirosa que os nazistas já tinham desencadeado sobre o povo alemão durante a campanha eleitoral que culminou em sua vitória (por margem considerável) em 5 de março 1933 sugerem que o ímpeto para o estabelecimento de uma ditadura estava rapidamente se tornando irresistível. Nem mesmo o ato cometido por van der Lubbe foi uma ocorrência de todo fortuita: ex-ativista anarco-sindicalista, ele já havia tentado, sem sucesso, incendiar uma série de edifícios públicos em protesto contra o sistema político e social que, a seu ver, era responsável pelo desemprego em massa que causava tanto sofrimento e privação. Sem a Depressão, não haveria nenhuma razão convincente para atear fogo aos símbolos do governo burguês.

Quais são as implicações para a democracia dos argumentos opostos nessa longeva disputa? De acordo com Hett, a conclusão de Tobias de que o incêndio do Reichstag foi um "fruto do acaso, um erro" que "desencadeou uma revolução", equivalia a "apagar efetivamente do registro histórico o desejo dos nazistas de poder e a crueldade com que eles o buscaram". A obra de Tobias, portanto, recendia a "intenções apologéticas", sobretudo atribuindo a culpa pelo incêndio a um indivíduo não alemão.[56] Mas havia tantas outras evidências da crueldade e do apetite dos nazistas pelo poder que isso é realmente irrelevante e fora de questão. Hett não apresentou nenhuma evidência direta para essa deturpação dos objetivos de Tobias; na obra de Tobias há muitos elementos para refutar a afirmação de Hett de que ele acreditava que não havia "estratégia de longo prazo [...] por trás de toda a tentativa hitlerista de obter o poder"[57] – por exemplo, a seção contextual no livro de Tobias sobre "Alemanha 1932". Para Mommsen e Kellerhoff, por outro lado, as persistentes tentativas de validar *O livro marrom* e retratar o incêndio do Reichstag como uma operação cuidadosamente planejada e encenada pelos nazistas ameaçavam eximir a culpa do papel dos alemães na criação do Terceiro Reich, retratando-os como vítimas de uma deliberada conspiração para tomar o poder, em vez de aceitar sua cumplicidade no processo.[58]

Não há evidências de que Tobias pretendia fornecer desculpas para os nazistas ou subestimar sua violência ou sua ânsia pelo poder: pelo contrário, ele apontou, em uma passagem não citada por Hett, que os nazistas, durante seu governo, cometeram crimes muito mais graves do que a suposta destruição do Reichstag, de modo que "sua culpa é grande demais para que essa suposta 'justificativa' tenha alguma relevância".[59] Longe de ser um "nazista enrustido" ou um "social-democrata apenas no nome",[60] Tobias era um genuíno e longevo membro do partido. Sua verdadeira preocupação, típica do social-democrata moderado que ele era, enfocava a polarização de cosmovisões de direita e esquerda durante a Guerra Fria, que estava atingindo seu auge com a crise dos mísseis soviéticos em Cuba que estourou no mesmo ano em que ele publicou seu livro. A seu ver, isso reproduzia a polarização da política na Alemanha em 1932–33. Numa situação como essa, ele pensava, um único evento como o incêndio do Reichstag poderia levar a consequências inimagináveis e desastrosas; e terminou seu livro com uma citação de Bertrand Russell, cuja intransigente campanha contra o armazenamento e a ameaça do uso de armas nucleares ele claramente apoiava.

V

Apesar da vasta quantidade de evidências que se acumularam para demonstrar a implausibilidade da hipótese de uma conspiração nazista para incendiar o Reichstag, os teóricos da conspiração continuam se recusando a aceitar que um evento tão importante tenha sido desencadeado por um único indivíduo. Houve grande empolgação nas fileiras dos conspiradores quando veio à tona um documento autenticado, datado de 8 de novembro de 1955, escrito pelo ex-camisa-parda Hans Martin Lennings (1904–62), reivindicando envolvimento na suposta trama. Lennings, membro do Partido

Nazista desde 1926 e das tropas de assalto desde pouco antes da nomeação de Hitler como chanceler do Reich em 30 de janeiro de 1933, conhecia pessoalmente Ernst Röhm, líder das SA, a quem acompanhou em uma série de atividades. A unidade de assalto de Lennings era empregada "para fins especiais". De acordo com seus registros de "desnazificação" após a guerra, foi visitado por Hitler no hospital no verão de 1930, depois de ter se ferido numa briga com membros do Partido Comunista. Portanto, era claramente um membro valioso e confiável da organização das tropas de assalto nazistas. No início de 1933, Lennings estava envolvido na vigilância secreta de uma organização paramilitar rival (embora pouco importante), a *Christlicher Kampfschar* (Esquadrão Cristão de Combate).

Em seu depoimento de 1955, Lennings afirmou que, entre 20h e 21h de 27 de fevereiro de 1933, recebeu ordens de Karl Ernst, líder da divisão dos camisas-pardas em Berlim Oriental, para buscar um jovem na base das SA no Parque Tiergarten, na área central de Berlim, e levá-lo ao edifício do Reichstag, que não ficava longe. Juntamente com dois outros soldados das tropas de assalto, todos eles em trajes civis, Lennings levou o jovem, que permaneceu calmo e em silêncio durante a curta jornada, até uma entrada lateral do prédio do parlamento, onde o entregou aos cuidados de outro camisa-parda à paisana, que lhes disse para "darem o fora". Enquanto se afastavam, Lennings afirmou mais tarde, sentiram um "estranho cheiro de queimado" e observaram tênues, mas perceptíveis filetes de fumaça saindo do Reichstag. Quando a fotografia do tal rapaz apareceu nos jornais, Lennings reconheceu van der Lubbe. Percebendo que o homem estava sendo falsamente acusado, uma vez que o incêndio já havia começado antes de ele ter sido entregue no prédio, Lennings, como ele próprio alegou, foi protestar a seus superiores, juntamente com alguns outros camisas-pardas, e como resultado foi detido e forçado a assinar uma declaração falsa de que tinham se equivocado. Poucos dias depois, Röhm interveio e libertou os homens.

Depois do assassinato dos homens que ele mais tarde alegou que tinham envolvimento na conspiração, incluindo Karl Ernst, Lennings fugiu para a Tchecoslováquia, mas foi extraditado. No final de 1934, e de novo em 1936, passou um breve período na prisão por criticar o regime nazista, e em especial por ter visitado o túmulo de um dos camisas-pardas baleados por ordem de Hitler na "Noite das facas longas". Depois disso, permaneceu em silêncio e não voltou a ter problemas. Em 1955, Lennings temeu que seria implicado em novos processos judiciais sobre o incêndio de Reichstag e, a pedido de seu padre, decidiu fazer uma confissão completa de sua participação na trama. Somente em julho de 2019, no entanto, seu depoimento juramentado foi descoberto no arquivo do Tribunal Distrital em Hanover, depois que uma cópia foi encontrada entre os papéis de Fritz Tobias em Berlim. Sua autenticidade – embora não a veracidade de seu conteúdo – foi confirmada pelo gabinete do procurador de Hanover, e o documento foi publicado no jornal local em 26 de julho de 2019.[61]

A publicação ganhou as manchetes na imprensa nacional e internacional. Benjamin Carter Hett declarou que, embora documentos anteriores, supostamente de autoria de nazistas envolvidos no ataque incendiário, provassem ser falsificações, este parecia ser genuíno. Se fosse verdade, então a descoberta desabonaria de maneira peremptória as afirmações de Tobias. A mídia proclamou o documento como uma clara prova de que os nazistas haviam iniciado o incêndio. A ideia de que o holandês tinha agido sozinho era uma "narrativa nazista" engendrada para acobertar os verdadeiros criminosos. Era particularmente importante que Lennings tenha achado por bem incriminar a si mesmo e parecia não ter nada a ganhar com suas confissões. E o fato de uma cópia ter permanecido intacta e sem uso entre os papéis pessoais de Fritz Tobias durante décadas sugeria que o principal defensor da tese do "único culpado" havia omitido a evidência que contradizia seu argumento.[62]

Mas a imprensa, nem pela primeira vez nem pela última, estava chegando a conclusões precipitadas que não tinham o respaldo de outras evidências. Como apontou Sven Felix Kellerhoff, com base em mais de duzentos arquivos da polícia berlinense sobre o incêndio mantidos no Instituto do Marxismo-Leninismo de Berlim Oriental e liberados após a queda do Muro de Berlim, testemunhas relataram ter visto van der Lubbe no norte da cidade antes de caminhar para a região central no meio da tarde de 27 de fevereiro de 1933. Outras testemunhas informaram à polícia terem visto o jovem holandês perambulando sem rumo ao redor do centro de Berlim no final da tarde do mesmo dia, provavelmente esperando o sol se pôr para invadir o Reichstag assim que caísse a noite. Exceto pelo depoimento juramentado de Lennings, não havia outros relatos de que van der Lubbe fora visto no quartel da *Sturmabteilung* no Tiergarten, muito menos de que foi mantido lá durante horas. O que levou Lennings a "confessar" era a crença, amplamente difundida em meados da década de 1950, de que, ao responsabilizar um pequeno grupo de criminosos nazistas pela ditadura hitlerista, estava ajudando os alemães a se livrar do estigma da culpa por seu apoio a Hitler. Mas a declaração de Lennings contradizia um grande volume de outras evidências, e não tinha valor. Ele simplesmente inventou a história, e Tobias a descartou simplesmente porque reconheceu esse fato irrefutável. Além disso, Tobias tinha se dado ao trabalho de falar com o irmão de Lennings, que o descreveu como um mitômano e fantasista contumaz, outra razão para não levar em conta sua narrativa.[63]

Os jornalistas e historiadores que alardearam a descoberta da declaração juramentada de Lennings como prova de uma conspiração nazista se esqueceram de que nenhum documento histórico pode ser interpretado de maneira isolada. O procedimento padrão para avaliar um documento, estabelecido há muito tempo pelo formidável historiador alemão do século XIX Leopold von Ranke, prescrevia, entre outras coisas, um exame crítico de sua "consistência externa", isto é, ele corresponde ao que outros documentos do mesmo período revelam? Se, como no caso do depoimento de Lennings, vai na direção contrária à de qualquer outro documento relevante e genuíno relacionado ao incêndio do Reichstag, a começar pela montanha de arquivos da polícia e se estendendo aos autos do processo da Suprema Corte do Reich, então deve ser descartado, por ser falso. Logicamente, o *Hannoversche Kurier*, o primeiro jornal a imprimir a declaração juramentada, consultou um historiador acerca da importância do depoimento, mas acontece que o "especialista" no incêndio do Reichstag entrevistado pelo jornal era ninguém menos que Hersch Fischler, longevo defensor da teoria da conspiração e coautor, com Bahar e Kugel, de um dos principais textos que dão sustentação a essa tese, publicado em 2001.[64] Se tivessem debatido de forma mais ampla, certamente teriam chegado a uma resposta muito diferente.

Para Münzenberg e, mais tarde, para Calic e a Comissão Luxemburgo, era natural surgirem teorias da conspiração em uma atmosfera no âmbito de um movimento comunista mundial que em 1933 já tinha visto Stálin lançar julgamentos públicos encenados de conspiradores e sabotadores, assim como em breve executaria a campanha política dos monstruosos expurgos, que retrataram muitos dos velhos bolcheviques mais importantes como parte de uma vasta conspiração para derrubar a União Soviética. Essa tradição há muito chegou ao fim, mas foi substituída por uma nova cultura da teoria da conspiração, abundante na cultura pós-moderna. O livro de Hett é permeado por ela: os nazistas conspiraram para queimar o Reichstag; Tobias conspirou com ex-membros da SS para negar isso; Krausnick e Mommsen conspiraram para negar a culpa dos nazistas. O caso do incêndio do Reichstag é insólito, pois envolve duas teorias da conspiração diametralmente opostas que se espelham com tanta clareza que as mesmas evidências têm sido usadas para dar respaldo a ambas, incluindo o tão propalado túnel que ligava a residência oficial de Göring ao Reichstag, por exemplo, e o depoimento de testemunhas especializadas para corroborar as alegações de que o fogo foi iniciado por um grupo organizado de incendiários, e não por um indivíduo solitário. As tentativas de provar que os nazistas começaram o incêndio exibem muitas características-chave das *teorias da conspiração por trás de um evento*: o pressuposto de que, como determinado incidente ou ocorrência teve enorme importância política, deve ter sido cuidadosamente planejado; a alegação de que testemunhas do evento desapareceram misteriosamente ou foram assassinadas para que não fossem mais capazes de contar a verdade sobre o evento; a crença de que as pessoas que se beneficiam de um evento devem tê-lo causado; a sensação de que rejeitar o argumento de que um evento trágico ou criminoso foi uma questão mais ou menos de acaso de alguma forma justifica ou exime de culpa seus autores (ou, novamente, aqueles que se beneficiam com o evento); a recusa em aceitar que um evento de grande envergadura histórica pode ter sido deflagrado por um indivíduo solitário e obscuro e não por um grupo organizado; o envolvimento de alguma espécie de força oculta; e a falsificação de provas documentais na convicção de que isso é permissível porque o falsificador sabe o que realmente aconteceu e está absolvido de antemão por criar provas para dar sustentação a seu ponto de vista numa situação em que não existem outras provas decisivas disponíveis.

Igualmente importante é o fato de que uma dessas duas teorias da conspiração opostas rapidamente se revelou insustentável. Vários meses após a chegada do Terceiro Reich de Hitler ao poder, a afirmação dos nazistas de que o Reichstag fora destruído pelos comunistas como um prelúdio para uma revolução violenta foi rejeitada pela Suprema Corte alemã. Como os jornalistas às vezes dizem sobre uma história que não tem evidências suficientes que justifiquem sua publicação, "não tinha pano para a manga". Ainda assim, a alegação comunista de que os nazistas incendiaram o prédio foi ressuscitada repetidas vezes, e continua a ser reavivada, requentada e servida ao público leitor muito tempo depois de o próprio comunismo ter saído do palco da história. De maneira esmagadora, foi a esquerda, até mesmo a extrema esquerda, que teimosamente se agarrou a essa versão dos eventos, mas o argumento, pleiteado por seus adeptos, de que aqueles que rejeitam a ideia de um complô nazista devem de alguma forma ser de direita, ou até mesmo "velhos nazistas", é pouco mais do que uma reação automática, um reflexo impensado. É um argumento que tem motivações políticas, em vez de ser fundamentado em pesquisa histórica séria. É claro que esse tipo de pesquisa vez por outra interpreta as coisas de maneira equivocada, mas isso não é a mesma coisa que falsificar ou suprimir provas deliberadamente. Os argumentos que atestam a culpabilidade de van der

Lubbe como o único autor do incêndio do Reichstag são avassaladores. É por isso, fundamentalmente, que aqueles que desejam argumentar que o incêndio foi obra dos nazistas concentram seu foco não nas evidências em si, mas nos motivos e no caráter de pessoas como Fritz Tobias, Hans Mommsen e Helmut Krausnick. Essa também é uma tática bastante comum dos teóricos da conspiração. Mas a razão pela qual alguém apresenta um argumento não tem qualquer relação com a validade ou não do argumento em si. Isso pode ajudar a explicar por que o argumento está sendo apresentado, mas, seja qual for a razão, o argumento tem de ser confrontado de maneira direta e em seus próprios termos, não importa quem os apresentou ou por quê.

No quadro mais amplo das coisas, o incêndio do Reichstag talvez não tenha sido o evento cataclísmico e decisivo que muitas vezes se afirma que foi. Se o prédio do parlamento alemão não tivesse sido queimado, Hitler e os nazistas muito provavelmente encontrariam outro pretexto para impor um estado de emergência e realizar as prisões em massa de comunistas e social-democratas. Existem inúmeros outros exemplos de como eles aproveitaram as oportunidades quando lhes foram apresentadas. A decisão de exonerar o ministro da Guerra, o general Werner von Blomberg, é um bom exemplo: ele foi deposto por Hitler em 1938, quando se descobriu que sua esposa, muito mais jovem, havia trabalhado como prostituta e posado para fotografias pornográficas. Foi especialmente constrangedor para Hitler, que esteve presente na cerimônia de casamento de von Blomberg, e para Hermann Göring, que era padrinho de casamento do general. Um segundo general do alto escalão, Werner von Fritsch, também foi destituído depois que começaram a circular boatos de seu envolvimento em um caso homossexual (alegações que logo depois provaram ser falsas). O fato de esses dois episódios serem em grande medida fortuitos não significava, no entanto, que Hitler, Göring e Heinrich Himmler, o chefe da SS, não pretendiam se livrar dos dois homens de um jeito ou de outro. Juntamente a outras figuras conservadoras no regime, esses dois generais estavam se mostrando cautelosos demais para o gosto de Hitler à medida que o líder nazista acelerava o ritmo de agressão estrangeira e preparativos militares. Mais cedo ou mais tarde, de qualquer maneira algum pretexto teria sido encontrado: acontece que essas alegações de ordem sexual propiciaram a oportunidade quando era mais necessária. E o mesmo aconteceu com o incêndio do Reichstag. Como veremos agora, o voo de Rudolf Hess para a Escócia em 1941, para todos os efeitos outro evento fortuito e inesperado, também instigou os teóricos da conspiração a apresentar uma gama de explicações envolvendo forças mais amplas, grupos de homens agindo em conluio, e complôs nos bastidores.

4

POR QUE RUDOLF HESS VOOU PARA A GRÃ-BRETANHA?

Às 17h45 do dia 10 de maio de 1941, um sábado, horário alemão, um avião de combate pesado Messerschmitt Bf110E (mais conhecido como Me110) decolou do campo de aviação do fabricante nos arredores de Augsburg, no sul da Alemanha, alçou voo para contornar os céus a leste do rio Lech e, em seguida, definiu um curso na direção noroeste, rumo a Bonn. Depois de cruzar a fronteira alemã, atingiu as ilhas Frísias Holandesas às 19h35 e em seguida alterou a rota, voando na direção leste, claramente a fim de evitar que os radares britânicos o detectassem. Depois de cerca de vinte e três minutos, reverteu o curso para a direção noroeste e começou a avançar para o mar do Norte. Mantendo baixa altitude, passou por cima de dois submarinos *U-boats* alemães que começavam a mergulhar, mas interromperam a manobra quando seus observadores reconheceram o avião como amigo. A aeronave subiu para 5 mil metros e continuou. Às 20h58, deu uma guinada de noventa graus à esquerda e rumou diretamente para a Escócia, mas a luz do dia ainda estava forte demais para evitar que fosse avistada por observadores inimigos; por isso, depois de algum tempo, reverteu o curso e voou de um lado para outro até que estivesse escuro o suficiente para continuar com segurança. Às 21h23, o avião atingiu a costa britânica perto de Bamburgh, em Northumberland, e, descendo rapidamente, voou tão baixo por sobre a região rural que o piloto conseguia ver as pessoas nos campos de cultivo e acenar para elas ao passar. Depois de alguns pequenos ajustes de curso, a aeronave alcançou a costa oeste ao sul de Glasgow às 21h55, o piloto apreciando o que um pouco mais tarde descreveu como uma paisagem de conto de fadas, "íngremes ilhas montanhosas visíveis ao luar e o crepúsculo evanescente". Ele virou para o interior, subiu novamente e, incapaz de localizar seu ponto de pouso pretendido, um pequeno campo de aviação particular abandonado em Dungavel House, residência do duque de Hamilton, decidiu saltar de paraquedas. Desligou os motores, desativou as hélices, abriu o teto da cabine, soltou as janelas laterais e, girando a aeronave, saltou, puxou a corda do paraquedas e atingiu o chão com tanta força que perdeu a consciência, enquanto o Messerschmitt se espatifou e explodiu em uma bola de chamas num campo não muito distante. Eram 23h09.[1]

Escrevendo ao filho algumas semanas depois, o piloto, após relatar os detalhes de seu voo, descreveu o que aconteceu a seguir:

> Acordei em uma campina de aparência alemã, sem perceber onde estava e o que tinha acontecido comigo. Quando vi meu paraquedas caído atrás de mim, ficou claro que eu havia chegado à Escócia, o primeiro local de pouso do meu "plano". Eu estava deitado a cerca de dez metros da porta da frente da casa de um pastor de cabras escocês. Pessoas vieram correndo em minha direção, alarmadas pela aeronave em chamas. Olharam para mim de maneira compadecida.

A primeira pessoa a chegar foi David McLean, que morava na casa e saiu ao ouvir o barulho da explosão. Na verdade, não era um pastor de cabras, mas o lavrador-chefe de uma grande fazenda. Ajudou o piloto a se levantar e, vendo o uniforme, perguntou se ele era alemão. "Sim", respondeu o homem em bom inglês, "meu nome é Hauptmann Alfred Horn, e tenho uma importante mensagem para o duque de Hamilton". Outro homem apareceu e em seguida foi buscar a polícia, enquanto o piloto alemão, que havia sofrido ferimentos leves nas costas e no tornozelo direito, recebeu ajuda para entrar no chalé. A polícia foi convocada, e alguns homens da Guarda Nacional chegaram. Tinham avistado o Messerschmitt e viram o piloto pular e abrir o paraquedas. Levaram o homem para sua base, onde foi revistado por dois detetives da polícia. De lá, foi transportado para Maryhill Barracks, em Glasgow. Os oficiais começaram a suspeitar que o piloto era, segundo um deles observou, "um homem muito importante dos altos círculos nazistas". Enquanto isso, o comandante local da Real Força Aérea britânica (RAF), alertado pela polícia, telefonou para o duque de Hamilton. "Um capitão alemão saltou de paraquedas de um Me110 e deseja falar com o senhor", disse ele. "Céus, o que ele quer comigo?", respondeu Hamilton. "Não sei, ele se recusa a dizer. Acho que o senhor deve vir vê-lo." Chegando ao quartel às 10h de 11 de maio, Hamilton foi até o prisioneiro, que tinha solicitado que se encontrassem a sós. O homem identificou-se imediatamente como Rudolf Hess, vice-líder do Partido Nazista.[2]

Dirigindo-se ao espantado duque, Hess disse que tinha vindo em uma missão humanitária. Hitler, explicou ele, queria dar um basta à luta contra a Grã-Bretanha. Hamilton, ele sugeriu, deveria "reunir-se com membros de seu partido para discutir as coisas com o objetivo de elaborar propostas de paz". Hamilton respondeu que, mesmo que a Grã-Bretanha firmasse a paz, a guerra contra a Alemanha estava fadada a eclodir novamente dentro de alguns anos. Saindo da sala, ligou para o Ministério das Relações Exteriores e pediu para falar com *Sir* Alexander Cadogan, o secretário permanente. Quando um funcionário começou a pôr empecilhos a fim de obstruir os esforços de Hamilton para completar a ligação, por sorte Jock Colville, o secretário particular do primeiro-ministro Winston Churchill, entrou na sala e assumiu a conversa. Churchill, disse o secretário a Hamilton, fora avisado de que ele tinha algumas informações. O que ele se propunha a fazer? Hamilton sugeriu que deveriam se reunir para discutir pessoalmente a questão. Colville concordou. Piloto experiente, Hamilton voou da Escócia para a base aérea de Northolt; em seguida, viajou em outra aeronave para Kidlington, nos arredores de Oxford. De lá foi levado de carro para uma casa de campo onde Churchill estava passando o fim de semana.[3]

"Agora", disse Churchill quando se encontraram, "venha cá e me conte essa sua história bizarra". Quando Hamilton pôs Churchill a par dos detalhes após o jantar, o primeiro-ministro ficou "espantado", mas insistiu em assistir a uma comédia dos Irmãos Marx que estava para ser exibida. Discutiram o assunto um pouco mais, e na manhã seguinte se reuniram com membros do Gabinete de Guerra em Londres, onde decidiram que enviariam Ivone Kirkpatrick, o diplomata que havia atuado como oficial da Embaixada Britânica em Berlim e se encontrara pessoalmente com Hess em diversas ocasiões, para confirmar que de fato era ele. Nesse ínterim, Hess foi transferido para um hospital militar, onde recebeu tratamento para os ferimentos. Ao chegar lá, nas primeiras horas da manhã, Kirkpatrick mandou acordarem Hess. Kirkpatrick o reconheceu imediatamente e, sem dificuldade, confirmou sua identidade. Hess começou a apresentar seus "termos de paz" para o diplomata, declarando que qualquer acordo teria que envolver a devolução das colônias alemãs tomadas pela Liga das Nações no final da Primeira Guerra Mundial, mas, de resto, os britânicos poderiam manter seu império se deixassem a Alemanha ter carta-branca e plenos poderes na Europa. Ao mesmo tempo, seria necessário estabelecer a paz com a Itália de Mussolini.[4] Kirkpatrick sabia, é claro, que isso era totalmente irreal; se acontecesse, uma Grã-Bretanha enfraquecida seria uma presa fácil para uma fortalecida Alemanha nazista, e as demandas hitleristas se intensificariam cada vez mais, até que, como Hamilton previra, a guerra eclodiria novamente em um curto espaço de tempo. Mesmo o ex-primeiro-ministro David Lloyd George, que era relativamente simpático ao regime nazista, concordou: os "termos de paz" que Hess apresentou eram, disse ele ao embaixador soviético Ivan Maisky, "absolutamente inaceitáveis".[5] O governo britânico transferiu Hess para Londres, onde foi alojado na Torre antes de receber acomodações mais confortáveis, enquanto as autoridades decidiam o que fazer com ele. Acerca deste último ponto, prevaleceram a incerteza e a confusão, mas uma coisa estava clara para Churchill e seu gabinete: não havia sentido em levar a sério Hess, sua missão ou sua "oferta de paz".[6]

II

Quem foi Rudolf Hess? Nascido em 26 de abril de 1894 e, portanto, com 47 anos na ocasião de seu dramático voo para a Escócia, veio de uma família de comerciantes originários de Wunsiedel, no norte da Baviera. Até 1908, morou com os pais e dois irmãos mais novos em Alexandria, Egito, onde a família tinha negócios, e depois foi enviado à Alemanha para frequentar a escola e receber aulas particulares. Após cursar um ano numa escola superior de comércio na Suíça, matriculou-se como aprendiz em uma empresa com sede em Hamburgo. Em 20 de agosto de 1914, logo após a eclosão da Primeira Guerra Mundial, alistou-se em um regimento de infantaria e lutou na Primeira Batalha de Ypres. Após ser condecorado por bravura, participou de mais combates efetivos na Batalha de Verdun, onde foi ferido e ficou hospitalizado. Depois de se recuperar, foi enviado para os Bálcãs, onde a Romênia recentemente havia entrado na guerra do lado dos Aliados, e foi ferido mais uma vez, agora com mais gravidade, com um tiro no torso que, por sorte, não danificou quaisquer órgãos vitais. Durante a convalescença, Hess se alistou na Força Aérea, que era mais glamorosa, embora também mais perigosa do que a infantaria. Após o treinamento, passou a integrar um esquadrão de aviões de caça em 14 de outubro de 1918, mas a guerra chegou ao fim poucas semanas depois e ele não conseguiu participar de nenhum combate aéreo.[7]

Como muitos militares desmobilizados, Hess, ressentido com a derrota, e meio perdido e sem planos, agora começou a gravitar em torno da política.

Juntou-se a um pequeno grupo ultranacionalista chamado Sociedade Thule, combatendo revolucionários esquerdistas em Munique, onde mais uma vez foi ferido. Depois que a situação se acalmou, matriculou-se na universidade para estudar história e economia, e foi lá que conheceu o professor Karl Haushofer, um expoente da "geopolítica" e defensor da expansão territorial da Alemanha. Hess tornou-se amigo próximo de Albrecht, filho de Haushofer, que também iniciou carreira como professor universitário. Na febril atmosfera política da Munique pós-revolucionária, muitos grupos nacionalistas de extrema direita defendiam e exaltavam os costumes alemães, e quando compareceu a uma das reuniões, Hess ficou encantado pelo líder da organização que seria a mais bem-sucedida de todas elas, o Partido Nacional-socialista ou Partido Nazista (Partido Nacional-socialista dos Trabalhadores Alemães, *Nationalsozialistische Deutsche Arbeiterpartei*, NSDAP): Adolf Hitler. Hess formou um grupo de estudantes do movimento nazista dos camisas-pardas, envolveu-se em brigas em reuniões públicas e participou com Hitler do desastroso "*Putsch* da cervejaria" em 9 de novembro de 1923. Depois de se esconder da polícia com a família Haushofer, acabou se entregando e foi condenado a dezoito meses de prisão por sua participação na tentativa de golpe.[8]

Foi em Landsberg am Lech, a fortaleza onde Hitler cumpriu a sentença relativamente moderada imposta a ele pela tentativa de golpe, que Hess se tornou um amigo muito próximo e confidente do líder nazista. Hitler dedicou seu tempo a escrever seu livro de memórias e manifesto, *Mein Kampf*, ditando algumas passagens para Hess, que cuidadosamente verificava o resto. Nos anos seguintes, Hess acompanhou o líder nazista em viagens pela Alemanha e de maneira geral atuou como seu secretário particular e factótum. Quando não estava cuidando das necessidades do líder, voltou a voar, obtendo uma licença de piloto em 1929 e adquirindo sua própria aeronave leve, doada pelo jornal nazista *Völkischer Beobachter*. Voava com frequência e se tornou um piloto experiente e perito, sobrevoando reuniões e comícios ao ar livre de liberais e esquerdistas para abafar a voz dos oradores. Quando Hess se casou, em dezembro de 1927, Hitler foi testemunha, ao lado de Karl Haushofer. Quando, em janeiro de 1933, o líder nazista foi nomeado chefe de um governo de coalizão, recompensou a lealdade de Hess nomeando-o vice-líder do Partido. O novo papel de Hess significava, entre outras coisas, assumir o microfone após o discurso de Hitler no comício de Nuremberg em 1934; no filme de Leni Riefenstahl sobre o evento, *O triunfo da vontade [Triumph des Willens]*, pode-se ver Hess olhando com adoração para o líder e, radiante de fanatismo, gritando em êxtase: "O Partido é Hitler! Hitler, entretanto, é a Alemanha, e a Alemanha também é Hitler! Salve Hitler! Salve a Vitória! [*Heil Hitler! Sieg Heil!*]".[9]

Hess não abriu mão de voar durante seu período como vice-líder do Partido Nazista, muitas vezes participando de corridas e competições sob pseudônimo. Alarmado com o perigo dessas atividades, Hitler acabou por proibi-lo de pilotar. Em seu papel principal, Hess supervisionava as relações entre Estado e Partido por meio do Gabinete do Vice-Líder, administrado pelo ambicioso e infatigável Martin Bormann. O poder começou a revelar um lado excêntrico de Hess, que se entregou à astrologia, ao ocultismo, à homeopatia e a estranhos modismos alimentares.[10] De maneira mais séria, começou a ficar claro que ele estava sendo deixado de lado nas incessantes lutas pelo poder dentro da hierarquia nazista. No início da guerra, Hitler nomeou Göring como seu sucessor, rebaixando Hess a terceiro na linha de comando.[11] Muito antes disso, Bormann havia assumido grande parte do trabalho dentro do gabinete de Hess, incluindo a supervisão das nomeações do funcionalismo público.[12] Depois de 1936, as funções do vice-líder no âmbito da ditadura tornaram-se basicamente representativas: apresentar os discursos de Hitler, dar as boas-vindas às delegações de expatriados alemães em reuniões e proferir o anual discurso de Natal.[13] Enquanto Bormann com frequência se reunia pessoalmente com Hitler, Hess via cada vez menos o Führer e quase sempre era excluído da tomada de decisões em questões-chave, por exemplo, a política externa, que com o passar do tempo se tornou mais e mais importante, sobretudo depois do início da guerra.[14]

Em 1939, Alfred Rosenberg, o autonomeado ideólogo do Partido Nazista, descreveu Hess como "indeciso", declarou que ele parecia deprimido, e observou que Hess já não tinha muito o que fazer, uma vez que o aparato estatal havia escapado de seu controle.[15] Hess, sem dúvida, ainda tinha o poder formal para intervir nos assuntos do Partido caso desejasse, e seu papel na manutenção do moral do povo alemão estava longe de ser insignificante. Antissemita fanático, Hess fez dura pressão por políticas severas contra a pequena população judaica da Alemanha. Com sua incondicional adulação a Hitler e sua reiterada fé na "ideia nacional-socialista", repetida à exaustão, ajudou a manter a fé da opinião pública no Führer e em seu regime. De maneira geral, Hess era tido como uma das poucas figuras honestas e incorruptíveis na liderança nazista e, portanto, desfrutava de bom índice de aprovação popular.[16] Todavia, com o passar do tempo, tornou-se cada vez mais marginalizado na liderança nazista. De acordo com suas secretárias, depois de 1938 Hess ficava sentado a esmo diante de sua escrivaninha, embaralhando papéis ou fitando vagamente o espaço. Se alguém se dirigia a ele, parecia confuso e desorientado.[17]

Hess tinha plena consciência de sua perda de poder. A decisão de invadir a União Soviética, que se concretizaria na "Operação Barbarossa" em 22 de junho de 1941, ataque que levou meses de preparação, foi tomada sem consultá-lo. Embora mais tarde tenha afirmado que sabia da operação com antecedência, Hess certamente desconhecia os detalhes do plano, incluindo a data de sua execução.[18] Tornou-se cada vez mais obcecado com o que julgava ser uma possibilidade perigosa: a Alemanha envolver-se em uma guerra simultânea contra o Ocidente e a União Soviética. Hitler fizera ao governo britânico repetidas "ofertas de paz", que quase sempre eram meras firulas retóricas, e já em *Mein Kampf* considerava que uma aliança com o Reino Unido contra o regime "bolchevique" russo era desejável e possível. Hess, portanto, pensou que, se conseguisse firmar um acordo de paz com a Grã-Bretanha, realizaria o tão acalentado sonho de Hitler de uma aliança com os britânicos e ao mesmo tempo eliminaria a ameaça de uma guerra em duas frentes.

Ao interrogar Hess em 10 de junho de 1941, o visconde Simon, ministro da Justiça do governo Churchill, concluiu que "sua posição e a autoridade na Alemanha declinaram, e se ele pudesse levar a termo o golpe de paz precoce nos termos de Hitler, isso ratificaria sua posição [...] e prestaria um imenso serviço a seu adorado mestre e à Alemanha".[19] Hess acreditava que nos círculos políticos britânicos havia uma "facção da paz" que poderia ser persuadida a usar sua "oferta de paz" para derrubar o "fomentador da guerra" Churchill e pôr fim à guerra no oeste. Albrecht Haushofer recomendou que Hess estabelecesse contato com o duque de Hamilton – que Hess não conhecia pessoalmente, mas admirava como um dos primeiros homens a sobrevoar o monte Everest. Hess concordou prontamente, já que pensou que se daria bem com Hamilton, visto que ambos eram ases da aviação nos anos pré-guerra. Além do mais, antes da guerra o duque tinha sido uma figura importante na Sociedade Anglo-alemã, que nada tinha de sinistro: era uma organização apolítica inofensiva, muito diferente dos grupos pró-nazistas de nome similar, como a Irmandade Anglo-alemã. Haushofer estava redondamente enganado ao pensar que Hamilton era o defensor de uma paz em separado ou um homem com influência política significativa. A missão de Hess foi levada a cabo, desde o início, sob falsas premissas.[20]

Desafiando a proibição de Hitler, Hess já havia iniciado os primeiros preparativos clandestinos para seu voo não muito tempo depois de Hitler começar a planejar a invasão da União Soviética. Em setembro de 1940,

Hess deu permissão a Albrecht Haushofer para enviar uma carta a Hamilton sugerindo um encontro com ele. No entanto, a carta foi interceptada pela inteligência britânica e só chegou ao destinatário pretendido quando foi entregue a Hamilton pelo MI5 [o serviço britânico de informações de inteligência, segurança interna e contraespionagem], em março de 1941.[21] Inabalável, Hess contatou a fabricante aeronáutica alemã Messerschmitt (cujo dono, Willy Messerschmitt, ele conhecia havia muitos anos), visitou suas fábricas inspecionando vários modelos e acertou os detalhes para fazer voos de treinamento a bordo do Me110. Acompanhado nos primeiros voos por um instrutor a bordo da aeronave de dois lugares, dominou os controles da máquina e decidiu que, com algumas modificações para aumentar a capacidade de combustível e a inserção de uma bússola de rádio para auxiliar na localização, o avião era adequado para o voo que ele agora estava planejando. Já em 4 de novembro de 1940, Hess escreveu a sua esposa, Ilse, para dizer: "Acredito firmemente no voo que farei nos próximos dias; na minha volta o voo será coroado de sucesso".[22] No fim das contas, somente em maio de 1941 ele empreendeu a missão, após duas tentativas abortadas no início do ano. Em 9 de maio, quando os preparativos finalmente foram concluídos, Hess disse a seu colega Richard Walther Darré, ministro da Agricultura, que partiria numa longa jornada e não sabia quando estaria de volta.[23]

III

Hess voou para a Escócia por ordem de Hitler? Certamente, Ernst Wilhelm Bohle, chefe do Departamento de Relações Exteriores do Partido Nazista e amigo de Hess, achava que sim.[24] Para o filho de Hess, a alegação de que o pai fez o voo por iniciativa própria "contradiz as leis da lógica". Era óbvio que ele havia recebido ordens de Hitler para realizar a missão – qualquer outra coisa era inconcebível.[25] Muitos estudiosos do voo de Hess também tinham absoluta certeza de que Hitler já deveria estar ciente. O historiador militar independente John Costello declarou com todas as letras em 1991 que Hess portava "uma oferta de paz autorizada" por Hitler.[26] De acordo com J. Bernard Hutton (autor de vários livros sobre espionagem e subversão), "o histórico voo de Hess para a Grã-Bretanha foi feito com conhecimento e aprovação total de Hitler. A missão foi interminavelmente discutida antes de Hitler sancioná-la. A "oferta de paz" que Hess levava consigo era séria, diz ele, e se Churchill a tivesse aceitado, o curso da história poderia ter sido muito diferente. Hutton deu ao capítulo de seu livro sobre as horas após a aterrissagem de Hess na Escócia o título "A história por um fio".²⁷ Mas confessou no Prefácio que "este livro pode ser lido como obra de ficção", e negligenciou o fornecimento de qualquer evidência que respaldasse suas afirmações. Seu relato das supostas conversas entre Hess e Hitler é pura invenção.²⁸ Hutton também minou a própria credibilidade ao alegar em um trecho – atribuindo o arriscado empreendimento à influência de Karl Haushofer – que "é provável que Haushofer tivesse poderes psíquicos", outro exemplo da atração que o oculto às vezes exerce sobre a imaginação paranoica.²⁹

O historiador naval Peter Padfield apontou para a posterior declaração de Haushofer de que Hess embarcou em seu voo com a aprovação de Hitler. Mas a crença de Haushofer baseava-se em nada mais que boatos. O mais provável é que Haushofer simplesmente não suspeitasse de que Hess estava propondo uma missão solitária sem a sanção de instâncias superiores – a ideia teria parecido bizarra demais. Mesmo se estivesse ciente de que Hess estava agindo por iniciativa própria, Haushofer, como um homem envolvido de perto na aventura, tinha todo o incentivo para se eximir de culpa após o evento, alegando estar convencido de que Hess agiu de acordo com os desejos de Hitler. Mais uma vez as especulações assumem as rédeas da história, já que Padfield alega que "a ideia também deve ter agradado Hitler". Mas a verdade é que não há qualquer evidência concreta para corroborar a teoria de que Hitler sabia a respeito.³⁰ O próprio Hess jamais se esquivou de sua admissão inicial de que o voo tinha sido inteiramente sua própria iniciativa.³¹ Sua esposa também sempre insistia que o voo havia sido ideia dele e de mais ninguém.³² É óbvio que, ao ser interrogado pelos britânicos, dizer que Hitler dera ordens para o voo teria fortalecido bastante a posição de Hess, mas desde o início ele negou essa hipótese. Durante o interrogatório de 9 de junho de 1941, o visconde Simon lhe perguntou: "Você diria que veio até aqui com o conhecimento do Führer, ou sem o conhecimento dele?". Hess respondeu: "Sem o conhecimento dele'", acrescentando: "Com certeza (risos)".³³

A fim de contornar o problema que essa evidência impunha à teoria de que Hitler ordenou o voo, alguns escritores sustentaram a hipótese de que Hess manteve um obstinado silêncio sobre um acordo prévio com Hitler, a saber: caso a missão falhasse, ele jamais admitiria que tinha sido executada a mando do Führer. Mas essa tese não passa de mera suposição; não há absolutamente nenhuma evidência que a corrobore. Ademais, a ideia de um pacto de silêncio é implausível ao extremo. Hitler, afinal, já havia proibido Hess de pilotar aviões, por considerar a atividade muito perigosa, e não há nada a sugerir que tenha mudado de ideia e reconsiderado essa proibição.³⁴

Mais tarde, o general Karl Bodenschatz se lembrou de uma pergunta que Hitler lhe fez: "Como seria possível, general, que a Luftwaffe [a força aérea alemã] permitisse que Hess voasse mesmo depois de eu explicitamente tê-lo proibido de pilotar?".[35] Se ele tivesse pessoalmente ordenado o voo, pelo menos escolheria um campo de pouso mais próximo de onde ele estava no momento; Augsburg era um lugar relativamente distante dos centros de atividade de Hitler, o que, claro, foi um dos motivos para a escolha. Hess permaneceu convencido até o fim da vida de que Hitler era um homem formidável, e o nacional-socialismo, uma grande ideia. Mas simplesmente não é crível alegar que ele estava mentindo deliberadamente quando disse que a iniciativa de sua expedição havia sido dele e apenas dele, e por isso continuou a mentir até o fim de seus dias, quando tinha todos os motivos para melhorar a reputação póstuma de Hitler nomeando-o como o autor de sua "missão de paz".[36]

Todas as fontes contemporâneas disponíveis deixam claro que o voo pegou Hitler completamente de surpresa: o relato de Hutton sobre a reação impassível do ditador nazista ao receber a notícia – repetindo palavra por palavra a história contada pelo popular historiador alemão Wulf Schwarzwäller – é tão fictício quanto sua versão aparentemente literal de uma conversa entre Hitler e Hess antes de o avião decolar.[37] O Führer soube da escapada de seu vice quando o ajudante de ordens de Hess, Karlheinz Pintsch, chegou no final da manhã de domingo, 11 de maio, ao Berghof, o retiro alpino de Hitler nas montanhas bávaras, próximo a Berchtesgaden, trazendo consigo uma carta que Hess lhe entregara pouco antes de decolar, com instruções para entregá-la pessoalmente a Hitler. Depois de enfrentar algumas tentativas de obstrução do pessoal de segurança do Berghof, Pintsch conseguiu chegar ao Führer e lhe dar em mãos o envelope com a carta. Albert Speer, arquiteto de Hitler e um de seus aliados mais próximos, estava folheando alguns esboços quando Pintsch se aproximou dele. "Nesse momento Hitler desceu de seus aposentos no andar de cima. Um dos ajudantes foi chamado ao salão. Comecei a folhear meus esboços mais uma vez, quando de repente ouvi um grito inarticulado, quase animal. Então Hitler rugiu: 'Bormann, imediatamente! Onde está Bormann?'."[38]

Depois de algum tempo, de acordo com Speer, Hitler recobrou pelo menos a aparência de compostura. "Quem vai acreditar em mim quando eu disser que Hess não voou até lá em meu nome?", perguntou ele. Hitler telefonou para o ás da aviação Ernst Udet e ficou aliviado ao ouvir a opinião dele de que o avião não tinha combustível suficiente para chegar a seu destino (a Escócia, como Hess informava na carta) e devia ter caído em alto-mar no caminho. Paul Schmidt, o intérprete de Hitler, observou que "Hitler estava tão estarrecido que era como se uma bomba tivesse atingido o Berghof; 'Espero que ele tenha mesmo caído no mar!', eu o ouvi dizer, enojado".[39] Hitler disse a Alfred Rosenberg que sentiu um mal-estar físico quando leu a carta. À medida que assimilava seu conteúdo, mais perplexo ficava.[40] De acordo com Speer, Hitler nunca superou a "deslealdade" do seu vice, mesmo insistindo mais tarde que uma das condições para firmar a paz com a Grã-Bretanha, se ela viesse, seria o enforcamento de Hess. "O Líder", Joseph Goebbels, que chegou ao Berghof em 12 de maio, relatou em seu diário no dia seguinte, "está completamente despedaçado. Que espetáculo para o mundo!" No dia seguinte, o ministro da Propaganda acrescentou que Hitler estava "imensamente amargurado. Ele jamais poderia esperar por isso".[41] Goebbels instruiu a imprensa-fantoche alemã a mencionar o voo o mínimo possível.[42] Alguns dias depois, Hans Frank, chefe nazista do "Governo Geral" da Polônia ocupada, disse a sua equipe, após ouvir Hitler dar a notícia aos líderes regionais do Partido no dia 13 de maio: "Nunca vi o Führer tão chocado". Segundo o relato de outra testemunha presente à reunião, Hitler desabou em lágrimas.[43]

O fato de que tantas fontes diferentes relataram a fúria, seguida de depressão, que um espantado Hitler demonstrou ao saber da notícia do voo não impediu os teóricos da conspiração de afirmar que essa reação foi pura encenação, um jogo de cena com o intuito de ludibriar as pessoas para que acreditassem que o Führer fora surpreendido.[44] Em sua dramática reconstrução narrativa do voo, James Leasor sugeriu que "parece haver pouca dúvida de que Hitler soubesse das tentativas de Hess de fazer as vezes de intermediário, de emissário", citando vários contemporâneos que adotaram essa hipótese. "Sem o conhecimento e consentimento de Hitler", argumentou, "Hess nunca poderia ter feito vinte voos de teste desde Augsburg". Ele sugere que todas as abrangentes e minuciosas operações de vigilância da Gestapo teriam detectado e monitorado os preparativos de Hess.[45] Mas a Gestapo, conforme pesquisas modernas demonstraram, era na verdade uma organização pequena, e seus sistemas de vigilância estavam longe de ser abrangentes ou minuciosos, embora a opinião dos historiadores na época em que Leasor escreveu ainda considerasse que sim.[46] Se Hitler não tivesse sido cúmplice da missão, afirma Leasor, então certamente teria descarregado sua ira sobre as pessoas que ajudaram seu vice na escapada ("parece haver pouca dúvida de que sofreriam uma punição das mais severas"). Com efeito, Hitler mandou prender todos os que ajudaram Hess na preparação do voo, a começar por seus assistentes, incluindo o astrólogo de Hess e dos Haushofer. Ele não teria feito isso se Hess estivesse agindo com sua aprovação. Pintsch foi detido, mas, no fim das contas, assim como os outros cúmplices de Hess e, verdade seja dita, como muitos membros subalternos do próprio pessoal de Hitler, foi salvo pelo fato de que obviamente presumia que seu chefe estava agindo sob as ordens de Hitler.[47]

E há a carta que Hess incumbiu seu ajudante de ordens de entregar a Hitler depois que decolasse, na qual explicou seus motivos e intenções, carta que certamente não teria sido necessária se Hitler já estivesse sabendo do voo. Tentativas – por exemplo, de John Harris, contador licenciado que escreveu cinco livros de teorias da conspiração sobre Hess, ou de Richard Wilbourn, administrador de fazenda, e Meirion Trow, professor e autor de romances policiais e obras históricas – de provar que Hess voou com a aprovação de Hitler não conseguiram contornar esse obstáculo fundamental.[48] A sugestão de Lothar Kettenacker, ex-vice-diretor do Instituto Histórico Alemão em Londres, de que Hess teria contado a Hitler com antecedência sobre o voo iminente, é pura especulação.[49] Como aponta Ian Kershaw, biógrafo de Hitler,* se o líder nazista realmente quisesse fazer uma oferta de paz para a Grã-Bretanha, teria escolhido alguém mais versado em relações exteriores do que Hess, e teria recorrido a um método diferente para comunicar a proposta, melhor do que um arriscado voo solo para a Escócia. Certamente não teria escolhido como interlocutor uma figura de pouca relevância como o duque de Hamilton. Ele sabia, também, que a notícia da escapada de Hess prejudicaria profundamente a credibilidade do regime junto ao povo alemão, o que de fato aconteceu (na época, uma piada popular circulou à boca pequena em Berlim; numa conversa informal, Churchill diz a Hess: "Então é você o sujeito que enlouqueceu?"; o alemão responde: "Não, não, eu sou apenas o vice dele!"). Em todo caso, naquele momento Hitler não tinha disposição para despachar emissários da paz para falar com Churchill: estava totalmente dedicado ao planejamento da invasão da União Soviética, a qual, ele e seus generais tinham plena confiança, alcançaria rápido e completo sucesso. A última coisa que Hitler ia querer era se envolver em complicadas negociações diplomáticas com a Grã-Bretanha quando faltavam apenas algumas semanas para a Operação Barbarossa, a maior invasão terrestre da história.[50]

---

* Inicialmente publicada em dois volumes – *Hitler, 1889-1936: Hubris* (1998) e *Hitler, 1936-1945: Nemesis* (2000) –, a edição brasileira da célebre biografia de Ian Kershaw foi realizada a partir da versão condensada: *Hitler*. Trad. Pedro Maia Soares. São Paulo: Companhia das Letras, 2010. [N. T.]

Mas a falta de evidências não impediu os teóricos da conspiração de insistir que Hitler dera ordem a Hess para voar até a Escócia. Papéis perdidos, documentos censurados e arquivos secretos figuram com destaque nas teorias da conspiração históricas, que, segundo Harris e Trow, "nunca desaparecerão enquanto houver arquivos trancados, documentos confidenciais e de caráter restrito e ofuscação oficial". Em casos sigilosos, como o voo de Hess, há sempre "um bocado de espaço para que todos os tipos de evidência sejam 'extraviados'". Apesar de admitirem que "a especulação sobre o que exatamente *está* faltando é bastante infrutífera", ainda é provável, por exemplo, na opinião de Harris e Trow, que correspondências primordiais tenham sido removidas dos arquivos de Haushofer. Registros oficiais contendo "evidências vitais dos registros do tempo de guerra do chefe da Cruz Vermelha em Genebra, Karl Burckhardt, que sem dúvida ajudou na ida de Hess à Grã-Bretanha", são impossíveis de obter, queixam-se eles. Claro, Harris sugere, se a correspondência faltante aparecesse, provavelmente revelaria a verdade.[51] Todavia, infelizmente, essa correspondência não veio à tona. Especulações desse tipo podem ser encontradas em muitos outros escritos de teóricos da conspiração. Padfield chega a afirmar que "existem evidências documentais de que os papéis que outrora estavam nos arquivos foram removidos", mas obviamente essas evidências não existem.[52] "O sigilo oficial", reclamam Harris e Trow, "tumultuou e obstruiu a pesquisa" que eles tentaram realizar.[53] "Os detalhes", admite Padfield, "talvez nunca venham a ser conhecidos"; assim, onde não se conhecem os detalhes, a imaginação deve servir como um substituto. Tudo isso é pura especulação. No caso da teoria da conspiração do incêndio do Reichstag, são as testemunhas-chave que supostamente desapareceram; no caso do voo de Hess para a Escócia, são documentos importantes, mas o estado de espírito conspirador por trás de ambas as suposições é, em essência, o mesmo. Nos dois casos, a sugestão é a de que evidências foram deliberadamente ocultadas ou, o que é mais provável, destruídas, a fim de esconder da posteridade a verdade.

Como uma alternativa para a alegação de que a verdade está soterrada sob documentos perdidos, teóricos da conspiração também costumam citar fontes genuínas, e em seguida lhes atribuem um peso muito maior do que realmente têm. Juntam os pontos entre evidências históricas para criar uma imagem que não é nem um pouco plausível. Padfield ressalta corretamente, por exemplo, que havia muitos pontos de contato entre as pessoas supostamente envolvidas na conspiração para levar Hess à Inglaterra.[54] Mas enumerá-las é prova de uma conspiração? A culpa por associação não substitui a evidência documental de conluio efetivo. Um exemplo citado com frequência deve ser suficiente para ilustrar o que os pontos de contato listados por Padfield realmente envolviam. Os diários do diplomata alemão Ulrich von Hassell registram que Albrecht Haushofer tinha ido a Genebra para ver Carl J. Burckhardt (para darmos a seu nome a grafia correta). Mais tarde, Burckhardt disse à esposa de Hassell que os britânicos ainda queriam a paz com a Alemanha, mas não enquanto Hitler estivesse no poder. E, em janeiro, o próprio Hassell já havia discutido a possibilidade de paz com Burckhardt, que lhe contou que estava convencido de que "o sentimento no gabinete inglês era favorável" no que dizia respeito à questão da paz com a Alemanha.[55]

Nada disso tinha a ver com Hess, que não é citado uma única vez nos diários de Hassell no que concerne a essa questão. Na verdade, eles tinham uma relação com o movimento de resistência alemão, do qual Hassell foi membro, juntamente com Albrecht Haushofer. Ambos estiveram envolvidos na fracassada tentativa de matar Hitler em 20 de julho de 1944; ambos foram presos e fuzilados, embora, no caso de Haushofer, apenas no fim da guerra. Hassell entrou em contato com Burckhardt como parte dos contínuos esforços da resistência para encontrar uma maneira de pôr fim à guerra, esforços que incluíram também uma busca persistente, embora malsucedida, por interlocutores no *establishment* britânico. A própria afirmação de Burckhardt de que os membros do Gabinete de Guerra britânico apoiavam uma paz em separado nada mais era do que um pensamento mágico, uma distorção da realidade, calcada na vontade de acreditar. Da mesma forma, a teoria de Harris e Trow de que o voo de Hess foi organizado em busca dos supostos "sondadores da paz" de Burckhardt também é puramente especulativa (a narrativa deles está repleta de frases como "acredito que", "é provável que", "recebi informações de fontes confiáveis" e assim por diante). No entanto, fato é que, após receber a notícia do desembarque do homem da alta hierarquia nazista na Escócia, Hassell registrou em seu diário:

> O voo de Hess agora estraçalhou todas as possibilidades de promover nossa causa por meio de Haushofer. Depois de algumas semanas ele iria mais uma vez falar com Burckhardt, que nesse meio-tempo teria entrado em contato com os britânicos novamente. A essa altura deveríamos ter usado as evidências acumuladas com um bom propósito. Isso agora está fora de questão, pois Haushofer foi preso.[56]

Em outras palavras, não há absolutamente nenhuma evidência de que Burckhardt soubesse qualquer coisa sobre o voo de Hess. A evidência está,

Harris e Trow sugerem, "enterrada talvez em algum cofre empoeirado no Ministério das Relações Exteriores em Whitehall ou talvez tenha desaparecido há tempos em um incinerador do Serviço Civil".[57] Pelo menos eles usam a palavra "talvez".

A mais completa e equilibrada biografia de Hess, escrita por Kurt Pätzold e Manfred Weissbecker, faz pouco caso das teorias baseadas ou em especulações infundadas sobre indivíduos que conheciam Hess, como Albrecht Haushofer, ou em interpretações equivocadas de documentos como os diários de Hassell, ou ainda em especulações, boatos e evidências de pessoas como os ajudantes de ordens de Hess, que, quando interrogados depois de serem detidos pela Gestapo, tinham o mais forte interesse possível em negar que seu chefe havia agido sem a aprovação de Hitler.[58] Além disso, os teóricos da conspiração costumam citar com frequência uns aos outros como autoridades abalizadas para corroborar suas alegações. Assim, por exemplo, Harris e Trow afirmam que "o historiador Peter Padfield estabeleceu a probabilidade" de que Hitler sabia com antecedência sobre o voo de Hess.[59] Em retribuição, Padfield elogia a "soberba" obra de Harris e afirma que ela "destrói a versão do próprio Hess sobre o voo".[60] Os teóricos da conspiração tendem a fazer isso porque consideram os historiadores sérios como "oficiais" ou "tradicionais", permitindo-lhes, ou assim eles pensam, ignorar o trabalho que realizaram acerca de temas como o voo de Hess. Mas, para produzir trabalhos convincentes, esses teóricos terão que confrontar a pesquisa dos historiadores em seus próprios termos e lidar com as provas documentais, que realmente existem.

Todas essas teorias da conspiração são baseadas na suposição de que Hess, assim como van der Lubbe, não poderia ter agido sozinho. Para a imaginação paranoica, isso é simplesmente inaceitável: indivíduos como esses devem ter participado de uma trama secreta mais ampla, da qual eram uma parte, ou mesmo uma ferramenta. Se o argumento de que Hitler sabia de antemão sobre o voo de Hess não é válido por não ter fundamento lógico, então talvez outra pessoa na hierarquia nazista estivesse envolvida. Certamente, não seria possível que Hess tivesse feito seus preparativos sem o conhecimento de pelo menos algumas pessoas, incluindo seu ajudante de ordens Karlheinz Pinsch, que sabia sobre as intenções de Hess desde janeiro de 1941, mas manteve segredo.[61] Mas havia outros cúmplices? De acordo com o onipresente Edouard Calic, o voo de Hess foi organizado por Reinhard Heydrich sem o conhecimento de Hitler, embora não fique claro qual poderia ter sido exatamente a motivação de Heydrich.[62] O tipo do avião de combate Me110 utilizado por Hess, afirmou ele, logicamente não poderia carregar combustível suficiente para completar uma viagem tão longa: deve ter feito uma parada para reabastecimento, ou deve ter sido substituído na costa francesa ou belga por outra aeronave, o que implica a colaboração da Luftwaffe. Porém, as marcas de identificação nos destroços do avião eram idênticas àquelas fotografadas no avião em Augsburg antes do voo. Além disso, existem incontestáveis evidências que provam que o avião usado por Hess estava equipado com tanques auxiliares de combustível e era perfeitamente capaz de voar de Augsburg até a Escócia sem precisar reabastecer. Tampouco há mistério sobre o fato de que não foi interceptado durante o voo pelo espaço aéreo da Alemanha: o Me110 era facilmente reconhecível como uma aeronave alemã e, portanto, não teria despertado qualquer suspeita, conforme demonstrado pela reação dos dois submarinos sobre os quais passou no mar do Norte.[63] E certamente não há nem sequer um fiapo de evidência que dê respaldo à surreal afirmação de que Hess foi acompanhado Alemanha afora por um avião pilotado pessoalmente por Heydrich.[64]

IV

Ao longo dos anos, pipocaram aos borbotões as mais variadas teorias da conspiração sobre o voo de Hess.[65] Elas começaram tão logo o avião aterrissou. O pioneiro nesse campo foi o dr. James Vincent Murphy, que publicou *Who Sent Rudolf Hess?* [Quem enviou Rudolf Hess?], panfleto de 48 páginas, apenas algumas semanas após o voo. Jornalista e tradutor irlandês (e ex-padre católico), Murphy fixara residência em Berlim em 1929.[66] Depois de partir para a Inglaterra durante a Depressão, publicou um breve estudo biográfico, *Adolf Hitler: The Drama of His Carrer* [Adolf Hitler: o drama de sua carreira], escrito a pedido dos editores Chapman e Hall, em 1934. O objetivo do livro era explicar aos leitores anglófonos como Hitler chegou ao poder, num momento em que ainda era relativamente pouco conhecido no Reino Unido. Seu veredicto acerca de Hitler era relativamente favorável. Murphy admitiu:

> O que eu poderia chamar de aspectos negativos das realizações de Hitler foi ignorado neste livro. E por dois motivos: em primeiro lugar, porque já foi publicado material suficiente em língua inglesa pelos oponentes do regime de Hitler; em segundo lugar, porque a crítica negativa é um obstáculo e não uma ajuda para a compreensão de um movimento histórico.[67]

Murphy fez pelo menos algumas concessões aos críticos de Hitler. O "vandalismo criminoso e até mesmo oficial" foi um "excesso inicial" que o nacional-socialismo alemão, se seguisse o padrão do fascismo italiano, pensava ele, poderia muito bem eliminar à medida que o governo de Hitler se estabelecesse com bases mais firmes. "Somente o futuro pode dizer."[68]

Mas, no geral, Murphy enalteceu as "conquistas positivas" dos nazistas e alegou que eles chegaram ao poder com o apoio da grande massa do povo alemão. Apresentou as políticas antissemitas dos nazistas como algo não apenas explicável, mas também justificado. Os judeus eram "asiáticos astutos" (na verdade, os judeus alemães eram extremamente aculturados, a categorização era de um racismo estonteante).[69] Os judeus dominavam a "indústria e o comércio alemães" (exceto o aço e o carvão, que, Murphy alegou erroneamente, eram em sua maioria propriedade estatal), ao passo que "a principal direção dos grandes bancos públicos tem sido, até agora, quase um monopólio judeu", e 50% dos bancos privados também estão em mãos judias (esses números eram exageros desvairados; a elite econômica de judeus alemães era minúscula, além de estar profundamente dividida por clivagens religiosas e políticas). Isso, concluiu ele, significava que "menos de 1% da população alemã, representando um grupo de pessoas de raça e tradição discrepantes, tem uma voz muito forte e quase decisiva nos assuntos financeiros e comerciais do país". Para Murphy, o mesmo acontecia com as profissões acadêmicas, a literatura, a cultura e as artes. Ele repetiu a afirmação nazista de que o socialismo e o comunismo, somados à Constituição de Weimar, eram criações judaicas, embora não tenha notado a contradição com sua afirmação simultânea de que o capitalismo alemão também era dominado por judeus.[70]

Não surpreende que os resenhistas do livro no Reino Unido tenham considerado Murphy "um hitlerista fervoroso" e criticado sua aceitação da propaganda nazista, sobretudo em relação aos judeus.[71] Mas nem todas as reações foram negativas, especialmente na própria Alemanha. Impressionado com o livro, e ciente do histórico de Murphy como tradutor de textos alemães, o Ministério da Propaganda alemão ofereceu-lhe o trabalho de produzir versões em inglês dos discursos de Hitler e o levou para Berlim. Murphy logo começou a criticar outras traduções da propaganda nazista, incluindo uma versão resumida de *Mein Kampf* publicada em inglês alguns anos antes, por isso o Ministério da Propaganda o encarregou de produzir uma tradução do texto integral do livro. Sob a pressão do tempo, Murphy conseguiu a colaboração de uma jovem, Grete Lorcke, com quem teve contato na casa de um conhecido em comum. Lorcke era uma estudante alemã que havia feito intercâmbio em Madison, Wisconsin, e admirava a obra de Murphy. Contudo, por um surpreendente acaso, também era um membro secreto da "Orquestra vermelha", círculo de resistência comunista e, entre outras coisas, na verdade uma agente soviética. Ela persuadiu seus superiores de que uma tradução bem-feita e sem censura para o inglês do livro de Hitler ajudaria a alertar o mundo sobre a ameaça que ele representava.[72]

Lorcke descobriu que o irlandês tinha um sério problema com bebida, o que significou que ela teve a oportunidade de preencher as lacunas que Murphy deixava em sua tradução sem que ele prestasse muita atenção. Ela conseguiu inserir frases e expressões que enfatizavam o caráter vulgar e demagógico do original, que a seu ver tinha sido suavizado pelo hábil tratamento literário dado por Murphy ao texto.[73] Nesse ponto, no entanto, as coisas começaram a dar tremendamente errado. O irlandês foi forçado a renunciar ao cargo no Ministério da Propaganda depois de se recusar a traduzir partes dos discursos de Hitler que continham ataques a políticos britânicos, como o então ministro das Relações Exteriores Anthony Eden. Em resposta, o ministério repudiou a tradução de *Mein Kampf* e confiscou os rascunhos do manuscrito de Murphy. Temendo por sua segurança, ele partiu para Londres. Mas praticamente não tinha um tostão no bolso. Murphy recebeu uma oferta para publicar sua tradução de *Mein Kampf*, mas os rascunhos ainda estavam em Berlim, e ele, com razão, teve medo de voltar. Por isso, sua esposa Mary foi no lugar dele. Felizmente, a ex-secretária de Murphy em Berlim havia guardado um rascunho manuscrito, e assim Mary Murphy voltou para a Grã-Bretanha com o texto na mala. A tradução foi publicada em 20 de março de 1939 pela Hurst and Blackett. Infelizmente para Murphy, a opinião pública na Grã-Bretanha voltou-se de maneira decisiva contra Hitler após a invasão da Tchecoslováquia apenas cinco dias antes, e os críticos atacaram de forma impiedosa o prefácio do tradutor, atribuindo-lhe o rótulo de "pró-Hitler".[74]

Murphy foi, então, o primeiro homem a publicar uma versão conspiracionista sobre o voo de Hess. A resposta inicial de Murphy ao voo, em um artigo publicado no jornal *Daily Sketch* em 14 de maio de 1941, foi alegar que Hess partiu da Alemanha por vontade própria, à guisa de um "protesto contra as desastrosas consequências da influência de Ribbentrop sobre Hitler"; em sua opinião, o ministro das Relações Exteriores nazista, Joachim von Ribbentrop, estava pressionando o ditador alemão em uma direção antibritânica, contra as inclinações pessoais de Hitler.[75] Algumas semanas depois, no entanto, Murphy reconsiderou a questão em um panfleto, publicado pela Hutchinson e intitulado "*Who Sent Rudolf Hess?* [Quem enviou Rudolf Hess?]. Na capa de cores berrantes, os editores ressaltaram em negrito que "por quatro anos (1934–38) o autor foi um alto funcionário do

Ministério da Propaganda alemão em Berlim. Conhece os mecanismos de funcionamento interno da máquina nazista e as pessoas que a controlam". Em um prefácio datado de 8 de junho de 1941, Murphy observou: "Este pequeno livro já estava no prelo quando os nazistas lançaram a iniciativa de paz que havia sido anunciada pelo advento de Rudolf Hess", acrescentando: "No momento, não se pode dizer se vai atrasar sua deflagração ou não".[76] Hitler, é claro, não lançou qualquer "iniciativa de paz"; naquele momento, estava ocupado demais preparando a invasão do União Soviética, que aconteceu em 22 de junho.

Em seu panfleto, Murphy fez uma série de suposições que ressurgiriam em boa parte da literatura conspiracionista subsequente. Entre elas incluía-se "o fato de que o melodramático aparecimento de Hess na Escócia foi programado para coincidir com o ataque em massa [de bombardeiros alemães] a Londres" como um ato de "agressão psicológica". Murphy sugeriu que era a intenção do "grupo por trás de Hess" na Alemanha suavizar a opinião britânica para sua "iniciativa de paz". Murphy afirmou que Hess havia muito planejava o programa do Partido Nazista de penetrar em outros países por meio do incentivo de "espiões, traidores e quintas-colunas", ou, em outras palavras, simpatizantes nazistas.[77] A bem da verdade, ele afirmou (tendo como fonte o irmão de Hess, Alfred) que foi Rudolf Hess quem escreveu as seções de *Mein Kampf* que tratam de propaganda, do *Lebensraum* ("espaço vital", ou, em outras palavras, a conquista da Europa Oriental) e do Império Britânico (não há qualquer evidência direta que corrobore essa ideia).[78] Após a "Noite das facas longas", Hess emitiu um apelo para que ex-militares do mundo formassem um movimento pacifista, e Murphy traduziu isso a pedido dele. Em retrospecto, Murphy viu isso como um "golpe de propaganda" cujo objetivo era ganhar tempo para que Hitler pudesse rearmar seus exércitos e recuperar a reputação internacional que havia perdido por conta dos assassinatos de uma série de rivais políticos.[79]

O envolvimento de Hess em tudo isso, Murphy afirmou, se deu por meio da Organização Estrangeira do Partido Nazista,* criada por ele e liderada por Ernst Wilhelm Bohle, com quem Murphy trabalhara em estreita colaboração.[80] Murphy ainda atribuía o voo de Hess ao que ele considerava uma rixa entre Hess e Ribbentrop, ministro das Relações Exteriores, pois os dois queriam ser encarregados da política externa nazista sob Hitler. Mas agora ele havia revisto sua opinião a ponto de entender esse motivo como apenas "parcialmente" responsável pela escapada de Hess. Murphy

---

* *Auslandsorganisation der NSDAP* (Organização do Partido Nacional-socialista para o Exterior, AO), direcionada para os alemães radicados fora da Alemanha. [N. T.]

considerou Ribbentrop como "um Svengali, o tirano torpe que pratica a arte da sugestão pós-hipnótica no sonâmbulo de Berchtesgaden" (aqui estava se referindo à famosa declaração de Hitler de que caminhava em direção ao seu destino com a certeza de um sonâmbulo). "A maioria das decisões de Hitler sobre a guerra", acrescentou ele, "agora originam-se com Ribbentrop".[81] Ribbentrop era de fato profundamente antibritânico, mas atribuir a ele tamanha influência era um claro exagero. Todavia, foi bastante acurada a convicção de Murphy de que os líderes das Forças Armadas alemãs ficaram extremamente desassossegados com a velocidade do ímpeto de Hitler para a guerra. A partir de conversas com o comandante-chefe do exército, Werner von Fritsch, Murphy passou a acreditar que a liderança militar da Alemanha, apoiada por grandes empresas, anteviu que a guerra seguinte seria uma "orgia de destruição sem propósito". Os bombardeios maciços de cidades "não levariam a resultados militares decisivos" e ocasionariam a derrubada da casta militar aristocrática em favor de "bandidos" nazistas.[82]

Na concepção de Murphy, Hess era um patriota alemão honesto, "dotado de boa dose de bom senso". Ernst Bohle, colega de Murphy, considerava que Ribbentrop se enganou ao afirmar que seus "amigos" pró-alemães em círculos aristocráticos na Grã-Bretanha "não eram representativos da opinião pública britânica". No entanto, apesar do ceticismo de Ribbentrop, os líderes nazistas ainda os consideravam influentes. "Os nazistas pensam que a política de pacifismo [...] ainda tem apoio influente entre o público britânico?", indagou Murphy: "Sem dúvida que sim. Acreditam que apenas os êxitos militares assegurarão a vitória definitiva da Alemanha nesta guerra? Alguns sim, mas outros não. Aqueles que não acreditam são responsáveis pela missão de Hess à Grã-Bretanha". O bombardeio em Londres na noite do voo de Hess mostrou que Hermann Goering, comandante-chefe da Luftwaffe, também estava entre eles. Tanto o ataque aéreo quanto o voo de Hess "faziam parte de uma linha de ação que havia sido planejada meses antes. O dramático método de abordagem era bastante condizente com o estilo wagneriano de Hitler. Foi o primeiro passo de uma nova ofensiva pela paz. E, sem dúvida, Hitler fez parte disso". O objetivo da ofensiva de paz era acabar com a crescente oposição dentro da Alemanha à continuidade da guerra, o que certamente resultaria na ruptura do Partido Nazista que Hitler e Hess criaram juntos.[83]

No entanto, Murphy continuou, era importante lembrar que "a ofensiva de paz nazista que havia sido anunciada pelo advento de Rudolf Hess" foi "uma combinação para a penetração mundial" com base em atividades subversivas da Organização Estrangeira do Partido Nazista do vice-Führer. As campanhas das Forças Armadas alemãs – exército, marinha e aeronáutica – contra a Grã-Bretanha "talvez se alongassem por um período indefinido", mas apenas com a ideia de "que por meio de infiltração psicológica, política e econômica elas preparação o terreno para a derradeira investida militar que fará dos nazistas os senhores do mundo. Esse é o propósito", concluiu ele, "de todos os planos de paz que estão sendo apresentados no momento".[84] Murphy estava certo: qualquer paz em separado firmada com os nazistas só teria adiado a redução da Grã-Bretanha ao status de Estado-cliente alemão, em vez de preservar sua independência, sua economia e sua posse de um império global. Não há aqui sinais de simpatia de Murphy por Hitler e pelo Terceiro Reich; na verdade, pelo contrário. O panfleto de Murphy foi claramente concebido como um alerta contra qualquer tentativa de concluir uma paz em separado com a Alemanha.

No entanto, a teoria da conspiração de Murphy não passava de conjecturas e especulações. Como vimos, as evidências contrariam a suposição de que Hitler sabia sobre o voo de Hess, e o mesmo se aplica a outras figuras da alta cúpula do nazismo, a exemplo de Göring, que ficou tão surpreso quanto qualquer um quando soube da notícia da aterrissagem do vice-Führer (Murphy aparentemente não teve acesso à declaração oficial dos alemães de que Hess era um louco que agira por iniciativa própria e sem o conhecimento de qualquer outra pessoa do alto escalão da hierarquia nazista). A coincidência do ataque aéreo a Londres na mesma data, embora não no mesmo horário do voo, foi apenas isto: uma coincidência – embora seja uma das características fundamentais das teorias da conspiração o fato de que coincidências não acontecem, elas são planejadas. Talvez por conhecer subordinados de Hess, como Bohle, Murphy exagerou tremendamente a extensão do poder e da influência de Hess no momento em que embarcou no avião, e na verdade muito antes. A oposição dos generais à radical política militar de Hitler havia evaporado em 1941, após as impressionantes vitórias das Forças Armadas alemãs na Frente Ocidental no ano anterior. Murphy pensou que, no mínimo, o crescente envolvimento dos Estados Unidos no lado Aliado havia persuadido a liderança nazista de que o esforço de guerra alemão estava condenado, o que instigou a suposta "iniciativa de paz" com a Grã-Bretanha, mas ele também estava errado nesse caso. A teoria de Murphy de que o voo de Hess era parte de uma conspiração secreta arquitetada pela liderança nazista convenceu poucas pessoas, mesmo em 1941, e não resistiu ao teste do tempo.

V

A teoria de Murphy desapareceu dos holofotes quase no mesmo instante em que ele a propôs. Outras teorias, no entanto, foram mais influentes e mais duradouras. Em especial, foi o caso das teorias da conspiração provenientes do Kremlin, em que Stálin havia muito alimentava suspeitas sobre as intenções dos britânicos. Eles eram capitalistas, assim como os alemães: era obviamente do interesse de ingleses e alemães firmar um acordo de paz em separado. Desde o início da guerra, o movimento comunista internacional, agindo sob as ordens de Stálin, descartou a guerra como uma disputa entre duas nações capitalistas, em meio à qual o comunismo internacional tinha que permanecer neutro. A diretriz política havia mudado, no entanto, após a derrota da França em junho de 1940 e, depois desse evento, Stálin insistiu na formação de um "governo do povo" na Grã-Bretanha para continuar a luta contra o fascismo.[85] Entretanto, na mente desconfiada de Stálin, qualquer tipo de movimento em direção a uma paz em separado entre a Grã-Bretanha e a Alemanha seria evidência de um plano conjunto das nações capitalistas para atacar a União Soviética, e tinha que ser interrompido.

Essas eram as considerações que regiam a reação do comunismo internacional ao voo de Hess. Figuras de destaque do Partido Comunista da Grã-Bretanha, principalmente Harry Pollitt, apressaram-se em publicar artigos alegando que Hamilton conhecia Hess muito bem e era simpatizante do nazismo. O ministro da produção de aeronaves de Churchill, Max Beaverbrook, endossou essa visão quando disse ao embaixador soviético logo após o voo: "Oh, Hess, claro, é emissário de Hitler". Mas as provas que apresentou para corroborar essa teoria estavam longe de ser convincentes: ele afirmou (falsamente) que Hamilton era um "traidor", membro de uma "facção da paz" que queria aderir ao indubitável (na verdade inexistente, no entanto) desejo de Hitler de firmar um acordo de paz com o Reino Unido.[86] Alegações de que Hamilton era um "quinta-coluna" publicadas no órgão do Partido Comunista, o *World News* [Notícias do mundo], levaram o duque a processar o jornal por difamação e, uma vez que este não apresentou nenhuma evidência para comprovar a alegação, os réus foram obrigados a retirá-la e imprimir um pedido de desculpas.[87] Mas os comunistas não abandonaram suas suspeitas. Em seguida, a invasão alemã da União Soviética em 22 de junho 1941 levou Stálin a afirmar que os britânicos estavam em conluio com os alemães e que Hess tinha voado para a Escócia com a conivência deles – senão, por que não foi baleado imediatamente, ou pelo menos levado a julgamento?

O jornal do partido, o *Pravda* [Verdade], chegou a declarar em 19 de outubro de 1942 que a esposa de Hess fora levada a Londres para se juntar ao marido, sugerindo que Hess poderia de fato estar representando o governo nazista na Grã-Bretanha. Poucos dias depois, para comprovar essa informação, imprimiu uma fotografia dela tocando piano em Londres – mas na verdade tratava-se de Myra Hess, popular pianista de concerto britânica da época, sem relação com nenhuma das outras partes envolvidas.[88] Inabalável, Stálin repetiu a sugestão a Churchill em um jantar no Kremlin em 18 de outubro de 1944, ocasião em que, apesar da detalhada explicação do primeiro-ministro britânico sobre o caso, Stálin levantou seu copo em um brinde à inteligência britânica, que havia "engambelado Hess para ir à Grã-Bretanha".[89] Essa teoria foi repetida em 1991, quando o Serviço de Inteligência Soviético apresentou a alegação de que Hess tinha sido vítima de um engodo do MI5, que o convenceu a ir à Grã-Bretanha por meio de cartas falsificadas; mas essa afirmação foi baseada em informações do espião soviético Kim Philby, um notório mentiroso; e Philby nunca fez qualquer menção a isso em público, nem mesmo em suas memórias. Uma declaração dada por Karlheinz Pintsch, ajudante de ordens de Hess, às autoridades soviéticas quando estava sob custódia após a guerra refletiu nada mais do que a tendência característica dos interrogatórios soviéticos de forçar o prisioneiro, por qualquer meio necessário, a dizer o que a polícia secreta queria ouvir.[90] Um plano do serviço secreto britânico para atrair Hess para a Escócia teria sido, em qualquer caso, uma perda de tempo tão grande quanto o voo em si. Por fim, a teoria de Padfield (como vimos, já apresentada por Murphy) de que o pesado ataque aéreo lançado contra Londres em 10 de maio de 1941 tinha como objetivo desviar a atenção da RAF do voo de Hess mais ao norte deixa a desejar e não se sustenta, visto que os ataques começaram somente *depois* que Hess percorreu a costa britânica.[91]

Ainda assim, precisamos explicar por que o avião de Hess não foi interceptado nem abatido pela RAF quando atingiu o espaço aéreo britânico. Como era de se esperar, isso era bastante suspeito: deve servir como prova de que havia pessoas influentes nos altos escalões do *establishment* do Reino Unido que sabiam com antecedência sobre o voo e emitiram ordens para que o avião tivesse permissão para pousar em segurança. Infelizmente para essa teoria, jamais se encontrou nenhuma ordem instruindo a RAF a deixar Hess passar ileso pelos céus da Grã-Bretanha. Pelo contrário, *foram* emitidas ordens para derrubar seu avião, confirmadas após a guerra por mais de um dos pilotos envolvidos. O fato – mencionado por John Costello[92] – de que baterias antiaéreas receberam ordens para não abrir fogo contra a aeronave quando ela cruzou o espaço aéreo britânico, não é evidência de uma conspiração, mas reflete o conhecimento da RAF de que caças foram despachados para interceptar o avião de Hess: nesses casos, a prática padrão era evitar disparos desde o solo, como precaução para não atingir acidentalmente um dos aviões de combate britânicos.[93]

No longo voo sobre o mar do Norte, apesar do cuidado de Hess para evitar ser visto por radares britânicos, o alemão não passou despercebido pela RAF, que havia instalado uma série de 22 estações de radar ao longo da costa leste. Aeronaves britânicas carregavam a bordo um instrumento que lhes permitia ser identificadas como aviões amigos. Quando, às 22h08 de 10 de maio de 1941, o Messerschmitt de Hess apareceu como um ponto luminoso na tela do radar em Ottercops Moss, ao norte de Newcastle, mostrou-se, portanto, que se tratava de uma aeronave inimiga. A essa altura, Hess tinha terminado seu voo em vaivém enquanto esperava cair o crepúsculo, e havia iniciado a etapa final de sua jornada. A detecção foi relatada à sala de operações central em Buckinghamshire e pouco depois em mais três pontos de radar. Identificaram que se tratava de uma única aeronave. Na região de Northumberland havia muito menos bases de caças do que nos condados mais ao sul, mas foram passadas ordens para atacar o avião a dois Spitfires que sobrevoavam as ilhas Farne. No entanto, não conseguiram fazer contato visual. Às 22h20, outro Spitfire levantou voo da base do 72º Esquadrão em Acklington. O piloto, o sargento Maurice Pocock, decolou e subiu para 15 mil pés (cerca de 4.570 metros), onde a aeronave inimiga havia sido detectada pelos operadores de radar, mas também não conseguiu avistá-la e retornou à base.

Hess evitou a detecção por ter notado uma camada de névoa abaixo da altitude em que estava voando, e desceu até um nível muito baixo, para que os Spitfires não conseguissem avistá-lo de cima – tão baixo, na verdade, que um posto do Corpo Real de Observadores chegou a ouvi-lo passar por cima. Outro posto de observação, no entanto, em Chatton, Northumberland, localizou a silhueta do avião e o identificou corretamente como um "Me110 a 50 pés [15 metros]". Enquanto Hess seguia sua rota, quase roçando as copas das árvores, uma série de postos de observação também relatou ter visto um Me110, num voo rápido e baixo, a cerca de 480 quilômetros por hora. Contudo, não havia razão para que uma aeronave alemã voasse sozinha naquela área, especialmente porque o Me110 era conhecido por não transportar combustível suficiente para fazer a viagem de volta à Alemanha. Sem dúvida, devia haver algum tipo de engano. No entanto, um Defiant de dois lugares recebeu ordens para levantar voo e investigar. Lento em comparação aos aviões monolugares e equipado com uma torreta giratória de armamento atrás da cabine em vez de armas de disparo fixas voltadas para a frente, o Defiant perseguiu Hess, que subiu novamente e guinou para o interior assim que chegou à costa oeste. Avistou o Defiant de longe, mas já estava dando sua arrancada final em direção a Dungavel e se preparando para saltar. Era tarde demais para deter Hess, cujo avião se espatifou antes que pudesse ser capturado.[94]

De maneira mais fundamental, está claro, em todo caso, que das duas teorias da conspiração consideradas pelos russos, a primeira, a de que havia na Grã-Bretanha uma "facção da paz" envolvida em negociações com Hess, sempre foi difícil de sustentar. Para começo de conversa, não havia "comitê de boas-vindas" à espera de Hess quando ele aterrissou; nem mesmo Hamilton estava lá para recebê-lo. Embora Hess tenha saltado de paraquedas em vez de aterrissar na pista de pouso conforme pretendia, não há evidências de alguém o aguardasse na Escócia ou em qualquer outro lugar. De acordo com Alfred Smith, outro teórico da conspiração, a "facção da paz incluía representantes da realeza, da aristocracia latifundiária, de interesses comerciais e financeiros e políticos de nível ministerial".[95] Desafia a credulidade além do limite, no entanto, imaginar que um grupo significativo de políticos e funcionários públicos do alto escalão na Grã-Bretanha, pró-nazistas assumidos, ou meros antibelicistas ou favoráveis ao pacifismo, pudessem ter se envolvido em uma trama tão intrincada sem que nenhum deles admitisse sua existência, nem na época nem mais tarde. Essa ideia é tão implausível que até os teóricos da conspiração mais veementes a rejeitaram. Peter Padfield, por exemplo, aponta que, embora no *establishment* britânico houvesse pessoas que se aferravam a uma ou outra dessas convicções,

> não surgiu nenhuma prova da existência de um grupo coeso com planos para desalojar Churchill e em contato com Hess. Se tal prova existe nos arquivos de "Hess" ou dos "sondadores da paz", fechados até 2017, é estranho que os homens do antigo Ministério das Relações Exteriores encarregados do caso de Hess não se lembrem disso. A chegada dele causou tamanha sensação que é improvável que as causas antecedentes tenham sido esquecidas por aqueles que deveriam conhecê-las se tivessem consultado os arquivos oficiais.[96]

A absoluta impossibilidade de tantas pessoas, de Hamilton aos operadores de radar da RAF, de políticos a altos funcionários públicos, manterem o assunto em um nível de sigilo tão completo a ponto de nenhuma evidência jamais ter visto a luz do dia convenceu a maioria dos estudiosos do caso de que a ideia de Hess ser convidado por uma "facção da paz" é carta fora de baralho. Tampouco existe qualquer evidência de um complô em 1941 para derrubar Churchill, cuja posição como primeiro-ministro, nessa época, já havia se tornado inexpugnável.

Uma vez que não há de fato qualquer evidência de um grupo organizado envolvido em uma conspiração para derrubar Churchill e selar um acordo de paz, vários autores concluíram que a ideia de uma "facção da paz" foi formulada de má-fé pelo serviço secreto britânico, numa fraude para atrair Hess para a Grã-Bretanha.[97] Mas as hipóteses desses autores equivalem a pouco mais do que especulação. Em alguns casos, isso envolve uma tentativa de mobilizar a atenção dos leitores ao citar, como partícipes da trama, indivíduos que se tornaram famosos após a guerra – por exemplo, Ian Fleming, o criador do agente secreto ficcional James Bond. Não por coincidência, Harris e Trow, que sugeriram o nome de Fleming, atribuem a associação a "Donald McCormick, que morreu no ano passado [...] e teve acesso a informações ainda confidenciais ou, há muito tempo, destinadas ao incinerador".[98] "As evidências documentais devidamente exigidas pelos historiadores", eles admitem, "não existem". Os homens envolvidos, Harris e Trow afirmam de modo implausível, "levaram seus segredos para o túmulo". A trama de coincidências e conexões que eles tecem não substitui (assim como as diversas suposições não substituem) provas concretas.[99] De maneira semelhante, Alfred Smith atribuiu um peso considerável à suposta retenção pelas autoridades britânicas de documentos importantes para justificar a falta de provas documentais que corroborariam suas teorias da conspiração.[100] Contudo, se o voo de Hess foi um fracasso, qual seria o sentido em manter o envolvimento britânico em segredo décadas após o fim da guerra?

Em 1994, o jornalista investigativo Louis L. Kilzer, duas vezes ganhador do prêmio Pulitzer que já havia desmascarado uma série de teorias da conspiração contemporâneas dos Estados Unidos, produziu uma variante da teoria da "falsa facção da paz" em seu livro *A farsa de Churchill – a trama secreta que definiu a guerra*.[101] O argumento de Kilzer era o de que Churchill, de caso pensado, havia incentivado Hitler a acreditar que estava prestes a acertar uma paz em separado com a Alemanha, o que levou o Führer a se sentir confiante o suficiente para invadir a União Soviética na crença de que a Grã-Bretanha logo estaria fora da guerra. Essa "conspiração da facção da paz" foi supostamente usada pelas autoridades britânicas para ludibriar Hitler de modo que enviasse Hess para a Escócia em 10 de maio de 1941, pouco mais de um mês antes do lançamento da Operação Barbarossa contra a União Soviética. Infelizmente, as evidências que ele apresenta para a suposta orquestração de Churchill da conspiração são tão surradas e fracas quanto as evidências que ele apresenta para comprovar a suposta autorização de Hitler para o voo de Hess.[102]

A linha de argumentação da "falsa facção da paz" inventada pelo MI5 é seguida por outros teóricos da conspiração que escreveram sobre o voo de Hess, por exemplo, Rainer F. Schmidt, que afirma que Churchill também sabia de antemão sobre o voo, e que a viagem teria sido planejada por *Sir* Anthony Eden, secretário de Estado para os Assuntos Estrangeiros da Grã-Bretanha, e seus funcionários mais graduados (embora sua motivação não esteja clara). Harris e Trow também compartilham a opinião de que tudo foi encenado pelo serviço secreto britânico.[103] No entanto, as teorias de Rainer Schmidt foram completamente demolidas em 1999 pelo historiador britânico Ted Harrison, que mostrou que se baseavam em fontes não identificadas, artigos de jornais escritos muito depois do evento e pseudoevidências igualmente pouco confiáveis. Documentos do MI5 divulgados na década de 1990 não incluem qualquer correspondência entre Hess e os serviços de segurança britânicos, e a conversa entre Hamilton e Haushofer não chegara a conclusão alguma no momento em que Hess decolou. A ideia de que o MI5 orquestrou a coisa toda está calcada em uma superestimação quase cômica do poder e da eficiência do serviço secreto britânico em 1941, quando até mesmo a história oficial admite que o serviço era pessimamente organizado e sofria de moral baixo.[104] E, por fim, qual teria sido o sentido de atrair Hess para o Reino Unido? Nenhum defensor da teoria da "falsa facção da paz" jamais foi capaz de fornecer uma resposta convincente para essa pergunta. Hitler certamente não tentaria resgatá-lo; as suspeitas de Stálin com relação aos britânicos redobrariam sem propósito algum; e a probabilidade de o voo persuadir Hitler a mudar de ideia sobre os objetivos ou a condução da guerra era absolutamente remota. E nenhuma dessas teorias pode superar o problema fundamental de que, em 1941, Hess era tido de maneira geral, e não só na Alemanha, como um dos membros menos importantes e mais secundários da hierarquia nazista.

Como David Stafford apontou após um exame das evidências sobre as reações do governo britânico ao voo: "O desalinho entre Churchill e o Ministério das Relações Exteriores britânico sobre como lidar com a chegada de Hess à Escócia figura como uma prova contundente contra qualquer [...] teoria sobre alguma conspiração cuidadosamente planejada. Pois, se foi preparada de forma tão astuta, por que não havia estratégia de prontidão para tirar proveito dela?". Ao mesmo tempo, Stafford afirma que a noção de uma "facção da paz" no Reino Unido foi o produto de uma campanha de desinformação engendrada a fim de persuadir Hitler de que, ao fim e ao cabo, não era necessário invadir a Grã-Bretanha. Essa é uma teoria, entretanto, que não tem comprovação alguma, e que carece de qualquer tipo de plausibilidade, uma vez que Hitler havia claramente abandonado seus planos de invasão vários meses antes, se é que algum dia esses planos foram sérios.[105]

VI

A óbvia ausência de evidências concretas para corroborar a teoria da "falsa facção da paz" aparentemente levou pelo menos um de seus adeptos a tomar medidas drásticas para turbiná-la. Como outros, o teórico da conspiração Martin Allen argumentou que o voo foi orquestrado pelo serviço secreto britânico. Se Hitler podia ser levado a acreditar que havia uma "facção da paz" séria no Reino Unido, então era muito provável que invadisse a União Soviética, o que, no longo prazo, era a única esperança para a Grã-Bretanha em sua guerra contra a Alemanha. Usando Hess e seus amigos Haushofer como intermediários, Hitler tentou fazer contato com essa inexistente "facção da paz", e no final decidiu que a única maneira de fazer isso seria arranjar alguém para voar até a Grã-Bretanha e negociar pessoalmente. De início, esse indivíduo seria o chefe da organização nazista para os membros do partido que viviam no exterior, Ernst Bohle, mas Hess, impulsionado pela ambição, decidiu no último momento ir em seu lugar. Depois da guerra, Karl Haushofer foi assassinado para que não pudesse revelar as "propostas de paz de Hitler/Hess" nos Julgamentos de Crimes de Guerra de Nuremberg.[106]

Mas toda essa teoria é baseada em um emaranhado de invenções e falsificações. Para começar, os longos e meticulosos preparativos de Hess para o voo excluíam a possibilidade de ele ter entrado em cena apenas no último minuto. Os Haushofer não tinham nenhuma proximidade com Hitler, e ele não os teria usado como intermediários. Na verdade, Haushofer cometeu suicídio em um retiro rural isolado, com sua esposa, tomando arsênico, na noite de 10 de março de 1946.[107] As autoridades britânicas não fizeram objeções ao interrogatório de Haushofer. E, claro, não há qualquer evidência de que Hess voou para a Escócia sob ordens de Hitler. Pior do que tudo isso, revelou-se que os documentos guardados no Arquivo Nacional Britânico que citavam Hess e foram usados por Allen para sustentar sua teoria eram falsificações baratas (o que se descobriu, entre outras coisas, pelo simples método de testes forenses no papel em que foram escritos: no fim ficou claro que havia sido fabricado após a guerra) ou nunca existiram. Quase tão implausível é a alegação, sugerida em outro livro de Allen, de que Heinrich Himmler, chefe da SS, foi assassinado ao ser detido pelos britânicos, logo após o fim da guerra, para impedi-lo de revelar segredos que as autoridades britânicas queriam manter em sigilo.[108] O pai de Martin Allen, Peter Allen, fez afirmação semelhante em seu livro *The Crown and the Swastika: Hitler, Hess, and the Duke of Windsor* [A coroa e a suástica: Hitler, Hess e o duque de Windsor] (1983) – o envolvimento do ex-rei Eduardo VIII é outro exemplo característico da tendência de alguns teóricos da conspiração de envolver pessoas famosas para tentar despertar o interesse por sua obra.

A descoberta de documentos falsos nos arquivos sobre Hess e tópicos afins no Arquivo Nacional Britânico levou as autoridades responsáveis pelos arquivos a reforçarem as medidas de segurança em torno dos leitores, que a partir de 2006 passaram a ser obrigados a escrever suas anotações em cadernetas grampeadas, encadernadas ou costuradas, para evitar que sorrateiramente deslizassem para dentro dos arquivos páginas avulsas contendo documentos forjados. Allen, é claro, negou ter criado os documentos falsos, embora tenha sido investigado pela polícia, e circulou a versão de que o Serviço de Ações Penais da Coroa só se absteve de apresentar queixa criminal por causa da saúde precária de Allen.[109] Em todo caso, no entanto, sua obra está repleta de especulações infundadas e interpretações duvidosas que a tornam inadequada para uso como um guia para os tópicos que aborda. Isso não impediu que a obra fosse traduzida para o alemão e publicada pela Druffel-Verlag, editora "revisionista" histórica da extrema direita, que prontamente aproveitou a oportunidade para disseminar a noção de que o governo britânico vinha ocultando verdades inconvenientes sobre as supostas iniciativas de paz de Hitler durante a guerra, implicando que foi Churchill, e não Hitler, quem insistiu em continuar o conflito.[110]

As teorias da conspiração em torno da tal "facção da paz" – verdadeira ou falsa – refletem, pelo menos por parte de alguns de seus adeptos, a existência de uma mentalidade conspiratória mais ampla. *Hess: The British Conspiracy* [Hess: a conspiração britânica] (1999), de John Harris, exibe uma atitude conspiracionista típica quando descarta as hipóteses de "historiadores tradicionalistas" sobre o voo de Hess.[111] Como fazem outros conspiracionistas, eles questionam explicações aceitas acerca de outros eventos não relacionados da história moderna, a exemplo da morte de Diana, a princesa de Gales. "O mundo desde 1945", declaram eles, "tornou-se endurecido para conspirações, grandes e pequenas [...] uma teia emaranhada de sigilo, contradição e confusão obscurece o cerne do fato".[112] Logicamente, no fim fica claro que algumas teorias da conspiração não são verdadeiras. Mas muitas outras, na perspectiva deles, claramente são. Todavia, continuam, "ainda assim os tradicionalistas aferram-se a sua visão estreita dos eventos".[113]

"Fato é que", sugeriu Peter Allen em tom sombrio, "por trás de todos os eventos significativos na história recente houve um exército de espiões anônimos que exerceram uma influência muito maior na história do que aqueles que a escreveram".[114] Esses conspiradores não tiveram escrúpulos em silenciar aqueles que poderiam ter revelado suas maquinações.

> Heydrich, também, foi assassinado em 1942 por ordem da inteligência britânica, ao passo que Bedaux [um amigo dos Windsor] morreu de overdose de soníferos. Até mesmo o duque de Kent, que certamente manteve contato com seu irmão, o duque de Windsor, em Lisboa, faleceu em um misterioso acidente de avião que os alemães insistiam em afirmar que havia sido arquitetado pela inteligência britânica – todos foram silenciados.[115]

Heydrich foi de fato assassinado em 1942, mas por agentes da resistência tcheca, e porque estava agindo com particular brutalidade e malícia em seu cargo de governador da Boêmia e Morávia ocupadas; e não houve nada de muito misterioso na morte do colaborador nazista franco-estadunidense Charles Bedaux na prisão em 1944, enquanto aguardava julgamento por traição, ou no falecimento do duque de Kent, em um acidente de treinamento aéreo em 1942.

Ernst Haiger, reconhecido acadêmico especialista nos assuntos dos Haushofer, faz um comentário cáustico ao desmascarar a obra de Allen: "Diz-se que um homem cometeu suicídio, mas ele na verdade foi morto por agentes britânicos que o silenciaram: essa história nos faz lembrar do livro de Martin sobre o 'assassinato' de Heinrich Himmler".[116] Aparentemente, o medo de ser assassinado impediu também outras pessoas de revelar a verdade: Peter Padfield, continua Haiger, afirma que "um informante-chave, que supostamente tinha como comprovar sua teoria de um complô da inteligência britânica, recusou-se, na última hora, a entregar a evidência crucial", um dos muitos que, de maneira muito suspeita, mantiveram silêncio sobre o caso.[117] Especulações como essas são o ganha-pão das teorias da conspiração: testemunhas desaparecem "misteriosamente", numa óbvia tentativa de encobrir as origens conspiratórias. Mais uma vez, os conspiradores se apoderam de um evento importante e muito conhecido da história moderna, desencadeado por um único indivíduo, e argumentam que, em vez disso, deve ter sido o resultado de uma ação coletiva planejada nos bastidores. Se ao menos houvesse evidências disponíveis, ficaria provado de modo cabal que esses conspiradores estavam certos. Infelizmente, no entanto, todas as evidências mostram que Rudolf Hess agiu sozinho, por iniciativa própria, e as afirmações em contrário são inteiramente desprovidas de fundamento.

Há algum impulso político maior por trás das teorias da conspiração sobre o envolvimento britânico na missão de Hess, quer tenha sido articulado por uma "facção da paz" genuína ou falsa, imaginada pelos serviços de segurança? Para alguns teóricos da conspiração, o voo de Rudolf Hess representou uma oportunidade real de pôr fim à guerra, poupar a Grã-Bretanha de fazer os sacrifícios que eventualmente se mostraram necessários para derrotar Hitler, incluindo o abandono do Império Britânico após a guerra, e deixar os nazistas e os soviéticos combaterem até a vitória final em uma guerra de destruição mútua que mutilaria a União Soviética. Um representante desse ponto de vista é Peter Padfield, um dos defensores mais persistentes da teoria da conspiração de Hess. A oferta de paz que Hess levou consigo, ele insiste, era genuína. Foi Churchill, o fomentador da guerra, quem desperdiçou a chance histórica que lhe foi oferecida:

> Os termos que ele carregava consigo – de Hitler – teriam dado à Grã-Bretanha a paz com alguma honra. Churchill, comprometido com a derrota "daquele homem", Hitler, e do nazismo, teve de enterrar a mensagem e descartar o mensageiro; ao fazer isso, ele, quase que sozinho, desviou o curso da história – pois os realistas teriam aceitado os termos de Hess. É este o real significado de sua história: como um momento crucial em que a história não tomou o rumo que seria de se esperar.[118]

Alguns foram ainda mais longe. Para Alfred Smith, por exemplo, para começo de conversa, Hitler jamais quis uma guerra contra a Grã-Bretanha (o livro de Smith é intitulado *Rudolf Hess and Germany's Reluctant War 1939–41* [Rudolf Hess e a guerra relutante da Alemanha 1939–41], e o voo de Hess para a Escócia em nome do Führer foi uma tentativa derradeira e desesperada do líder nazista de deter o belicista Churchill. "Hitler", declara ele, "não tinha ambições no oeste". De fato, se a missão de Hess não tivesse sido frustrada, o Holocausto nunca teria acontecido. Dadas as circunstâncias, o massacre dos judeus foi em frente, e o resultado da guerra para a Grã-Bretanha foi a humilhante perda do Império e a dominação do mundo pela Rússia e pelos Estados Unidos.[119] Portanto, em última análise, foi Churchill, e não Hitler, o responsável pelo Holocausto – alegação que trai uma ignorância impressionante acerca das políticas nazistas na Polônia ocupada de setembro de 1939 em diante e do planejamento nazista para o futuro da Europa Oriental em 1940–41. Em seu ponto mais extremo, essas opiniões representam uma clara simpatia pela Alemanha nazista e um arrependimento pelo fato de a guerra ter acontecido: é notável, por exemplo, que o livro de Ilse Hess afirmando que seu marido era um "prisioneiro da paz" silenciado pelo beligerante Churchill tenha sido traduzido para o inglês e publicado pela Britons Society [Sociedade dos Britônios], organização que, alguns anos antes, havia lançado também uma das primeiras traduções para o inglês de *Os protocolos dos sábios de Sião*.[120]

A nostalgia e o arrependimento com relação ao desfecho da guerra para o Reino Unido são baseados em ilusões. O fato é que, mesmo sem o impacto financeiro e geopolítico da Segunda Guerra Mundial, os dias do Império Britânico estavam contados. O império estava sendo minado pela ascensão implacável dos Estados Unidos ao status de superpotência e pelo crescimento constante de movimentos de independência nas colônias, o que exigia contramedidas que no longo prazo teriam sido impossíveis em termos políticos e econômicos para Londres sustentar, mesmo sem o fardo financeiro da guerra. E, em todo caso, como já vimos, uma paz em separado entre a Grã-Bretanha e a Alemanha em 1940 ou 1941, como Churchill percebeu, significaria a subjugação final da Grã-Bretanha e do império para Hitler e os nazistas, com resultados catastróficos sobretudo para a população judaica no Reino Unido.

O argumento de que a missão de Hess, se bem-sucedida, teria evitado o Holocausto também é proposto por Lynn Pinknett, Clive Prince e Stephen Prior em seu livro *Double Standards: The Rudolf Hess Cover-Up* [Dois pesos e duas medidas: o conluio de Rudolf Hess], publicado em 2001. Eles argumentam que o voo de Hess foi planejado por uma "facção da paz" britânica, organização que incluía Hamilton, que ficou à espera de Hess em sua casa (Hess nunca conseguiu chegar lá, é claro); a "facção da paz" teria tramado um golpe para substituir Churchill por *Sir* Samuel Hoare (um notório pacificador pré-guerra), que então teria concluído uma paz em separado. Isso teria impedido os soviéticos de tomarem a Europa Oriental após a guerra, visto que tanto a URSS como a Alemanha nazista teriam saído do conflito em um estado de completa exaustão. Hess, afirmam eles, era uma "influência moderadora" sobre Hitler, de modo que uma paz em separado, seguida de um retorno triunfal de Hess à Alemanha, teria salvado milhões de vidas, uma vez que ele "se opunha à ação violenta contra os judeus alemães". Nenhuma dessas reivindicações é respaldada por qualquer evidência confiável. Hess era um antissemita feroz, Hamilton não estava à espera dele ele em 10 de maio de 1941, e não existia "facção da paz"; o resto é pura especulação.[121]

A credibilidade de Pinknett e Prince sofre um golpe ainda mais contundente quando voltamos as atenções para sua própria biografia. Ambos são, para dizer de forma simples, teóricos da conspiração profissionais, com publicações anteriores sobre "The Turin Shroud: In Whose Image? [O Santo Sudário: à imagem de quem?] (aparentemente foi forjado por Leonardo da Vinci); "The Templar Revolution" [A revolução dos Templários]* e "The Stargate Conspiracy" [A conspiração do Projeto Stargate].** Stephen Prior, coautor de Pinknett e Prince, alegava ter trabalhado como *agent provocateur* para o serviço de segurança britânico e ter sido preso por falsas acusações de terrorismo em 1969. Dizia também estar envolvido em um "projeto secreto" com Michael Bentine (comediante famoso por suas atuações no pós-guerra na série radiofônica de comédia *The Goon Show*), que também estava envolvido no "trabalho de inteligência" (na verdade, Bentine havia servido no MI9, unidade formada para auxiliar os movimentos de resistência contra as forças de ocupação alemãs do continente europeu). Entre os agradecimentos dos autores constava uma nota de gratidão a Trevor Ravenscroft, "autor do controverso livro *A lança do destino*, que tratava do fascínio de Hitler pelo ocultismo".*** Apesar dos argumentos aparentemente racionais em um livro que se estende por mais de quinhentas páginas, no fim das contas os autores tinham os pés firmemente fincados no mundo da conspiração profissional.

Ainda mais estranho é o livro *Rudolf Hess: Truth at Last* [Rudolf Hess: finalmente a verdade], coautoria de John Harris e Richard Wilbourn e publicado em 2019 por um grupo editorial apropriadamente chamado Unicorn. O livro anuncia com estardalhaço que apresentará "a história não contada do voo do vice-Führer para a Escócia em 1941", apesar de Harris e seus colaboradores já terem contado a mesma história quatro vezes em seus livros anteriores sobre o assunto. Entre outras "revelações", a obra relata a história de como o MI6 orquestrou o voo com a ajuda de um

---

* Ver seus livros *O Sudário de Turim – como Leonardo da Vinci enganou a história*. Rio de Janeiro: Record, 2008, e *A revelação dos Templários – os guardiões secretos da verdadeira identidade de Cristo*. São Paulo: Planeta, 2006. [N. T.]

** Suposto programa secreto e milionário iniciado pelo governo dos Estados Unidos em meados da década de 1970 para tentar desenvolver habilidades psíquicas e paranormais em agentes e militares. [N. T.]

*** Título original. *Spear of Destiny*. Ed. port.: *A lança do destino – o poder oculto da lança que trespassou o flanco de Cristo... e o modo como Hitler tentou aproveitar essa força para conquistar o mundo*. Lisboa: Livros do Brasil, 2005. [N. T.]

historiador de arte finlandês, Tancred Borenius, enviado para a Suíça como intermediário da "facção da paz" no Reino Unido para fechar um acordo com a Alemanha. Isso envolvia uma trama para derrubar o governo britânico e – nota relevante na era do Brexit [processo de saída do Reino Unido da União Europeia, de 2017 a 2020] – instalar um novo regime que apoiaria a criação de uma Europa "federalista". Infelizmente, os autores não incluem uma única referência sequer a fontes, e o livro é repleto de especulações, sugestões, insinuações e dados sem respaldo documental. Em vez disso, há um bocado de "nós pensamos" e "nós acreditamos que". E o livro termina com a exigência da realização de uma investigação judicial sobre o caso, de modo que, no fim das contas, não apresenta a tal "verdade definitiva". Partes da obra, a começar pela Introdução, escrita em forma de diário, são claramente ficcionais. Nesse ponto, as teorias da conspiração sobre o voo de Hess adentram o reino da fantasia; não importa mais se alguma delas pode ser comprovada ou ter qualquer base em um registro documental verificável. O que conta é seu valor de entretenimento.

VII

A missão de Hess foi baseada em suas próprias ilusões, não nas tramoias de outras pessoas. Não demorou muito para ele perceber esse fato incômodo. Logo ficou claro que seu voo para a Escócia não deu em nada. Em uma espécie de megalomania induzida por anos de discursos diante de multidões de adoradores nazistas, ele superestimou enormemente sua própria importância e, de maneira quase cômica, julgou de forma equivocada a relevância de sua ação. Ignorante da verdadeira situação política na Grã-Bretanha, subestimou imensamente a coesão e determinação do governo de Churchill.[122] Caiu em depressão profunda, o que foi notado pelo visconde Simon quando o interrogou em 9 de junho de 1941. Nas primeiras horas de 14 de junho, Hess pediu para ser liberado de seus aposentos no primeiro andar e correu para o patamar, jogando-se por cima dos corrimões. Embora tenha quebrado a perna ao despencar nas lajotas de pedra, sobreviveu. Mostrava nítidos sinais de paranoia e dizia às pessoas que estava sendo envenenado. Seu comportamento desencadeou um longo debate sobre seu estado mental: somando isso ao que presumiam ser a condição já perturbada de Hess antes do voo, concluíram que ele estava louco.[123] Em 26 de março de 1942, Hess foi transferido para Hospital Maindiff Court no País de Gales, onde permaneceu preso até o fim da guerra. Em 4 de fevereiro, percebendo que a Alemanha tinha perdido a guerra e Hitler estava condenado, tentou mais uma vez cometer suicídio, esfaqueando-se no peito com uma faca de pão, mas sem efeito. Depois de prolongados debates nos bastidores, decidiram incluí-lo entre os principais réus nos Julgamentos de Crimes de Guerra de Nuremberg, embora ele não tivesse sido diretamente responsável por crimes de guerra e crimes contra a humanidade; foi acusado apenas de crimes contra a paz. Tentou convencer os promotores e dirigentes Aliados de que havia perdido a memória, e fingiu não reconhecer sua ex-secretária, Hildegard Fath, e nem mesmo o ex-marechal do Reich, Hermann Göring. Condenado à prisão perpétua, foi encarcerado na prisão de Spandau, na porção noroeste de Berlim Ocidental. Lá permaneceu pelo resto da vida.[124]

No decorrer dos longos anos de prisão de Hess em Spandau, sua família e amigos empreenderam repetidos esforços para libertá-lo, não apenas com base em motivos humanitários e compassivos (que se tornaram mais persuasivos à medida que ele envelhecia), mas também, e talvez acima de tudo, políticos. Um partidário especialmente ativo da libertação de Hess foi o advogado Alfred Seidl, que atuou na defesa de Hess nos Julgamentos de Crimes de Guerra de Nuremberg. Não poderia haver dúvida quanto às convicções nazistas de Seidl. Em 1935, ele obteve seu doutorado com uma tese sob orientação de Edmund Mezger, criminologista pró-nazista que acreditava que o propósito da punição era "eliminar da comunidade nacional elementos que prejudicam as pessoas e a raça".[125] Repleto de citações do advogado nazista Roland Freisler, que mais tarde se tornou conhecido como presidente do Tribunal do Povo* durante o julgamento dos membros da resistência envolvidos na conspiração da bomba de 1944, a tese de doutorado de Seidl repetiu a doutrina nazista de que as punições deveriam ter como alvo não o delito, mas a vontade e disposição do indivíduo que cometeu o crime.[126] Membro do Partido Nazista de 1934 até ingressar na Wehrmacht [forças armadas nazistas] em 1940, Seidl atuou nos Julgamentos de Crimes de Guerra de Nuremberg, em defesa não apenas de Hess, mas também de Hans Frank, o brutal e corrupto governante da Polônia ocupada, e outros, incluindo Ilse Koch, a guarda da SS cuja sádica conduta lhe rendeu o apelido de "Bruxa de Buchenwald".

Uma parte central da tática de defesa de Seidl no tribunal foi justificar o Terceiro Reich e suas diretrizes políticas. Após a guerra, ele se tornou um político conservador e atuou como ministro do Interior no governo da Baviera

---

* Instituído por Adolf Hitler, o *Volksgerichtshof* (Tribunal do Povo) foi uma corte especial de justiça, um tribunal político que atuou entre 1934 e 1945, responsável pelo julgamento de acusados de crimes de alta traição e atentados contra a segurança do Estado praticados pela resistência alemã durante o regime nazista. [N. T.]

entre 1977-78. Seidl trabalhou em estreita colaboração com o político de extrema direita Gerhard Frey, fundador da "União Alemã", malsucedido movimento neonazista, que por muitos anos atuou como editor do jornal neonazista *National-Zeitung*. Em 1981, foi um dos cofundadores do autoproclamado Centro de Pesquisa em História Contemporânea na cidade bávara de Ingolstadt, que se dedicava a minimizar o número de judeus assassinados no Holocausto e negar a responsabilidade alemã pela eclosão da Segunda Guerra Mundial.[127] De modo nem um pouco surpreendente à luz de suas filiações políticas, Seidl descreveu Hess como um "parlamentar" cuja genuína missão de paz, empreendida em nome de Hitler, foi rejeitada pelos Aliados, cuja agressão é que causara a guerra.[128]

O filho de Rudolf Hess, Wolf-Rüdiger Hess – "Wolf" [lobo] era o apelido geralmente dado a Hitler –, fez campanha durante décadas na tentativa de libertar o pai de Spandau. Sua causa ganhou a adesão de muita gente, incluindo o escritor – e, por algum tempo, político de extrema direita – David Irving, que no momento em que escreveu seu livro *Hess: The Missing Years 1941-1945* [Hess: os anos perdidos 1941-1945] ainda não tinha feito a transição para encampar a veemente negação do Holocausto que arruinaria a reputação que ele jamais tivera de historiador sério. Irving aceitou os relatos padrão acerca dos motivos do voo de Hess, incluindo a marginalização política do "vice-Führer", apontando que "Hess não compareceu a nenhuma das reuniões de planejamento de Hitler historicamente significativas" realizadas durante a guerra.[129] Para todos os efeitos, Hess havia se tornado um "espectador". Irving aceitou a explicação de que Hess agira sozinho, e que sua autonomeada missão de paz foi um "disparate". O foco do livro não é tanto o voo de Hess em si, mas seu destino após a prisão, quando, segundo o autor, se envolveu com drogas e enlouqueceu. Hess, na opinião de Irving, era um "mártir de uma causa" e "um prisioneiro da humanidade".[130]

Albert Speer, ministro de Armamentos e Munições de Hitler que também cumpria pena na prisão de Spandau, sentenciado a vinte anos pela utilização de trabalho escravo e outros crimes, considerava Hess um sujeito bizarro, excêntrico e imprevisível, mas não insano; Speer disse a Hess que não faria bem à sua reputação fingir que estava louco. O ex-ministro percebeu que Hess tinha tendências suicidas, o que as autoridades da prisão já sabiam por conta de seu comportamento anterior no presídio da Inglaterra.[131] Após a libertação dos últimos prisioneiros em 1966, Hess foi mantido como o único recluso na prisão de seiscentas celas. Campanhas para sua libertação por motivos de compaixão foram rejeitadas pela União Soviética, que tinha a responsabilidade conjunta pelo presídio, em sistema de revezamento com a Grã-Bretanha, a França e os Estados Unidos. Hess tentou suicídio novamente, em 1977, e continuava a reclamar que a sua comida estava sendo envenenada. Aos poucos as condições de seu encarceramento melhoraram. Mas sua saúde piorou, e na extrema velhice ele se tornou incontinente, caindo mais uma vez em profunda depressão. Vinha lendo a extensa documentação dos Julgamentos de Crimes de Guerra de Nuremberg e, depois de muitas décadas, por fim começou a se sentir culpado.[132] Em 17 de agosto de 1987, aos 93 anos, numa derradeira tentativa de suicídio, enforcou-se com um fio elétrico tirado de uma lâmpada e amarrado a uma das janelas do chalé que havia sido disponibilizado para ele como espaço de leitura no jardim da prisão. Em seu bolso foi encontrada uma carta na qual pedia desculpas à secretária por ter fingido, nos Julgamentos de Crimes de Guerra de Nuremberg, não se lembrar de quem ela era, e agradecendo a sua família por tudo o que fizera por ele.[133]

A prisão de Spandau foi imediatamente demolida a fim de impedir que se tornasse um local de peregrinação para nazistas, antigos e novos. Uma parte do local deu lugar a um estacionamento, em outra foi construído um supermercado para soldados britânicos e suas famílias, que eles inevitavelmente denominaram "Hessco" (em homenagem à rede de supermercados Tesco). Hess foi enterrado em uma sepultura secreta, mas seu corpo foi desenterrado em 1988 e enterrado novamente no jazigo da família em Wunsiedel, que de fato se tornou um local de peregrinação da ultradireita, sobretudo por causa do epitáfio inscrito na sepultura: *Ich hab's gewagt* ("Eu ousei"). Em 2011 a câmara municipal local decidiu não renovar o contrato de arrendamento do túmulo, e assim, com o consentimento da família de Hess, seu corpo foi mais uma vez desenterrado, cremado, e suas cinzas, espalhadas no mar. A lápide foi destruída.

VIII

O cadáver de Hess mal havia esfriado quando surgiram alegações de que ele tinha sido assassinado. De acordo com seu filho Wolf-Rüdiger, Hess estava frágil e debilitado demais para se enforcar. Ele tinha sido assassinado pelo SAS, o Serviço Aéreo Especial, força de elite do exército britânico, por ordem da primeira-ministra Margaret Thatcher, a fim de evitar a libertação de Hess. O bilhete de suicídio era uma falsificação. Hess tinha sido preso injustamente. Os britânicos se recusaram veementemente a reconhecer que na realidade Hess deveria ter recebido o Prêmio Nobel da Paz por seus esforços em 1941. Em 1956, ele expressou seu pesar "pela aniquilação em massa de pessoas de ascendência judaica" por ação dos nazistas (embora na verdade o documento em questão tenha sido escrito em nome de Hess pelo pastor da prisão de Spandau, e não há evidências de que o próprio Hess o tenha aprovado). Quanto a Churchill, Wolf-Rüdiger endossou o venenoso retrato que Irving pintou do estadista britânico como um beberrão e assassino em massa.[134] Outros afirmaram que Hess foi assassinado para ser impedido de revelar que tinha ido para a Escócia a convite da (inexistente) "facção da paz" britânica, cuja existência as autoridades queriam ocultar; ou a convite do MI5 ou MI6; e que o fracasso de sua missão por ação de Churchill levou à perda de milhões de vidas na guerra e no Holocausto – uma combinação de teorias da conspiração.

A alegação do assassinato de Hess foi desmentida de maneira peremptória por uma investigação realizada pelo detetive-chefe superintendente Howard Jones em 1989.[135] A autópsia, realizada imediatamente após sua morte, não mostrou sinais de envolvimento de outra pessoa, o que foi confirmado por uma segunda autópsia (um exame médico posterior constatou não haver evidências de enforcamento, mas o modelo de enforcamento aplicado era irrealista, retirado de procedimentos formais de execução, com um laço de forca e uma queda).[136] Um exame da caligrafia na carta de suicídio confirmou que era genuína, embora um teórico da conspiração afirme que ela foi de fato escrita pelo próprio Hess com a deliberada intenção de ludibriar, para desabonar as autoridades da prisão (de que maneira exatamente isso teria funcionado, no entanto, é um mistério).[137] O depoimento posterior de Abdullah Melaouhi, ordenança médico em Spandau, enfatizou com exagero o longo tempo que ele demorou para chegar até Hess no chalé quando o alarme foi disparado; era descabida a afirmação de que essa demora foi o resultado de obstrução deliberada por parte das autoridades. Hess, afirmou o ordenança, também estava fraco demais para realizar o próprio estrangulamento, mas esse mesmo ordenança era responsável por supervisionar os exercícios físicos de Hess em uma bicicleta ergométrica todas as manhãs durante os anos anteriores e sabia muito bem que ele estava relativamente apto e robusto para sua idade. Em todo caso, se Hess foi assassinado para não revelar que havia voado para a Grã-Bretanha com a conivência de figuras importantes do sistema britânico, então por que razão, nos últimos anos de vida de Hess, os britânicos fizeram tanta pressão para que ele fosse libertado de Spandau por compaixão ou motivos humanitários? E por que Hess não contou essa história antes? Afinal, ele teve muitas oportunidades para se confidenciar, por exemplo, com um pastor da prisão, ou com seu companheiro de detenção Albert Speer; mas nunca fez isso. A conclusão inevitável é que, no final, ele não tinha segredo sombrio nenhum para revelar.[138]

Ainda mais bizarra é a teoria de que em algum momento houve uma "troca de corpos", e que o prisioneiro em Spandau era um sósia do verdadeiro Hess, assassinado pelos britânicos para não dar com a língua nos dentes. Hugh Thomas, o ex-cirurgião de Spandau, alegou que o avião do verdadeiro Hess foi abatido por um caça alemão fora do alcance do radar, e que Hess foi substituído por outro homem, um impostor sob as ordens de Heinrich Himmler, chefe da SS, com o auxílio e a instigação de seu cúmplice Hermann Göring. Ambos os homens viam o vice-Führer como um obstáculo à ampliação de seu próprio poder. O homem que desembarcou na Escócia era

> [...] um Hess falsificado – um *Doppelgänger* –, que começaria negociando propostas de paz como se viessem de Hitler, mas em seguida, quando se alcançasse algum avanço, apresentaria as mesmas propostas que o próprio Himmler vinha cultivando – ou seja, que a paz deveria ser firmada com ele, em vez de Hitler, no papel de Führer.[139]

A perda de memória de Hess; sua alegação de não reconhecer a ex-secretária; a ausência, no corpo do prisioneiro de Spandau, de cicatrizes que sabidamente estariam presentes no corpo do verdadeiro Hess; todos esses elementos foram citados por Thomas como prova da substituição.

No entanto, essa hipótese apresentava inúmeros problemas, a começar pelo fato de que a teoria de que Hess havia sido morto em 1941 era a mais pura especulação, e incluindo o fato de que aqueles que conheciam Hess pessoalmente – por exemplo, Albert Speer – jamais expressaram a mais ínfima suspeita de que o homem que viram depois da guerra não era o mesmo que tinham conhecido antes ou durante o conflito. Wolf-Rüdiger Hess escarneceu da "hipótese abstrusa de Thomas".[140] Até mesmo a ideia de que Himmler e Göring atuavam como colaboradores da conspiração era profundamente implausível, dada a notória rivalidade entre os dois homens.[141] Thomas não se perguntou por que o sósia de Hess concordou, depois de Nuremberg, em passar o resto da vida na prisão, permanecendo encarcerado, sem reclamar, até a morte, sem jamais revelar o fato de que não era o homem que todos pensavam. Thomas não apresentou nenhuma evidência de qualquer fator (chantagem, por exemplo) que pudesse ter fornecido o mínimo de plausibilidade para a teoria do sósia. Quando o capelão da prisão perguntou a Hess sobre o livro de Thomas, ele "morreu de rir".

Depoimentos de médicos indicaram que as cicatrizes de ferimento de balas fibrosaram depois de algum tempo e, portanto, não eram imediatamente óbvias, nem mesmo para um oficial médico realizando um exame físico.[142] Mas as cicatrizes estavam de fato no corpo de Hess, embora fossem muito pequenas e difíceis de notar – conforme atestou sua esposa, Ilse, após uma visita à prisão.[143]

A afirmação de Thomas de que o homem em Spandau era consideravelmente mais baixo do que o verdadeiro Hess era fácil de refutar: de acordo com os registros médicos datados da Primeira Guerra Mundial, a altura de Hess era de 1,78 metro, não 1,85 metro, como afirma Thomas, e a altura registrada em sua autópsia, 1,75 metro, reflete o conhecido fato de que com o avanço da idade as pessoas tendem a encolher.[144] Os detalhes que Thomas descreve sobre a prisão, o prisioneiro e as circunstâncias da morte do prisioneiro estavam repletos de erros, o que o então responsável por Spandau notou.[145] De qualquer forma, deixando de lado pontos como esses, a teoria do sósia foi refutada de vez em 2019 quando uma amostra do sangue de Hess que tinha sido tirada em Spandau e preservada foi submetida a uma análise de DNA que a comparava com a amostra de sangue de seus parentes vivos. A correspondência foi de 99,9%. Sem dúvida alguma, o prisioneiro de Spandau era de fato Rudolf Hess.[146]

As teorias da conspiração mais divulgadas envolvendo Rudolf Hess, o braço-direito de Hitler – o complô real ou falso de Hitler e do serviço secreto britânico para acabar com a guerra; e o assassinato de Hess décadas depois para impedi-lo de revelar a trama – têm como objetivo, sobretudo, convencer os historiadores profissionais e o leitor em geral, apresentando uma grande quantidade de evidências (muitas vezes, mas não exclusivamente) genuínas para corroborá-las. Até certo ponto, de fato, encontraram algum grau de sucesso.[147] Nas margens mais desvairadas do conspiracionismo, no entanto, floresceram teorias da conspiração que não têm a menor chance de ser levadas a sério pelos historiadores. Representativas dessa literatura são as obras de Joseph P. Farrell, que incluem vários livros sobre o que ele chama de "a guerra cósmica", a exemplo de *SS Brotherhood of the Bell: NASA's Nazism, JFK e MAJIC-2: The Nazis' Incredible Secret Technology* [A irmandade do sino da SS: O nazismo da NASA, JFK e MAJIC-2: A incrível tecnologia secreta dos nazistas], apenas uma entre as muitas publicações em que ele atribui aos nazistas alguns objetos voadores não identificados (óvnis), como aquele envolvido no lendário "incidente de Roswell", em que um suposto disco voador teria desembarcado na cidade de Roswell, Novo México, em 1947. Os livros de Farrell podem ser encaixados na categoria de "ciência alternativa" ou (na definição do próprio autor) "investigação alternativa". Os interesses de Farrell se estendem às teorias da conspiração sobre o assassinato do presidente dos Estados Unidos John F. Kennedy e a contribuições para a literatura que vincula monumentos da Antiguidade, como as pirâmides egípcias, a supostas visitas à Terra de alienígenas do espaço sideral.[148]

A maior parte do que Farrell tem a dizer sobre Hess deriva de textos de outros teóricos da conspiração, incluindo Abdullah Melaouhi, Wolf-Rüdiger Hess, Padfield, Picknett e Hugh Thomas, autores cujas teorias ele aceita quase sem questionar, mesmo quando se contradizem. Teóricos da conspiração têm a tendência de corroborar as obras uns dos outros. As conclusões que Farrell tira dessa literatura são, no entanto, muito particulares. Na versão de Farrell, a "facção da paz" torna-se o "Estado britânico profundo, representado pelo duque de Hamilton e o duque de Kent"; o voo de Hess se atrasa e por engano perde o comitê de recepção que o aguardava; o sósia recebe um implante de "falsas memórias"; o verdadeiro Hess é drogado e enviado para encontrar seu destino com o duque de Kent – para morrer em um acidente de avião; e o falso Hess é por fim assassinado para não dar com a língua nos dentes (Farrell dá muita importância ao fato de que o homem que realizou a autópsia oficial, o dr. James Cameron, tinha o mesmo sobrenome de Ewen Cameron, médico que examinou o supostamente falso Hess em Nuremberg). Além disso, diz Farrell, enfatizando a afirmação com itálicos, "ambos os Cameron estudaram *na mesma escola de medicina em Glasgow*". Qualquer anomalia pode ser explicada pelo fato de que *"Hess, e/ou seu sósia, tornou-se o primeiro, e mais infame, exemplo de controle mental de que se tem notícia"* – sem serem insanos nem fingir insanidade, mas hipnotizados, vítimas de lavagem cerebral ou manipulação telepática a distância. Acrescentando mais elementos à história, Farrell sugere também que a verdadeira oferta de paz de Hess incluía o reassentamento de judeus europeus na Palestina como uma alternativa ao Holocausto, de modo que "alguém" *"queria* que o genocídio continuasse" – Farrell realmente sugere que era o próprio movimento sionista, "dado o padrão de exemplos de cumplicidade nazista-sionista documentados neste capítulo" (na verdade, essa "cumplicidade" é baseada em uma série de conjecturas, e nem Hess nem ninguém mais poderia ter conhecimento sobre o programa de extermínio nazista, que começou apenas no final do verão de 1941, embora a marginalização de judeus já estivesse sendo realizada antes disso na Polônia ocupada).[149]

A essa altura do livro, Farrell já está completamente biruta, mas seus argumentos se tornam fantásticos de vez no momento em que ele declara que a divisão da Antártida deve ter sido incluída no "plano de paz" que Hess levou para a Escócia. Verdade seja dita, Farrell não compartilha da hipótese dos entusiastas de óvnis de que Hess foi assassinado para ser impedido de revelar o conteúdo de um arquivo que Hitler lhe confiara – o "Arquivo Ômega" –, que continha detalhes de bases secretas nazistas na Antártida.[150] Já em 1946–47, ele sugere, uma expedição à Antártida, liderada pelo almirante estadunidense Richard Byrd, devia estar procurando bases nazistas sob as montanhas de neve; por que outro motivo iria até lá? Neste ponto, o inevitável homicídio misterioso dá as caras, na forma da "estranha" morte do filho adulto de Byrd em 1988, aparentemente assassinado por possuir um segredo "que outros temiam que ele revelasse".[151] O pensamento de que a expedição de Byrd pode ter tido um propósito científico é silenciosamente ignorado, assim como o fato de o almirante já ter participado de três expedições na Antártida antes da guerra. No final, reconhecidamente, a referência de Farrell a possíveis bases nazistas na Antártida (mesmo pequenas) permaneceu inconclusiva mas a essa altura, as pistas, sugestões e insinuações faziam parte do repertório dos teóricos da conspiração. No final das contas, especulações como essas são mais relevantes para o estudioso de conspirações do que para o historiador. O interessante desse ponto de vista é a extensão em que várias teorias da conspiração se entrecruzam no mundo do "conhecimento alternativo" e em suas comunidades, em que a crença em uma teoria da conspiração provavelmente será compartilhada, na íntegra ou não, por pessoas que acreditam em outras teorias da conspiração, como veremos agora.

5

HITLER ESCAPOU DO BUNKER?

I

Em 30 de abril de 1945, o grande almirante Karl Dönitz, comandante-chefe da Marinha que Hitler designara como seu sucessor, anunciou pelo rádio a morte do Führer. O líder, disse ele, foi morto "lutando até o último suspiro contra o bolchevismo". O falecimento do líder nazista instantaneamente apareceu nas manchetes em todo o mundo. Em 1º de maio de 1945, o general Hans Krebs, último chefe do alto-comando alemão, percebendo que tudo estava perdido, cruzou a linha de frente em Berlim para negociar um cessar-fogo, o reconhecimento do governo Dönitz e a preservação de um pequeno fragmento remanescente do Terceiro Reich no que restava da capital alemã em ruínas. Estava autorizado a dizer, contou ele ao general russo Vasilii Chuikov, que Hitler havia cometido suicídio no dia anterior. Mas Chuikov, aferrando-se à linha de ação combinada pelos Aliados, insistiu na rendição incondicional. Retornando a seu quartel-general em desespero, Krebs também cometeu suicídio, como fizeram centenas de outros oficiais nazistas, ministros do governo, generais e funcionários públicos do alto escalão durante as semanas e os meses derradeiros. Enquanto isso, procurando proteger-se das acusações de ter sido negligente e permitido que o líder nazista escapasse, o Exército Vermelho imprimiu em seu jornal *Red Star* [Estrela vermelha] o relatório do suicídio de Hitler.[1]

Mas os informes emitidos pela liderança soviética no Kremlin algumas semanas depois contavam uma história muito diferente. Em uma reunião privada com o enviado dos Estados Unidos Harry Hopkins, Stálin declarou em 26 de maio de 1945: "Hitler não está morto, mas escondido em algum lugar". Poderia muito bem ter fugido para o Japão em um submarino, acrescentou o líder soviético.[2] Na verdade, algum tempo antes, oficiais do Exército Vermelho haviam relatado a jornalistas ocidentais que o corpo de Hitler estava entre os quatro conjuntos de restos humanos carbonizados encontrados do lado de fora do bunker no início de maio. Em 5 de junho, oficiais do estado-maior russo novamente disseram a seus colegas estadunidenses que estavam "quase certos" de que Hitler havia morrido e que seu corpo tinha sido identificado. Quatro dias depois, no entanto, o comandante soviético Gueorgui Júkov, por instruções de Stálin, emitiu um comunicado negando essa informação. Por que Stálin ignorou os relatórios de suas próprias tropas da linha de frente? O motivo era político: para o líder soviético, a afirmação de que Hitler ainda estava vivo reforçava seu argumento de que era necessário ser duro com os alemães, como precaução contra um recrudescimento do nazismo. O líder soviético queria refutar a afirmação de Dönitz de que Hitler havia morrido como um herói e retratá-lo como um covarde que fugiu do cenário de sua derrota e ficou à espreita escondido em algum canto do mundo, como um criminoso tentando se evadir de suas responsabilidades.[3]

À medida que a confusão continuava, os rumores começaram a se multiplicar. Gente de todo o mundo jurou ter visto Hitler, com múltiplos relatos registrados pelo FBI, no arquivo que eles logo abriram sobre o caso:

> Alguns disseram que ele foi assassinado pelos próprios oficiais no Tiergarten; outros, que escapou de Berlim por via aérea; ou da Alemanha a bordo de um submarino. Estaria vivendo em uma ilha envolta em névoa no Báltico; no interior de uma fortaleza de rochas na Renânia; em um mosteiro espanhol; em uma fazenda na América do Sul; foi avistado em uma situação difícil, numa vida sem luxos entre bandidos na Albânia. Uma jornalista suíça prestou depoimento para dizer que tinha conhecimento de que Hitler estava morando com Eva Braun numa propriedade na Baviera. A agência de notícias soviética Tass informou que Hitler foi visto em Dublin, disfarçado em roupas femininas.[4]

Surgiram relatos da presença de Hitler na Indonésia e na Colômbia. A inteligência dos Estados Unidos chegou a preparar ilustrações de qual seria sua aparência física com possíveis disfarces. Afinal, se Hitler realmente estava vivo, havia o risco de que quisesse emular seu antecessor, o imperador Napoleão, e voltar para liderar um novo conjunto de exércitos contra as potências vitoriosas. O pensamento era terrível demais para se cogitar.[5]

Em setembro de 1945, enquanto Stálin estava ocupado semeando incertezas entre os Aliados ocidentais, Dick White, o chefe do MI5, almoçou com dois jovens oficiais da inteligência, o historiador Hugh Trevor-Roper e o filósofo Herbert Hart. "Lá pela terceira garrafa de vinho branco do Reno", segundo descreveu Adam Sisman, o biógrafo de Trevor-Roper, White deu a Trevor-Roper plenos poderes para investigar o assunto, dizendo aos superiores de Trevor-Roper que, se o trabalho não for "feito por um sujeito de primeira linha, nem vale a pena fazer".[6] Trevor-Roper era considerado de primeira linha, e com razão, mas sua investigação não foi exatamente o empreendimento solitário como descrito mais tarde: já fazia muitas semanas que os serviços de inteligência britânicos estavam preocupados com o destino do líder nazista, e já haviam reunido uma boa quantidade de informações sobre a morte de Hitler, embora tenham esperado algum tempo antes de usá-las, na vã esperança de que o lado soviético lhes desse acesso a seu material e permitisse que entrevistassem prisioneiros que tinham estado no bunker sob a Chancelaria do Reich e agora estavam sob sua custódia.[7] À medida que prosseguia a investigação. Trevor-Roper pôde fazer uso do material da inteligência, juntamente com novos relatórios que eram recolhidos pelos serviços de segurança. Com o auxílio de colegas, localizou sobreviventes das últimas semanas no bunker, examinou o interior do abrigo subterrâneo, encontrou o diário dos últimos compromissos de Hitler e encontrou uma cópia do último testamento do Führer.[8] Em novembro, apresentou suas descobertas, às quais posteriormente deu a forma de livro, *Os últimos dias de Hitler*, que, depois de receber permissão oficial, foi publicado pela Macmillan em 18 de março de 1947. Tornou-se imediatamente um best-seller global, o que possibilitou a Trevor-Roper comprar "um Bentley cinza, que ele estacionava de maneira ostensiva em Tom Quad", o quadrilátero maior, em sua faculdade em Oxford, Christ Church.[9]

A fim de fornecer a base para suas conclusões, Trevor-Roper obteve o depoimento pessoal de uma ampla gama de testemunhas oculares, cotejando cuidadosamente as declarações; confrontando e comparando os documentos, constatou que as discrepâncias deixavam claro que as histórias não haviam sido nem coordenadas nem ensaiadas.[10] No entanto, sua investigação, conduzida sob forte pressão para chegar a resultados o mais rapidamente possível, foi apressada e incompleta. Ele foi incapaz de entrar em contato com grande parte das pessoas que estiveram no bunker de Hitler nos últimos dias do Reich, algumas das quais ainda estavam sob custódia soviética. Foi desmentido por várias das pessoas que ele afirmou ter interrogado, que declararam jamais ter falado com ele; algumas das pessoas que de fato prestaram depoimento disseram mais tarde que haviam mentido para Trevor-Roper.[11] Muitos dos depoimentos que ele citou eram boatos. A alegação que Trevor-Roper apresentou em seu livro de que realizou a investigação sozinho era enganosa. Acima de tudo, ele não teve acesso a qualquer material que os soviéticos haviam compilado sobre a morte de Hitler, com base no depoimento de testemunhas oculares do descarte do corpo de Hitler. No entanto, as linhas gerais de suas descobertas foram confirmadas na década de 1950, como resultado de um pedido de restituição de uma rara pintura de Vermeer da coleção de arte pessoal de Hitler, o que levou um tribunal local em Berchtesgaden (onde estava registrada a residência particular do líder nazista) a iniciar os procedimentos legais para declará-lo oficialmente morto. O tribunal iniciou uma investigação de grande envergadura, que durou cerca de três anos. A essa altura, várias das testemunhas oculares que estavam sob custódia soviética haviam sido libertadas e viviam no Ocidente, incluindo, de maneira decisiva, o criado pessoal de Hitler, Heinz Linge, que ajudou a eliminar o corpo do líder nazista. Linge foi entrevistado, bem como diversas pessoas que anteriormente Trevor-Roper havia negligenciado, ou com as quais não tinha conseguido entrar em contato. Como resultado dessa investigação muito minuciosa, o tribunal finalmente emitiu uma certidão de óbito para Hitler no final de 1956.[12] Infelizmente, embora a certidão tenha sido divulgada aos quatro ventos, os volumosos registros da própria investigação permaneceram escondidos do público sob o domínio de leis de privacidade alemãs e só foram disponibilizadas aos pesquisadores muitos anos depois.

Nesse ínterim, o ofuscamento soviético continuou com um breve livro sobre o assunto publicado em 1968 pelo intérprete e jornalista de guerra Lev Bezymenski, *The Death of Adolf Hitler: Unknown Documents from the Soviet Archives* [A morte de Adolf Hitler: documentos desconhecidos dos arquivos soviéticos],[13] salpicado de imprecisões; entre outras coisas, afirmava equivocadamente que Hitler se envenenou, alegação proposta a fim de mostrar que o líder nazista morreu como um covarde, e corroborada por fotografias de um cadáver que certamente não era o dele. Somente após a queda do comunismo e o colapso da União Soviética em 1989–90 toda a gama de documentação soviética sobre a morte de Hitler veio à tona. No final de 1945, Stálin, como seus colegas britânicos, ordenou uma investigação das circunstâncias da morte de Hitler, juntamente com uma avaliação de sua personalidade e vida privada entre 1933 e o fim da guerra. A investigação, realizada pelo Comissário do Povo Sergei Kruglov e uma equipe da polícia secreta sob o codinome "Operação Mito", foi concluída em dezembro de 1949. A parte mais importante do documento datilografado de 413 páginas foram os testemunhos de Heinz Linge e Otto Günsche, ajudante pessoal de Hitler; ambos estavam no cativeiro soviético e foram forçados a escrever suas reminiscências. Os dois estiveram no bunker até o último momento. Todavia, o documento não condizia com o relato oficial soviético da guerra, e por isso foi mantido trancado a sete chaves, vindo a ser descoberto somente após a queda do comunismo, quando foi usado pelo jornalista Ulrich Völklein e o investigador de temas hitleristas Anton Joachimsthaler, já conhecido por seu relato minuciosamente detalhado e crítico das evidências relativas aos primeiros anos de vida do líder nazista.[14] As novas provas, atualizando as descobertas de Trevor-Roper, foram efetivamente sintetizadas em 2002 em uma narrativa agradável escrita pelo jornalista Joachim C. Fest, competente historiador cujo livro foi mais tarde usado como base para o roteiro de *A queda! As últimas horas de Hitler*, filme alemão de enorme sucesso.[15] O relatório soviético acabou sendo publicado em alemão e inglês em 2005.[16] A essa altura, diversas pessoas que estavam no bunker nos últimos dias e semanas de Hitler tinham escrito seus próprios livros de memórias, então a quantidade de depoimentos e evidências disponível hoje é muito mais abundante do que o material que Trevor-Roper foi capaz de reunir.[17] No entanto, em seus contornos gerais, as descobertas de Trevor-Roper foram confirmadas pelas evidências que vieram à luz nos sessenta anos ou mais desde a publicação de *Os últimos dias de Hitler*. Especialmente importante foi o fato de que as investigações soviéticas, realizadas mais ou menos ao mesmo tempo, mas mantidas em sigilo por quarenta anos, chegaram de forma independente quase que às mesmas conclusões a que o historiador britânico chegara, bem como, de fato, aos mesmos resultados a que chegou o tribunal local de Berchtesgaden em meados da década de 1950.

Que conclusões foram essas? Durante suas últimas semanas de vida, Hitler rejeitou repetidas vezes os argumentos daqueles de seu séquito que queriam que ele escapasse do bunker e se escondesse, fosse em seu retiro na montanha em Berchtesgaden, ou em alguma outra parte remota do Reich ainda não conquistada pelos exércitos Aliados. Testemunhas oculares relataram que Hitler reconheceu que tudo estava perdido: sua principal preocupação agora era seu lugar na história. Dois dias depois de completar 56 anos, no dia 22 de abril de 1945, Hitler disse a seus generais e a sua equipe que se mataria com um tiro, e repetiu isso ao ministro da Propaganda, Goebbels, por telefone. Em 24 de abril, informou a seu amigo pessoal Albert Speer que sua companheira, Eva Braun, queria ter o mesmo destino. Os corpos deles seriam queimados para evitar a profanação, decisão que se fortaleceu na mente de Hitler quando ele soube das indignidades às quais os cadáveres de seu colega ditador Mussolini e a amante, Claretta Petacci, foram submetidos após serem baleados por *partisans* italianos em 27 de abril de 1945. Hitler enviou seu ajudante Julius Schaub a Berchtesgaden para queimar todos os papéis e documentos privados que estavam guardados lá, depois de ter feito o mesmo com a papelada de seu cofre particular em Berlim. Hitler se casou com Eva Braun em uma breve cerimônia no bunker em 29 de abril de 1945, certificando ao conselheiro municipal trazido para oficiar a cerimônia que, conforme suas próprias leis exigiam, ele era de ascendência ariana; antes disso, Hitler chamou uma de suas secretárias e ditou suas últimas vontades e testamento político. Em 30 de abril de 1945, depois de mandar testar veneno – uma cápsula de ácido cianídrico – em sua cadela Blondi, que caiu morta imediatamente, Hitler e sua agora esposa se retiraram para o estúdio. Após um breve intervalo, Linge, acompanhado por Martin Bormann, entrou no estúdio e encontrou o corpo de Hitler sentado no sofá; escorria sangue de um buraco de bala em sua têmpora direita, e sua pistola estava caída no chão aos seus pés; o corpo de Eva Braun estava ao lado dele, exalando um forte odor de amêndoas amargas: ela havia tomado o veneno. Esse cheiro não emanava do cadáver de seu marido.

Seguindo instruções dadas anteriormente, Linge, Günsche e três guardas da SS embrulharam os corpos em cobertores, levaram-nos para o jardim da Chancelaria do Reich e, sob a vigilância de Bormann, Goebbels e dois generais, encharcaram os cadáveres de gasolina e atearam fogo. Às 18h, Günsche enviou dois guardas da SS para enterrar os restos carbonizados em um fosso, de onde as tropas do Exército Vermelho, após uma busca, os desenterraram alguns dias depois. Os soviéticos levaram, dentro de uma caixa de charutos, o pouco que restara de Hitler – um fragmento de mandíbula e duas pontes dentárias – para um protético que havia trabalhado como assistente do dentista pessoal de Hitler e, com base em seus arquivos, ele conseguiu identificar uma das pontes como sendo de Hitler e a outra, de Eva Braun. Isso foi tudo o que sobrou dos corpos. Mais tarde, um crânio completo que supostamente seria de Hitler apareceu em Moscou, mas em 2009 comprovaram que pertencia a uma mulher. "Os restos mortais de Adolf Hitler", conclui Ian Kershaw em sua monumental biografia do líder nazista, "ao que parece, estavam contidos dentro de uma caixa de charutos".[18] Tão logo teve a certeza de que Hitler estava morto, Magda Goebbels envenenou seus seis filhos e subiu com o marido até o jardim, onde ambos tomaram veneno e, por segurança, foram baleados duas vezes por um ordenança da SS para se certificar de que morreriam; seus corpos também foram queimados, mas não havia gasolina suficiente para a cremação completa, e seus restos mortais foram facilmente identificados pelas tropas do Exército Vermelho, que chegaram no dia seguinte. Os demais habitantes do bunker, incluindo Bormann, escaparam por meio de um túnel ferroviário subterrâneo nas imediações. Alguns foram baleados no caos da luta que grassava quando chegaram à superfície na estação Friedrichstraße, alguns foram capturados, outros conseguiram fugir, entre eles Bormann, ou pelo menos era o que se pensava; o corpo dele foi descoberto somente em 1972, quando operários de uma construção o desenterraram; ele foi rapidamente identificado por meio de prontuário odontológico, e sua identidade, confirmada em 1998 após análise de DNA.[19]

I I

A confusão semeada pelos soviéticos, as inadequações do relato de Trevor-Roper e a ausência de depoimentos de testemunhas oculares importantes durante várias décadas após o fim da guerra propiciaram pelo menos algum espaço para que alegassem que a morte de Hitler permanecia sem comprovação. Revistas sensacionalistas dos Estados Unidos como a *Police Gazette* praticamente construíram toda uma carreira contando histórias sobre a sobrevivência do líder nazista. A revista francesa *Bonjour* foi particularmente ativa quanto a apresentar afirmações de que Hitler ainda estava vivo: afirmações que se esfarelavam assim que submetidas ao teste que verificava se as testemunhas mencionadas realmente estavam presentes no bunker no final de abril de 1945. A variedade e persistência dessas alegações era impressionante. A *Bonjour* deu especial atenção à teoria de que, em algum momento no final da guerra, Hitler e Eva Braun e até mesmo a cadela Blondi haviam sido substituídos por sósias (as secretárias de Hitler negaram com veemência essa possibilidade; teriam notado a substituição, elas apontaram).[20] A saúde do verdadeiro Hitler se deteriorou rapidamente durante os meses finais, e o mal de Parkinson do qual ele sofria o fazia puxar a perna e arrastar os pés em vez de andar normalmente e causava um incontrolável tremor na mão esquerda, mas os sintomas, já se sugeriu, eram menos graves do que se supunha, o doente era na verdade o substituto, e Hitler teria fugido do bunker em meio aos escombros de Berlim, pegou o último avião, chegou à Dinamarca e de lá embarcou com Eva Braun num submarino que o levou para a Argentina. Essa teoria se tornou plausível pelo fato de que dois submarinos, o U-530 e o U-977, de fato chegaram à Argentina após o final da guerra. No entanto, foram inspecionados na chegada, e verificou-se que o U-530 não transportava nada além de uma carga a granel de cigarros, que, segundo a *Bonjour* declarou, com convicção absoluta, estava destinada a abastecer Hitler e sua comitiva (ignorando o notório fato de que Hitler não fumava nem permitia que fumassem na sua presença). O comandante do U-977, Heinz Schaeffer, que se dirigiu até a Argentina para evitar ter que se render aos britânicos, mais tarde publicou um livro dedicado a negar a acusação de que levara Hitler para o exílio.[21] No entanto, isso não deteve os conspiradores. "O nazismo não está morto na Europa", afirmou Ladislas Szabó, autor de *Je sais que Hitler est vivant* [Sei que Hitler está vivo], "O mundo está em perigo. A nova ameaça à paz mundial é Adolf Hitler".[22]

Essas e muitas outras teorias foram investigadas exaustivamente pelo historiador estadunidense Donald M. McKale em seu livro *Hitler: The Survival Myth* [Hitler: o mito da sobrevivência]. publicado em 1981. McKale apontou que histórias sobre Hitler na Argentina haviam circulado amplamente no final dos anos 1940, disseminadas, entre outros, pelo jornal francês *Le Monde*, pelo popular biógrafo Emil Ludwig e pelo pregador evangélico Garner Ted Armstrong e seu pai, que previram que Hitler voltaria em 1972 para iniciar uma nova guerra contra o Ocidente (embora mais tarde eles tenham mudado de ideia). No entanto, McKale observou, todas essas afirmações "baseavam-se em suposições e insinuações, sem o respaldo de documentos e sem depoimentos de testemunhas reais".[23] No entanto, a sobrevivência de Hitler entrou na mitologia popular por volta de 1950. A ideia de que Hitler simplesmente sucumbiu à pressão dos eventos e cometeu suicídio não era aceitável para algumas pessoas. A sugestão de que Hitler havia sobrevivido, na opinião de McKale, alimentou uma "nova mitologia" que ajudou a justificar a presença contínua de tropas anglo-estadunidenses e francesas em solo alemão. Para a União Soviética, essa mitologia ajudou a justificar seu controle contínuo sobre o Leste Europeu, a Cortina de Ferro. No entanto, quanto mais proliferava, menos crível a mitologia se tornava: Hitler, diziam os relatos, estava vivendo em um mosteiro tibetano, ou na Arábia Saudita, ou fora visto em um café na Áustria, ou estava em uma prisão secreta nos Urais.[24] Em 1969, um alemão aposentado, o mineiro Albert Panka, em seu aniversário de 80 anos, queixou-se de já ter sido detido trezentas vezes desde 1945. "Estou farto de ser confundido com o outro sujeito", disse ele à imprensa, acrescentando que "não era um Führer aposentado".[25]

De todas essas teorias, no entanto, a hipótese de que Hitler e Eva Braun fugiram para a Argentina é a que circula de forma mais ampla e persistente.²⁶ Sob o ditador Juan Perón, a Argentina tornou-se conhecida por incentivar ex-nazistas a escapar, geralmente por meio de rotas secretas nos Alpes chamadas de "linhas de rato",* muitas vezes com a ajuda de um bispo do Vaticano, o austríaco Alois Hudal, e por usar seu conhecimento especializado na construção da economia nacional.²⁷ O sequestro na Argentina, por agentes israelenses, de Adolf Eichmann, o principal organizador da "Solução Final", e seu julgamento em Jerusalém em 1961; a captura no Brasil, em 1967, de Franz Stangl, o ex-comandante do campo de extermínio de Treblinka; a descoberta de uma rede de ex-oficiais nazistas de alta patente vivendo na América do Sul, incluindo o médico do campo de Auschwitz, Josef Mengele; tudo isso fazia parecer possível que o nazista mais importante de todos também pudesse estar escondido na América do Sul. Na verdade, nem no interrogatório de Eichmann antes de seu julgamento, nem nas muitas horas de gravações mantidas por colegas das conversas de Eichmann com outros ex-nazistas durante seu exílio na Argentina há uma única menção sequer nem mesmo à possibilidade de que Hitler ainda estivesse vivo, quanto mais morando no meio deles; mas isso não incomodou os teóricos, que também não se abalaram nem um pouco com as evidências reunidas por Trevor-Roper ou com o testemunho dos aliados de Hitler no bunker.²⁸

McKale concluiu que o mito da sobrevivência de Hitler era mais do que uma fantasia inofensiva ou excêntrica:

> Que ele havia arquitetado um plano para desnortear o mundo, revelando novamente seu singular gênio do mal, é um tema perigoso que permanece conosco. Atualmente, é domínio sobretudo da indústria do entretenimento e, portanto, parece bastante inofensivo na superfície. Contudo, ao ignorar o "fato" da morte de Hitler, essas representações, intencionalmente ou não, transmitem às gerações presentes e futuras a impressão de que Hitler, embora tenha sido o pior assassino em massa da história, foi uma espécie de super-homem que enganou o mundo uma última vez [...]. Sua suposta sobrevivência, de forma impossível e contrariando todas as probabilidades, sugerem essas representações, é a

---

* O termo tem origem naval e dá nome às escadas de cordas que levam ao mastro de um navio – subir até o ponto mais alto da embarcação era o último recurso de marinheiros desesperados para evitar o afogamento em caso de naufrágio. Havia três *ratlines* mais importantes: a "rota nórdica" ia da Dinamarca à Suécia; a "rota ibérica" usava portos espanhóis como o da Galícia; e a terceira passava pela Itália, com destino à América do Sul. [N. T.]

prova de algo quase desumano e divino. Esse é o tipo de criação de mito que potencialmente é capaz de despertar em alguns a fagulha do desejo inconsciente de um "novo Hitler" – uma figura carismática e lendária que poderia liderar um protesto em massa contra males opressivos como o comunismo ou a decadente cultura ocidental.²⁹

Três décadas e meia depois que McKale publicou suas investigações, esses temores parecem exagerados. Hitler não se tornou uma figura heroica, exceto para uma pequena minoria de neonazistas nas extremidades mais lunáticas do espectro político. Mesmo aqui, a teoria de sua fuga do bunker está longe de ser universalmente aceita; alguns comentaristas do site neonazista e supremacista *Stormfront* apontaram que era aviltante para a imagem da coragem de Hitler ter fugido de maneira ignominiosa do bunker em vez de se manter firme até o fim, sem arredar pé. De forma mais geral, qualquer indício de admiração por Hitler é suicídio político. Quando Lutz Bachmann, fundador do movimento anti-islâmico alemão Pegida [Patriotas europeus contra a islamização do Ocidente], cujas manifestações anti-islâmicas tradicionalmente realizadas às segundas-feiras atraíam milhares de participantes em Dresden e em outras partes da Alemanha Oriental em 2014, se deixou fotografar caracterizado como Hitler, foi obrigado a renunciar no momento em que a fotografia foi divulgada por um jornal, embora mais tarde tenha sido restituído ao cargo, alegando que a foto era uma falsificação.³⁰

Logicamente, a ideia de que Hitler de alguma forma sobreviveu vem desempenhando há muitos anos um papel relevante na literatura de fantasia, no cinema e na indústria do entretenimento. O filme *Meninos do Brasil*,* de 1978, imagina o ex-médico de Auschwitz Josef Mengele recriando geneticamente cópias exatas de Hitler a partir de amostras retiradas do sangue do Führer; em um episódio de 1978 da série televisiva *The New Avengers* [Os novos vingadores], estrelada por Patrick McNee e Joanna Lumley, neonazistas tentavam libertar Hitler da animação suspensa; o filme *They Saved Hitler's Brain* [Eles salvaram o cérebro de Hitler], de 1963, retratou um cenário hipotético semelhante – seu título foi parodiado num episódio famoso da série animada *Os Simpsons*, intitulado "They Saved Lisa's Brain" [Eles salvaram o cérebro de Lisa]; o filme *Flesh Feast*, de 1970, imagina que um grupo de nazistas se apoderou do corpo de Hitler para cloná-lo, embora a cientista responsável, interpretada por Veronica Lake, realize o experimento apenas para se vingar do Führer pela morte de seus pais em um campo de

---

* *The Boys from Brazil*, de Franklin J. Schaffner, baseado no romance de Ira Levin e protagonizado por Gregory Peck. [N. T.]

concentração, jogando no rosto do líder nazista um punhado de vermes devoradores de carne; no filme *Gespräch mit dem Biest* [Conversa com a Besta], de Armin Müller-Stahl (1996), Hitler sai de um bunker subterrâneo aos 103 anos de idade para ser entrevistado por um jornalista investigativo que acaba atirando nele. O recente romance de Timur Vermes, *Ele está de volta*, em que Hitler desperta depois de décadas e se vê de novo numa Alemanha contemporânea cujas realidades ele enxerga através dos antolhos ideológicos dos nazistas, também faz parte desse gênero. Na maioria dos filmes, o efeito, seja de suspense ou comédia, se dá pela justaposição entre a figura do mal humano supremo e pessoas decentes e heroicas tentando impedi-lo de obter a vitória definitiva, o que elas fazem matando o Führer por um meio ou outro, para assim se vingar efetivamente de Hitler e fazer a justiça da qual o líder nazista se esquivou com trapaças em 1945; *Ele está de volta* tem uma mensagem mais perturbadora, visto que Hitler gradualmente alcança aceitação na sociedade alemã contemporânea.**

III

Exercícios de imaginação fantasiosa acerca da sobrevivência de Hitler podem servir como um dispositivo de enredo conveniente, ou até mesmo divertido, na ficção e no cinema. Contudo, apesar de toda a meticulosidade de McKale na demolição do mito da sobrevivência de Hitler, escritores e jornalistas de vários tipos não pararam de alegar que existe uma base factual para a história da fuga do Führer do bunker. Na verdade, apesar de todas as evidências em contrário, argumentos atestando a sobrevivência de Hitler na Argentina apareceram mais no século XXI do que em todos os cinquenta anos anteriores. Com efeito, "desde 2009", conforme notaram as recentes análises mais sérias do tema, "o debate histórico sobre a morte de Hitler foi dominado por teorias da conspiração".[31] Mesmo antes disso, as teorias conspiratórias sobre a morte de Hitler estavam se tornando mais frequentes e mais insistentes. O engenheiro de válvulas e empresário Hans Baumann – que partiu da Alemanha para os Estados Unidos como estudante de intercâmbio em 1953 –, autor de *The Vanished Life of Eva Braun* [A vida desaparecida de Eva Braun] (2010), e Ron T. Hansig, autor de *Hitler's Escape* [A fuga de Hitler] (2005), colaboraram em uma nova edição de *Hitler's Escape* em 2014. Os autores refutam o que dizem ser a "história oficial, amplamente aceita, ao menos pelos Aliados ocidentais: que Hitler

---

** O título original do romance satírico alemão é *Er Ist Wieder Da*, de 2012; em 2015, ganhou uma adaptação cinematográfica homônima, dirigida por David Wnendt. [N. T.]

cometeu suicídio em 30 de abril de 1945".³² Como tantas vezes acontece em se tratando de teorias da conspiração, a pesquisa acadêmica profissional aceita é descartada por ser "oficial", como se milhares de historiadores e jornalistas investigativos, todos eles, tivessem sido subornados por governos para contar mentiras, ou como se tivessem sido ludibriados por manipulação do Estado. Hitler e Eva Braun, de acordo com Baumann e Hansig, na verdade escaparam do bunker, deixando sósias em seu lugar, e voaram para a Espanha, de lá viajaram para a Argentina, onde provavelmente viveram em "paz e conforto".³³ Como muitos outros antes deles, Baumann e Hansig usam a acentuada deterioração física de Hitler nos últimos meses como evidência de sua substituição por um sósia. "O objetivo deste estudo", insistem os autores, "certamente não é glorificar Hitler, tampouco torná-lo um herói dos tempos recentes, mas mostrá-lo como um covarde, que fugiu da justiça. A história fornece abundantes provas da inacreditável morte e destruição que ele causou aos judeus, à Alemanha e ao resto da Europa e Rússia".³⁴ Eles expressam repetidamente seu pesar pelo fato de Hitler ter escapado da punição pelos crimes que cometeu.³⁵ No entanto, comentam que ele "certamente tinha uma mente brilhante", "era muito gentil com crianças, mulheres e animais", e foi generoso com os britânicos, permitindo-lhes escapar em Dunquerque e enviando-lhes termos de paz por intermédio de Rudolf Hess em seu malfadado voo para a Escócia. A invasão da Rússia por ele ordenada foi uma medida de autodefesa, já que "Stálin estava planejando atacar a Alemanha".³⁶ Portanto, Hitler não era tão ruim, afinal. Poderia até ter vivido na Argentina em paz e conforto, mas para uma mente tão brilhante deve ter sido difícil, por mais que convivesse com uma porção de crianças, mulheres e animais, a quem poderia tratar com toda a gentileza do mundo. "Qualquer estilo de vida de ociosidade forçada em um país estrangeiro", observam os autores, de modo perspicaz, "teria sido insuportável para uma pessoa que, no passado, detinha o poder de comandar milhões".³⁷

Ao promover essas concepções, Baumann e Hansig fiam-se nas várias declarações proferidas no início do pós-guerra por Stálin e altos dirigentes soviéticos, e entre outras fontes, *Gestapo Chief: The 1948 Interrogation of Henrich Muller* [Chefe da Gestapo: o interrogatório de Henrich Müller em 1948], obra de Gregory Douglas publicada em múltiplos volumes na década de 1990 para divulgar excertos de um extenso relatório do serviço de informações dos Estados Unidos sobre um interrogatório de Heinrich Müller, chefe da Gestapo no final dos anos 1940, em que Müller – a quem Baumann e Hansig descrevem como um policial de carreira e oficial da inteligência que não era antissemita – oferece novas informações sobre

Auschwitz (Müller nega que tenha sido um campo de extermínio) e sobre Hitler (que, segundo Müller, escapou do bunker, provando, assim, a tese de Baumann e Hansig). Mas Baumann e Hansig não se aprofundaram o suficiente no pano de fundo dessa obra. Para começar, "Gregory Douglas" era, na verdade, um dos vários pseudônimos de Peter Stahl, homem que supostamente alegava ser sobrinho de Müller e publicara um livro sobre Müller, em alemão, em 1994, pela editora de extrema direita Druffel-Verlag. Com efeito, Stahl era um conspiracionista que escrevera também sobre outros supostos complôs. Entre suas publicações estava *Regicide: The Official Assassination of John F. Kennedy* [Regicídio: o assassinato oficial de John F. Kennedy] (2002), que alegava apresentar documentação de um recém-falecido oficial do alto escalão da CIA provando que Kennedy foi morto a tiros por conspiradores da agência de inteligência dos Estados Unidos. Com experiência no obscuro comércio de suvenires nazistas, em sua maior parte falsificações, Stahl recebeu uma enxurrada de acusações, sobretudo nos círculos de negacionistas do Holocausto, de ter fabricado os documentos em ambos os casos.[38] Johannes Tuchel, historiador dos campos de concentração alemães, comprovou em 2013 que o chefe da Gestapo, Heinrich Müller, foi morto em Berlim em 1945 e enterrado em uma vala comum, ironicamente em um cemitério judaico, após ser identificado pelo coveiro por seu uniforme e medalhas.[39]

Talvez ainda mais persistente na propagação da teoria de que Hitler escapou do bunker tenha sido o escritor estadunidense Harry Cooper. Aqui, a figura central da conspiração não é o próprio Hitler, mas Martin Bormann, que em 1945 era o mais importante dirigente da Alemanha nazista sob o próprio Hitler. O Führer, afirma Cooper, "não cometeu suicídio no bunker. Ele e Eva Braun saíram de lá". Mas ele sugere que não escaparam por vontade própria: foram "drogados à força" por ordem de Bormann e levados para a Argentina, onde viveram escondidos numa fazenda em Bariloche, no sopé dos Andes. O livro de Cooper, *Hitler in Argentina: The Documented Truth of Hitler's Escape from Berlin* [Hitler na Argentina: a verdade documentada da fuga de Hitler de Berlim], publicado em 2006, é uma compilação de fotografias, documentos e narrativas, principalmente dos anos imediatos do pós-guerra, centrada nas memórias picantes de Don Ángel Alcázar de Velasco, que alegou ter conhecido Hitler na Argentina e ter tido vários encontros com Bormann ("Martin foi o primeiro a falar: 'Cara, você envelheceu, Ángel'. 'E os anos fizeram a diferença para você também, Martin', rebati, com uma risada").[40] A compilação inclui uma fotografia que supostamente mostra um Hitler idoso, seu rosto meio encoberto por um lenço. Ele aparece com destaque na contracapa; os olhos de Hitler são descritos em um programa de rádio em termos entusiasmados ("Há um antigo eco de fogo e paixão [...]. É um olho muito hipnótico"). Na verdade, a fotografia, intitulada originalmente *Forty Winks* [Quarenta piscadelas], é de um britânico aposentado, tirada do livro de Kurt Hutton, *Speaking Likeness* [Semelhança eloquente] (1947). Fotógrafo da revista *Picture Post*, Hutton comenta que a registrou com uma Leica usando uma combinação de luz natural e uma lâmpada *photoflood* pendurada no teto. "Fiz a *Forty Winks* enquanto passeava por uma casa de repouso em busca da cor local", ele explica.[41] Os direitos autorais pertencem ao banco de imagens Getty Images, embora Cooper reivindique a fotografia como sua.

Cooper também é o autor de *Hitler's Spy Web in South America* [A teia de espiões de Hitler na América do Sul] (2017) e *Escape from the Bunker: Hitler's Escape from Berlin* [Fuga do bunker: a fuga de Hitler de Berlim] (2010). Ambos os livros foram lançados por meio de uma organização de publicações independentes, hoje propriedade da Amazon e sediada em Scotts Valley, Califórnia. De acordo com o texto de divulgação publicitária de Cooper, disponível no site amazon.com, a obra apresenta

> [...] a transcrição fiel de um arquivo que me foi dado por um agente nazista de alto escalão durante a Segunda Guerra Mundial. Ele veio à Sharkhunters, nossa entidade de pesquisa dedicada a cobrir a atuação histórica de submarinos da Segunda Guerra, com o seu relato de que ajudou Martin Bormann a escapar da Alemanha após a guerra e que se encontrou com Adolf Hitler anos depois. Ele foi submetido a uma minuciosa verificação, e era quem dizia ser, e suas alegações foram comprovadas por inúmeros arquivos das agências de inteligência dos Estados Unidos e de outras nações.

Tratava-se, decerto, de Don Ángel Alcázar de Velasco, que na verdade era um notório fantasista. A alegação de Velasco de ter passado os três meses finais da guerra no bunker do Führer é claramente falsa, uma vez que nenhuma das pessoas presentes no bunker relatou tê-lo visto. Em vez de admitir a verdade, no entanto, Cooper reagiu com aversão à revelação feita por Don, ameaçando processar seus críticos na justiça por espalhar *fake news* ("Prenda todos eles!"), embora não se soubesse com clareza a que lei penal ele se referia. Refletindo essa situação, o site cético *Tomatobubble* alardeia um termo de isenção de responsabilidade formulado em linguagem legal por Mike King, autor do artigo "The Hitler-in-Argentina Myth" [O mito de Hitler na Argentina], certificando que

> [...] temos pelo registro de pesquisa histórica de Cooper, e pela integridade de seu currículo, a mais alta consideração. Nosso uso da palavra "fraude", e a insinuação logicamente relacionada de motivação de lucro, tanto em nosso blog quanto em uma recente entrevista à rádio Red Ice, de fato pretendia aplicar-se às alegações deliberadamente bizarras da maior parte dos outros "argentinistas", não de Cooper. Deveríamos ter sido mais claros acerca dessa distinção. Embora mantenhamos fortemente nossa discordância com relação às conclusões a que Cooper chegou no tocante à fuga de Hitler para a Argentina, pedimos desculpas ao sr. Cooper por qualquer percepção errônea de que ele não é um homem íntegro ou de que não é sincero em sua convicção.[42]

Parece provável que esse termo de isenção de responsabilidade tenha sido emitido em resposta a uma ameaça de ação penal de Cooper ou seus representantes.

Claro está, de fato, que *Hitler in Argentina* não é uma fraude deliberada, concebida para enganar as pessoas. Cooper insiste que o livro, publicado pela Sharkhunters International, organização fundada pessoalmente por ele em 1983, não é uma obra política, mas sim devotada sobretudo ao estudo sério dos *U-boats* na Segunda Guerra Mundial. Mas na verdade a Sharkhunters International oferece passcios a locais nazistas na Alemanha e, com efeito, passeios a supostos locais nazistas na Argentina. Vende recordações e suvenires nazistas, e anuncia em publicações pró-nazistas e antissemitas, a exemplo da *National Christian News* ("talmudismo é traição!") e *The Spotlight*, dirigida pelo supremacista branco, antissemita e negacionista do Holocausto Willis Carto. O jornalista investigativo Roger Clark afirmou que "Harry Cooper regularmente se mistura com neonazistas, antissemitas e negacionistas do Holocausto, e costuma participar de muitos programas divulgando as opiniões deles". Ao longo dos anos, entre os membros dos Sharkhunters incluíram-se Leni Riefenstahl, diretora do filme de propaganda nazista *O triunfo da vontade*; Leon Degrelle, líder fascista belga; Manfred Roeder, alemão neonazista e negacionista do Holocausto classificado como terrorista pelo Escritório Federal Alemão para a Proteção da Constituição; e Charles Ellis, do movimento neonazista e supremacista branco Aliança Nacional. O próprio Cooper discursou na convenção de 1996 da *Barnes Review*, publicação de negação do Holocausto dirigida por Willis Carto e cujo nome homenageia o negacionista Harry Elmer Barnes. Os entusiastas sérios dos *U-boats* do site uboat.net baniram postagens da e sobre a Sharkhunters, porque "geralmente contêm comentários detestáveis".[43] Cooper é um colaborador muito frequente da Rádio Rense, dirigida por Jeff Rense: participou de 23 programas entre janeiro de 2013 e dezembro de 2014, de acordo com um relatório. A Liga Antidifamação Judaica descreveu o site de Rense como "virulentamente antissemita".[44] De maneira curiosa, o site também costuma apresentar material sobre óvnis, teorias da conspiração do 11 de Setembro e fenômenos paranormais, bem como "conteúdo antissionista", mostrando como muitos tipos diferentes de "conhecimento alternativo" coexistem e interagem uns com os outros.

Com frequência, por trás das tentativas aparentemente inocentes de provar a sobrevivência de Hitler, há motivações políticas direitistas. O escritor austríaco Werner Brockdorff, por exemplo, afirmou ter passado "vinte anos estudando as fontes e viajando por muitas terras em diferentes continentes", reunindo os fatos sobre a suposta fuga de Hitler para a Argentina com Martin Bormann e Eva Braun; Brockdorff se autodenominava um caçador de nazistas, mas a imagem idílica que ele pinta do sr. e da sra. Hitler, sãos e salvos, vivendo em êxtase doméstico até a idade avançada no exílio sul-americano, não era a de um caçador nazista convencional, obcecado em localizar o paradeiro do agente do mal e fazer justiça. Brockdorff era na verdade um nacionalista pangermânico, hostil a ambos os lados da Guerra Fria, que alegava que Hitler havia sido protegido pela CIA e que os russos haviam deliberadamente enganado o mundo sobre o verdadeiro destino do Führer.[45] Como veremos, filiações políticas de extrema direita ou neonazistas podem ser identificadas também em uma série de outros adeptos do gênero.

IV

Enquanto esses autores se dedicaram a amealhar material documental e depoimentos individuais para corroborar seus argumentos de que Hitler e Eva Braun fugiram para a Argentina, Simon Dunstan e Gerrard Williams, em seu livro *Grey Wolf: The Escape of Adolf Hitler: The Case Presented* [Lobo cinzento: a fuga de Adolf Hitler: o caso apresentado] (2011), acompanhado de um programa de televisão e um DVD de mesmo título lançados no ano seguinte, adotaram uma abordagem diferente. Dunstan escreveu mais de cinquenta livros de história, de conteúdo basicamente militar e técnico, incluindo monografias sobre os modelos de tanques Centurion, Chieftain e Challenger, e participou de diversos programas de história militar do History

Channel; Williams era um jornalista com passagens pelos canais BBC e Sky News, onde trabalhou principalmente em cargos burocráticos. Seu livro foi apresentado não como um conjunto crítico de evidências, mas como uma narrativa histórica conectada que se estende por quase trezentas páginas de material, acompanhadas por cerca de cinquenta páginas de notas de fim de texto e referências bibliográficas. Em 2014 o livro foi transformado em filme, também intitulado *Lobo cinzento – a fuga de Adolf Hitler*. Em vez de argumentar, como faziam muitos dos defensores da história da sobrevivência, que Hitler *poderia ter escapado* do bunker, que sósias *provavelmente* foram colocados lá e na casa de Eva Braun para substituí-los, que *muito provavelmente* fugiram para a Argentina em um ou outro submarino e assim por diante, Dunstan e Williams apresentaram a história como fato comprovado, resumindo os argumentos sobre as evidências a breves discussões nas notas de fim de texto, embora vez por outra incluíssem uma passagem narrativa em itálico para indicar que sua derivação não se baseava em evidências concretas, mas em "pesquisa dedutiva".[46] E, ao contrário da maioria dos outros proponentes da hipótese de sobrevivência, os dois tarimbados escritores sabiam contar uma história.

Em um longo prefácio, os dois autores contam como seu ponto de partida foi o desejo de produzir um "instigante" documentário de televisão examinando teorias da conspiração sobre a suposta fuga do bunker. Mas gradualmente se convenceram de que a história da sobrevivência não era uma teoria, e sim um fato. Seu argumento segue as conhecidas linhas de raciocínio da literatura existente: os corpos no bunker eram sósias; Eisenhower e Stálin afirmaram não considerar que Hitler estava morto; ninguém testemunhou efetivamente o suicídio; os arquivos pós-guerra do FBI contêm relatórios de testemunhas oculares e de acompanhamento de informes de "Hitler na Argentina"; há uma fazenda nazista em Bariloche, 1.350 quilômetros a sudoeste de Buenos Aires, onde Hitler e Eva Braun viveram. Em sua busca por evidências, os dois autores viajaram até a Argentina, e mesmo afirmando que "todos com quem conversamos sobre a possibilidade de Hitler ter vivido lá depois da guerra acreditam que isso era bastante possível, e, em muitos casos, definitivamente verdadeiro", não conseguiram encontrar e identificar ninguém que conseguisse provar de maneira cabal ter estado com Hitler em carne e osso.[47] Dunstan e Williams rejeitam a obra de Trevor-Roper, a seu ver um trabalho de conveniência política criado por um homem que, como demonstrou seu posterior endosso dos falsos *Diários de Hitler*, era incapaz de distinguir a verdade da ficção ou saber reconhecer quando estava sendo enganado.[48] Os residentes do bunker nas últimas semanas, incluindo as secretárias, foram todos enganados pela presença dos sósias e levados a acreditar que Hitler havia permanecido lá e no fim se matou, mas ainda é um mistério o motivo pelo qual um sósia teria feito isso.

Grey Wolf contribui com algumas novidades. O livro afirma que o professor Alf Linney, especialista em reconhecimento facial da University College, de Londres, "provou cientificamente" que a famosa fotografia de Hitler passando em revista uma tropa da Juventude Hitlerista em 20 de março de 1945 é na verdade a imagem do sósia do Führer.[49] No entanto, não indica a natureza dessa prova "científica", e os autores tampouco fornecem qualquer referência a quaisquer publicações do professor Linney, que na verdade é um cirurgião de ouvido. Isso é boato (em outras palavras, os autores relatam o que o professor Linney disse, mas não fornecem qualquer evidência que comprove que ele de fato disse, e nem sequer o citam diretamente). Indagado por Roger Clark sobre a afirmação de Williams, Linney respondeu que "algumas das observações que alegam terem sido feitas pelos autores certamente passam longe da verdade".[50] Da mesma forma, afirmam que o cunhado de Hitler, Hermann Fegelein, escapou do bunker com o líder nazista, mas novamente a evidência não é apenas boato, mas um rumor de terceiros e, ainda por cima, do pós-guerra – a afirmação supostamente teria sido feita pelo pai de Fegelein a um oficial que o entrevistou em setembro de 1945, embora na verdade haja evidências contemporâneas diretas de testemunhas oculares que mostram que Fegelein foi baleado em 28 de abril de 1945 por ordem pessoal de Hitler – por tentar sair do bunker sem permissão.[51]

O capitão Peter Baumgart, o piloto que, segundo a narrativa de *Grey Wolf*, levou Hitler e seu grupo para fora de Berlim, fez essa afirmação durante seu julgamento por crimes de guerra não especificados (provavelmente cometidos na Polônia) em Varsóvia em 17 de dezembro de 1947; mais tarde, reiterou sua declaração. O julgamento foi adiado enquanto ele era submetido a testes psiquiátricos, não se sabe ao certo se por causa de sua alegação sobre Hitler; Baumgart foi declarado são, mas, novamente, não está claro se foi porque as autoridades polonesas queriam levá-lo aos tribunais ou se ele realmente estava no domínio de suas faculdades mentais. Ao que parece, foi condenado a cinco anos de prisão pelo tribunal polonês. A presunção de Baumgart, que se gabava de ter derrubado 128 aviões Aliados durante sua carreira como piloto, era nitidamente falsa. Tampouco era crível que um bombardeiro convertido pudesse ter desembarcado em Berlim nessa data tão tardia, muito menos perto do edifício da Chancelaria do Reich, que estava circundado de escombros. E muito menos poderia ter carregado combustível suficiente para fazer uma viagem de volta, quando quase todas as outras aeronaves alemãs estavam impedidas de decolar porque o combustível tinha se esgotado.[52] Baumgart disse também que havia pousado em Magdeburg no caminho, mas Magdeburg já havia caído para os estadunidenses em 19 de abril. O livro descreve Baumgart como integrante de um esquadrão secreto da força aérea de número 200, mas a documentação padrão sobre essa unidade não faz nenhuma menção ao nome dele.[53]

A narrativa continua com o grupo de Hitler voando até Travemünde, um resort no Báltico. Aqui, *Grey Wolf* diz a seus leitores: "Eva Braun se despediu de forma muito afetuosa de sua irmã Ilse [...]. Fegelein também a abraçou".[54] O trecho não está em itálico e, portanto, não é, provavelmente, resultado de "raciocínio dedutivo", mas não se fornece nenhuma fonte, e a narrativa tem que ser julgada de maneira puramente especulativa em vários aspectos, sobretudo com base no fato de que Fegelein já estava morto. Um depoimento adicional é fornecido por outro piloto, Werner Baumbach, que era de fato o chefe do esquadrão especial número 200 da Luftwaffe, mas seus diários não faziam menção à ida de Hitler a Travemünde.[55] A partir daí, a narrativa, sem o respaldo de qualquer evidência, relata que o grupo de Hitler foi levado para Reus, nos arredores de Barcelona, e de lá para Fuerteventura, nas ilhas Canárias.[56] Dunstan e Williams rejeitam o suspeito de sempre, o U-530, como meio de transporte para a Argentina, e em vez disso defendem a ideia de que Hitler e sua comitiva foram levados em um grupo de três *U-boats* que sabidamente desapareceram de uma "alcateia" de submarinos do Atlântico: U-518, U-880 e U-1235. Na verdade, de acordo com o site uboat.net, o U-518 foi afundado por contratorpedeiros dos Estados Unidos em 22 de abril de 1945, e perdeu toda a tripulação; o U-880 teve o mesmo destino em 16 de abril de 1945; e o U-1235, em 15 de abril de 1945; portanto, essas embarcações de guerra desapareceram em combate, e não porque haviam sido destacadas de suas unidades a fim de transportar Hitler para a Argentina.[57] No entanto, *Grey Wolf* afirma: "Ordens especiais devem ter sido dadas aos comandantes do U-1235, do U-880 e do U-518 antes que partissem em março de 1945, com instruções para serem abertos a uma longitude especificada. Formuladas em Berlim segundo as instruções de Bormann, o conteúdo dessas ordens seria conhecido apenas por alguns pouquíssimos seletos".[58] De tão secretas, ao que parece essas ordens não eram nem sequer do conhecimento de Dunstan ou Williams. Em outras palavras, a explicação aventada por eles é pura especulação.

Com uma grande quantidade de pormenores circunstanciais, apresentados em itálico para denotar o fato de que são pura invenção (ou baseados em "raciocínio dedutivo"), o livro descreve a jornada de Hitler e seu séquito até a Argentina nos três submarinos, todos propositalmente afundados após sua chegada.⁵⁹ Ao desembarcar, foram levados para a fazenda nazista construída nas imediações de Bariloche, no extremo sudoeste, no sopé dos Andes; em setembro, ganharam a companhia de Ursula, filha de Eva Braun e Hitler, nascida em San Remo em 1938 (ela era, na verdade, filha de Gitta Schneider, amiga de Eva Braun; fotos dela com Hitler e Eva Braun aparecem com frequência na literatura sobre o mito da sobrevivência do Führer). A história continua: Eva Braun dá à luz uma segunda filha, concebida em Munique em março de 1945 (não se sabe de que forma isso ocorreu; Hitler não saiu de Berlim desde 16 de janeiro de 1945, exceto uma única vez, em uma breve visita à linha de frente em Wriezen em 3 de março).⁶⁰ Vale a pena notar que o filme baseado no livro, também intitulado *Grey Wolf*, menciona apenas uma filha, Ursula ou "Uschi".⁶¹ Não importa quantas filhas ela teve, Eva aparentemente ficou entediada com a vida na fazenda e, por fim, mudou-se para outra cidade, 370 quilômetros a nordeste, efetivamente colocando um ponto-final em seu casamento com Hitler.⁶²

Quais são as evidências para essas histórias? Além de relatórios de segunda mão em arquivos de inteligência dos Estados Unidos do início do pós-guerra, os autores incluem trechos de uma entrevista com certa Catalina Gomero, que tinha a lembrança de convívio com um visitante secreto a uma casa alemã onde ela trabalhava, e que um motorista lhe informara que era Hitler. Ela tinha que deixar as refeições do homem em uma bandeja do lado de fora da porta do quarto dele (na reconstituição mostrada no documentário, Catalina, interpretada por uma atriz, entra no quarto do visitante – todos os personagens são, necessariamente, interpretados por atores –, mas em outra entrevista separada ela deixou claro que jamais pôs os olhos nele).⁶³ O visitante "comia a mesma comida que todos os outros moradores da casa – refeições alemãs típicas – salsicha, presunto, legumes", disse Catalina aos produtores do filme. No filme, a atriz que a interpreta também leva salsichas para o homem. Williams afirmou que essa era a "confirmação por parte de um ser humano real de que Adolf Hitler não morreu no bunker em 1945".⁶⁴ Mas o homem não visto no hotel não poderia ser Hitler, pelo simples fato de que o ditador nazista foi vegetariano ao longo de toda a vida. Como seus dentes estavam em péssimas condições, ele se alimentava com uma dieta pobre que consistia principalmente de purê de feijão, alimento de forma nenhuma identificável com um prato tipicamente alemão.⁶⁵

Além de Catalina Gomero, *Grey Wolf* também cita um informante do FBI que relatou que um cidadão francês não identificado viu um homem "que tinha inúmeras características físicas de Hitler" em um restaurante, conversando cordialmente com os outros clientes; mais uma vez, era bastante improvável que tenha sido Hitler, já que o Führer não costumava bater papo com outras pessoas durante as refeições, nem de forma amigável nem de qualquer outra forma, mas os sujeitava a intermináveis monólogos, conforme registrado para a posteridade durante a guerra nas chamadas "conversas informais à mesa". Em todo caso, como os outros supostos relatos de aparições do ex-ditador, tratava-se de uma evidência calcada em boatos. Outra testemunha não identificada citada em *Grey Wolf*, conhecida apenas como "Schmidt", recordou-se de ter passado a infância em uma colônia alemã (ou, diz o livro, nazista) em Bariloche, na Patagônia, comandada pelo ex-oficial da SS Ludolf von Alvensleben, que certamente era uma pessoa real, um criminoso de guerra nazista que desempenhou um importante papel nas discussões do círculo de obstinados exilados nazistas que, na década de 1950, se encontravam em Buenos Aires para discussões secretas com Adolf Eichmann, ex-dirigente nazista de alto escalão e um dos principais responsáveis pela implementação dos assassinatos em massa de judeus europeus. Gravações registram Eichmman causando mal-estar e irritação em seus interlocutores por não negar o Holocausto dos judeus. Mas "Schmidt" não mencionou ter visto Hitler, e, embora houvesse vários velhos nazistas morando em Bariloche, incluindo Erich Priebke, oficial da SS que no fim foi extraditado para a Itália para ser julgado em um processo por crimes de guerra cometidos lá; Alvensleben não estava entre eles: residia em Córdoba, muitas centenas de quilômetros ao norte de Bariloche.[66]

O gerente do banco Jorge Batinic aparece em *Grey Wolf* relembrando que sua mãe lhe contou ter visto Hitler na Argentina, e que ele havia sido identificado como Hitler por um de seus companheiros. De novo, não é mais do que evidência baseada em boatos – um rumor inventado, embelezado ou fruto de uma distorção da memória.[67] Embora Hitler estivesse escondido a sete chaves, aparentemente viajava um bocado, porque outro entrevistado, um carpinteiro chamado Hernán Ancín, lembra-se de tê-lo encontrado várias vezes em um canteiro de obras na cidade costeira de Mar del Plata, no início dos anos 1950 – frágil, de cabelos brancos e acompanhado por uma Eva Braun "robusta e bem alimentada". Era mesmo o ex-Führer? Ninguém, nem mesmo o suposto anfitrião de Hitler em Mar del Plata, o ex-ditador fascista croata Ante Paveli (que de fato trabalhou como empreiteiro na Argentina), identificou-o como o ex-líder nazista, embora o filme *Grey Wolf* mostre o encontro entre Paveli e Hitler – ambos os personagens, logicamente, interpretados por atores (no filme, Eva não é gorda, mas tem tamanho "padrão" e expressão "preocupada").⁶⁸ Portanto, a declaração de Ancín não deve ser levada minimamente em conta.

Durante uma entrevista, a advogada Alicia Oliveira lembrou-se do encontro com uma mulher, em 1985, que lhe disse ser a filha de Hitler, "Uschi"; mas Oliveira recusou-se a revelar o nome da mulher, alegando "confidencialidade entre advogada e cliente"⁶⁹ – de novo, evidência de terceira mão, boato sem identificação ou corroboração (*Grey Wolf* simplesmente mostra uma entrevista com uma atriz que interpreta Uschi). Em outra entrevista, Jorge Colotto, de 87 anos de idade, chefe da equipe de guarda-costas do presidente Perón, relembrou as visitas de Bormann na década de 1950, mas, novamente, seu testemunho não é corroborado por nenhum tipo de prova escrita ou oral de qualquer outra pessoa que tenha trabalhado para Perón. Araceli Méndez trabalhou como tradutora e contadora para um "nazista de alta patente" na mesma época, mas o nazista nunca lhe revelou seu nome verdadeiro (apesar de terem se tornado amigos), e ela o conhecia apenas como "Ricardo Bauer".⁷⁰ Por fim, os autores fazem amplo uso de uma obra de 1987 de autoria de Manuel Monasterio, autoproclamado gnóstico e astrólogo – mais uma vez o ocultismo se insinuando na imaginação paranoica. O livro, *Hitler murió en la Argentina* [Hitler morreu na Argentina], que o próprio autor admitiu ser parcialmente inventado, contém uma mixórdia de "divagações estranhas" e especulações ocultistas, e a bem da verdade não pode ser considerado confiável em qualquer aspecto, até porque se baseia em documentos que foram supostamente perdidos durante uma mudança de casa.⁷¹ De acordo com essa fonte, Hitler morreu na Argentina em 1972; Eva Braun desapareceu; as supostas filhas jamais foram localizadas. Uma delas, segundo rumores que circulam na internet, é na verdade Angela Merkel, que em 2005 se tornou a chanceler da Alemanha: a afirmação aparece no site *The Pizzagate Files*, fundado para defender a notória *fake news*, espalhada durante a campanha eleitoral presidencial dos Estados Unidos de 2016, de que líderes do Partido Democrata mantinham um antro de pedofilia em um porão sob uma pizzaria em Nova York.⁷²

Além de Roger Clark, outros demoliram o mito de Hitler na Argentina, incluindo Mike King. Embora não sejam dirigidas especificamente a *Grey Wolf*, suas restrições minam todas as suposições por trás do livro e do filme. King observa que as últimas vontades e o testamento de Hitler declaravam a intenção do Führer de optar pela morte quando ficou claro que ele não era mais capaz de exercer suas funções de líder; que todas as testemunhas do bunker sobreviventes se mantiveram aferradas a seu relato do suicídio de Hitler; e que os registros da ponte dentária do Führer eram compatíveis com os restos físicos dissecados na autópsia soviética. Consequentemente, diz King, os defensores do mito da sobrevivência estão nos pedindo para acreditar:

- que Hitler (*herói de guerra três vezes condecorado e duas vezes ferido em combate, que se ofereceu voluntariamente para cumprir o perigoso dever*) transformou-se em um covarde enganador que falsificou seu testamento final, enganou seu círculo íntimo e por fim abandonou o navio enquanto sua cidade estava sendo destruída;
- que testemunhas como Rattenhuber, Schenck, Junge e Misch guardaram o segredo até morrer (*embora Hitler os tivesse abandonado aos soviéticos*), ou de alguma forma se deixaram enganar enquanto sósias inocentes foram mortos e, em seguida, jogados no fogo da cremação;
- que os russos de alguma forma fabricaram registros dentários falsos, os quais dentistas forenses, **trinta anos depois**, seriam capazes de tornar compatíveis com registros dentários obtidos pelos estadunidenses, ou, que o dr. Sognnaes & dr. Ström se tornaram coconspiradores trinta anos após o fato [ênfase de King].

King destaca que, ao fim e ao cabo, as supostas evidências documentais apresentadas pelos "argentinistas" são, em uma inspeção mais minuciosa, boatos não confirmados e não corroborados, testemunhos anônimos de segunda mão, alguns dos quais o FBI arquivou (a agência federal de investigação arquivava todos os documentos desse tipo que recebia, por mais equivocados ou dementes); boa parte não passava de material deliberadamente enganoso divulgado pelos soviéticos e russos. No fim ficou claro que uma fotografia divulgada à exaustão, mostrando um Hitler idoso no exílio, é uma imagem digitalmente alterada de Bruno Ganz, o ator que interpreta o líder nazista no filme *A queda!*. Não existe nem sequer uma imagem autêntica de Hitler tirada após o fim de abril de 1945. Tampouco há qualquer evidência corroborada de modo direto e independente da sobrevivência de Hitler, nem no material de entrevistas, nem nos registros documentais.[73]

A história da sobrevivência quase sempre retrata Hitler como um trapaceiro que ludibriou tanto a morte quanto a justiça, triunfando sobre a história e zombando do mundo. Hitler vivendo com Eva Braun em um idílio doméstico, geralmente em um refúgio argentino, chegando a uma velhice pacífica e sem fazer mal a ninguém; talvez tomando sol em uma praia sul-americana, ou desfrutando de uma caminhada nos trópicos junto com seus capangas. De fato, o filme *Grey Wolf* se encerra com uma cena em que

Hitler, com 96 anos de idade, é empurrado pela neta em uma cadeira de rodas, ambos, avô e menina, sendo interpretados, desnecessário dizer, por atores.[74] Certamente não foi o que aconteceu com Adolf Eichmann e outros velhos nazistas, que passaram grande parte do tempo no exílio vivendo em um mundo de fantasia política, tramando seu retorno à Alemanha. Se eles mantiveram seu comprometimento ideológico, é difícil acreditar que Hitler tenha abandonado o dele. De acordo com o filme *Grey Wolf*, na verdade, ele continuou arquitetando seu retorno, auxiliado por Martin Bormann, até que Perón foi derrubado em um golpe de Estado em 1954, e depois disso Bormann desistiu da luta e se dedicou a seus interesses comerciais, ajudado pela enorme fortuna que supostamente levou às escondidas para fora da Alemanha em 1945. Hitler termina seus dias em 1972, uma figura trágica, velha, doente, decrépita, demente; traído por Bormann, ele chora incontrolavelmente, atormentado por visões demoníacas das pessoas que enviou para as câmaras de gás: um retrato retrospectivo do retorno final da consciência e o triunfo, longe dos olhos do público, da vingança da história contra a psique do monstro. Qual destes dois retratos – um velho de 83 anos consumido pela culpa ou um sereno senhor de 96 anos – é o verdadeiro, o filme não revela.

V

Tanto o livro quanto o filme causaram burburinho e deram o que falar no momento em que foram lançados.[75] A Galloping Films Australia, distribuidora da produção, afirmou que o filme apresentava "uma história que mudará tudo o que nos ensinaram sobre Adolf Hitler e tornará impossível acreditar de novo na história oficial".[76] De maneira geral, o filme, lançado diretamente para DVD, ganhou cinco estrelas na avaliação de 42% dos espectadores no site amazon.co.uk e 57% de espectadores em amazon.com. As resenhas e avaliações no site amazon.co.uk descreveram o filme como "excelente" e "brilhante". "Neste DVD não há fatos cujas evidências se possam contestar", escreveu um internauta: "Já era hora de os historiadores tradicionais retirarem a cabeça da areia" e admitirem que Hitler "fugiu para a América do Sul". "Quase tudo o que nos contaram é mentira", disse outro: "A suposta morte de Hitler em Berlim não é exceção".[77] Mas outros foram mais críticos: aproximadamente 25% dos espectadores em ambos os países concederam ao filme apenas uma estrela. O jornal *The Sun* enviou seu intrépido repórter Oliver Harvey à Argentina para investigar. Em matéria de 4 de março de 2012, Harvey disse a seus leitores que havia visitado as casas onde Hitler supostamente viveu, e lá conversou com muitas pessoas, mas não encontrou nada: ninguém relatou tê-lo visto, não havia nenhuma evidência de DNA de possíveis túmulos, nenhum parente vivo de Hitler.[78] Resenhando o livro no site da Amazon em 7 de junho de 2012, Donald McKale observou que as histórias contadas em suas páginas eram basicamente reformulações de afirmações feitas muitas décadas antes, e continuou:

> Assim como os antecessores – já citados aqui – de sua história, Dunstan e Williams são mestres na técnica jornalística da "alegação por associação" ou "alegação por implicação". Ou seja, alegam ou sugerem que algo é verdadeiro ao associá-lo a outra coisa, que já aconteceu e é apenas remotamente relacionada e autêntica ou quase isso [...]. Quando não se tem prova factual ou minimamente confiável de uma alegação, recorre-se à associação com outra coisa ou ao uso de boatos e outras evidências duvidosas, incluindo fontes anônimas ou não identificadas. Os arquivos do FBI sobre as "aparições" de Hitler, também usados em *Grey Wolf*, não apresentaram nenhum exemplo crível da sobrevivência do ditador.[79]

E há os argumentos do silêncio – a ausência das evidências que esperaríamos encontrar caso as alegações apresentadas em *Grey Wolf* fossem verdadeiras. É um tremendo desafio à credulidade, além do limite tolerável, acreditar que Eva Braun, fotógrafa profissional que, durante seus anos no Obersalzberg [residência alpina de Hitler perto de Berchtesgaden], vivia filmando e tirando fotos de tudo, não tenha deixado nenhuma evidência fotográfica das décadas que teria vivido na Argentina, nem mesmo de sua(s) suposta(s) filha(s) (na verdade, o filme inventa cenas que a mostram em mais de uma ocasião fazendo filmes caseiros de Hitler, seus amigos e sua filha, embora nenhuma dessas filmagens jamais tenha sido encontrada).[80] Nenhum dos pertences pessoais de Hitler desse período sobreviveu, embora ainda exista muita coisa dos anos do Führer na Alemanha. Grandes porções da narrativa do livro não contam com respaldo algum de referências e fontes, tampouco são corroboradas por qualquer evidência, nem mesmo evidência por associação. A retórica dos autores transforma a especulação em suposição e a suposição em fato. Assim, por exemplo, na página 185, ficamos sabendo que "a fuga de Hitler de Berlim, como se pode ver nos capítulos anteriores, é extraordinariamente bem documentada", quando uma leitura cuidadosa dos capítulos mostra que isso está longe de ser verdade.

Embora o filme *Grey Wolf* não tenha sido um sucesso, o livro continuou a vender e a ser debatido muito depois de sua publicação. Mesmo antes disso, no entanto, Dunstan e Williams começaram a enfrentar dificuldades. "Nós já incomodamos muita gente", comentou Williams a respeito de sua teoria em outubro de 2011: "Os historiadores tradicionais não gostam, e certos governos não gostam. Já recebemos algumas ameaças de morte".[81] Mas os maiores problemas não eram com historiadores homicidas, e sim com o apoiador financeiro de Williams, Magnus Peterson, fundador do fundo de investimentos Weavering Capital – "meu benfeitor, apoiador e companheiro de convívio ao longo das provações e tribulações deste projeto", como Williams o descreve na seção de agradecimentos ao livro, ou seu produtor, como aparece nos créditos do filme. O filme foi bem feito e custou caro. "Os créditos", conforme Roger Clark aponta, "listam mais de cinquenta atores, quinze artistas incumbidos da narração e sessenta pessoas envolvidas na produção", bem como um compositor que recebe agradecimentos pela trilha sonora e os designers que criaram a vistosa capa e a embalagem do DVD.[82] Mas a crise financeira que estourou em 2008, combinada ao fracasso do filme em termos de alcançar sucesso comercial, logo levou a problemas financeiros. Os operadores de câmera e outros profissionais que trabalharam no filme nunca receberam o pagamento. Peterson não foi capaz de reembolsar seus investidores. Seu fundo de *hedge* entrou em colapso em 2009, e uma equipe do Escritório de Fraudes Graves cumpriu mandado de busca e apreensão na casa de Peterson em Kent. Diversas empresas envolvidas no financiamento do filme foram à falência: uma delas, a Gerbil Filmes, fechou as portas em agosto de 2012, seguida de outra, a Lobus Gris (latim para "lobo cinzento"); a Grey Wolf Media também foi compulsoriamente encerrada após deixar de apresentar relatórios de prestações de contas por dois anos consecutivos. Em janeiro de 2015, Peterson foi condenado a treze anos de prisão por fraude, falsificação, fraude contábil e negociação fraudulenta. Os fundos perdidos pelos investidores somavam quase 350 milhões de libras. As autoridades do Reino Unido afirmaram que Peterson havia "recompensado generosamente a si mesmo com o dinheiro dos investidores", no montante de 5,8 milhões de libras. Peterson foi proibido de trabalhar no ramo de serviços financeiros. Outro jornalista investigativo, Laurence de Mello, alegou que mais de 2 milhões de libras da Weavering Capital foram usados para financiar *Grey Wolf*.[83] "Logicamente", acrescenta Roger Clark, "nada sugere que Gerrard Williams estivesse ciente das atividades fraudulentas do sr. Peterson, e deve-se presumir que aceitou de boa-fé o financiamento de seu filme". Mas ainda há muitas perguntas sem resposta sobre o papel de Peterson na produção do filme.[84]

O pior estava por vir. Em 15 de outubro de 2007, a produtora de Williams, a Gerbil Filmes Ltd., havia assinado um contrato com um escritor argentino radicado em Bariloche, Abel Basti, para uso exclusivo de sua pesquisa em troca de uma quantia substancial. Basti já havia lançado um livro sobre Hitler na Argentina e publicaria vários outros, incluindo *El exilio de Hitler* (2010), *Los secretos de Hitler* (2011) e *Tras los pasos de Hitler* (2014). Nenhum deles foi citado na bibliografia ou nas notas de rodapé de *Grey Wolf*. Essas obras foram sintetizadas em 2012 em uma edição alemã, *Hitler überlebte in Argentinien*, coautoria de Stefan Erdmann e Jan van Helsing (na verdade, Jan Udo Holey, autor que adotou como pseudônimo o sobrenome do herói caçador de vampiros do romance *Drácula*, de Bram Stoker). Filho de uma autoproclamada vidente, van Helsing era conhecido por ter publicado três livros proibidos na Alemanha por disseminação de ódio racial, além de outras obras baseadas em teorias da conspiração envolvendo os *illuminati*, os Rothschild, os maçons e a nova Ordem Mundial. Suas obras sobre sociedades secretas tinham vendido cem mil exemplares até 2005. Ele também publicou livros sobre o 11 de Setembro, Rudolf Hess, vacinação, as pirâmides egípcias e muitos outros assuntos. Erdmann também foi descrito pelo Escritório Federal Alemão para a Proteção da Constituição como um propagandista de *Os protocolos dos sábios de Sião* no meio esotérico.[85]

Basti talvez compartilhasse dessas concepções, talvez não; porém, ao permitir que sua obra fosse publicada por Erdmann e van Helsing, implicitamente as endossou. Em seu prefácio à edição alemã, ele alertou sobre as forças das trevas que estavam preparando uma nova guerra mundial e escondendo a verdade sobre a sobrevivência de Hitler.[86] Os estadunidenses e os britânicos, argumentou ele, mantiveram Hitler no poder, ajudaram-no a escapar no final da guerra e, a fim de não se comprometerem, espalharam o mito da morte do Führer; de fato, um forte elemento de antiamericanismo caracteriza algumas passagens do livro.[87] As opiniões de Basti sobre a fuga de Hitler foram formadas na década de 1990, quando realizou uma série de entrevistas, que começaram em Bariloche e logo se estenderam para outras partes da Argentina. Nenhum dos entrevistados forneceu evidências corroboradas e diretas de terem de fato conhecido Hitler e conversado com ele, e algumas de suas declarações pareciam, em termos brandos, improváveis – por exemplo, o depoimento de Alberto Vitale, que alegou ter visto Hitler muitas vezes em 1953, "usando botas enormes e pedalando uma bicicleta feminina com a qual ia de casa em casa vendendo ervas".[88]

Entrevistas de Basti com Catalina Gomero, Jorge Batinic, Manuel Monasterio, Mar Chiquita, Araceli Méndez, Ingeborg Schaeffer, Jorge

Colotto e Hermán Ancín, juntamente com depoimentos, vídeos, fotos e cópias de seus artigos de jornal e dois de seus livros, *Hitler en Argentina* e *Bariloche Nazi*, foram entregues a Gerrard Williams como parte do acordo. Contudo, assim que o financiador de Williams abandonou o barco, deixando uma dívida de 98.929 dólares com Basti e, segundo Williams confessou, impagável, Basti considerou que o contrato deixara de ter validade e, em 12 de agosto 2009, notificou formalmente Williams de que estava cancelando sua permissão para uso do material disponibilizado. Como Williams ignorou a solicitação para a devolução do material, Basti logo consultou seu advogado junto à Associação Britânica de Jornalistas, que escreveu aos editores em 7 de maio de 2013, exigindo indenização por plágio, violação de direitos autorais e ressarcimento de prejuízos da ordem de 130.450 dólares decorrentes do cancelamento de uma série de televisão em seis episódios em cuja pré-produção Basti gastara esse montante, porque o conteúdo da série foi divulgado no livro e no filme de Dunstan e Williams, o que destruiu sua reivindicação de originalidade e, portanto, de negociabilidade. Chama a atenção que o nome de Basti não seja mencionado nos créditos finais do filme. O advogado de Basti fez referência a uma declaração do prefácio de *Grey Wolf* – "Os autores passaram os últimos cinco anos pesquisando o tema – viajando pelo mundo, entrevistando testemunhas oculares, desencavando documentos" – e comentou: "Isso é, por óbvio, uma afirmação grosseiramente enganosa". Dunstan e Williams estavam "dando a impressão de que os esforços do sr. Basti eram, em essência, seus".[89]

Depois que a produtora Grey Wolf Media encerrou as atividades, Williams conseguiu assegurar 16 milhões de dólares do canal History Channel para uma série de televisão dedicada a esquadrinhar a ideia de que Hitler havia sobrevivido à guerra escondido na Argentina. No que dizia respeito às circunstâncias em torno da morte de Hitler, o History Channel afirmou, tratava-se da investigação "mais aprofundada e reveladora que o mundo já viu".[90] Os valores de produção eram altos, e toda a série parecia de primeira qualidade, caprichada e profissional. Produzida pela Karga Seven Pictures, *Hunting Hitler* [no Brasil, *Caçando Hitler*] foi exibida no History Channel por três temporadas de oito episódios cada, de 10 de novembro de 2015 a 20 de fevereiro de 2018, e depois disso foi cancelada, apesar de ter uma audiência média de cerca de 3 milhões de espectadores por episódio. A equipe da série é encabeçada por um investigador de crimes de guerra aposentado da ONU, o dr. John Cencich, que trabalhou no Tribunal de Crimes de Guerra da Iugoslávia; o ator, astro de reality show e investigador particular Lenny

DePaul; o ex-agente da CIA Bob Baer; o praticante de artes marciais Tim Kennedy; o historiador James Holland; e, por último, mas não menos importante, o próprio Gerrard Williams. Os episódios se deslocam pela Europa e a América Latina, brandindo "arquivos confidenciais tornados públicos" e descobrindo túneis ocultos através dos quais Hitler "pode ter" escapado, locais onde ele "talvez tenha" ficado, lugares que "poderiam ter abrigado instalações nucleares com vínculos nazistas depois da guerra". Em sua resenha crítica sobre a série, a revista *Variety* comentou: "Se os espectadores tomassem uma dose de bebida alcoólica a cada vez que alguém usa uma frase com: "Pode ter havido [...]" ou "Há uma chance de que Hitler talvez tenha vindo aqui [...]" ou "Se houve de fato um bunker", estariam bêbados feito gambás já no segundo ou terceiro intervalo comercial".[91]

"De todas as histórias que nos contaram até hoje sobre o bunker de Hitler", diz Baer para a câmera, "não há nada que as confirme. É o maior mistério do século XX". Todos os historiadores, governos, jornalistas, pessoas que vivenciaram a própria guerra, assevera o History Channel, estão envolvidos no "que poderia ser a maior operação de acobertamento da história". O próprio Williams lança a pergunta retórica: "Por que não nos contam a verdade?". A narrativa que o governo nos oferece", diz Baer, "é uma mentira".[92] Esta é a linguagem típica dos teóricos da conspiração: apenas eles sabem a verdade, somente eles penetraram o véu do conhecimento "oficial". É um bom entretenimento, mas não há, em qualquer um dos 24 episódios, o mais ínfimo indício de uma descoberta concreta.[93] Quando Baer diz: "Não há evidências de que Hitler morreu no bunker", está simplesmente confessando a própria ignorância. Historiadores e biógrafos sérios examinaram inúmeras vezes as evidências. O que *Caçando Hitler* apresenta está longe de serem evidências reais. O que existe de evidência real, apontou Roger Clark, a série constantemente interpreta com exagero e polêmica, em leituras sujeitas a conclusões injustificadas, ou usa como base para pura especulação. A descoberta de que um fragmento de crânio supostamente de Hitler, guardado em Moscou, não era de Hitler de forma alguma, é apresentada aos espectadores como uma revelação decisiva: o crânio aparece em close no primeiro episódio de *Caçando Hitler*, imagem acompanhada da narração de Baer a nos dizer que "a perícia forense que temos faz parecer que Hitler fugiu". Com efeito, o cientista que submeteu o crânio a um teste de DNA, Nicholas Bellantoni, disse de fato que Hitler "claramente morreu no bunker". Hitler estava doente em abril de 1945, doente demais para empreender uma fuga ousada. "O fato de o fragmento de crânio não ser dele não indica que Hitler não morreu no bunker, simplesmente significa que o que recuperaram não era ele." Mas Bellantoni, por um bom motivo, não aparece em *Caçando Hitler*.[94]

Quando a série abre novos caminhos, as investigações rapidamente revelam-se castelos de areia. Há grande estardalhaço, por exemplo, no episódio 7, em que a equipe faz uma investigação em estilo militar da Casa Inalco, no sul dos Andes, um local "secreto", "onde Hitler talvez tenha ficado". É um lugar extremamente isolado, dizem, e poderia ser protegido por guardas armados. Na verdade, fica a apenas 250 metros de uma estrada nacional importante, mas, ao que parece, só pode ser alcançada por um rio próximo, que os membros da equipe, vestindo trajes de mergulho, atravessam a nado; embora não encontrem guardas armados, afirmam que havia "câmaras subterrâneas revestidas de aço sob os escritórios", onde eram mantidos "os documentos mais importantes e sinistros daquele século", o XX. Mas *Caçando Hitler* não contém nenhuma filmagem que mostre o interior da casa e os escritórios, seja acima do solo ou abaixo, e de fato, os visitantes podem entrar na casa pela porta da frente, o que fazem com frequência. Mais uma vez, tudo é insinuação, sugestão e invenção. Não apenas não há evidências de que Hitler esteve lá, não há evidência nem de que a casa era secreta ou mesmo remota.[95]

Em um dos episódios de *Caçando Hitler*, a equipe afirma ter descoberto um relato de que em 1947 Hitler foi a uma apresentação de balé no Cassino [município de Rio Grande, no Rio Grande do Sul], região brasileira conhecida pela presença de um bom número de ex-nazistas que lá fixaram residência. No arquivo da cidade, os investigadores folheiam jornais locais da época e descobrem que de fato lá houve performances de balé em duas noites diferentes. Não há referência a Hitler. Mas Gerrard Williams conclui que ele deve ter estado em uma terceira apresentação, não divulgada nem documentada. Sua prova? A existência de um poema em francês elogiando o balé, com data diferente das reportagens sobre as duas apresentações públicas. "Estou muito impressionado", diz Williams: "Ele esteve aqui". Hitler olhou ao redor, para os membros abastados da plateia, e deve ter pensado: "Quem entre essas pessoas pode ser capaz de nos ajudar a voltar?". Isso, Clark aponta, é um "delírio mirabolante". Não existe nem sequer um fiapo de evidência sugerindo que Hitler esteve lá.[96] A série descamba para uma fantasia ainda mais estapafúrdia, misturada com especulação sensacionalista, quando sugere que em 1948 Hitler voou para a Colômbia acompanhado de dois físicos que "carregavam consigo planos secretos para a construção da bomba-foguete V3 e o registro completo de investigações nucleares alemãs". Eles seguem uma pista que nos leva a um pântano, onde a aeronave teria sido enterrada. Mas não conseguem encontrar nada, mesmo depois de vários mergulhos. "É uma grande decepção", confessa Baer ao sair da água. Mas era desde o início uma busca sem sentido, perda de tempo. Não existe absolutamente nenhuma evidência para corroborar a alegação de que Hitler viajou da Argentina para a Colômbia, muito menos de que esteve na Argentina, para começo de conversa. A V3 não era um foguete, mas uma enorme arma projetada para disparar contra Londres desde o canal da Mancha; foi destruída por bombardeiros Aliados antes de se tornar operacional. O programa nuclear dos nazistas nunca conseguiu sequer chegar perto da praticidade, tampouco poderia ter chegado a esse estágio, dada a sua incapacidade de adquirir as matérias-primas necessárias – problema que teria assolado Hitler na América do Sul em uma proporção quase infinitamente maior do que na Alemanha.[97]

V I

Como Roger Clark observou, "*Grey Wolf* e *Caçando Hitler* fazem parte de uma florescente indústria em torno da sobrevivência de Hitler". Apenas mais um em meio a inúmeros livros de temática semelhante publicados nos últimos anos – embora menos ambiciosos – apresentando a tese da sobrevivência do Führer, *Grey Wolf* é, contudo, singular por ter gerado uma série de televisão, numa produção de grande orçamento. Após um longo período de relativa inatividade, houve uma notável ressurreição das teorias da sobrevivência de Hitler, e pode ser que o exemplo do livro e do filme de Dunstan e Williams e a série de TV tenham desempenhado um papel relevante para estimular esse *revival*. Todas essas teorias afirmam serem verdadeiras, em contraste com as óbvias e escancaradas ficções de um tipo ou de outro. No entanto, como Clark aponta: "Todas as teorias de sobrevivência de Hitler não podem ser verdadeiras, pois se contradizem umas às outras. Mas todas as teorias da sobrevivência de Hitler podem ser falsas – e são. Seus defensores conseguem gerar apenas boatos e rumores. Discordam sobre como e quando Hitler escapou de Berlim, como viajou para o exterior, onde morou, o que fez e como, quando e onde morreu". Além disso, ninguém jamais apresentou sequer uma fotografia de Hitler após 30 de abril de 1945, aliás, nem de Eva Braun ou de qualquer um de seus supostos descendentes. Nenhuma das pessoas, no lado Aliado ou na Alemanha, que supostamente facilitaram a fuga de Hitler e Eva Braun foi localizada e interrogada.[98] Mas isso não impediu os teóricos da conspiração de continuar a exercitar sua imaginação paranoica, quaisquer que sejam suas motivações. E, repetidas vezes, meios de comunicação crédulos noticiam novas "descobertas" que "provam" que Hitler escapou do bunker, apesar de, na realidade, não conseguirem provar nada disso.[99]

Escritos sobre a fuga de Hitler brotam de repente, repletos de erros gritantes, para todo mundo ver. Embora muitos teóricos da conspiração – por exemplo, aqueles que escrevem sobre Rudolf Hess – citem uns aos outros, os teóricos "sobrevivencialistas" – ou seja, adeptos da teoria da sobrevivência de Hitler – tendem a apresentar suas descobertas como fruto exclusivo de seu próprio trabalho, de modo que para eles parece não importar que se contradigam entre si em muitas questões importantes. Simoni Renée Guerreiro Dias, por exemplo, é autora de um livro que afirma que Hitler fugiu para a Argentina no final da guerra, mas não para Bariloche: aparentemente ele seguiu via Paraguai para o Brasil, onde se fixou no município de Nossa Senhora do Livramento, próximo a Cuiabá, no Mato Grosso, onde caçou tesouros enterrados com o auxílio de um mapa que recebeu de aliados no Vaticano. Tinha uma namorada negra para disfarçar sua origem nazista e viveu até a idade de 95 anos sob o nome de Adolf Leipzig – Leipzig, afirma Dias, era o berço do compositor favorito de Hitler, Johann Sebastian Bach (na verdade, o compositor favorito de Hitler era Wagner e, durante a guerra, Bruckner – ao que tudo indica, Hitler não gostava nem um pouco de Bach, que nasceu em Eisenach, não em Leipzig). "No início dos anos 1980, num hospital de Cuiabá, uma freira polonesa não identificada reconheceu como Hitler um idoso internado para fazer uma cirurgia, e exigiu que ele fosse embora – mas foi repreendida por um superior que alegou que o homem estava lá por ordens do Vaticano. As suspeitas da autora sobre Adolf Leipzig aumentaram depois que ela manipulou a fotografia, adicionando por Photoshop um bigode no rosto do sujeito na imagem granulada que obteve do senhor e a comparou com fotos do líder nazista."[100]

Diante das frequentes referências ao suposto papel do Vaticano em tudo isso, parece que a motivação da autora é, pelo menos em parte, uma forte hostilidade à Igreja Católica. Esta é, em certo sentido, uma versão do mito da sobrevivência que emana do ambiente do anticlericalismo católico. E, de fato, o que é surpreendente na nova onda das teorias da sobrevivência de Hitler é a quantidade delas que surgiu de organizações, grupos e indivíduos que condenam a ciência convencional e legítima, censuram a pesquisa acadêmica e promovem algum tipo de conhecimento alternativo. Alguns dos teóricos da conspiração da sobrevivência de Hitler emanaram, por exemplo, do meio ocultista, de estudiosos do sobrenatural e do paranormal. Embora essa forma de conhecimento alternativo tenha se intrometido, ainda que de forma secundária, nas outras teorias da conspiração examinadas neste livro, assumiu uma posição muito mais central nas teorias da conspiração sobre a sobrevivência de Adolf Hitler. Assim, por exemplo, a hipótese da fuga de Hitler para a Indonésia foi apresentada por Peter Levenda, autor estadunidense cujas obras anteriores incluem *Unholy Alliance: A History of Nazi Involvement with the Occult* [Aliança profana: uma história do envolvimento dos nazistas com o ocultismo] (1994) e vários livros sobre "bruxaria política dos Estados Unidos". Após duas décadas escrevendo sobre maçons, cabalistas e assuntos similares, ele chegou em 2012 ao tema da suposta sobrevivência de Hitler com *Ratline: Soviet Spies, Nazi Priests, and the Disappearance of Adolf Hitler* [Linha de rato: espiões soviéticos, sacerdotes nazistas e o desaparecimento de Adolf Hitler], voltando a ele dois anos depois, após publicar um livro sobre a destruição das torres gêmeas do World Trade Center em Nova York em 2001 – um dos tópicos favoritos para conspiradores – com *The Hitler Legacy: The Nazi Cult in Diaspora, How it was Organized, How it was Funded, and Why it Remains a Threat to Global Security in the Age of Terrorism* [O legado de Hitler: o culto nazista na diáspora, como foi organizado, como foi financiado e por que continua sendo uma ameaça à segurança global na era do terrorismo] (2014). Aqui, Levenda identificou Hitler como um médico alemão que trabalhou na Indonésia depois da guerra. O homem usava o nome de Georg Anton Pöch. "A despeito de quem realmente tenha sido Pöch – o diretor médico do distrito de Salzburgo, ou o líder do Terceiro Reich –, sem dúvida era um nazista que chegou à Indonésia", Levenda escreveu. Aqui, ao que parece, Hitler (ou Pöch) se converteu ao islã e se casou com uma moça local.[101] *Ratline* é uma obra vaga em quase todos os detalhes, escrita obviamente para atrair a comunidade ocultista; não faz nenhuma tentativa de ser coerente e não hesita em apresentar boatos ou mesmo evidências obviamente espúrias.

Mais detalhado é o longo ensaio de Giordan Smith, "Fabricating the Death of Adolf Hitler" [Fabricando a morte de Adolf Hitler], publicado no site ocultista *Nexus Illuminati*, que se concentra (a exemplo do livro de Hugh Thomas, antigo médico de Spandau) na revelação de ínfimas diferenças de detalhes nas evidências e depoimentos de testemunhas oculares, a fim de argumentar que os corpos de Hitler e Eva Braun nunca foram encontrados. Tal qual Thomas, Smith, um escritor australiano independente, não vai além disso, mas é claro que sua objeção básica diz respeito ao fato de que o suicídio de Hitler lançou sobre o líder nazista uma luz menos do que heroica. Trevor-Roper, declarou Smith, fez as vezes de ventríloquo de seus interlocutores, alguns dos quais, caso da aviadora

Hanna Reitsch, mais tarde rejeitaram o relato dele e insistiram que Hitler havia "morrido com dignidade". A investigação de Trevor-Roper foi parte de uma conspiração britânica "para sacralizar a propaganda antinazista como fato histórico". "A teoria do suicídio também foi uma arma de guerra psicológica contra a população alemã", tentando persuadir os germânicos de que Hitler era um covarde e que eles deveriam se submeter humildemente à ocupação Aliada.[102] O conteúdo da revista *Nexus*, fundada na Austrália em 1986, e do site *Nexus Illuminati* é descrito por uma recente e abalizada pesquisa oficial da extrema direita na Europa como "uma mistura de questões esotéricas, conspiratórias e neonazistas".[103] Nem todos os sites esotéricos ou ocultistas podem ser descritos como de extrema direita ou neonazistas, é claro, mas, nas margens, essas duas configurações se sobrepõem claramente.

Aqui, o ocultismo se amalgama ao meio político alternativo da ultradireita. Com o aumento do populismo nos últimos anos, esse meio começou a exercer influência sobre o que costumava ser tido como um conservadorismo mais convencional. Talvez o aspecto mais interessante da nova onda de literatura acerca da sobrevivência de Hitler no que diz respeito a isso seja o livro *Hunting Hitler – New Scientific Evidence That Hitler Escaped Nazi Germany* [Caçando Hitler – novas evidências científicas de que Hitler fugiu da Alemanha nazista] (2014), do político direitista estadunidense Jerome Corsi. Esse volume fino não é baseado em pesquisas originais, mas principalmente em Dunstan e Williams, no livro anterior de Bezymenski, e em textos de Ladislas Farago, que o autor descreveu (de forma um tanto imprecisa) como um "respeitado jornalista e historiador militar".[104] Como outros conspiracionistas, Corsi fez amplo uso da inteligência estadunidense e de outros relatórios do imediato pós-guerra. No estilo que agora é costumeiro, ele argumentou que um sósia substituiu Hitler no bunker em 22 de abril de 1945; o verdadeiro Hitler fugiu de helicóptero para a Áustria e de lá embarcou em um avião para Barcelona, de onde seguiu em um *U-boat* para a Argentina (ainda que, na verdade, teria sido quase impossível um submarino conseguir passar pelo bloqueio naval britânico no estreito de Gibraltar nessa época).[105] Corsi seguiu a mesma linha de Dunstan e Williams quanto a localizar o refúgio de Hitler em um retiro à beira de um lago nos arredores de Bariloche, onde ele teria vivido seus dias ao lado de Eva Braun em uma mansão de estilo bávaro construída anos antes para eles (sugerindo, de forma um tanto implausível que já em 1943 Hitler previa a derrota na guerra). "Quando Hitler chegou à Argentina", observou ele, "encontrou uma entusiasmada comunidade alemã, pronta para acolher sua presença" (é estranho, então, que nenhum registro das boas-vindas da comunidade para ele tenha sido encontrado).[106]

Qual é o significado dessas hipóteses para Corsi? Hitler, afirma ele, escapou da justiça porque contou com a proteção de Allen Dulles, chefe da CIA, e de Juan Perón. Ambos tinham laços estreitos com o capitalismo alemão, porque Bormann, em 1943, "implementou um plano para investir bilhões de dólares de riquezas roubadas em [...] empreendimentos comerciais nos Estados Unidos e na Argentina".[107] Dulles reconheceu que o nacional-socialismo era o caminho do futuro na luta contra o comunismo, importou para os Estados Unidos uma série de especialistas nazistas – a exemplo do engenheiro Wernher von Braun, perito no desenvolvimento de foguetes – e cooptou membros do serviço de inteligência nazista para integrar a CIA. Mas esses nazistas também levaram consigo sua ideologia e (não se sabe como e por que) incentivaram acordos de livre-comércio (de certo tipo) que privilegiaram entidades globais como a Organização Mundial do Comércio (OMC) e as Nações Unidas (ONU), que ameaçaram destruir a soberania estadunidense. O grau de vigilância governamental dos cidadãos dos Estados Unidos colocado em prática como resultado, afirma Corsi, teria sido "inimaginável até mesmo para os nazistas no auge de seu poder", ao passo que os críticos do governo e os defensores da liberdade dos cidadãos dos Estados Unidos foram ridicularizados em vez de serem reconhecidos como "os patriotas do Tea Party [ala mais conservadora e populista do Partido Republicano] que realmente são [...]. No momento em que Hitler teve permissão para escapar de Berlim e entrar na Argentina via submarino, o nacional-socialismo prosperou no que é indiscutivelmente o Quarto Reich que nós mesmos nos tornamos sem perceber".[108]

Assim, na visão confusa de Corsi, a fuga de Hitler para a Argentina torna-se uma espécie de símbolo para os vínculos entre o *establishment* estadunidense, incluindo ambos os partidos, o Democrata e o Republicano, e o nazismo alemão, cujo legado vive no grande governo. Especialista em marketing de serviços financeiros, Corsi ganhou fama em 2004 com seu livro *Unfit for Command: Swift Boat Veterans Speak Out Against John Kerry* [Inepto para comandar: veteranos de guerra falam contra John Kerry] (2004), um ataque contra o histórico da atuação do candidato presidencial Democrata à eleição presidencial dos Estados Unidos na Guerra do Vietnã, posteriormente criticado com veemência por veteranos que serviram ao lado de Kerry.[109] O livro vendeu mais de um milhão de exemplares e foi seguido por uma série de outros, que alegavam, entre outras coisas, que o Partido Democrata tinha sido corrompido pelo dinheiro do petróleo iraniano. Em 2005, Corsi publicou (com Craig Smith) *Black Gold Stranglehold: The Myth of Scarcity and the Politics of Oil* [A opressão do outro negro: o mito da escassez e a política do petróleo], no qual, de acordo com o texto da orelha:

> Jerome R. Corsi e Craig R. Smith desmascaram a ciência fraudulenta que foi vendida ao povo dos Estados Unidos para escravizá-lo – a crença de que o petróleo é um combustível fóssil e um recurso finito. Pelo contrário, este livro apresenta pesquisas abalizadas, atualmente conhecidas sobretudo na comunidade científica, que atestam que o petróleo não é um produto de dinossauros e florestas pré-históricas em decomposição. Na verdade, é um produto natural da Terra. As evidências científicas citadas por Corsi e Smith sugerem que o petróleo é produzido de maneira constante pelas entranhas da Terra, muito abaixo da superfície, e que é levado a profundidades atingíveis pelas forças centrífugas da rotação do planeta.

Em outro livro, *The Late Great USA: The Coming Merger with Mexico and Canada* [Os Estados Unidos como grande nação: a iminente fusão com o México e o Canadá] (2007), Corsi alegou a existência de um complô burocrático para destruir a soberania estadunidense e criar uma versão transatlântica do da União Europeia.

Outro best-seller de Corsi, *The Obama Nation: Leftist Politics and the Cult of Personality* [A nação de Obama: política de esquerda e o culto à personalidade] (2008), alegou que Barack Obama, o então candidato do Partido Democrata às eleições presidenciais, era uma figura política esquerdista, vinculada aos movimentos de libertação dos negros e com conexões com o islã, atuando para minar a política externa e o poderio militar dos Estados Unidos – o título em inglês deve ser pronunciado com sotaque americano para se obter o efeito completo do trocadilho pretendido – ou seja, *obamanation* soa como *abomination*, "abominação". Em resposta, a campanha de Obama emitiu uma nota de repúdio de quarenta páginas, refutando muitos dos detalhes do livro. Intitulada "Unfit for Publication" [Impróprio para publicação], a nota declara:

> Seu livro nada mais é do que um apanhado de mentiras já há muito desmascaradas, escrito por um indivíduo que caiu no descrédito depois de publicar um livro semelhante para ajudar a reeleger George Bush e Dick Cheney quatro anos atrás [...]. A realidade é que muitos livros salpicados de mentiras como este estão em preparação, feitos às pressas

a partir de notícias falsas da internet, para ganhar dinheiro com uma campanha presidencial.[110]

Em 2008, Corsi deu seu apoio ao Movimento pela Verdade sobre o 11 de Setembro, que propaga as teorias da conspiração de que as torres gêmeas foram destruídas por elementos infiltrados no governo dos Estados Unidos de modo a fornecer uma desculpa para a invasão do Iraque.[111] Como era de se esperar, Corsi também era um integrante do movimento *"birther"*, que exigia ver a certidão de nascimento de Barack Obama, alegando que, como Obama não nasceu nos Estados Unidos, não poderia assumir o cargo de presidente do país: em 2011, Corsi publicou *Where's the Birth Certificate? The Case that Barack Obama is not Eligible to be President* [Onde está a certidão de nascimento? O argumento de que Barack Obama não é elegível para ser presidente], livro cujo impacto foi um pouco prejudicado pelo fato de Obama ter divulgado publicamente, três semanas antes da publicação, sua certidão de nascimento. O movimento *"birther"* tinha como objetivo desmoralizar o político democrata negro, que, não obstante, foi reeleito presidente dos Estados Unidos em 2012. Corsi é muito hábil na autopromoção: o perfil biográfico no site do Tea Party (organização direitista e populista no âmbito do Partido Republicano que homenageia os rebeldes de 1773 e sua campanha contra os impostos cobrados pelo poder colonial britânico no período que antecedeu a Guerra da Independência dosHá um espaço a mais aqui. Estados Unidos) informa que "nos últimos cinco anos, o dr. Corsi fez em média cem programas de rádio por mês". Se for verdade, deve significar que ele faz, em média, pelo menos três transmissões por dia.[112] Várias gravações de suas transmissões estão disponíveis on-line. Em uma delas, ele afirma de maneira um tanto incoerente que "em dois de meus livros, aquele sobre Kennedy – porque, afinal, quem realmente matou Kennedy? – e em *Hunting Hitler* –, como estou desenvolvendo temas e voltando e investigando a desinformação –, o assassinato de Kennedy e a fuga de Hitler. E os eventos estão interligados. Os mesmos nomes aparecem – os Dulles,** a CIA, a OSS e os Bush".[113] Hitler, na opinião de Corsi, era um esquerdista extremista que desenvolveu o sistema de acesso universal à saúde, assim como Obama fez mais tarde com a "Lei de Assistência Médica Acessível (Affordable Care Act, ACA), ou "Obamacare"; os paralelos eram,

---

* Referência a uma importante família do cenário político dos Estados Unidos. Allen Welsh Dulles (1893–1969) foi um destacado advogado e diplomata, o primeiro civil a ser diretor da CIA; seu irmão mais velho, John Foster Dulles (1888-1959) foi secretário de Estado do governo de Dwight Eisenhower. [N. T.]

afirmou ele, inescapáveis. Em última instância, portanto, tudo o que Corsi realmente queria fazer era rotular Obama como um nazista e traçar uma continuidade de manipulação conspiratória do *establishment* dos Estados Unidos que remontava a 1945. Não estava nem um pouco interessado no que aconteceu com Hitler depois que chegou à Argentina.

Não deveria surpreender ninguém o fato de Corsi ter se tornado um apaixonado apoiador de Donald Trump em sua bem-sucedida campanha à presidência dos Estados Unidos em 2016 e, como apontou Alex Nichols, um crítico hostil, "subiu a bordo do caso *Pizzagate*, o ridicularizado boato de que o gerente da campanha da candidata Hillary Clinton, John Podesta, comandava um esquema de prostituição infantil e tráfico sexual de menores em uma pizzaria em Washington D.C., e se juntou ao esforço de diagnosticar Hillary Clinton com todo tipo de doença, do mal de Parkinson até autismo". Após a vitória de Trump, Corsi foi nomeado para uma posição editorial no site *InfoWars*, tornando-se chefe do escritório de Washington em 2017, embora posteriormente tenha deixado a organização. O *InfoWars* é um site de *fake news* de extrema direita que pertence ao teórico da conspiração Alex Jones. Foi banido de várias plataformas de mídia social por espalhar desinformação, que em alguns casos, alega-se, levou ao assédio grave de suas vítimas: o caso *Pizzagate* é um exemplo, já que o dono da rede de pizzarias começou a receber ameaças de morte, até chegar ao ápice em 4 de dezembro de 2016, quando um homem de 28 anos, Edgar Welch, entrou numa das lojas armado com um rifle e começou a disparar tiros, convicto de que estava resgatando as crianças confinadas no (inexistente) porão – felizmente, ninguém ficou ferido. Apesar de a teoria ter sido desmascarada como farsa, o assédio e os ataques continuaram, incluindo um incêndio criminoso em 25 de janeiro de 2019. Teorias da conspiração podem ter consequências reais.[114] Mais recentemente, Corsi publicou um livro, *Killing the Deep State* [Matando o Estado profundo], que apresenta as investigações criminais contra o presidente Trump encabeçadas pelo promotor Robert Mueller como parte de uma ampla conspiração para removê-lo do cargo e encenar um golpe de Estado e instalar o que os conspiradores da ultradireita dos Estados Unidos chamam de "a nova Ordem Mundial", uma espécie de versão atualizada do comunismo internacional.[115]

Isso nos desviou um bocado do mito da sobrevivência de Hitler.[116] Mas o uso *antiestablishment* que Corsi faz do mito também pode ser encontrado naquela que deve ser a mais bizarra de todas as teorias de sobrevivência do Führer, e que tem seu ponto de partida na expedição nazista para a Antártida em 1938–9, reivindicando a Nova Suábia como território alemão.

Aqui estamos entrando no mundo imaginativo de outra comunidade de conhecimento alternativo, o mundo dos ufólogos, ou pessoas e grupos que estudam objetos voadores não identificados (óvnis). Baseando-se no fato inegável de que durante a guerra os nazistas também estavam pesquisando a propulsão de foguetes, caças a jato e outros tipos de tecnologia militar avançada, incluindo uma "asa voadora" a jato e invisível a radares, investigadores militares estadunidenses de óvnis relacionaram essas inovações tecnológicas de ponta a uma suposta máquina voadora nazista que usava tecnologia antigravidade, e especularam que poderiam ser provenientes de bases nazistas secretas sob a Antártida, para onde Hitler teria fugido no final da guerra, e onde anos depois morreu e foi enterrado. De acordo com algumas teorias, essas máquinas voadoras foram fabricadas pela Sociedade Vril de Berlim, um grupo de nazistas ocultistas cujo nome foi retirado de um romance do escritor do período vitoriano Edward Bulwer-Lytton, *Vril: o poder da raça futura* (publicado originalmente em 1871 como *The Coming Race*),* que teosofistas como Madame Blavatsky e Rudolf Steiner consideravam, pelo menos em parte, como uma descrição de fatos empíricos. "Vril", obviamente uma versão abreviada de "viril", é o termo usado por Bulwer-Lytton para descrever a misteriosa fonte de poder, tanto destrutiva quanto curativa, usada pelos Vril-ya, raça que habita as profundezas da terra e se prepara para assumir o controle. Em seu livro de 1960, *O despertar dos mágicos*,** Louis Pauwels (discípulo do mago russo George Gurdjieff) e Jacques Bergier, um exilado russo (cujas últimas palavras, proferidas em seu leito de morte, teriam sido "Eu não sou uma lenda"), vincularam a alquimia à física nuclear e os nazistas aos óvnis. O livro se tornou um cultuado clássico na década de 1960 e gerou uma série de outras fantasias relacionando o nazismo à ciência e ao ocultismo.[117]

Essas ideias eram parte de um fascínio, na cultura alternativa, pelas ligações entre o nazismo e o ocultismo, ligações que na realidade tinham pouquíssimas evidências, nem mesmo nas mais desvairadas alas minoritárias pseudorreligiosas e pseudocientíficas da SS.[118] Ao lado de muitas outras formas de conhecimento alternativo, os mundos da ufologia e do ocultismo conseguem, por exemplo, coincidir e se sobrepor nos livros de Maximillien De Lafayette, autor de *Chronology of World War Two: Hitler in Berlin and Argentina and Nazis 1945–2013* [Cronologia da Segunda Guerra Mundial:

---

* No original, *Vril: The Power of the Coming Race*. Ed. bras.: Trad. Marco Castilho. Limeira: Editora do Conhecimento, 2011. [N. T.]
** No original, *Le Matin des magiciens*. Ed. bras.: Rio de Janeiro: Bertrand Brasil, 1996. [N. T.]

Hitler em Berlim e na Argentina e nazistas 1945–2013] (2014); *Hitler's Doubles: Photos, Proofs, Testimonies, Facts, Eyewitnesses* [Sósias de Hitler: fotos, provas, depoimentos, fatos, testemunhas oculares] (2018); e *Hitler's Visitors in Argentina from 1945 to 1985* [Visitantes de Hitler na Argentina de 1945 a 1985] (2 volumes, 2018–2020). Entre suas outras publicações – a lista se estende por mais de uma centena de páginas no site amazon. co.uk, e ele aparece como autor de mais de dois mil livros –, há obras sobre extraterrestres na Terra: *1921. Germany: Birth of the First Man-Made UFO, Extraterrestrials Messages to Maria Orsic in Ana'kh Aldebaran Script to Build the Vril* [1921. Alemanha: O nascimento do primeiro óvni feito pelo homem, mensagens extraterrestres para Maria Orsic em escritos de Ana'kh Aldebaran para a construção do Vril] (2014) e obras sobre óvnis e o sobrenatural, feitiçaria, bruxaria e ocultismo. Um breve verbete no site RationalWiki afirma que

> Maximillien De Lafayette é um suposto "pesquisador de óvnis" e "defensor da tese dos astronautas ancestrais" que participou da série televisiva *UFO Hunters and Ancient Aliens* [Caçadores de óvnis e alienígenas antigos], dos Estados Unidos. De acordo com uma mulher que afirma ser sua ex-namorada, ele era na verdade "um golpista que republicava, em forma de livros, um punhado de textos e fotografias recolhidos em todos os cantos da internet".[119]

Seja qual for o grau de verdade dessa afirmação, Lafayette, embora pareça atuar independentemente de qualquer grupo ou organização específica (na verdade, parece improvável que tivesse tempo até mesmo para se inscrever em algum grupo ou organização, visto que, sem dúvida, devia gastar cada minuto de seu dia escrevendo), é interessante precisamente por atrair leitores que consomem uma grande variedade de conhecimento extraoficial, da mesma forma que as pessoas que propagam uma teoria da conspiração são propensas a acreditar em outras.

Aqui, entramos em um estranho submundo literário habitado por escritores publicados de forma independente ou autores online que ninguém parece levar a sério, embora pelo menos aparentem viver de seu trabalho. Existem outras figuras comparáveis a Lafayette, embora nenhuma delas tão prolífica. Talvez o mais renomado tenha sido o alemão Ernst Zündel, (1939–2017), negacionista do Holocausto que foi preso várias vezes por incitar o ódio racial e acabou sendo deportado dos Estados Unidos e do Canadá por conta de suas atividades. Zündel não apenas publicou um livro,

UFOs: Nazi Secret Weapons? [Óvnis: armas secretas nazistas?] (1974, sob o pseudônimo Christof Friedrich), argumentando que discos voadores (*fliegende Untertassen*) atuaram como aeronaves espiãs enviadas de bases nazistas subterrâneas da Nova Suábia, mas também, em 1978, convidou o público a participar de uma expedição para encontrá-los, ao custo de 9.999 dólares o ingresso. Quem comprasse o ingresso receberia uma credencial oficial de investigador de óvnis e um mapa com instruções sobre como encontrar óvnis. Zündel, dizem, teria confessado em uma entrevista por telefone:

"Percebi que os estadunidenses não estavam interessados em estudar. Eles querem é se divertir. O livro era para diversão. Com uma foto do Führer na capa e discos voadores decolando desde a Antártida, foi uma chance de ser convidado para programas de entrevistas no rádio e na TV. Por cerca de quinze minutos em um programa de uma hora de duração, eu falaria sobre aquelas coisas esotéricas [...]. E essa foi a minha chance de falar sobre o que eu queria falar." "Neste caso", perguntei a ele, "você ainda defende o que escreveu no livro sobre óvnis?"."Veja bem", respondeu ele, "há um ponto de interrogação no fim do título".[120]

Para Zündel, portanto, a história dos discos voadores foi uma maneira de obter espaço na mídia para o antissemitismo e a negação do Holocausto. Mais sinistro ainda foi o caso de Richard Chase, o chamado "Vampiro de Sacramento", um esquizofrênico paranoico estadunidense que em 1977 matou seis pessoas no intervalo de um mês, bebeu o sangue das vítimas e canibalizou os restos mortais; Chase afirmou que cometeu seus crimes obedecendo às instruções de homens que falavam com ele a bordo de óvnis nazistas, e pediu ao oficial encarregado das investigações que lhe desse uma arma de radar para derrubar a nave e levar os ETs nazistas ao banco dos réus para serem julgados no lugar dele.[121]

Basta um pequeno passo para, a partir daí, imaginar que Hitler e os nazistas, que, afinal, com as pesquisas de Wernher von Braun desenvolveram o foguete V-2, escaparam não para a Antártida, mas para a Lua ou até mesmo Marte. Em 1992, comemorando meio século da base lunar alemã, o ufólogo búlgaro Vladimir Terziski, presidente da Academia de Ciências Dissidentes dos Estados Unidos (instituição cujo único membro parece ser ele próprio), afirmou ter provado que a Lua tinha uma atmosfera. Para sobreviver lá, "basta ter uma calça jeans, um pulôver e um par de tênis". O primeiro homem a chegar à Lua foi um alemão; os estadunidenses, claro, nunca estiveram lá em 1969, o pouso de Neil Armstrong foi uma simulação filmada em estúdio.¹²² Essas ideias foram retomadas no filme *Deu a louca nos nazis*, de 2012,* que retrata, em estilo de ficção barata, a vida de toda uma comunidade nazista residente do lado distante da Lua, descoberta acidentalmente por astronautas dos Estados Unidos em 2018. Pretendendo ser uma sátira política, o filme mina os estereótipos raciais nazistas, traça paralelos entre as ideias nazistas e as do Tea Party e da direita republicana, e implora implicitamente por tolerância, paz e amor em um mundo onde os valores nazistas se tornaram dominantes. O filme não fez sucesso. O semanário alemão *Die Zeit* comentou: "Praticamente não há nada de bom neste filme, nem o enredo, nem as piadas, nem o elenco, nem as alfinetadas sarcásticas, e com certeza nem o desejo de quebrar tabus".¹²³ No entanto, há relatos de que há uma continuação em produção.

VII

"Há uma imensa diferença", aponta Roger Clark, "entre filmes de guerra ruins, mas divertidos, identificados como obras de ficção, e filmes de guerra que alegam ser historicamente precisos e desprezam a verdade".¹²⁴ É claro que o mito da sobrevivência de Hitler é atraente para uma ampla variedade de escritores com uma ampla gama de motivações. Todos eles, no entanto, de uma forma ou de outra, pertencem a comunidades de conhecimento alternativo. Como observa Michael Butter, não estamos lidando aqui com a esfera pública, em que as pessoas em geral compartilham um entendimento comum sobre o que é verdade e o que não é, mas com "públicos parciais, dotados de diferentes conceitos da verdade".¹²⁵ A única coisa que quase todos eles têm em comum é o desprezo por aquilo que chamam de "conhecimento oficial". Todos eles acreditam que a mídia global, historiadores, jornalistas e praticamente todas as pessoas que já escreveram sobre Hitler foram enganadas por uma trama astuta e levadas a acreditar que o Führer está morto, quando na verdade não está. Ocultistas, entusiastas de óvnis e *U-boats*, *birthers*, adeptos do Movimento pela Verdade sobre o 11 de Setembro, teóricos da conspiração sobre o assassinato de JFK, antissemitas e negacionistas do Holocausto, neonazistas e muitos outros constituem comunidades de indivíduos que compartilham as mesmas ideias e reforçam sua identidade e seu senso de valor por meio do acréscimo de novos detalhes para fortalecer sua reputação junto a seus colegas. Essas comunidades de conhecimento alternativo são, em alguns casos, bem organizadas, a exemplo

---

* Título original: *Iron Sky*, direção de Timo Vuorensola. [N. T.]

dos negacionistas do Holocausto, e em outros, sua organização é precária. Até certo ponto, podem se sobrepor, por exemplo, quando os que acreditam em óvnis compartilham seu fascínio pelo ocultismo, ou quando os *birthers* embarcam nas teorias da conspiração sobre o atentado de 11 de Setembro; mas, em essência, cada grupo é uma entidade separada, com seus próprios sites, publicações, conferências e convenções. Alguns podem acreditar genuinamente nas ideias que propagam; outros podem apenas considerá-las uma chance de suspender a descrença em interesses de entretenimento; outros, ainda, podem estar explorando cinicamente essas ideias para fins de ganho financeiro ou propaganda política. Para alguns, é uma chance de entrar em mundos alternativos ou paralelos, onde podem moldar e controlar a realidade, em vez de ter que enfrentar suas complexidades indomáveis. Lá, resultados históricos decepcionantes podem ser corrigidos, complicados emaranhados de evidências podem ser elucidados, é possível criar mundos de fantasia e domínios virtuais da imaginação para fornecer compensações pelas dificuldades e frustrações do dia a dia. Não é de se estranhar que as realidades virtuais – desde o simples embate entre o bem e mal na Terra-Média de Tolkien aos padrões racionais de dedução da Londres vitoriana e eduardiana de Sherlock Holmes – tenham se tornado tão populares no mundo de hoje, repleto de incertezas políticas e culturais.[126]

Neste mundo de ansiedade moral, Hitler e o nazismo tornaram-se ícones do mal, símbolos de perversidade e malignidade para além de qualquer tipo de resgate moral, ao contrário até mesmo de Stálin, que ainda tem quem o defenda apontando que ele industrializou a Rússia e derrotou o Terceiro Reich. Comunidades de conhecimento alternativo convergem para Hitler porque ele é uma figura cultural imediatamente reconhecível, que atrai atenção generalizada, sobretudo se for apresentada alguma nova afirmação que pareça revisar os fatos universalmente conhecidos e, portanto, "oficiais" sobre sua vida. A história que o mito da sobrevivência apresenta é simples e fácil de apreender quando dela retirarmos as muitas e diferentes variantes e anomalias: Hitler não morreu no bunker, mas escapou para a Argentina a bordo de um submarino – história, pode-se argumentar, adequada para a propagação via internet. O jornalista científico estadunidense Nicholas Carr afirmou recentemente que, ao retalhar as informações em pequenos pedaços, a internet incentiva a "leitura ligeira [...] o pensamento distraído e a aprendizagem superficial". Assim, a internet incentiva a propagação da desinformação e desencoraja os usuários de ver a informação de forma crítica, visto que a cada trinta segundos pulam de um site para outro.[127] Ainda assim, essa visão pessimista parece exagerada quando se trata de examinar a literatura sobre a sobrevivência de Hitler e as reações públicas a ela; por exemplo, das cem análises de leitores do livro *Grey Wolf* disponíveis no site da Amazon do Reino Unido, quase todas são extremamente críticas, e muitas delas são longas e detalhadas; ao fim e ao cabo, a história da sobrevivência de Hitler não parece ter encontrado ampla aceitação na internet.

Algumas das muitas diferentes comunidades de conhecimento alternativo que encamparam a teoria da sobrevivência de Hitler pertencem claramente a um meio político, em larga medida de extrema direita, e são inspiradas pela crença de que Hitler não era o tipo de homem que morreria em um bunker subterrâneo, em um desprezível e mal-ajambrado pacto de suicídio. Esse desejo de resgatar Hitler da ignomínia de sua verdadeira morte conferiu à maior parte dos argumentos "sobrevivencialistas" um caráter peculiar que os torna acentuadamente diferentes de muitas outras teorias da conspiração. Se por um momento levarmos a sério a ideia da fuga de Hitler do bunker, é lógico que deve ter havido uma conspiração de consideráveis dimensões, envolvendo toda a comitiva do Führer no bunker, porções significativas do pouco que restava do exército, marinha e aeronáutica alemãs, elementos substanciais do *establishment* argentino e provavelmente o FBI e a CIA também – ainda que, se houve de fato uma intrincada conspiração para a fuga do Führer do bunker, então por que tantos envolvidos, a começar por Joseph e Magda Goebbels, que devem ter participado da trama, se mataram em vez de tentar aproveitar a oportunidade para escapar junto com Hitler?

A despeito de quem estivesse envolvido, a fuga teria que ser preparada meticulosamente, com o conhecimento de figuras do alto escalão das Forças Armadas, e a longeva residência de Hitler na Argentina teria exigido o silêncio absoluto e vitalício de todos os cúmplices com participação ativa e direta na tarefa de garantir o sustento do Führer e escondê-lo, e esse mesmo grau de exigência se aplica às providências para sua fuga do bunker. Outros nazistas importantes vivendo no exílio do pós-guerra na América do Sul, como Adolf Eichmann ou Franz Stangl, foram rastreados, localizados e por fim detidos. Mas nenhum dos figurões nazistas que teriam feito parte da conspiração na Alemanha ou na Espanha ou na Argentina jamais falou sobre suas supostas ações. Por outro lado, na literatura sobre a teoria da sobrevivência de Hitler quase nunca há menções a qualquer uma das pessoas diretamente envolvidas, muito menos entrevistas com elas ou lembranças ou conversas de outras pessoas que, em tese, estavam com elas. Nessa literatura, afirma-se repetidamente que Hitler e Eva Braun foram substituídos por sósias no bunker, mas não se dá nome aos bois, e o leitor fica sem saber quem poderia ter organizado ou realizado a trapaça, e muito menos é possível rastrear ou entrevistar esses cúmplices. Quando muito, atribui-se o crédito a Martin Bormann, apesar do fato comprovado de sua morte em Berlim nos dias finais da guerra; especialmente em *Grey Wolf*, é Bormann quem arquiteta a fuga de Hitler e vai com ele para a América do Sul a fim de viver uma aposentadoria agradável. Os cúmplices continuam a ser figuras obscuras; algumas, como o piloto de avião, o capitão Baumgart, são citadas nominalmente, mas nada se diz sobre quem as recrutou ou como isso feito: simplesmente aparecem. Especialmente surpreendente é a ausência dos assessores mais próximos de Hitler, seus ajudantes de ordens, assistentes pessoais e secretárias, que decerto devem ter sido fundamentais na trama para ajudá-lo a fugir, se é que houve fuga. No fim das contas, trata-se de uma conspiração sem conspiradores.[128]

A razão para isso é óbvia: Hitler tem que manter seu carisma; não pode ser visto como a ferramenta – voluntária e consciente ou involuntária e inconsciente – de um intrincado complô; a fuga deve ter sido obra dele, e somente dele. No dizer de Douglas McKale:

> Quase sozinho, sem ajuda nenhuma, Hitler fora o responsável pela guerra. Do ponto de vista ocidental, a guerra foi uma luta mortal contra a encarnação humana de Satanás, o Bem contra o Mal, o Certo contra o Errado. Assim como os seguidores nazistas de Hitler o adoraram entusiasticamente como seu Führer divino, os inimigos de Hitler atribuíram a ele poderes demoníacos e sobre-humanos. Essas qualidades, indaga o raciocínio lógico, não teriam sido capazes de assegurar sua sobrevivência?[129]

Apesar dos ocasionais gestos de desaprovação moral feitos por alguns partidários da teoria da sobrevivência de Hitler, o Führer sai da história como um gênio que, por meios desconhecidos e insondáveis, arquitetou a própria sobrevivência e fuga. O Hitler de Abel Basti, por exemplo, parece ter, ao longo de toda a sua vida, desfrutado de poderes muito maiores do que os de um homem mortal comum. Durante seus anos no poder, diz Basti, Hitler "recebeu em sua cama jovens mulheres, atrizes, esportistas e outras celebridades". Unity Mitford*** teve um filho com ele; uma das filhas de Magda Goebbels também foi fruto de um relacionamento com Hitler; a campeã olímpica de lançamento de dardo Tilly Fleischer também teve um caso com Hitler – as supostas memórias da filha de Tilly Fleischer, Gisela,

---

* Unity Valkyrie Mitford (1914–1948), *socialite* aristocrata inglesa obcecada pelo nazismo e o Terceiro Reich e apaixonada por Adolf Hitler, com quem manteve um relacionamento muito próximo entre 1935 e 1939. [N. T.]

foram publicadas em Paris com o título *Adolf Hitler mon père* [Adolf Hitler, meu pai], embora Gisela e sua mãe negassem publicamente em 1966 que ela, Gisela, tivesse escrito o livro – ambas declararam que, com toda a certeza do mundo, Gisela não era filha de Hitler.[130] A literatura ocultista confere a Hitler poderes sobrenaturais; entusiastas de óvnis retratam Hitler como o comandante de uma frota operada com tecnologia de sofisticação impressionante; os neonazistas atribuem a ele uma esplendorosa capacidade de evitar a detecção e a detenção. Nessa literatura, Hitler figura como um homem que ludibriou o mundo e levou a opinião pública a acreditar que ele teria morrido em 1945, farsa que perdurou por muitos anos. É significativo que Dunstan e Williams sejam praticamente os únicos defensores da ideia da fuga de Hitler do bunker que não parecem ter motivações políticas nem admirar o líder nazista de alguma forma, e seu livro é o único que nomeia alguém diferente de Hitler como organizador da conspiração.

As "aparições" de Hitler também fazem parte de uma longeva tradição de sensacionalismo na imprensa popular. Tabloides como *National Enquirer* e *Police Gazette* prosperaram graças a "furos de reportagem" que outros jornais deixavam de publicar ou se recusavam a fazê-lo. O fato de as pessoas realmente acreditarem nessas histórias é irrelevante; elas são publicadas como uma forma de entretenimento, em uma tradição que remonta não apenas ao apogeu do *Police Gazette* na década de 1950, mas a um passado ainda mais remoto, aos tempos da "imprensa marrom" da década de 1890, quando os editores Joseph Pulitzer e William Randolph Hearst travaram uma guerra na tentativa de vender tiragens cada vez maiores, publicando em seus jornais histórias cada mais sensacionalistas; às histórias violentas, sangrentas e medonhas em *penny dreadful** da era vitoriana; ou aos textos desmazelados e simplórios dos escritores mercenários em situação de penúria** do século XVIII; até mesmo ao século XVI, quando a recém-inventada imprensa produziu os primeiros jornais narrando eventos extraordinários. Milagres, fantasmas, todos os aspectos do sobrenatural e do inexplicável foram a matéria-prima da literatura popular e dos contos folclóricos ao

---

* Inicialmente intitulados *penny bloods*, eram revistinhas e livretos que contavam histórias de aventura com piratas e salteadores de estrada e, mais tarde, sucumbiram ao sucesso do gótico, de narrativas policiais e de entidades sobrenaturais. "Dreadful" significa terrível, asqueroso e *"penny"* era o antigo centavo da libra. Como cada exemplar era vendido a 1 *penny*, tendo em vista que seu público-alvo eram os homens mal remunerados e recém-alfabetizados da classe proletária britânica, consolidou-se o nome *"penny dreadful"*. [N. T.]
** No original, *"grub street"* (mais tarde, Milton Street), rua londrina que adquiriu péssima fama como nicho de escritores a soldo, os *hack writers*, que lá vendiam seus serviços a qualquer preço para driblar a pobreza. [N. T.]

longo dos séculos, e a história da fuga de Hitler do bunker pode ser vista como uma versão atualizada dessa tradição, equipada com notas de rodapé, referências de fontes e declarações de testemunhas que hoje são emblemas de veracidade. Tal qual a internet, a imprensa popular de massa na era do telégrafo e do telefone transcendeu as fronteiras linguísticas, por meio das agências de notícias que distribuíam as histórias mundo afora, e Hitler, figura mundialmente reconhecida, forneceu a base e o assunto para reportagens sensacionalistas em todo o mundo.

Em uma cultura política democrática, a história assumiu, para alguns, um significado político ligado ao neonazismo e ao antissemitismo porque é compatível com uma crença mais ampla de que, depois de 1945, o mundo do conhecimento "oficial" escondeu a verdade sobre a guerra, o Holocausto, o Partido Nazista e seu líder. Os adeptos do mito da sobrevivência de Hitler são, muitas vezes, figuras destituídas de importância, que ganham a vida a duras penas, às margens do mundo do jornalismo, das coleções de arte, da política ou do ambiente acadêmico, procurando uma forma de entrar. Nesse sentido, também dão continuidade a uma tradição de heresia e conhecimento alternativo que tem uma linhagem muito longa, de fato. A internet pode ter permitido que esse mundo de pseudoinformação subterrânea se espalhasse para mais longe e mais rapidamente do que antes era capaz, mas, em termos de conteúdo, não representa algo muito novo. Na verdade, esse mundo se encaixa perfeitamente em um contexto que é muito antigo – o do grande líder que supostamente trapaceia a morte e continua a viver, em segredo, como uma inspiração para seus seguidores, a exemplo do antigo rei bretão Artur, o imperador alemão medieval Frederico Barbarossa, ou mesmo o imperador francês Napoleão, que, dizem, foi avistado recentemente.[131]

De acordo com a conclusão de Roger Clark, o mito da sobrevivência de Hitler persuadiu milhares de pessoas – ou mesmo milhões, graças à sua disseminação em uma longa e bem produzida série de TV – de que é correto rejeitar historiadores conceituados e eruditos, menosprezá-los como mentirosos e enganadores, apesar do desprezo e do escárnio que as pessoas que realmente sabem do que estão falando sentem por essas balelas. Clark continua:

> Os teóricos da conspiração poluem os poços do conhecimento – tirando vantagem das pessoas de educação precária, tratando-as com desdém e intensificando sua ignorância. Eles incentivam as pessoas a duvidar de obras de pesquisa e erudição acadêmica e desmoralizam a reputação de historiadores legítimos [...]. Se arruinarmos a credibilidade de livros e

filmes produzidos com a devida pesquisa, em seguida substituiremos a realidade por mitos. Se historiadores sérios estão errados sobre a morte de Hitler – e se ele realmente sobreviveu por muitos anos após 1945 –, então talvez estejam errados em relação a todo o resto, incluindo o Holocausto. É perturbador ver quantos adeptos da teoria da sobrevivência de Hitler são também antissemitas e negacionistas do Holocausto. A história fraudulenta faz mal. Ofende veteranos de guerra e os milhões de vítimas dos nazistas. Sugerir que Hitler se recolheu em algum esconderijo com a conivência dos Aliados ocidentais é um insulto. Trivializa e nega a difícil vitória, obtida a duras penas, sobre os nazistas. Retrata Hitler e seus capangas como super-homens astutos e habilidosos vencendo pela esperteza seus inimigos. O Führer, somos levados a acreditar, nunca foi derrotado.[132]

Em algumas versões, as teorias da conspiração, mesmo aquelas que alegam que Hitler sobreviveu após 1945, podem parecer relativamente inofensivas. Decerto nem todas são motivadas por malignos propósitos políticos. Mas todas têm em comum um ceticismo radical, ainda que em certo sentido ingênuo, que lança dúvidas não apenas sobre a veracidade das conclusões de pesquisas históricas meticulosas e objetivas, mas sobre a própria ideia da verdade em si. E, uma vez que a ideia da verdade cai no descrédito, a possibilidade de organizar a sociedade em linhas racionais e com base em decisões sensatas, fundamentadas e abalizadas é colocada em xeque.

CONCLUSÃO

Teorias da conspiração existem desde tempos imemoriais, mas apenas nos últimos séculos e, sobretudo, a partir do Iluminismo e da Revolução Francesa, assumiram as características com as quais nos familiarizamos nos últimos anos, conforme foram se espalhando de maneira implacável na mídia de notícias e, em seguida, na internet e nos mundos ficcionais das séries de televisão e dos filmes de Hollywood. Elas são, em muitos aspectos, o produto da ciência e do conhecimento modernos, compartilhando, ou pelo menos dando a impressão de compartilhar, muitas de suas estruturas mais básicas e modos de argumentação mais comuns. Apresentam a seus consumidores um mundo em preto e branco, de heróis individuais, geralmente lobos solitários que lutam contra todas as adversidades para descobrir a verdade, e de vilões, geralmente em posições de poder, que fazem de tudo para escondê-la. Em contraste com as ambiguidades morais da vida real, as teorias da conspiração pintam um quadro de absolutos morais, do bem e do mal, imagem que é mais fácil de entender e, por isso, é mais interessante e emocionante de retratar do que a cinzenta complexidade da realidade documentada. O leitor, o telespectador e o cinéfilo podem obter satisfação ao se identificarem com o intrépido herói quando ele – ou, com menor frequência, ela – penetra o véu de segredo imposto pelo conhecimento/relato oficial para desmascarar os conspiradores e maquinadores que manipulam eventos em benefício próprio.[1]

Para os compiladores e consumidores de *Os protocolos dos sábios de Sião*, revela-se uma verdade subjacente acerca da força malévola por trás das tragédias e desastres da história mundial: os judeus. Para os adeptos do mito da punhalada pelas costas, as heroicas tropas alemãs lutando bravamente na Frente Ocidental da Primeira Guerra Mundial são traídas por revolucionários socialistas na própria Alemanha, cuja perfídia secreta é por fim desmascarada. Para os teóricos da conspiração do incêndio do Reichstag, os criminosos nazistas são finalmente questionados e levados a dar explicações, após as décadas de êxito de seus apoiadores em persuadir os historiadores de que não foram eles os responsáveis pela destruição do prédio do parlamento federal alemão, com tudo o que se seguiu. Para os defensores da ideia de que Rudolf Hess levava para os britânicos uma oferta de paz que poderia ter encerrado a guerra mais destrutiva da história, as maquinações do *establishment,* sob a batuta de Churchill, finalmente são reveladas. Para a maioria dos adeptos da teoria de que Hitler escapou do bunker de Berlim para viver e, décadas depois, morrer em paz na Argentina, restaura-se de modo triunfal a reputação de gênio do líder nazista, maculada pela alegação dos Aliados de que ele teve uma morte deplorável por suicídio enquanto o Exército Vermelho fechava o cerco.

Comum a muitas teorias da conspiração é uma sugestão contrafactual que equivale, na mente de pelo menos alguns daqueles que as fornecem, a um grau de pensamento quimérico e distorção da realidade: *se pelo menos* os judeus não vivessem conspirando nos bastidores, então, de acordo com os antissemitas conservadores, os males modernos do liberalismo, da igualdade, da liberdade de pensamento e da secularização não estariam aqui conosco; *se ao menos* não tivesse sido apunhalado pelas costas, segundo creem os nacionalistas alemães, o exército germânico teria vencido a Primeira Guerra Mundial, ou no mínimo forçado os Aliados a aceitarem termos de paz razoáveis; *se pelo menos* o Reichstag não tivesse sido incendiado pelos nazistas, de acordo com a visão de comunistas e seus sucessores da esquerda, então a democracia de Weimar teria sobrevivido e o Holocausto não teria acontecido; *se pelo menos* a missão de paz de Hess tivesse sido bem-sucedida, de acordo com nacionalistas britânicos, imperialistas nostálgicos e pacificadores retrospectivos, então a Segunda Guerra Mundial teria acabado, milhões de vidas teriam sido salvas, o Império Britânico preservado e, novamente, o Holocausto, evitado; *se ao menos* o mundo tivesse percebido que Hitler enganou seus inimigos e escapou do bunker, então, de acordo com seus admiradores, saberíamos reconhecer o gênio que ele realmente foi, o quanto era corajoso e heroico – ou, de maneira alternativa, para uma minoria, teríamos sido capazes de levá-lo aos tribunais para ser julgado por seus crimes. As reivindicações dos teóricos da conspiração de terem descoberto verdades desconhecidas são quase sempre acompanhadas por alegações de terem constatado possibilidades que até então ninguém havia cogitado.²

As teorias da conspiração, como Michael Butter observou, sempre começam no final de um evento. Começam fazendo a pergunta *cui bono*? – a quem o evento beneficia? O beneficiado é quem deve ter sido o causador do evento. A Revolução Francesa beneficiou os judeus, os maçons, os *illuminati*, logo, devem ter sido eles os responsáveis; a ascensão do liberalismo na Europa do século XIX levou à emancipação dos judeus, portanto, eles deviam estar por trás disso. Em muitos casos, essa forma de pensar abriu as comportas da fantasia e da deturpação, no esforço de fornecer aparente respaldo empírico para o impensado preconceito racial, religioso ou político; dessa maneira, a presença entre as lideranças dos movimentos comunistas e socialistas no final do século XIX e início do século XX de algumas pessoas de origem judaica é exagerada e distorcida até que esses movimentos sejam retratados como fruto de inspiração totalmente judaica, a expressão de uma conspiração global para minar a ordem tradicional das coisas. Em vez de serem forçados a lidar com ideias como as do socialismo ou do comunismo, os antissemitas tornam-se aptos, por meio das teorias da conspiração, a descartá-las como o produto de maquinações malignas de um subversivo complô judaico. Onde faltam evidências, a invenção entra em cena: por exemplo, os nacionalistas direitistas na Alemanha antes de 1914 alegavam que as líderes do movimento feminista, a quem acusavam de solapar a família alemã, subverter o patriarcado e reduzir as taxas de natalidade, eram todas judias, embora quase nenhuma fosse de fato.³ Os camponeses alemães, afeitos ao trabalho duro e – fosse na década de 1870 ou na década de 1920 – levados à falência por crises econômicas que eles eram incapazes de compreender, agarraram-se com alívio à alegação apresentada por políticos antissemitas de que a culpa era de manipulações malignas de banqueiros judeus nas cidades grandes. Dessa forma, as intrigantes complexidades da política e da sociedade são reduzidas a uma fórmula simples que todos são capazes de entender.

Da mesma forma, parecia óbvio que os verdadeiros beneficiários da derrota da Alemanha na Primeira Guerra Mundial foram os liberais, democratas e socialistas alemães, que assumiram as rédeas do poder na revolução de 1918 e lideraram a República Democrática de Weimar que se seguiu: assim, devem ter sido eles próprios os responsáveis pela derrota. Não pode haver dúvida acerca de quem se beneficiou do incêndio do Reichstag. Hitler e os nazistas foram beneficiados de maneira tão escancarada – já que isso lhes permitiu dar o primeiro e decisivo passo para a instauração de sua ditadura em uma base semilegal – que parecia acima de qualquer questão que eles é que deviam ter causado o fogo. A ideologia marxista ensinou os comunistas a procurar verdades ocultas – o interesse individual capitalista por trás da política democrática liberal, por exemplo –, e Stálin, como líder do comunismo mundial, era um teórico da conspiração em grande escala, por isso não surpreende que Stálin possa ser encontrado por trás da alegação de que os nazistas começaram o incêndio do Reichstag, ou de que Rudolf Hess voou para a Inglaterra a mando de Hitler com o intuito de firmar um acordo de paz em separado, ou de que Hitler sobreviveu ao bunker, por mais que essas teorias da conspiração tenham se afastado de suas origens. Assim como a propaganda Aliada se beneficiou ao desdenhar de Hess como um lunático e rejeitar sua proposta, também a ordem pós-guerra estabelecida pelos Aliados se beneficiou ao difamar Hitler como um covarde e um perdedor cujo suicídio no bunker foi qualquer coisa, menos admirável. Em casos como esses, os fatos reais, por tanto tempo suprimidos, foram desenterrados pelos conspiradores para minar a credibilidade do *establishment*", e apontam para uma leitura diferente da história que reabilitaria a reputação de figuras como Halifax,* Hess ou Hitler, a quem o registro "oficial" desabonou.

    As teorias da conspiração exibem uma forte obsessão com os detalhes, o que muitas vezes assume a forma de um destaque desproporcional dado a um minúsculo fragmento de evidência: os conspiracionistas fazem o maior escarcéu para transformar migalhas em fatos gigantescos, ou tentam robustecer suas alegações com um desfile de edições pseudoeruditas e semiacadêmicas de documentos, recheadas de intermináveis notas de rodapé. Quando examinam evidências reais, os teóricos da conspiração não aceitam que pequenas inconsistências resultem de erros em relatos, ou de pequenas falhas (por exemplo, ínfimas divergências nas marcações de tempo em relógios de pulso e de parede): na mente do teórico da conspiração, essas ligeiras inconsistências só podem ser deliberadas, concebidas de caso pensado para engambelar. Uma teoria da conspiração, portanto, deve ser superior à versão "oficial" de um evento porque concilia as inconsistências. Se as testemunhas corroboram a "versão oficial", deve ser porque estão mentindo, ou porque estão envolvidas na conspiração e querem evitar que ela seja desmascarada, ou (algo bem recorrente nas teorias da conspiração) porque estão sendo chantageadas. Em muitos casos, as testemunhas que

---

* Edward Frederick Lindley Wood, Lorde Halifax (1881-1959), ministro das Relações Exteriores britânico e embaixador nos Estados Unidos durante a Segunda Guerra Mundial. [N. T.]

poderiam dizer a verdade (na visão dos conspiradores) morreram ou foram assassinadas ou, como no caso de Martin Bormann ou Heinrich Müller, simplesmente desapareceram. Se não existem documentos para dar respaldo à teoria da conspiração, então eles têm de ser inventados – e a falsificação é um fator que brota aos borbotões, acumulando uma teoria da conspiração após a outra, como vimos, a começar com *Os protocolos dos sábios de Sião*. Ou desapareceram misteriosamente, ou foram omitidos ou destruídos de propósito. A teoria em si nunca muda, não importa quantas supostas evidências sejam adicionadas a ela. Qualquer nova descoberta só é levada em consideração se corroborar uma explicação conspiratória para um evento. Evidências reais que questionem ou refutem uma conspiração geralmente são ignoradas ou negligenciadas.[4] Se não forem, os conspiradores volta e meia tentam desaboná-las, alegando motivações ardilosas ou um egoísmo desleal por parte daqueles que as geraram ou forneceram.

A atual proliferação – e, em alguns casos, o renascimento de teorias da conspiração envolvendo Hitler – faz parte de uma tendência muito mais ampla, em que várias influências convergem de maneira cada vez mais intensa para borrar os limites entre verdade e ficção; ou melhor, talvez, para apresentar "verdades" alternativas, cada uma delas afirmando corresponder à realidade e apresentando sua própria coleção de respaldos semievidenciais para corroborar suas alegações. Cada comunidade de conhecimento alternativo tem sua própria verdade; vez por outra, como acontece com os propagadores das teorias da conspiração com relação à sobrevivência de Hitler ou ao voo de Hess ou ao incêndio do Reichstag, ou à lenda da punhalada pelas costas, existem muitas alegações diferentes no paradigma conspiratório geral, embora os teóricos da conspiração raramente discordem uns dos outros, preferindo em vez disso concentrar seu fogo contra o que chamam de "conhecimento oficial" ou historiadores "tradicionalistas". Mas é impossível haver afirmações verdadeiras diferentes e opostas sobre alguma coisa; só pode haver uma verdade, mesmo que às vezes ela seja muito difícil de determinar. Entre as características mais alarmantes de algumas teorias da conspiração está a aparente crença de que pouco importa se elas são verdadeiras ou não. No entanto, importa, sim. Descobrir e entender o que realmente aconteceu na história é difícil: requer uma grande quantidade de trabalho árduo, exige o exame direto das evidências, pressupõe a disposição para mudar de ideia, envolve o abandono de preconceitos e prejulgamentos em face das evidências que os contrariam. Mas isso pode ser feito, até mesmo em uma época como a nossa, em que os guardiões da formação de opinião foram contornados pela internet, ambiente em que qualquer um pode expor publicamente suas opiniões, por mais bizarras que possam ser. No fim das contas, não é mais possível combater a mentira usando a censura, mesmo supondo que quiséssemos isso. A única maneira de determinar o que é verdadeiro e o que é falso é por meio da pesquisa meticulosa. Os estudos de caso apresentados neste livro são uma modesta contribuição para esse fim.

AGRADECIMENTOS

Este livro deve sua existência em primeiro lugar ao Fundo Leverhulme, que generosamente apoiou minha pesquisa com uma bolsa para o Programa *Conspiração e Democracia*, do qual fui o principal investigador de 2013 a 2018. Sou extremamente grato aos curadores e a sua equipe administrativa, e ao diretor do fundo, o professor Gordon Marshall, por sua fé no projeto. Tenho uma dívida de gratidão para com a equipe de administração de bolsas de pesquisa da Universidade de Cambridge e o Centro para Pesquisa em Artes, Humanidades e Ciências Sociais de Cambridge, em especial seu então diretor, o professor Simon Goldhill, por sua inestimável ajuda na organização e execução do programa. Meus colegas de investigação, o professor David Runciman e o professor John Naughton, e os pesquisadores de pós-doutorado do programa – dr. Hugo Drochon, dra. Tanya Filer, dr. Rolf Fredheim, dra. Rachel Hoffman, dr. Hugo Leal, dra. Nayanika Mathur, dr. Andrew McKenzie-McHarg e dr. Alfred Moore –, foram uma fonte de estímulo constante; aprendi um bocado com suas contribuições em nossas oficinas multidisciplinares nas manhãs de quarta-feira, as quais propiciaram reiterados momentos de grande empolgação intelectual. Devo muito a todos eles e espero que considerem útil e interessante esta contribuição para o debate. Os muitos professores visitantes, palestrantes e bolsistas do projeto apresentaram uma imensa variedade de ideias, muitas das quais acabaram por figurar neste livro. Sinto profunda gratidão por todos eles, sobretudo a Michael Hagemeister, Michael Butter e Claus Oberhauser. Andrew McKenzie-McHarg leu, generosamente, um rascunho anterior do livro e fez muitas sugestões de melhorias. Gentilmente, Roger Cook me forneceu informações sobre *Hunting Hitler*. A equipe do arquivo do jornal *The Times* (News UK) gentilmente me disponibilizou o acesso aos papéis de Philip Graves e, com toda solicitude, me orientou na consulta. A Biblioteca da Universidade de Cambridge, como sempre, provou ser um baú de tesouros de literatura obscura sobre muitos dos temas abordados neste livro, e devo muito à prestatividade dos funcionários. Nas etapas iniciais do projeto, o Wolfson College, de Cambridge, me propiciou espaço, equipamentos e instalações para que eu pudesse escrever. Meu agente, Andrew Wylie, e o chefe de seu escritório em Londres, James Pullen, encontraram editoras para este livro em vários países. Meu editor na Penguin, Simon Winder, foi generoso com seus incentivos e conselhos. Sarah Day foi uma revisora meticulosa.

Richard J. Evans
Barkway, Hertfordshire, junho de 2020

NOTAS

Introdução

1   Michael Butter, *"Nichts ist, wie es scheint": Über Verschwörungstheorien* (Frankfurt am Main, 2018), pp. 22–29. Ver também Michael Barkun, *A Culture of Conspiracy: Apocalyptic Visions in Contemporary America* (Berkeley, Califórnia, 2003).
2   Joseph E. Uscinski, "Down the Rabbit Hole We Go!" in idem (Org.), *Conspiracy Theories and the People Who Believe Them* (Nova York, 2019), pp. 1–32, na p. 1.
3   Citado em Luke Daly-Groves, *Hitler's Death; The Case against Conspiracy* (Oxford, 2019), p. 25.
4   Alec Ryrie, *Unbelievers. An Emotional History of Doubt* (Londres, 2019), p. 203.
5   Barkun, op. cit. A proposição de Barkun de que, quando os dois tipos de teoria da conspiração se fundem em um só, constituem um terceiro tipo, a "superteoria da conspiração", parece-me desnecessariamente confusa.
6   Linda von Keyserlingk-Rehbein, *Nur eine "ganz kleine Clique"? Die NS-Ermittlungen über das Netzwerk vom 20. Juli 1944* (Berlim, 2018).
7   Para essa abordagem, ver David Welch, *The Hitler Conspiracies: Secrets and Lies behind the Rise and Fall of the Nazi Party* (Nova York, 2013).

1. *Os protocolos* foram uma "autorização oficial para o genocídio"?

1. Michael Butter, *"Nichts ist, wie es scheint". Über Verschwörungstheorien* (Frankfurt am Main, 2018), pp. 164, 166.
2. Norman Cohn, *Warrant for Genocide: The Myth of the Jewish World-Conspiracy and the Protocols of the Elders of Zion* (Londres, 1967); citação na p. 13. A pioneira investigação de Cohn, embora ultrapassada por pesquisas mais recentes em muitos aspectos, continua sendo o trabalho clássico sobre o tema. [Ed. bras.: *A conspiração mundial dos judeus: mito ou realidade?* Trad. Leônidas Gontijo de Carvalho. São Paulo: IBRASA, 1969.]
3. Alex Grobman, *License to Murder: The Enduring Threat of the Protocols of the Elders of Zion* (Nova York, 2011).
4. Eva Horn e Michael Hagemeister, "Ein Stoff für Bestseller", in idem (Org.), *Die Fiktion von der jüdischen Weltverschwörung. Zu Text und Kontext der "Protokolle der Weisen von Zion"* (Göttingen, 2012), p. xviii; Hannah Arendt, *The Origins of Totalitarianism* (Londres, 2017), p. xix [Ed. bras.: *Origens do totalitarismo. Antissemitismo, imperialismo, totalitarismo*. Trad. Roberto Raposo. São Paulo: Companhia das Letras, 1989]; Robert Wistrich, *A Lethal Obsession. Anti-Semitism from Antiquity to the Global Jihad* (Nova York, 2010), p. 158.
5. Alexander Stein, *Adolf Hitler-Schüler der "Weisen von Zion"* (Lynn Ciminski e Martin Schmitt, Org., Freiburg im Breisgau, 2011 [1936]), pp. 32, 289.
6. Walter Laqueur, *Russia and Germany: A Century of Conflict* (Londres, 1965), p. 103.
7. David Redles, "The Turning Point: *The Protocols of the Elders of Zion* and the Eschatological War between Aryans and Jews", in Richard Landes e Steven T. Katz (Org.), *The Paranoid Apocalypse: A Hundred-Year Retrospective on The Protocols of the Elders of Zion* (Nova York, 2012), pp. 112–31, na p. 118.
8. Klaus Fischer, *Nazi Germany: A New History* (Londres, 1995), p. 168.
9. Jovan Byford, *Conspiracy Theories: A Critical Introduction* (Londres, 2011), p. 55.
10. Umberto Eco, *The Prague Cemetery* (Londres, 2012) [Ed. bras.: *O cemitério de Praga*. Trad. Joana Angélica d'Avila Melo. Rio de Janeiro: Record, 2011.] Ver também idem, "Eine Fiktion, die zum Albtraum wird. Die Protokolle der Weisen von Zion und ihre Entstehung", *Frankfurter Allgemeine Zeitung*, 2 de julho de 1994, p. b2.
11. Wolfgang Wippermann, *Agenten des Bösen. Die grossen Verschwörungstheorien und was dahinter steckt* (Berlim, 2007), pp. 67–77. Ver também Wolfram Meyer zu Uptrup, *Kampf gegen die "jüdische Weltverschwörung". Propaganda und Antisemitismus der Nationalsozialisten 1919–1945* (Berlim, 2003); Armin Pfahl-Traughber, *Der antisemitisch-antifreimaurerische Verschwörungsmythos in der Weimarer Republik und im NS-Staat* (Viena, 1993).
12. Svetlana Boym, "Conspiracy Theories and Literary Ethics: Umberto Eco, Danilo Kis and The Protocols of Zion", *Comparative Literature* 51 (1999), n° 2, pp. 97–122, na p. 97. Ver também Esther Webman (Org.), *The Global Impact of the "Protocols of the Elders of Zion": A Century-Old Myth* (Nova York, 2011).
13. Stephen Bronner, *A Rumor about the Jews. Reflections on Antisemitism and the Protocols of the Elders of Zion* (Nova York, 2000), p. 7.
14. Nora Levin, *The Holocaust: The Destruction of European Jewry, 1939–1945* (Nova York, 1968).
15. Walter Laqueur, *A History of Zionism* (Nova York, 2003); Michael Hagemeister, "Die 'Protokolle der Weisen von Zion' und der Basler Zionistenkongress von 1897" in Heiko Haumann (Org.), *Der Traum von Israel. Die Ursprünge des modernen Zionismus* (Weinheim, 1998), pp. 250–73.

16 Jeffrey L. Sammons (Org.), *Die Protokolle der Weisen von Zion. Die Grundlage des modernen Antisemitismus – eine Fälschung. Text und Kommentar* (Göttingen, 1998), pp. 27-55.
17 Sammons (Org.), *Die Protokolle*, pp. 56-113.
18 Ibid., 9ª sessão, parágrafo 11, p. 58.
19 Michael Hagemeister, "Die Protokolle der Weisen von Zion – eine Anti-Utopie oder der Grosse Plan in der Geschichte?", in Helmut Reinalter (Org.), *Verschwörungstheorien. Theorie – Geschichte – Wirkung* (Innsbruck, 2002), pp. 45-57.
20 Bronner, *A Rumor about the Jews*, p. 1, não consegue entender esse ponto quando afirma que o documento "incorpora muitos dos mitos mais perversos sobre os judeus transmitidos ao longo dos séculos".
21 Ibid., p. 102.
22 Horn e Hagemeister, "Ein Stoff", pp. vii-xxii, na p. xv.
23 Para uma refutação ponto por ponto (empreendimento bastante quixotesco, em muitos aspectos), ver Steven Leonard Jacobs e Mark Weitzman, *Dismantling the Big Lie: The Protocols of the Elders of Zion* (Los Angeles, 2003). Como Hannah Arendt apontou em *Origens do totalitarismo*, o mais importante no final não é desmascarar *Os protocolos* como uma falsificação ou desmantelar suas várias alegações e afirmações duvidosas, mas explicar por que foram aceitos como demonstrações essencialmente verdadeiras por fascistas e antissemitas, apesar de terem sido amplamente desmentidas.
24 Pierre André Taguieff, *Les Protocoles des Sages de Sion* (2 vols., Paris, 1992).
25 Stefan Pennartz, "Die Protokolle der Weisen von Zion", in Ute Caumanns et al. (Org.), *Wer zog die Drähte? Verschwörungstheorien im Bild* (Düsseldorf, 2012), pp. 23-46, na p. 33.
26 Claus Oberhauser, *Die verschwörungstheoretische Trias: Barruel – Robison – Starck* (Innsbruck, 2013), mostra que Barruel obteve suas informações sobre os *illuminati* da Baviera do maçom alemão Johann August Starck, cujo objetivo era defender os maçons culpando os *illuminati*. No entanto, em termos de rigor, os escritos de Starck não são nem sequer comparáveis aos de Barruel e Robison, nem tão influentes (ibid., p. 289).
27 Cohn, *Warrant for Genocide*, pp. 25-36, também para a nota seguinte. Wolfgang Benz, *Die Protokolle der Weisen von Zion. Die Legende von der jüdischen Weltverschwöring* (Munique, 2007), é uma breve introdução, agora precisando de atualização à luz de pesquisas recentes. As afirmações de Cohn de que Barruel e Robison se conheceram em Londres e que o primeiro plagiou o último não resistem a um exame minucioso. Ver também Michael Hagemeister, "Der Mythos der 'Protokolle der Weisen von Zion'", in Ute Caumanns e Mathias Niendorf (Org.), *Verschwörungstheorien: Anthopologische Konstanten – historische Varianten* (Osnabrück, 2001), pp. 89-101.
28 Oberhauser, *Die verschwörungstheoretische Trias*, pp. 268-77, apresenta achados de arquivo demonstrando que Simonini foi uma pessoa real, e não, como alguns suspeitaram, uma invenção de Barruel ou da polícia francesa (para essa abordagem, ver Cohn, loc. cit., e Pierre André Taguieff, *La Judéophobie des Modernes. Dès Lumières au jihad mondial* (Paris, 2008,), p. 329). Ver também Reinhard Markner, "Giovanni Battista Simonini: Shards from the Disputed Life of an Italian Anti-Semite", in Gabriella Catalano, Marina Ciccarini e Nicoletta Marcialis (Org.), *La verità del falso: studi in onore di Cesare G. De Michelis* (Roma, 2015).
29 Volker Neuhaus, *Der zeitgeschichtliche Sensationsroman in Deutschland 1855–1878. "Sir John Retcliffe" und seine Schule* (Berlim, 1980), esp. pp. 110-18, e Volker Klotz, *Abenteuer-Romane: Sue, Dumas, Ferry, Retcliffe, May, Verne* (Munique, 1979). Um trecho da cena do cemitério está reimpresso em Sammons (Org.), *Die Protokolle*,

pp. 121–7. A cena fornece o título para a reconstrução imaginativa das origens de *Os protocolos* em Eco, *O cemitério de Praga*. Há um outro tratamento em Ralf-Peter Märtin, *Wunschpotentiale. Geschichte und Gesellschaft in Abenteuerromanen von Retcliffe, Armand, May* (Königstein im Taunus, 1983), esp. pp. 21–47.

30 Cohn, *Warrant for Genocide*, pp. 37–45. O documento é reproduzido por Cohn nas pp. 300–305.

31 Ibid., pp. 46–57. Ver também Jeffrey Mehlman, "Protocols of the Elders of Zion: Thoughts on the French Connection", in Landes e Katz (Org.), *The Paranoid Apocalypse*, pp. 92–9, e Carlo Ginzburg, "Vergegenwärtigung des Feindes. Zur Mehrdeutigkeit historischer Evidenz", *Trajekte* 16 (2008), pp. 7–17.

32 A alegação, apresentada por Cohn e outros, de que Krushevan distribuiu cópias de *Os protocolos* em Kishinev para provocar o *pogrom* [massacre], parece se originar da primeira biografia de Hitler: Konrad Heiden, *Der Führer: Hitler's Rise to Power* (Boston, 1944), p. 11 [No Brasil, ver as edições *Hitler: a era da irresponsabilidade: uma biografia*. Trad. Alvaro Franco. Porto Alegre: Livraria do Globo, 1939; *Hitler: a vida de um bárbaro*. Trad. Alvaro Franco. Porto Alegre: Thurmann, 1943.]. Não tem sentido lógico, no entanto: o *pogrom* ocorreu em abril de 1903, alguns meses *antes* da publicação de *Os protocolos* (ver Richard S. Levy, 'Die "Protokolle der Weisen von Zion" und ihre Entlarvung: Ein vergebliches Unterfangen", in Horn e Hagemeister (Org.), *Die Fiktion*, pp. 208–30, nas pp. 216–7). De fato, Krushevan pode muito bem ter publicado *Os protocolos* numa tentativa de fornecer uma justificativa retrospectiva para o *pogrom*, em cuja deflagração ele teve papel fundamental: ver Steven J. Zipperstein, *Pogrom: Kishinev and the Tilt of History* (Nova York, 2018), pp. 97–9. O documento, em qualquer caso, não era adequado como meio para instigar as massas russas analfabetas a cometer atos de violência contra os judeus. Tampouco há qualquer evidência que corrobore a alegação de que "*Os protocolos* mantiveram sua capacidade de incitar as massas durante o reinado de Hitler" (Bronner, *A Rumor about the Jews*, p. 123).

33 Cesare G. De Michelis, "Das inexistente Manuskript: Die Geschichte und die Archive", in Horn e Hagemeister (Org.), *Die Fiktion*, pp. 123–39. Ver também Michael Hagemeister, "Sergej Nilus und die 'Protokolle der Weisen von Zion' Überlegungen zur Forschungslage", *Jahrbuch für Antisemitismusforschung* 5 (1996), pp. 127–47; idem, "Zur Frühgeschichte", in Horn e Hagemeister (Org.), *Die Fiktion*, pp. 143–50; idem, "Trilogie der Apocalypse – Vladimir Solov'ev, Serafim von Sarov und Sergej Nilus über das Kommen des Antichrist und das Ende der Weltgeschichte", in Wolfram Brandes e Felicitas Schmieder (Org.), *Antichrist. Konstruktion von Feindbildern* (Berlim, 2010), pp. 255–75; idem, "Wer war Sergej Nilus? Versuch einer bio-bibliographischen Skizze", *Ostkirchliche Studien* 40 (1991), pp. 49–63; e idem, "Die 'Weisen von Zion' als Agenten des Antichrist", in Bodo Zelinsky (Org.), *Das Böse in der russischen Kultur* (Colônia, 2008), pp. 76–90.

34 Cohn, *Warrant for Genocide*, pp. 73–83. Umberto Eco sugeriu que Joly, por sua vez, adaptou o "Plano Judaico" para a conquista do mundo de um "plano jesuíta" delineado pelo escritor de folhetins Eugène Sue em seu *Le Juif errant* [O judeu errante] (Paris, 1844–45) e *Les Mystères du people* [Os mistérios do povo]. (Paris, 1849–57): ver Umberto Eco, "Introduction", in Will Eisner, *The Plot. The Secret Story of the Protocols of the Elders of Zion* (Nova York, 2005), pp. v–vii (uma extraordinária versão da história adaptada para os quadrinhos) [Ed. bras.: *O complô: a história secreta dos protocolos dos sábios do Sião*. Trad. André Conti. São Paulo: Companhia das Letras, 2006.]. Há uma reveladora justaposição do texto de Joly e de *Os protocolos* nas pp. 73–89 em *The plot*, de Eisner.

35 Cesare G. De Michelis, *The Non-Existent Manuscript: A Study of the "Protocols of the Sages of Zion"* (Londres, 2004). A suposição generalizada que, como disse Umberto

Eco, o documento foi "produzido por serviços secretos e policiais de pelo menos três países" não é corroborada por evidências (Umberto Eco, *Six Walks in the Fictional World* (Cambridge, Massachusetts, Estados Unidos, 1994), capítulo 6) [Ed. bras.: *Seis passeios pelos bosques da ficção*. Trad. Hildegrad Feist. São Paulo: Companhia das Letras, 1994].

36 Ver também Michael Hagemeister, "'The Antichrist as an Imminent Political Possibility': Sergei Nilus and the Apocalyptical Reading of *The Protocols of the Elders of Zion*", in Landes e Katz (Org.), *The Paranoid Apocalypse*, pp. 79-91. A polícia secreta russa, no entanto, não parece ter tido envolvimento oficial, e seu suposto papel na onda de *pogroms* que varreu a Rússia no início do século XX, tantas vezes aventado, foi questionado de maneira persuasiva: ver, por exemplo, Hans Rogger, *Jewish Policies and Right-Wing Politics in Imperial Russia* (Londres, 1986).

37 Zipperstein, *Pogrom*, pp. 146-50, 167-71. A história que o tsar Nicolau II aderiu entusiasticamente a *Os protocolos*, apenas para depois repudiar seu uso como um "método sujo" na luta contra a subversão judaica quando seu primeiro-ministro Stolypin lhe disse que se tratava de uma falsificação (Cohn, *Warrant for Genocide*, pp. 118-26), foi desmentida como invenção posterior (Hagemeister, "Zur Frühgeschichte", pp. 153-56).

38 Cohn, *Warrant for Genocide*, pp. 138-47. Para os *pogroms* e ações antissemitas durante a Revolução Russa e a Guerra Civil, e em especial as tentativas dos bolcheviques de combatê-los, ver Brendan McGeever, *Antisemitism and the Russian Revolution* (Cambridge, 2019). Para uma abordagem mais geral, ver Michael Kellogg, *The Russian Roots of Nazism: White Émigrés and the Making of National Socialism, 1917–1945* (Cambridge, 2005).

39 Cohn, *Warrant for Genocide*, pp. 148-55.

40 Volker Ullrich, *Hitler: Ascent 1889–1939* (Londres, 2013), p. 103. Acerca do antissemitismo radical do antigo cáiser, para o qual *Os protocolos* desempenharam um papel relevante, embora não o principal, ver John C. G. Röhl, *Wilhelm II. Der Weg in den Abgrund, 1900–1941* (Munique, 2008), pp. 1, 291-97.

41 Gottfried zur Beck, *Die Geheimnisse der Weisen von Zion* (Berlim-Charlottenburg, 1923), p. 17. Ver também (anon.), *Der jüdische Kriegsplan zur Aufrichtung der Judenweltherrschaft im Jahre des Heils 1925. Nach eden Richtlinien der Weisen von Zion* (Lorch, Württemberg, 1925), para outro exemplo, consistindo principalmente de citações de *Os protocolos* relacionadas a eventos recentes e contemporâneos.

42 Erich Ludendorff, *Politik und Kriegführung* (Berlim, 1922), p. 322.

43 Cohn, *Warrant for Genocide*, pp. 157-63, citando Karl Brammer, *Das politische Ergebnis des Rathenau-Prozesses* (Berlim, 1922), que inclui os relatórios estenográficos dos procedimentos do julgamento; ver também Heinrich Hannover e Elisabeth Hannover-Druck, *Politische Justiz 1918–1933* (Frankfurt am Main, 1966), pp. 212-24.

44 Cohn, *Warrant for Genocide*, pp. 187-99; ver também Richard J. Evans, *The Coming of the Third Reich* (Londres, 2003), capítulo 1 [Ed. bras.: *A chegada do Terceiro Reich*. Trad. Lúcia Brito. São Paulo: Planeta do Brasil, 2010].

45 George L. Mosse, *The Crisis of German Ideology. Intellectual Origins of the Third Reich* (Londres, 1966), pp. 126-45.

46 Peter Longerich, *Hitler: Biographie* (Munique, 2015), pp. 62-72.

47 *Hitler: Sämtliche Aufzeichnungen 1905–1924* (Eberhard Jäckel (Org.), Stuttgart, 1980), pp. 458-9.

48 Timothy W. Ryback, *Hitler's Private Library. The Books that Shaped his Life* (Londres, 2009). pp. 70-71 [Ed. bras.: *A biblioteca esquecida de Hitler – os livros que moldaram a vida do Führer*. Trad. Ivo Korytowski. São Paulo: Companhia das Letras, 2009]; Christian Hartmann et al. (Org.), Hitler, *Mein Kampf. Eine Kritische Edition*

(2 vols., Munique, 2016), vol. I, p. 226, n° 219. [Ed. bras.: *Minha luta*. São Paulo: Editora Moraes, 1983]; Ford retirou suas afirmações antissemitas quando recebeu a ameaça de processo judicial por difamação por um jornalista judeu, Herman Bernstein: ver Eisner, *The Plot*, pp. 104–5; Herman Bernstein, *The History of a Lie. The Protocols of the Wise Men of Zion* (Nova York, 1921); e Victoria Saker Woeste, *Henry Ford's War on Jews and the Legal Battle against Hate Speech* (Stanford, Califórnia, 2012), pp. 114–18. Bernstein voltou à sua crítica em *The Truth about "The Protocols of Zion": A Complete Exposure* (Nova York, 1935, reimpresso com introdução de Norman Cohn, Nova York, 1971).

49   Joseph Goebbels, *Die Tagebücher von Joseph Goebbels* (Elke Fröhlich (Org.), Munique, 2004), Parte 1, vol. 1/1, p. 120 (8 de abril de 1924).

50   Ernst Boepple, (Org.), *Adolf Hitlers Reden* (Munique, 1934), p. 71.

51   Michael Hagemeister, "*The Protocols of the Elders of Zion*: A Forgery?", in Catalano et al. (Org.), *La verità del falso*. pp. 163–72, argumenta que não se trata de uma falsificação, mas Hagemeister baseia esse argumento em seu próprio, longe da definição amplamente aceita de falsificação ("chamamos a um objeto de falsificação quando sua origem é diferente daquela em que somos levados a acreditar"), segundo o arrazoado, um tanto pedante, de que, como não sabemos a origem real do documento, ele não pode, portanto, ser uma falsificação. Contudo, qualquer que seja a sua origem, uma coisa é certa: *Os protocolos* não eram o que alegavam ser, isto é, uma declaração emitida por um grupo de judeus reunidos nos bastidores do Congresso Sionista na Basileia em 1897; e a definição de Hagemeister omite completamente a clara intenção de enganar que o documento envolvia, fosse qual fosse sua autoria. Com base na compreensão de senso comum do conceito de "falsificação" como um documento que, não sendo genuíno, se faz passar por verdadeiro com o objetivo de fraudar, *Os protocolos* eram, sem dúvida, uma falsificação.

52   Times Newspapers Ltd. Archive [Arquivos TNL], News UK and Ireland Ltd: Caixas temáticas: *Os protocolos dos sábios de Sião* – Correspondência 12/7/21–2/2/22: de Graves a Wickham Steed, 13 de julho de 1921.

53   Arquivos TNL: Caixas temáticas: *Os protocolos dos sábios de Sião* – Correspondência 12/7/21–2/2/22: Raslovlev a Graves, 12 e 13 de julho de 1921; Graves a Steed, 13 de julho de 1921; Memorando de Acordo, feito neste 2° dia de agosto de 1921; Arquivos TNL: Caixas temáticas: *Os protocolos dos sábios de Sião* – Correspondência 24/1/1924–13/9/45: V. Barker a Lintz Smith, 24 de janeiro de 1924; Raslovlev a *The Times*, Paris, 4 de fevereiro de 1927; Arquivos TNL: Papéis de Basil Long, TT/FE/BKL/1: Correspondência entre Basil Long e Philip Graves: Graves a Long, 15 de agosto de 1921. A história da descoberta de Graves foi contada pela primeira vez com base neste material de arquivo de Colin Holmes, "New Light on the '*Protocols of Zion*'", *Patterns of Prejudice*, 11/6 (1977), pp. 13–21, idem, "The *Protocols* of the Britons", *Patterns of Prejudice*, 12/6 (1978), pp. 13–18; ver também Gisela Lebeltzer, "The *Protocols* in England", *Wiener Library Bulletin*, 47–8 (1978), pp. 111–17.

54   Eisner, *The Plot*, pp. 67–91, reproduzindo excertos dos artigos; ver também Keith M. Wilson, "*The Protocols of Zion* and the *Morning Post*, 1919–1920", *Patterns of Prejudice* 19/2 (1985), pp. 5–15; e *idem*, "Hail and Farewell? The Reception in the British Press of the First Publication in English of the *Protocols of Zion*, 1920–1922", *Immigrants and Minorities* 11/2 (1992), pp. 171–86. Uma tradução amplamente usada para o inglês ficou a cargo de Victor Marsden, correspondente russo do londrino *Morning Post*; é reproduzida na íntegra em Lucien Wolf, *The Myth of the Jewish Menace in World Affairs, or The Truth about the Forged Protocols of the Elders of Zion* (Londres, 1920), pp. 71–140. A primeira tradução para o inglês a ser publicada foi feita por George Shanks, outro funcionário do *Morning Post*. Shanks cresceu na

Rússia, onde seu pai era um empresário que foi forçado a ir embora pela Revolução Bolchevique. Ele intitulou sua versão de *The Jewish Peril: Protocols of the Learned Elders of Zion* (Londres, 1920). A segunda edição foi publicada por uma organização de extrema direita, The Britons [Os bretões], bem como a primeira edição da obra de Marsden: ver Sharman Kadish, *Bolsheviks and British Jews: The Anglo-Jewish Community, Britain, and the Russian Revolution* (Londres, 1992), e Robert Singerman, "The American Career of the '*Protocols of the Elders of Zion*'" – *American Jewish History* 71 (1981), pp. 48–78.

55 Philipp Theisohn, "Die 'Protokolle der Weisen von Zion' oder Das Plagiat im Denkraum des Faschismus", in Horn e Hagemeister, *Die Fiktion*, pp. 190–207, na p. 192.

56 Wolf, *The Myth*.

57 Bernstein, *The History of a Lie*.

58 Arquivos TNL: Caixas temáticas: *Os protocolos dos sábios de Sião* – Correspondência 12/7/21–2/2/22: Graves ao editor de assuntos internacionais, *The Times*, 25 de julho de 1921, 1º de agosto de 1921; Nota do Departamento de Relações Exteriores, 9 de agosto de 1921; Telegrama do *The Times* a Graves, 18 de agosto de 1921; pedido de reimpressão, 22 de agosto de 1921; Departamento de Relações Exteriores a Graves, 31 de agosto de 1921; B. Barker ao editor de assuntos internacionais, 1º de outubro de 1921; Philip Graves, *The Truth about the Protocols: a Literary Forgery. From The Times of August 16, 17, and 18 1921* (Londres, 1921).

59 Binjamin Segel, *Die Protokolle der Weisen von Zion kritisch beleuchtet: Eine Erledigung* (Berlim, 1924); e idem, *A Lie and a Libel. The History of the Protocols of the Elders of Zion* (1926) (Org. e trad. Richard S. Levy, Lincoln, Nebraska, 1995).

60 Cohn, *Warrant for Genocide*, pp. 200–201, citando Hitler, *Mein Kampf*, vol. I, p. 325. Ver também Randall L. Bytwerk, "Believing in 'Inner Truth': *The Protocols of the Elders of Sion* in Nazi Propaganda, 1933–1945", *Holocaust and Genocide Studies* 29, nº 2 (outono de 2015), pp. 212–29, na p. 213. Para o original, com comentários, ver Hartmann et al. (Org.), *Hitler, Mein Kampf*, vol. I, pp. 799–803. Cohn cita outras supostas declarações de Hitler no livro de Hermann Rauschning, *Hitler Speaks* (Londres, 1939) [Ed. bras.: *O que Hitler me disse*. Trad. Jaime Cortesão. Rio de Janeiro: Edições Dois Mundos, 1943], mas essa é uma fonte não confiável, uma vez que a afirmação de Rauschning de ter falado com Hitler em inúmeras ocasiões é comprovadamente falsa: ver Wolfgang Hänel, *Hermann Rauschnings "Gespräche mit Hitler": Eine Geschichtsfälschung* (Ingolstadt, 1984).

61 Diários de Goebbels, 10 de abril de 1924, citado e traduzido em Bytwerk, "Believing", p. 213. [Ed. bras.: *Diários – últimas anotações*. Rio de Janeiro: Nova Fronteira, 1978.]

62 Alfred Rosenberg, *Die Protokolle der Weisen von Zion und die jüdische Weltpolitik* (Munique, 1923), p. 147, e nova edição, 1933, citada em Cohn, pp. 215–18. Ver também Ernst Piper, *Alfred Rosenberg: Hitlers Chefideologe* (Munique, 2005), pp. 69–75.

63 Cohn, *Warrant for Genocide*, pp. 218–24, citando *Völkischer Beobachter*, 31 de março de 1933; Bytwerk, "Believing", para mais detalhes.

64 *Agência Telegráfica Judaica*, 16 de julho de 1934 (on-line).

65 Urs Lüthi, *Der Mythos von der Weltverschwörung: die Hetze der Schweizer Frontisten gegen Juden und Freimaurer, am Beispiel des Berner Prozesses um die "Protokolle der Weisen von Zion"* (Basileia, 1992), pp. 65–7.

66 Ibid., pp. 81–5; e Catherine Nicault, "Le Procès des Protocoles des Sages de Sion, Une tentative de riposte juive à l'antisémitisme dans les années 1930", *Vingtième siècle. Revue historique* 55 (1979), pp. 68–84. Para os julgamentos de Berna, ver

Michael Hagemeister, "*The Protocols of the Elders of Zion* in Court. The Bern Trials, 1933–1937", in Webman (Org.), *The Global Impact*, pp. 241–3. Um conjunto abrangente de documentos relativos ao julgamento foi publicado por Michael Hagemeister, "*Die 'Protokolle der Weisen von Zion' vor Gericht: Der Berner Prozess 1933–1937 und die 'Antisemitische Internationale*" (Veröffentlichungen des Archivs für Zeitgeschichte des Instituts für Geschichte der ETH Zurique, vol. 10, Zurique, 2017). Para aspectos legais, ver Sibylle Hofer, *Richter zwischen den Fronten. Die Urteile des Berner Prozesses um die "Protokolle der Weisen von Zion"*, *1933–1937* (Basileia, 2011). Mais recentemente, a história do julgamento foi contada pela juíza israelense Hadassa Ben-Itto, *The Lie that Wouldn't Die: The Protocols of the Elders of Zion* (Edgware, 2005), que é parcialmente baseada nos documentos relevantes, incluindo aqueles nos Arquivos TNL:, mas inclui tantos elementos fictícios (por exemplo, os pensamentos imaginários dos participantes) que um resenhista achou que teria sido melhor se a autora tivesse apresentado o livro como um romance histórico: ver Hagemeister, *Die "Protokolle der Weisen von Zion" vor Gericht*, p. 19, e Michael Brenner, "Verleumdungen vom Fliessband", *Frankfurter Allgemeine Zeitung*, 17 de fevereiro de 1999, p. 52. Entre muitas outras distorções, por exemplo, Ben-Itto (p. 97) apresenta as cartas de Raslovlev a Graves de 12–13 de julho de 1921 como uma conversa entre os dois homens em um clube de Istambul, inventando uma boa dose dos diálogos ("'As paredes têm ouvidos', sussurrou ele. Durante o almoço, ele lançou olhares em todas as direções" etc.).

67 Arquivos TNL: Caixas temáticas: *Os protocolos dos sábios de Sião* – Correspondência 24/1/1924–13/9/45: Graves a Dawson, 18 de fevereiro de 1939.
68 Ibid: Memorando do gerente assistente datado de 14 de setembro de 1939. Ver também Gordon Marsden (Org.), *THE TIMES and Appeasement: The Journals of A. L. Kennedy, 1932–1939* (Camden Fifth Series, vol. 16, Royal Historical Society, Cambridge, 2000).
69 Bytwerk, "Believing", também para essas citações.
70 *Der Parteitag der Arbeit vom 6. bis 13. September 1937: offizieller Bericht über den Verlauf des Reichsparteitages mit sämtlichen Kongressreden* (Munique, 1938), p. 15.
71 Jeremy Noakes e Geoffrey Pridham (Org.), *Nazism 1919–1945* (Exeter, 2001), vol. 3, p. 441, citando Domarus, pp. 1.057–8.
72 Max Weinreich, *Hitler's Professors: The Part of Scholarship in Germany's Crimes against the Jewish People* (Nova York, 1946), pp. 144–5.
73 Citado em Peter Longerich, *Goebbels: A Biography* (Londres, 2015), p. 585. [Ed bras.: *Joseph Goebbels – uma biografia*. Trad. Luiz A. de Araújo. Rio de Janeiro: Objetiva, 2014.]
74 Cohn, *Warrant for Genocide*, p. 230, citando *Politischer Dienst (Arbeitsmaterial für Presse und Publizistik)*, p. 370. De maneira semelhante, o fascista britânico Victor Marsden identificou os sábios de Sião como "os trezentos" em sua introdução a uma edição de 1931 de *Os protocolos* (Victor E. Marsden, *Protocols of the Meetings of the Learned Elders of Zion* (Londres, 1931), p. 7).
75 Meyer zu Uptrup, *Kampf gegen die "jüdische Weltverschwörung"* faz essa suposição de uma ponta à outra (pp. 91–131, 150–62); também Pfahl-Traughber, *Der Antisemitisch-Antifreimaurerische Verschwörungsmythos*, p. 110 e em outros lugares. Para uma abordagem mais geral, ver Bytwerk, "Believing".
76 Pfahl-Traughber, *passim*. A fantasia da conspiração judaica internacional secreta para conquistar poder econômico e político pode ser encontrada, por exemplo, em *The Local and Universal Jewish Brotherhoods*, de Jacob Brafman (1825–79, um judeu convertido à ortodoxia), publicado em 1868 (discutido em Webman (Org.), *The Global Impact*) e *The Conquest of the World by the Jews* (Basileia, 1878) por Osman

Bey (James Milligan, um cristão convertido ao islã e oficial do exército otomano). Um alvo comum dessas fantasias conspiratórias era a Aliança Israelita Universal, fundada em Paris em 1860 com o objetivo de proteger os judeus de perseguição em todo o mundo. Para representações visuais, ver Pemmartz, "Die Protokolle", e Olga Hartmann et al., "Jüdisher Bolschewismus", ambos em Caumanns et al. (Org.), *Wer zog die Drähte?*, pp. 47–76.

77 Citado em Raul Hilberg, *The Destruction of the European Jews* (Londres, 1985), p. 294 [Ed. bras.: *A destruição dos judeus europeus*. Trad. Carolina Barcellos, Laura Folgueira, Luís Protásio, Maurício Tamboni, Sonia Augusto. Barueri: Amarilys, 2016)].
78 Cohn, *Warrant for Genocide*, p. 284.
79 Daniel Pipes, *Conspiracy: How the Paranoid Style Flourishes and Where it Comes From* (Nova York, 1997), p. 85.
80 Butter, *"Nichts ist, wie es scheint"*, p. 165; Hagemeister, "The Protocols of the Elders of Zion: A Forgery?", p. 164.
81 Oberhauser, *Die verschwörungstheoretische Trias*, pp. 279–80.
82 John Gwyer, *Portraits of Mean Men. A Short History of the Protocols of the Elders of Zion* (Londres, 1938), pp. 9–10.
83 Ibid., pp. 11–12.
84 Ibid., pp. 13–15.
85 Ibid., p. 129.
86 Citado em Weinreich, *Hitler's Professors*, p. 24 (de Alfred Bäumler, *Alfred Rosenberg und der Mythus des 20. Jahrhunderts* (Munique, 1943), p. 19). A revelação da falsificação de outro documento semelhante, "The Manifest of Adolphe Crémieux" (Crémieux era uma figura importante na Aliança Israelita Universal), levou seu editor a declarar: "Decretou-se que isto é uma falsificação, e algo muito menos comprometido – especialmente escrito para consumo dos gentios [ou seja, o documento genuíno] – foi proclamado como a coisa 'real'. A parte infeliz do negócio é que a 'falsificação' corresponde infinitamente mais de perto aos fatos históricos do que aquilo que se afirma ser genuíno!" (*4 Protocols of Zion (not the Protocols of Nilus)* (Londres, 1921), p. 4.).
87 Horn e Hagemeister, "Ein Stoff", in idem (Org.), *Die Fiktion*, p. xi.
88 Byford, *Conspiracy Theories*, p. 55.
89 Nesta Webster, *Secret Societies and Subversive Movements* (Londres, 1924), pp. 408–9.
90 Boym, "Conspiracy Theories", p. 99.
91 Brian Bennett, "Hermetic Histories: Divine Providence and Conspiracy Theories", *Numen* 54 (2007), pp. 174–209.
92 Butter, *"Nichts ist, wie es scheint"*, pp. 160–69, embora seja duvidoso que este tenha sido de fato o efeito pretendido pelos compiladores de *Os protocolos*, como Butter alega; caso contrário eles próprios teriam incorporado referências contemporâneas explícitas.
93 Sammons (Org.), *Die Protokolle*, passim.
94 Eva Horn, "Das Gespenst der Arkana: Verschwörungsfiktion und Textstruktur der "Protokolle der Weisen von Zion", in Horn e Hagemeister (Org.), *Die Fiktion*, pp. 1–25; Butter, *"Nichts ist, wie es scheint"*, pp. 164–5.
95 Citado em Johann Chapoutot, *The Law of Blood: Thinking and Agting as a Nazi* (Cambridge, Massachusetts, Estados Unidos, 2018), p. 179.
96 Joseph Goebbels, *Die Tagebücher von Joseph Goebbels* (Elke Fröhlich (Org.), Parte II, vol. 8 (Munique, 1993), p. 287. Goebbels já havia cogitado usar *Os protocolos* em propaganda, particularmente contra a França, logo após a eclosão da guerra em 1939 (ibid., pp. 180 (3 de novembro de 1939), 181 (4 de novembro de 1939). Também

mencionou *Os protocolos* brevemente em um discurso algumas semanas depois (Helmut Heiber (Org.), *Goebbels-Reden 1932–1945* (Düsseldorf, 1971), vol. II, pp. 234–5). Essa passagem costuma sofrer diversas modificações quando citada por estudiosos de *Os protocolos* (por exemplo, Eisner, *The Plot*, p. 110). Na opinião de Walter Laqueur, "Hitler era astuto o suficiente para perceber o enorme potencial de propaganda das ideias básicas de *Os protocolos*", mas não fornece nenhuma evidência para corroborar essa afirmação (Laqueur, *Russia and Germany*, p. 103). Ver também Bytwerk, "Believing", p. 213.
97 Ibid. Partes desta passagem foram citadas por outros escritores acerca da compreensão nazista de *Os protocolos*, mas sem as frases finais (por exemplo, Pfahl-Traughber, *Der Antisemitisch-Antifreimaurerische Verschwörungsmythos*, p. 109).
98 Butter, *"Nichts ist, wie es scheint"*, p. 165, embora seja duvidoso que, como Butter afirma, a imprecisão do documento tenha sido uma manobra deliberada de seus compiladores para obter uma recepção a mais ampla possível, dada a pressa e falta de premeditação com que foi elaborado.
99 Butter, *"Nichts ist, wie es scheint"*, p. 166.
100 Este é o procedimento usado por Alexander Stein em seu livro *Adolf Hitler – Schüler der "Weisen von Zion"*, pp. 56–134.

2. O exército alemão foi "apunhalado pelas costas" em 1918?

1. Ulrich Heinemann, *Die verdrängte Niederlage: Politische Öffentlichkeit und Kriegsschuldfrage in der Weimarer Republik* (Göttingen, 1983); Boris Barth, *Dolchstosslegenden und politische Desintegration. Das Trauma der deutschen Niederlage im Ersten Weltkrieg 1914–1933* (Düsseldorf, 2003), p. 3.
2. Richard Bessel, *Germany after the First World War* (Oxford, 1993), esp. Capítulo 9.
3. A literatura sobre esses eventos é vasta demais para ser citada aqui. Para uma análise sóbria e criteriosa, ver David Stevenson, *With Our Backs to the Wall: Victory and Defeat in 1918* (Londres, 2011); sobre a Alemanha, ver Alexander Watson, *Ring of Steel: Germany and Austria-Hungary in World War I: The People's War* (Londres, 2014). Sobre as negociações e os tratados de paz, ver Margaret MacMillan, *Peacemakers: The Paris Peace Conference of 1919 and Its Attempt to End War* (Londres, 2001) [Ed. bras.: *Paz em Paris – a conferência de Paris e seu mister de encerrar a Grande Guerra*. Rio de Janeiro: Nova Fronteira, 2004], e Jörn Leonhard, *Der überforderte Frieden: Versailles und die Welt, 1918– 1923* (Munique, 2018).
4. David Welch, *Germany: Propaganda and Total War 1914–1918* (Londres, 2000); Dirk Stegmann, "Die deutsche Inlandspropaganda 1917/18. Zum innenpolitischen Machtkampf zwischen OHL und ziviler Reichsleitung in der Endphase des Kaiserreiches", *Militärgeschichtliche Mitteilungen*, vol. 2 (1972), pp. 785–816; Christian Lüdtke, *Hans Delbrück und Weimar. Für eine konservative Republik – gegen Kriegsschuldlüge und Dolchstosslegende* (Göttingen, 2018), pp. 317–18; Rainer Sammet, *Dolchstoss: Deutschland und die Auseinandersetzung mit der Niederlage im Ersten Weltkrieg (1918–1933)* (Berlim, 2001), pp. 21–49, com inúmeros exemplos de jornais e políticos civis, bem como importantes figuras militares que acreditavam na certeza de uma vitória alemã em 1918.
5. Wilhelm Deist, "The Military Collapse of the German Empire: The Reality behind the Stab-in-the-back Myth", *War in History* 5, n° 2 (abril de 1996), pp. 186–223, nas pp. 188–90, traduzido por Edgar Feuchtwanger a partir de Wilhelm Deist, "Der militärische Zusammenbruch des Kaiserreichs: Zur Realität der "Dolchstosslegende", in Ursula Büttner (Org.), *Das Unrechtsregime. Internationale Forschung über den Nationalsozialismus: Festschrift für Werner Jochmann zum 65. Geburtstag* (2 vols., Hamburgo, 1986), vol. 1: *Ideologie – Herrschaftssystem – Wirkung in Europa*, pp. 101–29.
6. Ver especialmente Stevenson, *With Our Backs to the Wall*, para o curso dos eventos.
7. Ibid., e Sammet, *Dolchstoss*, pp. 31–41.
8. Deist, "The Military Collapse", pp. 191–200.
9. Hartmann et al., Hitler, *Mein Kampf*, p. 545; Deist, "The Military Collapse", pp. 201–4.
10. Joachim Petzold, *Die Dolchstosslegende; eine Geschichtsfälschung im Dienst des deutschen Imperialismus und Militarismus* (Berlim Oriental, 1963), p. 33, com discussão da fonte para essa declaração, os diários do oficial de Estado-maior Albrecht von Thaer, na nota 19. Petzold concluiu que, embora mais tarde Thaer tenha editado seus diários antes da publicação, sua versão da declaração de Ludendorff provavelmente era exata, uma vez que ele não introduziu material prejudicial como este de maneira retrospectiva.
11. Petzold, *Die Dolchstosslegende*, p. 33.
12. Sammet, *"Dolchstoss"*, pp. 25–31, 50–66.
13. Alan Kramer, "The Poisonous Myth: Democratic Germany's 'Stab in the Back' Legend", *Irish Times*, 1° de janeiro de 2019.
14. Richard J. Crampton, *Bulgaria* (Oxford, 2007), pp. 210–19.

15 *Amtliche Urkunden zur Vorgeschichte des Waffenstillstandes 1918: auf Grund der Akten der Reichskanzlei, des Auswärtigen Amtes und des Reichsarchivs herausgegeben vom Auswärtigen Amt und vom Reichsministerium des Innern* (2ª ed., Berlim, 1924), Documento número 9a, p. 31 (tradução minha).
16 *Papers Relating to the Foreign Relations of the United States, 1918: Supplement I: The World War* (Publicações do Departamento de Estado, Washington, D.C., 1933), vol. I, p. 338.
17 *Amtliche Urkunden*, Documento número 83, p. 205 (tradução minha).
18 Kramer, "The Poisonous Myth"; ver também Alexander Watson, "Stabbed at the Front", in *History Today* 58, n° 11 (2008).
19 Wilhelm Deist (Org.), *Militär und Innenpolitik im Weltkrieg 1914–1918* (Quellen zur Geschichte des Parlamentarismus und der politischen Parteien, Zweite Reihe: Militär und Politik, vol. 1, Düsseldorf, 1970).
20 A obra clássica sobre o tema é Fritz Fischer, *Germany's Aims in the First World War* (Londres, 1967).
21 Friedrich Freiherr Hiller von Gaertringen, "'Dolchstoss-Diskussion' und 'Dolchstosslegende' im Wandel von vier Jahrzehnten", in *idem*, e Waldemar Besson (Org.), *Geschichte und Gegenwartsbewusstsein: Historische Betrachtungen und Untersuchungen, Festschrift für Hans Rothfels zum 70. Geburtstag dargebracht von Kollegen, Freunden und Schülern* (Göttingen, 1963), nas pp. 122–60, pp. 124–5.
22 Barth, *Dolchstosslegenden*, pp. 11–380, *passim*.
23 Erich Ludendorff, *Kriegführung und Politik* (Berlim, 1922), p. 298.
24 Barth, *Dolchstosslegenden*, pp. 324–241.
25 Referido de maneira explícita pelo político de extrema direita Albrecht von Graefe em um debate na Assembleia Nacional em 29 de outubro de 1919: ver Hiller von Gaertringen, "'Dolchstoss-Diskussion'", pp. 137–8, e Barth, *Dolchstosslegenden*, p. 325.
26 Citado em Deist, "Der miltärische Zusammenbruch", p. 121.
27 Barth, *Dolchstosslegenden*, pp. 324–41.
28 Petzold, *Die Dolchstosslegende*, pp. 35–41; Ernst Müller-Meiningen, *Aus Bayerns schwersten Tagen. Erinnerungen und Betrachtungen aus der Revolutionszeit* (Berlin, 1923), pp. 27–8; Hiller von Gaertringen, "'Dolchstoss-Diskussion'", p. 131.
29 Petzold, *Die Dolchstosslegende*, p. 43.
30 Ibid., pp. 125–30, 134–6, com outros exemplos. Mais tarde Beck se juntou ao movimento de resistência, cujo fracasso em derrubar Hitler em 20 de julho 1944 o levou a tentar suicídio, sem sucesso, antes de ser executado a tiros.
31 Ibid., p. 129.
32 *The Times*, 17 de novembro de 1919, p. 12, citado em George S. Vascik e Mark R. Sadler, *The Stab-in-the-Back Myth and the Fall of Weimar Republic: A History in Documents and Visual Sources* (Londres, 2016), p. 120, doc. 8.9; Petzold, *Die Dolchstosslegende*, pp. 413–46.
33 John W. Wheeler-Bennett, Hindenburg. *The Wooden Titan* (Londres, 1939), p. 244; Anna von der Goltz, *Hindenburg: Power, Myth, and the Rise of the Nazis* (Oxford, 2009), pp. 67–9.
34 Citado em Jesko von Hoegen, *Der Held von Tannenberg. Genese und Funktion des Hindenburg-Mythos* (Colônia, 2007), p. 250.
35 Hiller von Gaertringen, "Dolchstoss-Legende", pp. 137–8.
36 Noticiado em *Deutsche Tageszeitung*, 18 de dezembro de 1918, p. 1, traduzido e impresso em Vascik e Sadler, *The Stab-in-the-back Myth*, pp. 96–7.
37 Frederick Maurice, *The Last Four Months: The End of the War in the West* (Londres, 1919), pp. 216–32, excerto em Vascik e Sadler, *The Stab-in-the-Back Myth*, pp.

100–102. Ver também Sammet, *"Dolchstoss"*, pp. 86–93, e Petzold, *Die Dolchstosslegende*, pp. 25–8, apontando a repetição das afirmações sobre Maurice ou Malcolm em obras padrão mais antigas, como Walter Görlitz, *Der deutsche Generalstab* (Frankfurt, 1953) e Karl Dietrich Erdmann, *Die Zeit der Weltkriege* (*Handbuch der deutschen Geschichte*, vol. 4, Stuttgart, 1959), p. 115.

38 Erich Kuttner, *Der Sieg war zum greifen Nahe!* (Berlim, 1921), pp. 5–6, extraído e traduzido em Vascik e Sadler, *The Stab-in-the-Back Myth*, p. 103, doc. 7.5. Ver também Barth, *Dolchstosslegenden*, pp. 324–41.

39 D. J. Goodspeed, *Ludendorff: Genius of World War I* (Boston, 1966), pp. 279–80, excertos em Vascik e Sadler, *The Stab-in-the-Back Myth*, pp. 105–6 (doc. 7.8).

40 Ver a abrangente demolição do depoimento de Ludendorff em Hiller von Gaertringen, "'Dolchstoss-Diskussion'", pp. 127–8, n° 20.

41 *Die Ursachen des deutschen Zusammenbruchs im Jahre 1918* (Berlim, 1928), vol. 4, pp. 3, 33–5, 78–80, extraído e traduzido em Vascik e Sadler, *The Stab-in-the-Back Myth*, pp. 104–5 (docs. 7.6, 7.8).

42 Petzold, *Die Dolchstosslegende*, pp. 53–5.

43 Gerd Krumeich, *Die unbewältigte Niederlage: Das Trauma des Ersten Weltkriegs und die Weimarer Republik* (Freiburg, 2018), pp. 189–91.

44 Generalfeldmarschall [Paul] von Hindenburg, *Aus meinem Leben* (3ª ed., Leipzig, 1920), p. 403. As memórias foram escritas por uma equipe: ver Andreas Dorpalen, *Hindenburg and the Weimar Republic* (Princeton, 1964), pp. 44–5; Hoegen, *Der Held von Tannenberg*, pp. 251–9; Wolfram Pyta, *Hindenburg: Herrschaft zwischen Hohenzollern und Hitler* (Berlim, 2007), pp. 405–9; Anna von der Goltz, *Hindenburg: Power, Myth, and the Rise of the Nazis* (Oxford, 2009), pp. 67–9.

45 Petzold, *Die Dolchstosslegende*, p. 59.

46 Max Bauer, *Konnten wir den Krieg vermeiden, gewinnen, abbrechen? Drei Fragen* (Berlim, 1919), p. 62, citado em Tim Grady, *A Deadly Legacy. German Jews and the Great War* (Londres, 2017), p. 209. Ver também Petzold, *Die Dolchstosslegende*, pp. 51–3. Para o ataque de Bauer ao feminismo, ver Richard J. Evans, *The Feminist Movement in Germany 1894–1933* (Londres, 1976), pp. 183–4.

47 *Die Ursachen* vol. 3, pp. 213–15; tradução em Ralph H. Lutz (Org.), *The Causes of the German Collapse in 1918: Sections of the Officially Authorized Report of the Commission of the German Constituent Assembly and of the German Reichstag, 1919–1928* (Palo Alto, 1934), pp. 86–8; publicado em Vascik e Sadler, *The Stab-in-the-Back Myth*, pp. 63–76.

48 Ludendorff, *Kriegführung und Politik*, pp. 300–303, 314.

49 Barth, *Dolchstosslegenden*, pp. 340–431.

50 Citado em Petzold, *Die Dolchstosslegende*, p. 43.

51 *Die Ursachen*, pp. 6–16, e Lutz, *Causes*, pp. 113–31; Vascik e Sadler, *The Stab-in-the-Back Myth*, doc. 6.4, pp. 4–5.

52 Petzold, *Die Dolchstosslegende*, pp. 28–9.

53 *Stenographische Berichte über die Verhandlungen des deutschen Reichstags*, 134 (26 de fevereiro de 1918), pp. 4, 162–64, 171, in Vascik e Sadler, *The Stab-in-the-Back Myth*, doc 4.10, pp. 60–61.

54 Vascik e Sadler, *The Stab-in-the-Back Myth*, pp. 9–62; Petzold, *Die Dolchstosslegende*, pp. 42–3.

55 Friedrich Ebert, *Schriften, Aufzeichnungen, Reden* (Dresden, 1926), vol. 4, pp. 126–77, traduzido e reproduzido em Vascik e Sadler, *The Stab-in-the-Back Myth*, pp. 89–90 como doc. 6.7.

56 Vascik e Sadler, *The Stab-in-the-Back Myth*, p. 86.

57 Citado em Petzold, *Die Dolchstosslegende*, p. 42.

58 Citado em Hoegen, *Der Held von Tannenberg*, p. 242.
59 Citado em ibid., pp. 244–5, n° 92.
60 Sammet, *Dolchstoss*, pp. 67–72.
61 Hiller von Gaertringen, "'Dolchstoss-Diskussion'", pp. 136–7; Sammet, *"Dolchstoss"*, pp. 71–5.
62 Bessel, *Germany after the First World War*, pp. 78, 263–4; Deist, "The Military Collapse", p. 205; em termos mais genéricos, ver Alexander Watson, *Enduring the Great War: Combat, Morale and Collapse in the German and British Armies, 1914–1918* (Cambridge, 2008).
63 Hiller von Gaertringen, "'Dolchstoss-Diskussion", pp. 139–41.
64 Petzold, *Die Dolchstosslegende*, pp. 63–5.
65 Vascik e Sadler, *The Stab-in-the-Back Myth*, pp. 129–58; Bernhard Fulda, *Press and Politics in the Weimar Republic* (Oxford, 2009), pp. 80–89 (para as distorções na cobertura jornalística por parte da imprensa nacionalista ao julgamento); Krumeich, *Die unbewältigte Niederlage*, pp. 204–8.
66 Krumeich, *Die unbewältigte Niederlage*, pp. 202–4; Vascik e Sadler, *The Stab-in-the-Back Myth*, pp. 159–76.
67 Ibid., pp. 179–207; ver também Sammet, *Dolchstoss*, pp. 84–6 e 211–31; Petzold, *Die Dolchstosslegende*, pp. 101–10 (da perspectiva da Alemanha Oriental comunista); e Krumeich, *Die unbewältigte Niederlage*, pp. 189–202.
68 Lüdtke, *Hans Delbrück und Weimar*, pp. 307–91, também para a nota seguinte; ver também Sammet, *Dolchstoss*, pp. 76–84.
69 Roger Chickering, *We Men Who Feel Most German: A Cultural Study of the Pan-German League, 1886–1914* (Londres, 1984); Peter Pulzer, *The Rise of Political Anti-Semitism in Germany and Austria* (Nova York, 1964).
70 Evans, *The Feminist Movement in Germany*, pp. 175–205.
71 Para um contexto mais amplo, ver Egmont Zechlin, *Die deutsche Politik und die Juden im Ersten Weltkrieg* (Göttingen, 1969).
72 Jacob Rosenthal, *"Die Ehre des jüdischen Soldatem": Die Judenzählung im Ersten Weltkrieg und ihre Folgen* (Frankfurt am Main, 2007); Tim Grady, *A Deadly Legacy: German Jews and the Great War* (Londres, 2017), pp. 137–47.
73 Citado em Alfred Niemann, *Revolution von oben – Umsturz von unten. Entwicklung und Verlauf der Staatsumwälzung in Deutschland 1914–1918. Mit einem Dokumentenanhang* (4ª ed., Berlim, 1928), p. 321.
74 Citado em Sammet, *Dolchstoss*, p. 121.
75 Albrecht von Thaer, *Generalstabsdienst an der Front und in der OHL. Aus Briefen und Tagebuchaufzeichnungen 1915–1919* (ed. Siegfried Kähler, Göttingen, 1958), p. 256.
76 Grady, *A Deadly Legacy*, pp. 208–11; Sammet, *Dolchstoss*, p. 119.
77 Alfred von Wrisberg, "Über die Angriffe gegen den Offiziersstande", *Militär-Wochenschrift für die deutsche Wehrmacht*, 25 de março de 1919, p. 262, citado em Rosenthal, *Die Ehre*, p. 131.
78 Idem, *Heer und Heimat* (Leipzig, 1921), p. 95, citado em Rosenthal, *Die Ehre*, p. 132.
79 Max Bauer, *Der grosse Krieg in Feld und Heimat* (Tübingen, 1921), p. 261, citado em Rosenthal, *Die Ehre*, p. 133. Ver também Adolf Vogt, *Oberst Max Bauer. Generalstabsoffizier im Zwielicht* (Osnabrück, 1974), pp. 171–98.
80 Hans Blüher, *Secessio judaica, philosophische Grundlegung der historischen Situation des Judentums und der antisemitische Bewegung* (Berlim, 1922), p. 48, citado em Rosenthal, *Die Ehre*, p. 134. Para o antifeminismo de Blüher, ver Evans, *The Feminist Movement in Germany*, pp. 182–4. Weininger era judeu, e, talvez na mais extrema de todas as instâncias de autoaversão judaica, arcou com as consequências lógicas de

seu antissemitismo e cometeu suicídio aos 23 anos de idade: Ver Chandak Sengoopta, *Otto Weininger: Sex, Science and Self in Imperial Vienna* (Chicago, 2000).
81 M. Voss, *Enthüllungen über den Zusammenbruch. Eine Betrachtung über die Ursachen, dass es so gekommen ist* (Halle, 1919), p. 43, citado em Sammet, *Dolchstoss*, p. 116.
82 Arthur Hoffmann-Kutsche, *Der Dolchstoss durch das Judentum. Materialien zur deutschen Geschichte und zur jüdischen Politik* (Halle, 1922), citado em Sammet, *Dolchstoss*, pp. 115-16.
83 Ludendorff, *Kriegführung und Politik*, p. 133; Sammet, *Dolchstoss*, p. 118.
84 Ernst Rademacher, posteriormente membro do Partido Nazista e oficial da SS, citado em Sammet, *Dolchstoss*, p. 117.
85 Sammet, *Dolchstoss*, p. 118, citando Wilhelm Meister, *Judas Schuldbuch. Eine deutsche Abrechnung* (3ª ed., Munique, 1919), p. 154.
86 Sammet, *Dolchstoss*, p. 116.
87 Eberhard Jäckel (Org.), *Hitler: Sämtliche Aufzeichnungen 1905-1924* (Stuttgart, 1980), indexa o termo em apenas 16 páginas de um total de 1.231; da mesma forma, Max Domarus (Org.), *Hitler: Reden und Proklamationen 1932-1945* (4 vols., Wiesbaden, 1973); e Bärbel Dusik et al. (Org.), *Hitler. Reden, Schriften, Anordnungen Februar 1925 bis Januar 1933* (6 vols., Munique, 1992-98).
88 Citado em Sammet, *Dolchstoss*, p. 251 [*Mein Kampf*, vol. 1, capítulo 10].
89 Hiller von Gaertringen, "'Dolchstoss-Diskussion'", pp. 142-43.
90 Wolfgang Schivelbusch, *Die Kultur der Niederlage. Der amerikanische Süden 1865, Frankreich 1871, Deutschland 1918* (Berlim, 2001), pp. 254-55.
91 Gerhard Hirschfeld, "Der Führer spricht vom Krieg: Der Erste Weltkrieg in den Reden Adolf Hitlers", in Gerd Krumeich (Org.), *Nationalsozialismus und Erster Weltkrieg* (Essen, 2010), pp. 35-51 Ver também Bernd Sösemann, "Der Erste Weltkrieg im propagandistischen Kalkül von Joseph Goebbels", in ibid., pp. 53-75.
92 Barth, *Dolchstosslegenden*, pp. 540-45.
93 Todos citados em Sammet, *Dolchstoss*, pp. 116-18.
94 Para as menções relativamente poucas e esparsas durante a década de 1920 e início de 1930, ver ibid., pp. 250-55.
95 Petzold, *Die Dolchstosslegende*, pp. 74-77, não convence quando equipara os "criminosos de novembro" aos supostos agentes da punhalada pelas costas. Para as concepções nazistas, ver também Gerd Krumeich, "Die Dolchstoss-Legende", in Étienne François e Hagen Schulze (Org.), *Deutsche Erinnerungsorte* (Munique, 2001), vol. I, pp. 575-99, na p. 598.
96 Sammet, *Dolchstoss*, pp. 119-24, citando Gustav Andersen, *Unsere Stellung zur Sozialdemokratie nach Weltkrieg und Umsturz*, vol. II: *Ihr Versagen nach dem Zusammenbruch. Aus den Tatsachen ermittelt* (Hamburgo, 1924), p. 138.
97 Richard Bessel, *Nazism and War* (Londres, 2004).
98 Ian Kershaw, "Vorwort", in Krumeich (Org.), *Nationalsozialismus und Erster Weltkrieg*, pp. 7-10.
99 Ulrich Herbert, "Was haben die Nationalsozialisten aus dem Ersten Weltkrieg gelernt?", in Krumeich (Org.), *Nationalsozialismus und Erster Weltkrieg*, pp. 21-32.
100 Citado em Joachim Schröder, "Der Erste Weltkrieg und der 'jüdische Bolschewismus'", in Krumeich (Org.), *Nationalsozialismus und Erster Weltkrieg*, pp. 77-96, na p. 79.
101 Hiller von Gaertringen, "Dolchstoss-Diskussion", pp. 145-46.
102 Petzold, *Die Dolchstosslegende*, pp. 69-73.
103 Krumeich, *Die unbewältigte Niederlage*, capítulo III/2: "Dolchstoss: Lüge, Legende oder doch ein wenig wahr?", pp. 183, 199, 209.
104 Richard M. Hunt, "Myths, Guilt, and Shame in Pre-Nazi Germany", *Virginia Quarterly Review* 34 (1958), pp. 355-71, exagera a propagação e influência do mito.

3. Quem incendiou o Reichstag?

1. Para a sequência de eventos, ver Alfred Berndt, "Zur Entstehung des Reichstagsbrandes: Eine Untersuching über den Zeitablauf", *Vierteljahrshefte für Zeitgeschichte* 23 (1975), pp. 77–90, e Hersch Fischler, "Zum Zeitablauf der Reichstagsbrandstiftung: Korrekturen der Untersuching Alfred Berndts", Vierteljahrshefte für Zeitgeschichte 55 (2005), pp. 617–32. Esses dois relatos diferentes já apontam para as divergências de opinião sobre as origens do incêndio.
2. Sefton Delmer, *Trail Sinister* (Londres, 1981), pp. 185–200. O "palácio presidencial" era a residência oficial do presidente, ou orador, do Reichstag, cargo que Göring ocupou como líder formal da maior delegação parlamentar na legislatura.
3. Ian Kershaw, *Hitler, 1889–1936: Hubris* (Londres, 1999), p. 457.
4. Hans Mommsen, "Der Reichstagsbrand und seine politischen Folgen", *Vierteljahrshefte für Zeitgeschichte 12* (1964), pp. 351–413.
5. Retirado de http://spartacus-educational.com/GERreichstagF.htm.
6. Alfons Sack (Org.), *Der Reichstagsbrand-Prozess* (Berlim, 1934). Sack, um conservador, foi o advogado designado para a defesa de Torgler, mas declarou que estava interessado apenas em saber se seu cliente era inocente ou culpado, não nos imperativos políticos por trás do julgamento. Foi preso pelos nazistas em 1934, mas logo libertado; morreu em um ataque aéreo dez anos depois.
7. O veredicto foi anulado de maneira retrospectiva em 2007, de acordo com uma lei de 1998 sobre as injustiças nazistas: ver Marcus Giebeler, Die Kontroverse um den Reichstagsbrand: Quellenprobleme und historiographische Paradigmen (Munique, 2010), pp. 44–5.
8. http://baseportal.de/cgibin/baseportal.pl?htx=/jarmerdhm/main&localparams=1&db=main&cmd=list&range=130,10&cmd=all&Id=53.
9. *The Brown Book of the Hitler Terror and the Burning of the Reichstag, Prepared by the World Committee for the Victims of German Fascism, with an Introduction by Lord Marley* [O livro marrom do terror de Hitler e do incêndio do Reichstag, preparado pelo Comitê Mundial para as Vítimas do Fascismo Alemão, com introdução de Lorde Marley] (Comitê Mundial para as Vítimas do Fascismo Alemão, Londres, 1933).
10. Ibid., p. 138.
11. Richard Wolff, "Der Reichstagsbrand 1933. Ein Forschungsbericht", *Aus Politik und Zeitgeschichte*, 3/56, 18 de janeiro de 1956, pp. 25–56.
12. *Fritz Tobias, Der Reichstagsbrand. Legende und Wirklichkeit* (Rastatt, 1962). A tradução em inglês, The Reichstag Fire (Nova York, 1964), é tremendamente resumida.
13. Tobias, *Reichstagsbrand,* pp. 171–205 (Oberfohren), 446.
14. Ibid., pp. 420–56.
15. Ibid., pp. 101–4.
16. Mommsen, "Der Reichstagsbrand". Giebeler, *Die Kontroverse*, esp. pp. 74–80, reduz a controvérsia a um subproduto deste debate mais amplo.
17. Sean McMeekin, *The Red Millionaire: A Political Biography of Willi Münzenberg, Moscows Secret Propaganda Tsar in the West, 1917–1940* (New Haven, EUA, 2004).
18. Edouard Calic, *Le Reichstag brûle!* (Paris, 1969; idem, Reinhard Heydrich (Nova York, 1982), pp. 85–96.
19. Edouard Calic (Org.), *Unmasked: Two Confidential Interviews with Hitler in 1931* (Londres, 1971; edição original em alemão Ohne Maske. Hitler-Breiting Geheimgespräche (Frankfurt, 1968).
20. Ibid., p. 56.

21 Quando ministrei um curso sobre o Terceiro Reich na Universidade de East Anglia, na década de 1980, costumava pedir aos alunos que descobrissem se o texto era ou não genuíno; eles não tinham dificuldade alguma para concluir que não era.
22 Walther Hofer, Friedrich Zipfel e Christoph Graf (Org.), *Der Reichstagsbrand: Eine wissenschaftliche Dokumentation* (Berlim, 2 vols., 1972 e 1978). Ver especialmente o vol. I, pp. 257-78.
23 Ver a contribuição de Henning Köhler em idem et al., *Reichstagsbrand: Aufklärung einer historischen Legende*, p. 167.
24 Kellerhoff, p. 117.
25 Ibid., p. 112.
26 Fritz Thyssen, *I Paid Hitler* (Londres, 1941).
27 Hans-Joachim Bernhard e David Elazar (Org.), *Reichstagsbrandprozess und Georgi Dimitroff: Dokuments* (Berlim, 1982 e 1989).
28 Klaus Drobisch, *Reichstag in Flammen* (Illustrierte historische Hefte 29, Berlim, 1983), p. 30 ("cui bono? Wem nützt es?").
29 Alexander Bahar e Wilfried Kugel (Org.), *Der Reichstagsbrand: wie Geschichte gemacht wird* (Berlim, 2001).
30 *Frankfurter Allgemeine Zeitung*, 22 de fevereiro de 2001, p. 8; *Neue Zürcher Zeitung*, 25 de abril de 2001.
31 http://blog.globale-gleichheit.de/?author=1.
32 http://www.parapsych.org/users/wkugel/profile.aspx. O site da associação diz que a entidade se dedica ao estudo de fenômenos como "telepatia, clarividência, psicocinese, cura psíquica e precognição".
33 Ver também as revelações sobre Kugel em http://www.welt.de/print-welt/article627231/Wir-erhalten-Informationen-aus-der-Zukunft.html.
34 Dieter Deiseroth (Org.), *Der Reichstagsbrand und der Prozess vor dem Reichsgericht* (Berlim, 2006).
35 Sven Felix Kellerhoff, *Der Reichstagsbrand: Die Karriere eines Kriminalfalls* (Berlim, 2008), p. 125.
36 Ibid., pp. 128-29; Hans Schneider (Org.), *Neues vom Reichstagsbrand? Eine Dokumentation: Bei Versäumnis der deutschen Geschichtsschreibung, mit einem Geleitwort von Iring Fetscher und Beiträgen von Dieter Deiseroth, Hersch Fischler, Wolf-Dieter Narr* (Berlim, 2004). As contribuições adicionais são de conhecidos cientistas políticos esquerdistas alemães.
37 Nesse momento foi publicada uma dissertação que tentou resumir a polêmica (Giebeler, Die Kontroverse), mas que, mesmo com úteis resumos das inúmeras contribuições para o debate, não conseguiu abordar diretamente as principais questões e não levou em consideração os fatores do contexto político. Sua conclusão de que o debate ainda não foi resolvido é pouco mais do que uma confissão de impotência intelectual em face da montanha de argumentos e evidências, alegações e refutações apresentados pelos participantes.
38 Benjamin Carter Hett, *Burning the Reichstag. An Investigation into the Third Reich's Most Enduring Mystery* (Nova York, 2014).
39 Ibid., p. 17.
40 Tobias, *Reichstagsbrand*, pp. 527-49.
41 Ibid., p. 272.
42 Ibid., p. 73. Para um exemplo da editora de extrema direita Druffel Verlag publicando um livro (sobre o Terceiro Reich e a Questão Palestina) sem o consentimento do autor, ver Francis Nicosia, "Scholars and Publishers: A New Twist to an Old Story?", *German History* 8, n. 1 (junho de 1990), pp. 217-22.
43 Tobias, Reichstagsbrand, p. 3.

44 Ibid., p. 4.
45 Hett, *Burning the Reichstag*, pp. 262–63; Benjamin Carter Hett, "Who Burned the Reichstag?" (Carta ao *London Review of Books*, 19 de maio de 2014).
46 Helmut Krausnick e Hans-Heinrich Wilhelm: *Die Truppe des Weltanschauungskrieges. Die Einsatzgruppen der Sicherheitspolizei und des SD 1938–1942* (Stuttgart, 1981); Helmut Krausnick et al., *Anatomy of the SS State* (Londres, 1968); Horst Möller e Udo Wengst (Org.), *50 Jahre Institut für Zeitgeschichte: Eine Bilanz* (Munique, 1999).
47 Hett, *Burning the Reichstag*, p. 317.
48 Ibid., p. 289.
49 Ibid., "Who Burned the Reichstag?".
50 Hett, *Burning the Reichstag*, p. 92.
51 Ibid., p. 323.
52 Tobias, *Reichstagsbrand*, pp. 257–69.
53 Kershaw, *Hitler: Hubris*, p. 457; Delmer, *Trail Sinister*, pp. 185–200.
54 Hett, *Burning the Reichstag*, pp. 320–21.
55 Horst Karasek, *Der Brandstifter* (Verlag Klaus Wagenbach, Berlin, 1984); ver também a discussão em Tobias, pp. 23–75 e 470–501.
56 Hett, *Burning the Reichstag*, p. 269.
57 Ibid., p. 20.
58 Kellerhoff, pp. 135–36.
59 Tobias, *Reichstagsbrand,* p. 592.
60 Hett, *Burning the Reichstag*, p. 251.
61 Conrad Meding, "Wer war der wahre Brandstifter?", *Hannoversche Allgemeine Zeitung*, 26 de julho de 2019, pp. 2–3, incluindo uma fotocópia da declaração juramentada.
62 "Dokument aufgetaucht. SA-Mann Hans-Martin Lennings will am Reichstagsbrand beteiligt gewesen sein", *Frankfurter Rundschau*, 26 de julho de 2019; "Archivfund in Hannover. Erklärung von SA-Mann erschüttert Einzeltäterthese zum Reichstagsbrand", *Süddeutsche Zeitung*, 26 de julho de 2019; "Reichstagsbrand Erklärung von SA-Mann legt NS-Beteiligung nahe", *Berliner Zeitung*, 26 de julho de 2019; "Newly Uncovered Testimony Casts Doubt on Reichstag Fire Claims", *Times of Israel*, 27 de julho de 2019; Alex Winston, "Newly Discovered Account of 1933 Reichstag Fire Casts Doubt on Nazi Narrative", *Jerusalem Post*, 28 de julho de 2019.
63 Sven Felix Kellerhoff, "Was die neue Eidesstattliche Erklärung eines SA-Mannes bedeutet", *Die Welt*, 26 de julho de 2019; idem, "Der Kronzeuge gegen die Nazis war ein 'lügnerischer Mensch'". *Die Welt*, 29 de novembro de 2019.
64 Tony Paterson, "Historians Find 'proof' that Nazis Burned Reichstag", *Daily Telegraph*, 15 de abril de 2001.

4. Por que Rudolf Hess voou para a Grã-Bretanha?

1. Reconstituição romanceada em James Leasor, *Rudolf Hess: The Uninvited Envoy* (Londres, 1962), pp. 11–22 (não totalmente confiável); cuidadoso e detalhado relato com base em uma ampla gama de evidências em Roy Conyers Nesbit e Georges Van Acker, *The Flight of Rudolf Hess: Myths and Reality* (Stroud, 1999), pp. 49–74, o trabalho padrão.
2. Nesbit e Van Acker, *The Flight*, pp. 49–74. A principal fonte para esse relato é a carta que Hess enviou posteriormente para o filho, hoje no Arquivo Nacional em Kew, na pasta FO 1093/i (fac-símile da primeira página da carta reproduzido em Nesbit e Van Acker, The Flight, p. 160); também os mapas de Hess, com marcações do curso do voo, encontrados depois que ele pousou, hoje em exibição na casa do atual duque de Hamilton em Lennoxlowe, em East Lothian (ibid., p. 58).
3. Nesbit e Van Acker, *The Flight*, pp. 74–7, citando outros documentos dos Arquivos Nacionais; Sir John Colville, The Fringes of Power (Londres, 1985), p. 386.
4. Leasor, Rudolf Hess, p. 11, citando documentos apresentados ao Julgamentos de Crimes de Guerra de Nuremberg; Ivone Kirkpatrick, *The Inner Circle: Memoirs* (Londres, 1959), pp. 173–85; James Douglas-Hamilton, *Motive for a Mission: The Story behind Hess's Flight to Britain* (Londres, 1971), segue os relatos padrão. Para o texto completo da suposta "oferta de paz" e outros documentos, ver Peter Raina, *A Daring Venture: Rudolf Hess and the Ill-Fated Peace Mission of 1941* (Frankfurt am Main, 2014).
5. Gabriel Gorodetsky (Org.), *The Maisky Diaries: Red Ambassador to the Court of St James's 1932–1943* (Londres, 2015), p. 359 (10 de junho de 1941).
6. Ver Richard J. Evans, *Altered Pasts: Counterfctuals in History* (Londres, 2014), pp. 73–8.
7. Nesbit e Van Acker, *The Flight*, pp. 1–13; Ilse Hess, Ein Schicksal, in Briefen (Leoni am Starnberger See, 1984), conjunto de cartas de Hess.
8. Nesbit e Van Acker, The Flight, pp. 13–21.
9. Ibid., pp. 21–31.
10. Peter Longerich, "Hitler's Deputy: The Role of Rudolf Hess in the Nazi Regime", in David Stafford (Org.), *Flight from Reality: Rudolf Hess and His Mission to Scotland, 1941* (Londres, 2002), pp. 104–20.
11. Nesbit e Van Acker, The Flight, pp. 32–4.
12. Longerich, "Hitler's Deputy", defende a contínua importância de Hess. No entanto, em *Hitler: A Life* (Oxford, 2019), p. 730, Longerich admite que Hess vinha passando por um "crescente isolamento no âmbito da liderança do Reich" nos anos que precederam seu voo.
13. Kurt Pätzold e Manfred Weissbecker, *Rudolf Hess. Der Mann an Hitlers Seite* (Leipzig, 1999), pp. 235–60.
14. Joachim C. Fest, *The Face of the Third Reich* (Londres, 1970), pp. 290–91; Rainer F. Schmidt, *Rudolf Hess: 'Botengang eines Toren'. Der Flug nach Grossbritannien vom 10. Mai 1941* (Düsseldorf, 1997), pp. 273–74.
15. Citado em Jürgen Matthäus e Frank Bajohr (Org.), *Alfred Rosenberg: Die Tagebücher von 1934 bis 1944* (Frankfurt, 2015), 24/3/1939, p. 288 e 14/5/1941, pp. 284–87.
16. Peter Longerich, *Hitlers Stellvertreter. Führung der Partei und Kontrolle des Staatsapparates durch den Stab Hess und die Partei-Kanzlei Bormann* (Munique, 1992), pp. 109–18; Armin Nolzen, 'Der Hess-Flug und die öffentliche Meinung im NS-Staat', em Martin Sabrow (Org.), Skandal und Diktatur. Formen öffentlicher Empörung im NS-Staat und in der DDR (Göttingen, 2004), pp. 130–56, na p. 131.
17. Wulf Schwarzwäller, *Rudolf Hess. Der Stellvertreter* (Munique, 1987), p. 160.

18 Eugene K. Bird, *The Loneliest Man in the World: The Inside Story of the 30-Year Imprisonment of Rudolf Hess* (Londres, 1974), pp. 260-61.
19 Ian Kershaw, *Hitler 1936-1945: Nemesis* (Londres, 2000), pp. 369-70, p. 940, n. 220; Rainer F. Schmidt, "Der Hess-Flug und das Kabinett Churchill", Vierteljahrshefte für Zeitgeschichte 42 (1994), pp. 1-28, na p. 28.
20 Nesbit e Van Acker, *The Flight*, pp. 34-5.
21 Hans-Adolf Jacobsen, *Karl Haushofer: Leben und Werk* (Boppard am Rhein, 1979), vol. 2, pp. 452-55; James Douglas-Hamilton, *The Truth About Rudolf Hess* (Edimburgo, 1993), pp. 125-33; Correspondência de Haushofer reproduzida no Apêndice I de Leasor, *Rudolf Hess*, pp. 219-26.
22 Nesbit e Van Acker, *The Flight*, p. 151, para um fac-símile.
23 Longerich, *Hitlers Stellvertreter*, p 146; Wulf Schwarzwäller, *Rudolf Hess. Der Stellvertreter* (Munique, 1987), p. 177.
24 Schwarzwäller, *Rudolf Hess*, pp. 173-75.
25 Wolf Rüdiger Hess, *Rudolf Hess: 'Ich bereue nichts'* (Graz, 1994), pp. 65-72.
26 John Costello, *Ten Days that Saved the West* (Londres, 1991), p. xiv. Infelizmente, Costello não forneceu detalhes para respaldar sua afirmação de que isso foi comprovado pela recente divulgação de arquivos que deixaram de ser "ultrassecretos" no Reino Unido, Estados Unidos e URSS (ibid., pp. 15-20), exceto pelo sumário de um documento da KGB repleto de desinformação.
27 J. Bernard Hutton, *Hess: The Man and His Mission* (Londres, 1970), pp. 21, 70-73.
28 Ibid., pp. 30-33.
29 Ibid., p. 23.
30 Peter Padfield, *Hess: Flight for the Führer* (Londres, 1991), pp. 138-41.
31 Ver, por exemplo, Bird, *The Loneliest Man in the World*, p. 252 (depoimento juramentado de Hess "a ser entregue à imprensa mundial").
32 Ilse Hess, *Prisoner of Peace* (Londres, 1954).
33 Transcrição em Pätzold e Weissbecker, *Rudolf Hess*, pp. 451-44.
34 Schmidt, *Botengang*, pp. 280-81.
35 Volker Ullrich, *Adolf Hitler: Biografie. Die Jahre des Untergangs* (Frankfurt am Main, 2018), pp. 192-202, citando Bodenschatz na p. 195.
36 Schwarzwäller, *Rudolf Hess*, p. 185, afirma que pelo resto da vida Hess obedeceu a um "pacto de silêncio" com Hitler, mas não produz nenhuma evidência da existência desse pacto.
37 Hutton, *Hess*, pp. 57-9; Schwarzwäller, *Rudolf Hess*, p. 200.
38 Albert Speer, Inside the Third Reich (Londres, edição de 1975), p. 250 [Ed. bras.: *Por dentro do III Reich: Os anos de glória* e *Por dentro do III Reich: A derrocada*. Rio de Janeiro: Artenova, 1971], também para a nota seguinte. Speer errou ao afirmar que Pintsch estava acompanhado por outro ajudante de Hess: ver Kershaw, *Hitler: Nemesis*, p. 937, n. 178. Ver também o relato preparado para Stálin em 1949 e com base no testemunho ocular do ajudante de ordens de Hitler, Heinz Linge, e seu assistente Otto Günsche, que caiu em mãos soviéticas no final da guerra: *The Hitler Book: The Secret Dossier Prepared for Stalin* (Henrik Eberle e Matthias Uhl (Org.), Londres, 2005), pp. 70-72.
39 Paul Schmidt, *Hitler's Interpreter* (Londres, 1951), p. 233.
40 Matthäus e Bajohr (Org.), *Alfred Rosenberg: Die Tagebücher*, p. 387 (14 de maio de 1941).
41 Elke Fröhlich (Org.), *Die Tagebücher von Joseph Goebbels. Sämtliche Fragmente, Parte I* (Aufzeichnungen), vol. 9 (Munique, 1998), pp. 309, 312.
42 Nolzen, "Der Hess-Flug", pp. 130-56.
43 Kershaw, *Hitler: Nemesis*, p. 375.
44 Conforme afirmado por Edouard Calic, *Reinhard Heydrich* (Nova York, 1982), p. 233.

45 Leasor, *Rudolf Hess*, pp. 172-4 A. J. P. Taylor, *Beaverbrook* (Londres 1972), p. 624, n. 1, após relatar uma entrevista inconclusiva dada por Hess ao magnata dos jornais e ministro da produção de aeronaves Max Beaverbrook, observa que "é concebível que Hitler soubesse da intenção de Hess", mas deixa por isso mesmo.
46 Robert Gellately, *The Gestapo and German Society: Enforcing Racial Policy, 1933-1945* (Oxford, 1990), Eric A. Johnson, *Nazi Terror: The Gestapo and Ordinary Germans* (Nova York, 1999), e Klaus-Michael Mallmann e Gerhard Paul, "Omniscient, Omnipotent, Omnipresent? Gestapo, Society and Resistance", in David F. Crew (Org.), *Nazism and German Society 1933-1945* (Londres, 1994), pp. 166-96, substituindo Edward Crankshaw, Gestapo: Instrument of Tyranny (Londres, 1956).
47 Eberle e Uhl (Org.), *The Hitler Book*, pp. 70-72.
48 Nesbit e Van Acker, *The Flight*, p. 125.
49 Lothar Kettenacker, "Mishandling a Spectacular Event: The Rudolf Hess Affair", in David Stafford (Org.), *Flight from Reality: Rudolf Hess and his Mission to Scotland 1941* (Londres, 2002), pp. 19-37, nas pp. 19-20.
50 Kershaw, *Hitler: Nemesis*, pp. 369-81, o melhor relato curto.
51 John Harris e M. J. Trow, *Rudolf Hess: The British Conspiracy* (Londres, 2011), pp. 8-10.
52 Peter Padfield, *Hess, Hitler and Churchill: The Real Turning Point of the Second World War: A Secret History* (Londres, 2013), p. 20.
53 Ibid., p. 21.
54 Padfield, *Hess*, pp. 346-51; da mesma forma em Kilzer, *Churchill's Deception*, pp. 271-4 [Ed. bras.: *A farsa de Churchill – a trama secreta que definiu a guerra*. Rio de Janeiro: Revan, 2008].
55 Ulrich von Hassell, *The von Hassell Diaries, 1938-1944. The Story of the Forces against Hitler inside Germany as recorded by Ambassador Ulrich von Hassell, a Leader of the Movement* (Londres, 1948), pp. 179-80.
56 Ibid., p. 194.
57 Harris e Trow, *Rudolf Hess*, p. 170. Alegações da supressão de evidências documentais foram aceitas até mesmo por historiadores sensatos: ver, por exemplo, Neal Ascherson, "Secrets are Like Sex", *London Review of Books*, 2 de abril de 2020, p. 20.
58 Pätzold e Weissbecker, *Rudolf Hess*, pp. 281-3.
59 Ibid., pp. 5 e 254, n. 7.
60 Padfield, *Hess, Hitler and Churchill*, p. 363.
61 Leasor, *Rudolf Hess*, pp. 73-81.
62 Calic, *Reinhard Heydrich*, p. 233.
63 Nesbit e Van Acker, *The Flight of Rudolf Hess*, pp. 126-7 e apêndices técnicos.
64 Ibid., pp. 126-31.
65 David Stafford (Org.), *Flight from Reality: Rudolf Hess and His Mission to Scotland 1941* (Londres, 2002), p. 2. John Kirkpatrick, em *10 May 1941: Rudolf Hess's Flight to Scotland. A Bibliographical Study* (Glasgow, 2008), oferece um breve guia e uma análise útil. Teorias da conspiração em torno do voo também inspiraram uma série de trabalhos de ficção, incluindo Brian Moffat, *Fallen Angels, Lost Highways (The Long Fall of Rudolf Hess)* (Hawick, 2012); Philip S. Jacobs, *Hess: The Camouflaged Emissary* (Oxford, 1993); e, mais recentemente, Graham Hurley, *Raid 42* (Londres, 2019).
66 James J. Barnes e Patience P. Barnes, *Hitler's Mein Kampf in Britain and America: A Publishing History 1930-1939* (Cambridge, 1980), para detalhes da vida e carreira de Murphy; ver também Barnes e Barnes, James Vincent Murphy: Translator and Interpreter of Fascist Europe 1880-1946 (Langham, Maryland, EUA, 1987).
67 James Murphy, *Adolf Hitler: The Drama of His Career* (Londres, 1934), p. viii.
68 Ibid., p. x.

69 Ibid., pp. 15–16.
70 Ibid., pp. 124–7, 138–939; Werner E. Mosse, *Jews in the German Economy: The German-Jewish Elite 1820–1935* (Oxford, 1987); idem, *The German-Jewish Elite 1820–1935: A Socio-Cultural Profile* (Oxford, 1989).
71 Barnes e Barnes, *James Vincent Murphy*, pp. 164–6.
72 Richard Griffiths, *Fellow Travellers of the Right: British Enthusiasts for Nazi Germany 1933–1939* (Oxford, 1983), p. 128; Barnes and Barnes, *Hitler's Mein Kampf*, pp. 56–7; Shareen Blair Brysac, *Resisting Hitler: Mildred Harnack and the Red Orchestra: The Life and Death of an American Woman in Nazi Germany* (Nova York, 2000), pp. 57–8. O neto de Murphy, John Murphy, tentou dissociar seu avô do apoio ao nazismo muitos anos depois: https://www.mhpbooks.com/the-remarkable-story-of-mein-kampfs-translation-into-english/ e https://www.bbc.co.uk/news/magazine-30697262.
73 Greta Kuckhoff, *Vom Rosenkranz zur Roten Kapelle* (Berlim Oriental, 1973), pp. 180–81, 197–8.
74 Barnes e Barnes, *Hitler's Mein Kampf*, pp. 51–72, 235.
75 Citações e resumo em ibid., pp. 26–8.
76 James Murphy, *Who Sent Rudolf Hess?* (Londres, 1941), pp. 1, 4. Agradeço à biblioteca Bodleian Library, Oxford, por fornecer uma cópia desse panfleto.
77 Vidkun Quisling foi um fascista norueguês instalado como primeiro-ministro após a conquista alemã da Noruega em 1940. O termo "quinta-coluna" tem origem na Guerra Civil Espanhola (1936–39), em que às quatro colunas dos exércitos franquistas nacionalistas supostamente juntou-se uma quinta, realizando traidores atos de subversão atrás das linhas republicanas.
78 James Murphy, *Who Sent Rudolf Hess?*, pp. 8–9.
79 Ibid., pp. 10–14.
80 Ibid., pp. 15–23.
81 Ibid., pp. 24–34. Svengali era um judeu manipulador que, no romance antissemita de George du Maurier, *Trilby*, publicado em 1894, usa a hipnose para transformar uma jovem inocente em uma cantora talentosa; a ideia de Hitler como um "sonâmbulo" deriva de sua declaração em 15 de março de 1936: "Eu sigo com a certeza de um sonâmbulo o caminho que a Providência traçou para mim".
82 Ibid., pp. 34–5, 42–3. Murphy invocou outra teoria da conspiração quando declarou que Fritsch, exonerado em fevereiro de 1938, supostamente porque estava sendo chantageado por um garoto de programa, mas na realidade porque era muito cético quanto à capacidade da Alemanha de travar uma guerra europeia no futuro próximo, foi assassinado pelos nazistas logo após a eclosão da guerra. De fato, testemunhas oculares relataram que Fritsch, que havia se oferecido para o serviço ativo na Frente Oriental numa tentativa de restaurar sua reputação, foi morto por uma bala perdida disparada por forças inimigas durante a invasão da Polônia (ver a reportagem na revista *Der Spiegel*, 34/1948, 21 de agosto de 1948, p. 18).
83 James Murphy, *Who Sent Rudolf Hess?*, pp. 44–5.
84 Ibid., Prefácio.
85 Andrew Thorpe, *The British Communist Party and Moscow 1920–1943* (Manchester, 2000), pp. 265–67.
86 Gorodetsky (Org.), *The Maisky Diaries*, p. 356 (3 de junho de 1941).
87 Ibid., pp. 119–20, citando a matéria sobre o caso no jornal *The Times*, 19 de fevereiro de 1942.
88 Ibid., p. 121.
89 Nesbit e Van Acker, *The Flight*, p. 122.
90 Ibid., pp. 122–3; Stafford, *Flight from Reality*, pp. 4–6. Ver também Padfield, *Hess, Hitler and Churchill*, p. 299.

91 Nesbit e Van Acker, *The Flight*, p. 122.
92 Costello, *Ten Days*, pp. 5–6.
93 Nesbit e Van Acker, *The Flight*, pp. 131–37.
94 Nesbit e Van Acker, pp. 60–69. O relatório oficial da RAF sobre o progresso do Messerschmitt de Hess é dado nas pp. 157–9.
95 Alfred Smith, *Rudolf Hess and Germany's Reluctant War 1939–41* (Lewes, Sussex, 2001), p. xix.
96 Padfield, *Hess*, p. 348. A liberação dos arquivos não forneceu respaldo para a teoria de uma conspiração que convidasse Hess para ir à Grã-Bretanha.
97 Smith (*Rudolf Hess and Germany's Reluctant War*), p. xix, sugere que os membros do serviço secreto estavam envolvidos porque eles próprios eram parte da facção da paz, embora não haja evidências para corroborar essa hipótese.
98 Harris e Trow, *Rudolf Hess*, pp. 125, 131. Eles admitem, no entanto, que "hoje não consideram que McCormick tenha sido particularmente fiel aos fatos". (p. 131). McCormick foi o autor de *The Master Book of Spies* (Londres, 1973) e *The Life of Ian Fleming* (Londres, 1993).
99 Harris e Trow, *Rudolf Hess*, pp. 248–52.
100 Smith, *Rudolf Hess and Germany's Reluctant War*, p. 387.
101 Louis C. Kilzer, *Churchill's Deception: The Dark Secret That Destroyed Nazi German* (Nova York, 1994), p. 276. [Ed. bras.: *A farsa de Churchill – a trama secreta que definiu a guerra*. Rio de Janeiro: Revan, 2008].
102 Ibid.
103 Schmidt, *Rudolf Hess*, pp. 278–80 (fiando-se nas conhecidas cartas de Haushofer, juntamente com o testemunho do pós-guerra): também Hess e Trow, *Rudolf Hess*, pp. 243–5. A teoria de que Ernest Bevin, ministro do Trabalho do gabinete de coalizão de Churchill, foi avisado de antemão sobre o voo por uma mensagem codificada está em um artigo de jornal publicado em 1969 por um homem cujos muitos lapsos de memória em outras partes do artigo tornam seu testemunho completamente duvidoso (Schmidt, *Botengang*, p. 32, n. 69).
104 Ted Harrison, "'[...] wir wurden schon viel zu oft hereingelegt'. Mai 1941: Rudolf Hess in englischer Sicht", in Pätzold c Weissbecker, *Rudolf Hess*, pp. 368–92.
105 Stafford, *Flight from Reality*, p. 11.
106 Martin Allen, *The Hitler/Hess Deception: British Intelligence's Best-Kept Secret of the Second World War* (Londres, 2003), esp. p. 283. [Ed. bras.: *A missão secreta de Rudolf Hess: o estranho voo do vice de Hitler e o segredo mais bem guardado da espionagem britânica*. Rio de Janeiro: Record, 2007].
107 Conforme relatado por Edmund A. Walsh, "The Mystery of Haushofer", *Life*, 16 de setembro de 1946, pp. 106–20; ver também Jacobsen, Karl Haushofer, e Daniel Wosnitzka, "Karl Haushofer, 1869–1946" (no site do Museu Deutsches Historisches).
108 Martin Allen, *Himmler's Secret War: The Covert Peace Negotiations of Heinrich Himmler* (Nova York, 2005).
109 Paul Lewis, "The 29 Fakes behind a Rewriting of History", *Guardian*, 5 de maio de 2008.
110 Martin Allen, *"Lieber Herr Hitler..." 1939/40: So wollte der Herzog von Windsor den Frieden retten* (Inning, 2001); idem, *Churchills Friedensfalle. Das Geheimnis des Hess-Fluges 1941* (Stegen, 2003); idem, *Das Himmler-Komplott 1943–1945* (Stegen, 2005).
111 Harris e Trow, *Hess: The British Conspiracy*, p. 264, n. 2.
112 Ibid., pp. 6 e 255, n. 10.
113 Ibid., p. 8.

114 Peter Allen, *The Crown and the Swastika: Hitler, Hess, and the Duke of Windsor* (Londres, 1983), p. 188.
115 Ibid., p. 239.
116 Ernst Haiger, "Fiction, Facts, and Forgeries: The 'Revelations' of Peter and Martin Allen about the History of the Second World War", *Journal of Intelligence History*, 6/1 (2006), pp. 105–18.
117 Stafford, *Flight from Reality*, p. 5.
118 Padfield, *Hess, Hitler and Churchill*, p. 355.
119 Smith, *Rudolf Hess and Germany's Reluctant War*, esp. pp. 398–401. É importante notar que a bibliografia de Smith não contém itens em alemão.
120 Hess, *Prisoner of Peace*; Victor E. Marsden (trad.), *Protocols of the Meetings of the Learned Elders of Zion* (Londres, 1922); ver também Gisela Lebeltzer, "Henry Hamilton Beamish and the Britons: Champions of Anti-Semitism", in Kenneth Lunn and Richard Thurlow (Org.), *British Fascism: Essays on the Radical Right in Interwar Britain* (Londres, 1980).
121 Lynn Pinknett, Clive Prince e Stephen Prior, *Double Standards: The Rudolf Hess Cover-up* (Londres, 2001), pp. 493–4. A bibliografia deste livro não contém nem sequer um único item em alemão.
122 Pätzold e Weissbecker, *Rudolf Hess*, pp. 275–81.
123 Ver Daniel Pick, *The Pursuit of the Nazi Mind: Hitler, Hess, and the Analysts* (Oxford University Press, 2012).
124 Nesbit e Van Acker, *The Flight*, pp. 100–114.
125 Edmund Mezger, *Kriminalpolitik auf kriminologischer Grundlage* (Stuttgart, 1934), pp. 18–25.
126 Gert Heidenreich, "Freiheit im Freistaat: Polizeiaktion gegen Münchner Verlage – die Vergangenheit des bayerischen Innenministers Alfred Seidl", *Die Zeit*, 20 de outubro de 1978.
127 Anton Maegerle, "'Club der Revisionisten': Seit nunmehr 25 Jahren ist die 'Zeitgeschichtliche Forschungsstelle Ingolstadt' damit beschäftigt, historische Fakten zu verdrehe", *Blick nach Rechts*, n. 25, 11 de dezembro de 2006.
128 Alfred Seidl, *Der verweigerte Friede. Deutschlands Parlamentär Rudolf Hess muss schweigen* (Munique, 1985). Ver também idem, *Der Fall Rudolf Hess 1941–1987. Dokumentation des Verteidigers* (Munique, 1997).
129 Ibid., p. 39.
130 David Irving, *Hess: The Missing Years 1941–1945* (Londres, 1987), pp. 4, 41.
131 Albert Speer, *Spandau: The Secret Diaries* (Glasgow, 1976), p. 466. [Ed. bras.: *Spandau – o diário secreto*. Trad. Guilherme da Nóbrega. São Paulo: Artenova, 1977].
132 Tony Le Tissier, *Farewell to Spandau* (Leatherhead, 1994), p. 71. Le Tissier foi o último governador de Spandau. Para um relato detalhado do período que Hess passou em confinamento de 1941 a 1946, ver Stephen McGinty, *Camp Z: How British Intelligence Broke Hitler's Deputy* (Londres, 2013).
133 Nesbit e Van Acker, *The Flight*, pp. 111–18; a carta é reproduzida e traduzida em Le Tissier, *Farewell to Spandau*, p. 77. "Freiberg" era uma referência ao sobrenome de uma de suas secretárias, não uma palavra codificada sugerindo que o documento era uma fraude, como sugeriram alguns conspiradores (por exemplo, Padfield, *Hess, Hitler and Churchill*, p. 17).
134 Wolf-Rüdiger Hess, Mord an Rudolf Hess? Der geheimnisvolle Tod meines Vaters in Spandau (Leoni am Starnberger See, 1990), pp. 51, 151–53, 156, 163. Ver também Smith, *Rudolf Hess and Germany's Reluctant War*, p. 386 ("uma morte muito conveniente").

135 Cahal Milmo, "Adolf Hitler's Nazi Deputy Rudolf Hess 'murdered by British agents to stop him spilling wartime secrets'". *Independent*, 6 de setembro de 2013. Ver também Harris e Trow, *Hess: The British Conspiracy*, pp. 171–99.
136 John Greenwald e Clive Freeman, "Germany: The Inmate of Spandau's Last Wish", *Time*, 6 de dezembro de 2009.
137 Padfield, *Hess, Hitler and Churchill*, p. 17.
138 Ibid., p. 323; *Abdullah Melaouhi, Rudolf Hess: His Betrayal and Murder* (Washington D.C., 2013); Le Tissier, *Farewell to Spandau*, pp. 102–4. Le Tissier deu a entender que o ordenança ficou sem dinheiro depois do fechamento de Spandau e foi pago para prestar seu depoimento, por pessoas que deliberadamente colocaram ideias em sua cabeça. O livro de Melaouhi foi publicado pela Barnes Review, organização cujo nome homenageia Harry Elmer Barnes, historiador "revisionista" e especialista em negação do Holocausto, antissemitismo e estudos do ocultismo: https://barnesreview.org/.
139 Hugh Thomas, *Hess: A Tale of Two Murders* (Londres, ed. rev., 1988), pp. 150, 158–9, 163, 292. A primeira edição deste livro foi publicada com o título *The Murder of Rudolf Hess* (Londres, 1979).
140 Wolf Rüdiger Hess, *Rudolf Hess: "Ich bereue nichts"*, p. 171.
141 A tese de Kilzer de uma conspiração orquestrada por Churchill para ludibriar Hess a empreender seu voo, como discutido aqui, foi arruinada por sua aceitação da teoria de Hugh Thomas de que Hess havia sido assassinado pouco antes do voo e substituído por um sósia.
142 Le Tissier, *Farewell to Spandau*, pp. 107–8, citando investigações por Christopher Andrew para o programa de televisão *Timewatch*, da BBC, exibido em 17 de janeiro de 1990.
143 Nesbit e Van Acker, *The Flight*, pp. 137–9.
144 Ibid., pp. 139–61.
145 Le Tissier, *Farewell to Spandau*, pp. 99–100.
146 "Exclusive: DNA Solves Rudolf Hess Doppelgänger Conspiracy Theory", *New Scientist*, 22 de janeiro de 2019 (online em https://www.newscientist.com/article/2191462-exclusive-dna-solves-rudolf-hess-doppelganger-conspiracy-theory/).
147 Por exemplo, a teoria de que Hess foi atraído para a Escócia pelo serviço secreto britânico é compartilhada por Gabriel Gorodetsky, The Maisky Diaries, p. 355, embora, neste caso, ele seja enganado pelo fato de que Maisky, geralmente um comentarista perspicaz, acreditou na teoria, talvez se precavendo de críticas de Stálin.
148 Joseph P. Farrell, *Hess and the Penguins: The Holocaust, Antarctica, and the Strange Case of Rudolf Hess* (Kempton, Illinois, EUA, 2017), p. 6.
149 Ibid., pp. 229–32, 253. A suposta "cumplicidade nazi-sionista refere-se a um polêmico acordo assinado entre uma facção do movimento sionista e o governo nazista em 1933, época em que o principal objetivo de Hitler com relação aos judeus da Alemanha era removê-los do país, para ajudar a emigração judaica da Alemanha para a Palestina: ver Yehuda Bauer, *Jews for Sale? Nazi-Jewish Negotiations, 1933–1945* (New Haven, Connecticut, EUA, 1996).
150 (https://crashrecovery.org/ OMEGA-FILE/omega20.htm).
151 Farrell, *Hess*, pp. 247–48.

5. Hitler escapou do bunker?

1   Donald M. McKale, *Hitler: The Survival Myth* (Nova York, 1981), p. 45; ver também Christian Goeschel, Suicide in Nazi Germany (Oxford, 2009).
2   Adam Sisman, *Hugh Trevor-Roper: The Biography* (Londres, 2010), pp. 131–42.
3   McKale, *Hitler*, pp. 49–64. Não há evidências para respaldar a afirmação de Luke Daly-Groves, *Hitler's Death: The Case Against Conspiracy* (Londres, 2019), p. 93, de que não foram fatores políticos, mas o constrangimento pela péssima qualidade da investigação soviética que embasou o anúncio de Stálin de que Hitler estava vivo.
4   Sisman, *Hugh Trevor-Roper*, pp. 132–33.
5   Para a campanha de desinformação de Stálin, ver Jean-Christophe Brisard e Lana Parshina, The Death of Hitler. The Final Word on the Ultimate Cold Case: The Search for Hitler's Body (Londres, 2018), pp. 149–99.
6   McKale, *Hitler*, pp. 133–4.
7   Daly-Groves, *Hitler's Death*, pp. 33, 88.
8   Ibid., pp. 133–42; ver também Richard Davenport-Hines (Org.), *Hugh Trevor-Roper: The Wartime Journals* (Londres, 2012), p. 263.
9   Sisman, *Hugh Trevor-Roper*, pp. 155–63; Richard Overy, "'The Chap with the Closest Tabs': Hugh Trevor-Roper and the Hunt for Hitler" (artigo não publicado, 2014; sou grato ao professor Overy por disponibilizar esse artigo); Sara Douglas, "The Search for Hitler: Hugh Trevor-Roper, Humphrey Searle and The Last Days of Adolf Hitler", *Journal of Military History* 78 (2014), pp. 165–92; Edward Harrison, "Hugh Trevor--Roper und 'Hitlers letzte Tage'", *Vierteljahrshefte für Zeitgeschichte* 57 (2009), pp. 33–60.
10 Hugh Trevor-Roper, *The Last Days of Hitler* (Londres, 1952 [1947]) [Ed. bras.: *Os últimos dias de Hitler*. Trad. José B. Mari. São Paulo: Flamboyant, s.d.]. Entre muitas outras narrativas detalhadas, a mais recente é Brisard e Parshina, *The Death of Hitler*, pp. 51–117.
11 Ver a lista, com depoimentos, em Anton Joachimsthaler, *Hitlers Ende: Legenden und Dokumente* (Munique, 1995), pp. 410–14 (publicado em uma versão resumida em inglês como *The Last Days of Hitler: The Legends, the Evidence, the Truth* (Londres, 1998); também Wolfdieter Bihl, *Der Tod Adolf Hitlers: Fakten und Uberlebenslegenden* (Viena, 2000), pp. 11–16. As críticas dirigidas ao trabalho de Trevor-Roper pelo ex-oficial da inteligência dos Estados Unidos em Berlim, W. F. Heimlich, que se ressentia por ter sido deixado de lado em favor da investigação de Trevor-Roper, eram inexatas e desinformadas, e sua afirmação de que Hitler foi assassinado por ordem de Himmler nunca foi levada a sério pelos historiadores: ver Herbert Moore e James W. Barrett (Org.), *Who Killed Hitler?* (Nova York, 1947, reimpresso em 2011), e para uma crítica convincente, Daly-Groves, *Hitler's Death*, pp. 14–137.
12 Catherine Sharples, "'Proof of Death'. West German Investigations into the Fate of Adolf Hitler, 1952–1956", Instituto de Pesquisa Histórica, 11 de dezembro de 2019.
13 Hugh Trevor-Roper, "Hitler's Last Minutes", *New York Review of Books*, 26 de setembro de 1968; Brisard e Parshina, *The Death of Hitler*, pp. 160–62.
14 Ulrich Völklein (Org.), *Hitlers Tod. Die letzten Tage im Führerbunker* (Göttingen, 1998).
15 Joachim C. Fest, *Inside Hitler's Bunker: The Last Days of the Third Reich* (Londres, 2004 [2002]) [Ed. bras. *No bunker de Hitler – os últimos dias do Terceiro Reich*. Trad. Jens Lehmann e Patricia Lehmann. Rio de Janeiro: Objetiva, 2005]; filme A queda! As últimas horas de Hitler (Der Untergang (2004, diretor Oliver Hirschbiegel).
16 Eberle e Uhl (Org.), *The Hitler Book*. Documentos relevantes também foram publicados em inglês: ver V. K. Vinogradov et al. (Org.), *Hitler's Death: Russia's Last Great*

Secret from the Files of the KGB (Londres, 2005) [Ed. bras.: *A morte de Hitler: Os arquivos secretos da KGB*. Trad. Julia da Rosa Simões. São Paulo: Companhia das Letras, 2018]; Ada Petrova e Peter Watson (Org.), *The Death of Hitler: The Final Words from Russia's Secret Archives* (Londres, 1995).

17 Ver também Heinz Linge, *With Hitler to the End: The Memoir of Hitler's Valet* (Londres, 2009 [1980]); Erich Kempka, *I was Hitler's Chauffeur* (Londres, 2012); idem, *Ich habe Adolf Hitler verbrannt* (Munique, 1950); Christa Schroeder, *He was My Chief: The Memoirs of Adolf Hitler's Secretary* (Londres, 2012 [1998]) [Ed. bras.: *Doze anos com Hitler – testemunho inédito da secretária do Führer*. Trad. Rejane Janowitzer. Rio de Janeiro: Objetiva, 2007]; e Traudl Junge, *Until the Final Hour: Hitler's Last Secretary* (Londres, 2004 [2003]). [Ed. port.: *Até ao fim – um relato verídico da secretária de Hitler*. Lisboa: Dinalivro, 2003]. Para a evidência de Linge, ver Brisard e Parshina, *The Death of Hitler*, esp. pp. 55–72, 248–62, 290–300.

18 Kershaw, *Hitler 1936–1945: Nemesis*, pp. 799–83.

19 Imre Karacs, "DNA Test Closes Book on Mystery of Martin Bormann", *Independent*, 4 de maio de 1998. A suposta sobrevivência de Bormann é o assunto de Ladislas Farago, *Aftermath: Martin Bormann and the Fourth Reich* (Londres, 1975) e também é discutida em Hugh Thomas, *Doppelgängers: The Truth About the Bodies in the Berlin Bunker* (Londres, 1995), pp. 208–56. Ver Daly-Groves, *Hitler's Death*, pp. 97–120, para Bormann, citando K. Anslinger et al., "Identification of the Skeletal Remains of Martin Bormann by mtDNA Analysis", *International Journal of Legal Medicine* 114/3 (2001), pp. 194–6. Tony Halpin e Roger Boyes, "Battle of Hitler's Skull Prompts Russia to Reveal All", *The Times*, 9 de dezembro de 2009; ver também Bihl, *Der Tod*, pp. 103–35, e Joachimsthaler, *Hitlers Ende*, pp. 358–83. O crânio é um foco central dos argumentos que afirmam que os corpos do lado de fora do bunker não eram de Hitler e Eva Braun. Mesmo os jornais tradicionais chegaram a essa conclusão: ver Uki Goñi, "Tests on Skull Fragment Cast Doubt on Adolf Hitler Suicide Story", *Guardian*, 27 de setembro de 2009.

20 Thomas, *Doppelgängers*, alega, de maneira implausível, que todos os presentes no bunker estavam mentindo, mas como (p. 166) ele afirma também que Hitler foi estrangulado por Linge quando se mostrou incapaz de decidir o que fazer assim que os sósias foram instalados, seu livro não é relevante para a discussão do mito da sobrevivência de Hitler.

21 Heinz Schaeffer, *U-977 – 66 Tage unter Wasser* (Wiesbaden, s.d.).

22 Ladislas Szabó, *Je sais que Hitler est vivant* (Paris, 1947).

23 McKale, *Hitler*, p. 129.

24 Ibid., passim.

25 McKale, *Hitler*, p. 198.

26 Daly-Groves, *Hitler's Death*, pp. 9, 35, 48–52.

27 Gerald Steinacher, *Nazis on the Run. How Hitler's Henchmen Fled Justice* (Nova York, 2011); Uki Goñi, *The Real Odessa: How Perón Brought the Nazi War Criminals to Argentina* (Londres, 2001).

28 Bettina Stangneth, *Eichmann before Jerusalem. The Unexamined Life of a Mass Murderer* (Londres, 2014).

29 McKale, *Hitler*, pp. 199–200.

30 Ben Knight, "Pergoda Head Lutz Bachmann Reinstated after Furore over Hitler Moustache Photo", Guardian, 3 de fevereiro de 2015.

31 Daly-Groves, Hitler's Death, p. 23.

32 Hans D. Baumann e Ron T. Hansig, *Hitler's Escape* (edição revista e expandida, Portsmouth, New Hampshire, EUA, 2014), p. iii.

33 Ibid., p. 30.
34 Ibid., p. v.
35 Ibid., pp. vii, 215.
36 Ibid., pp. 7, 11. Existem muitas imprecisões nas descrições e explicações do livro sobre a história da Alemanha nas décadas de 1930 e 1940.
37 Ibid., p. vii.
38 http://cryptome.org/douglas.htm, acesso em 21 de fevereiro de 2015; e *The Spotlight*, 5 de janeiro de 1997, pp. 12–14. Ver também Peter Hoffmann, o maior especialista mundial em Stauffenberg e o complô do atentado a bomba de julho de 1944, sobre a tentativa de Stahl de lhe oferecer documentos, na página h-net: http://h-net.msu.edu/cgi-bin/logbrowse.pl?trx=vx&list=hgerman&month=9609&week=b&msg=h-MUenrd3JoS57/meddq8MA&user=&pw, acesso em 21 de fevereiro de 2015, e Gitta Sereny, *The German Trauma. Experiences and Reflections 1938–2000* (Londres, 2000), pp. 194–215, descrevendo suas relações com Stahl. Os negacionistas do Holocausto do autoproclamado Instituto para Revisão Histórica foram particularmente hostis a Stahl por causa do apoio que ele deu a Willis Carto, um abastado negacionista do Holocausto a quem acusaram de lesá-los em uma vultosa soma de dinheiro. Ver http://www.ihr.org/jhr/v20/v20n2p40_Douglas.html, acesso em 21 de fevereiro de 2015. Para Willis Carto, consultar Richard J. Evans, *Telling Lies about Hitler, The Holocaust, History and the David Irving Trial* (Londres, 2002), pp. 150–51. Para uma defesa de Stahl por outro autonomeado "revisionista" do Holocausto, Germar Rudolf, que tem condenações judiciais por incitação ao ódio racial e difamação dos mortos, consultar http://www.vho.org/GB/c/GR/StahlDouglas.html (acesso em 21 de fevereiro de 2015). Em meio a tudo isso, Douglas continuou a afirmar que não era a mesma pessoa que Stahl.
39 www.reuters.com/article/2013/10/31/us-germany-gestapo-idUSBRE99U-0XY20131031, acesso em 21 de fevereiro de 2015; ver também Daly-Groves, *Hitler's Death*, pp. 121–4.
40 Harry Cooper, *Hitler in Argentina: The Documented Truth of Hitler's Escape from Berlin* (Hernando, Flórida, EUA, 2014 [2006]), p. 121.
41 Kurt Hutton, *Speaking Likeness* (Londres, 1947), foto "Forty Winks". Para a afirmação de Cooper, ver *Hitler in Argentina*, p. 115 e contracapa, e https://youtube.com/watch?v=Tu_mXmS-3ns. Ver Roger Clark: http://thepipeline.info/blog/2016/12/22/the-big-read-a-neo-nazi-actually-im-a-republican-hitler-harry-cooper-and-the-pseudohistory-industry-part-two/, postado em 22 de dezembro de 2016, acesso em 3 de fevereiro de 2020; e ibid., Parte 1, publicado em 21 de dezembro de 2016, acesso em 3 de fevereiro de 2020, em http://thepipeline.info/blog/2016/12/21/the-big-read-a--neo-nazi-actually-im-a-republican-hitler-harry-cooper-and-the-pseudohistory-industry-part-one/.
42 http://www.tomatobubble.com/hitler_argentina.html, acesso em 21 de fevereiro de 2015.
43 http://www.splcenter.org/get-informed/intelligence-report/browse-all-issues/2013/fall/Touring-the-Third-Reich, acesso em 1º de março de 2015. Esta é uma postagem da seção de história do Southern Poverty Law Center [Centro de Assistência Jurídica para os Sulistas Pobres], que monitora o extremismo. Para a resposta de Cooper a essas críticas, ver http://www.hitlerinargentina.com/Clark.htm, e http://www.hitlerinargentina.com/Interesting.htm.
44 http://www.adl.org/combating-hate/domestic-extremism-terrorism/c/rense-web-site--promotes.html.
45 McKale, *Hitler*, pp. 202–204; Werner Brockdorff, *Flucht vor Nürnberg: Pläne und Organization der Fluchtwege der NS-Prominenz im "Römischen Weg"* (Wels, 1969).

46 Simon Dunstan e Gerrard Williams, *Grey Wolf: The Escape of Adolf Hitler: The Case Presented* (Nova York, 2011), p. 156. Para uma demolição convincente das alegações apresentadas por Williams e Dunstan, ver a longa resenha crítica de Roger Clark, "Buyer Beware – Fantasy History" (https://www.amazon.com/review/R3FNO7NT5G-2VA3), postada em 16 de outubro de 2011, acesso em 3 de fevereiro de 2020.
47 Dunstan e Williams, *Grey Wolf*, p. xxiii.
48 Ibid., p. xxi.
49 Ibid., pp. xx, 308.
50 Roger Clark, "The Big Read: Carry on Hunting Hitler", *The Pipeline*, postado em 30 de abril de 2016 (http://thepipeline.info/blog/2016/04/30/the-big-read-carry-on-hunting-hitler/, acesso em 3 de fevereiro de 2020): "The Mystery of the Vanishing Professor".
51 Ibid., p. 155. Surgiu pela primeira vez em Kenneth D. Alford e Theodore P. Savas, Nazi Millionaires: The Allied Search for Hidden SS Gold (Havertown, Filadélfia, 2002).
52 http://falkeeins.blogspot.co.uk/2011/11/grey-wolf-escape-of-adolf-hitler-distan.html, acesso em 21 de fevereiro de 2015.
53 Dunstan e Williams, *Grey Wolf*, pp. 164–5, 309; Günther Gellermann, *Moskau ruft Heeresgruppe Mitte... Was nicht im Wehrmachtbericht stand – Die Einsätze des geheimen Kampfgeschwaders 200 im Zweiten Weltkrieg* (Bonn, 1988); https://www.dailymail.co.uk/news/article-2478100/Theory-Adolf-Hitler-fled-Argentina-lived-age-73.html, acesso em 23 de fevereiro de 2015.
54 Dunstan e Williams, *Grey Wolf*, p. 166.
55 Ibid., pp. 166–9; Werner Baumbach, *Broken Swastika: The Defeat of the Luftwaffe* (Londres, 1960).
56 Dunstan e Williams, *Grey Wolf*, pp. 168–70, 186–87.
57 Para detalhes sobre as especificações e missões, consultar http://uboat.net/boats/u1235.htm; http://www.uboat.net/boats/u518.htm; http://uboat.net/boats/u880.htm, acesso em 1º de março de 2015.
58 Dunstan e Williams, *Grey Wolf*, p. 182.
59 Ibid., pp. 188–92.
60 Milan Hauner, *Hitler: A Chronology of his Life and Times* (2ª ed., Londres, 2008), pp. 200–204. Todas as evidências confiáveis sobre Eva Braun são reunidas e analisadas em Heike Görtemaker, *Eva Braun: Life with Hitler* (Londres, 2011) [Ed. bras.: Eva Braun – a vida com Hitler. Trad. Luiz A. de Araújo. São Paulo: Companhia das Letras, 2011]. Braun estava de fato na Itália em 1938 como parte da comitiva de Hitler, mas seus filmes caseiros dessa visita não mostram nenhuma indicação de que estava grávida ou tinha dado à luz: ver o trecho em http://www.criticalpast.com/video/65675077851_Eva- Brauns-family_Evas-mother_Fanny-Braun_milling-about-on-street, acesso em 1º de março de 2015.
61 Filme *Grey Wolf*, aos 12–14 minutos; a capa do filme menciona duas.
62 Dunstan e Williams, *Grey Wolf*, p. 278.
63 Filme *Grey Wolf*, aos 27 minutos e 30 segundos.
64 Citado em Dunstan e Williams, *Grey Wolf*, p. 270. Ver também Clark, "The Long Read", "Did This Woman See Hitler – Yes or No?"
65 Para a dieta de Hitler, ver Hans-Joachim Neumann e Henrik Eberle, *Was Hitler Ill? A Final Diagnosis* (Cambridge, 2013), pp. 121–26.
66 Dunstan e Williams, *Grey Wolf*, pp. 251–22; Stangneth, Eichmann, pp. 285–91; para as realidades da colônia em Bariloche, ibid., p. 252, e Esteban Buch, El pintor de la Suiza Argentina (Buenos Aires, 1991).
67 Dunstan e Williams, *Grey Wolf*, pp. 271–73. O filme repetidamente cita evidências de um "homem da SS" não identificado que, segundo a obra, era guarda-costas de Hitler.
68 Filme *Grey Wolf*, aos 42 minutos.

69 Dunstan e Williams, *Grey Wolf*, p. 323.
70 Ibid., p. 290.
71 Ibid., pp. xxiii, 286-8; http://manuelmonasterio.blogspot.co.uk/, acesso em 1º de março de 2015.
72 https://pizzagatesite.wordpress.com/2016/12/08/shocking-evidence-that-angela-merkel-is-hitlers-daughter/; https://blogfactory.co.uk/2017/11/26/angela-merkel-is-the-daughter-of-hitler-and-hitler-was-a-rothschild/; acesso em 30 de março de 2020.
73 Ibid.; Raedar Sognnaes e Ferdinand Ström eram dentistas que, separadamente, identificaram os dentes de Hitler e Bormann a partir de seus restos mortais. Ver http://www.nl-aid.org/wp-content/uploads/2012/09/Sognnaes-2.pdf, acesso em 10 de março de 2015. Johann Rattenhuber era o guarda-costas de Hitler do serviço de segurança da SS e, sob interrogatório dos soviéticos, descreveu ter observado a incineração do corpo de Hitler. Ernst-Günther Schenck, médico da SS, também registrou suas experiências no bunker. Traudl Junge era a secretária de Hitler. Rochus Misch, o último sobrevivente do bunker, também interrogado pelos soviéticos, morreu em 2013.
74 Filme *Grey Wolf*, na marca de 1 hora e 27 minutos.
75 Ver a longa crítica de Roger Clark, juntamente com inúmeros comentários positivos em amazon.co.uk: http://www.amazon.com/Grey-Wolf-Escape-Adolf-Hitler/product-reviews/145490304X/ref=cm_cr_pr_btm_link_8?ie=UTF8&pageNumber=8&showViewpoints=0&sortBy=byRankDescending, acesso em 5 de março de 2015.
76 http://gallopingfilms.com/gf/2DocSoc2.html, acesso em 5 de março de 2015.
77 https://www.amazon.co.uk/Grey-Wolf-Escape-Adolf-Hitler/dp/B00CLDQC8I, acesso em 3 de fevereiro de 2020; também https://en.wikipedia.org/wiki/Grey_Wolf:_The_Escape_of_Adolf_Hitler, acesso em 23 de fevereiro de 2015.
78 http://www.thesun.co.uk/sol/homepage/features/4170977/ Did-Nazi-Adolf-Hitler-live-to-old-age-in-Bariloche-Argentina.html, e http://www.dailymail.co.uk/news/article-2478100/Theory-Adolf-Hitler-fled-Argentina-lived-age-73.html, acesso em 23 de fevereiro de 2015.
79 Ver a análise de McKale no site amazon.co.uk em 12 de junho de 2012. Também a convincente demolição por Guy Walters, "Did Hitler Flee Bunker with Eva to Argentina and Live to 73? The Bizarre Theory that Landed Two British Authors in a Bitter War", *Daily Mail*, 28 de outubro de 2013.
80 Filme *Grey Wolf*, aos 15 e aos 22 minutos.
81 http://www.walesonline.co.uk/news/local-news/death-threats-hitler-book-author-1806731, acesso em 4 de março de 2015.
82 Clark, "The Big Read", também para a nota seguinte ("Enter a Millionaire Fraudster").
83 http://www.telegraph.co.uk/finance/financial-crime/11365885/Weavering-hedge-fund-founder-Magnus-Peterson-jailed-for-13-years-over-fraud.html; acesso em 3 de março de 2015; Dunstan e Williams, *Grey Wolf*, p. 293.
84 Clark, "The Big Read: Enter a Millionaire Fraudster"; ver também o artigo informativo da Wikipédia sobre Grey Wolf.
85 http://www.amazon.co.uk/Jan-van-Helsing/e/B0043BV6MS, acesso em 1º de março de 2015. Ver Bundesamt für Verfassungsschutz, Argumentationsmuster im rechtsextremistischen Antisemitismus (Colônia, 2005), p. 10.
86 Abel Basti e Jan van Helsing, Hitler überlebte in Argentinien (Fichtenau, 2012), p. 29.
87 Ibid., p. 33.
88 Ibid., p. 407.
89 Vanessa Thorpe, "Hitler Lived until 1962? That's My Story, Claims Argentinian Writer", *Guardian*, 27 de outubro de 2013. Ver também Annette Reiz, advogada, da Associação Britânica a Bradley A. Feuer et al., 7 de maio de 2013, em http://www.

barilochenazi.com.ar/documentos/nuevos/24junio2013.pdf, acesso em 1º de março de 2015. Para material praticamente idêntico de entrevista com Ancín, ver Dunstan e Williams, *Grey Wolf*, pp. 274–76 e Basti e van Helsing, *Hitler überlebte*, pp. 337–41; ou com Batinic, Grey Wolf, pp. 271–73 e *Hitler überlebte*, pp. 285–91. As entrevistas foram adaptadas e editadas para o filme: para Gomero, por exemplo, ver o filme *Grey Wolf*, aos 27 minutos e 30 segundos; para Monastero, 1 hora e 23 minutos.

90 Clark, "The Big Read": "Why It Matters".
91 Brian Lowry, "TV Review: Hunting Hitler", *Variety*, 5 de novembro de 2015. Baer também é um teórico da conspiração – embora negue ser um –, que apareceu em um vídeo sendo entrevistado por Alex Jones sobre o 11 de Setembro, ato que Baer parece acreditar ter sido orquestrado por agentes israelenses. Ele também tem um programa de televisão divulgando teorias da conspiração sobre o assassinato do presidente dos Estados Unidos John F. Kennedy: Ver James K. Lambert, "Hunting Hitler", 2 de fevereiro de 2020, acesso em 3 de fevereiro de 2020: https://jamesklam bertblog.wordpress.com/2017/02/02/hunting-hitler/.
92 Clark, "The Big Read": "The Biggest Cover-Up in History?"
93 https://en.wikipedia.org/wiki/Hunting_Hitler; https://www.renewcance ltv.com/hunting-hitler-cancelled-history-no-season-4/.
94 Clark, "The Big Read": "Unreliable Evidence" e "'This is Better Evidence than we Have from the Bunker' [Not]".
95 Ibid., "The Big Read": "Hitler's Secret Hideout?".
96 Ibid., "They Seek Him Here, They Seek Him There".
97 Fritz Hahn, *Waffen und Geheimwaffen des deutschen Heeres, 1933–1945* (2 vols., Koblenz, 1986–87), vol. I, pp. 191–94; Mark Walker, *German National Socialism and the Quest for Nuclear Power, 1939–1945* (Cambridge, 1989). Outras críticas a Caçando Hitler em Steven Woodbridge, no site da Universidade Kingston, que observa que "Se as pessoas não estão cooperando com as investigações da equipe, há sugestões sombrias de que tais indivíduos podem fazer parte do 'acobertamento' da história verdadeira": ver seu artigo "History as Hoax: Why the TV Series 'Hunting Hitler' is Fiction not Fact", *History @ Kingston*, postado em 8 de fevereiro de 2018, https://historyatkingston.wordpress.com/2018/02/08/history-as-hoax-why-the-tv-series-hunting-hitler-is-fiction-not-fact/, acesso em 3 de fevereiro de 2020. Para uma crítica adicional da ideia nuclear, ver https://jkkelley.org/2018/02/06/scumbag-studies-whats-wrong-with-hunting-hitler/.
98 Clark, "The Big Read", "Questions Hitler Conspiracy Theorists Must Answer".
99 Jon Austin, "Is This Hitler's Secret Argentine Bolt-Hole? Führer's Loot Found behind Hidden Doorway", *Express on Sunday*, 9 de julho de 2017. Na verdade, não há nada que mostre que esta coleção de suvenires nazistas pertencia de fato a Hitler pessoalmente. A descoberta é relatada com maior precisão por Deborah Rey, "Behind a Secret Door in Argentina: A Huge Nazi Treasure Trove with Connections to Hitler", *USA Today*, 20 de junho de 2017, alegando que o "tesouro" provavelmente pertencia a "nazistas do alto escalão".
100 Gerald Conzens, (Hitler "lived and died in Brazil" – author makes sensational claims", *Daily Star*, 24 de janeiro de 2014).
101 Peter Levenda, *Ratline: Soviet Spies, Nazi Priests, and the Disappearance of Adolf Hitler* (Lake Worth, Flórida, EUA, 2012), p. 196. Nicolas Hays, a editora, é especializada em astrologia, ocultismo e temas similares.
102 http://nexusilluminati.blogspot.co.uk/2013/11/fabricating-hitlers-death.html, acesso em 7 de março de 2015.
103 Uwe Backes e Patrick Moreau (Org.), *The Extreme Right in Europe: Current Trends and Perspectives* (Göttingen, 2011), pp. 403–4.

104 Jerome R. Corsi, *Hunting Hitler: New Scientific Evidence that Hitler Escaped Nazi Germany* (Nova York, 2014), p. 95. Farago foi caracterizado pelo historiador de inteligência Stephen Dorril como "o mais bem-sucedido desinformador ou incauto" em relação aos rumores de nazistas na América Latina no pós-guerra (Stephen Dorril, MI6: Inside the Cover World of Her Majesty's Secret Intelligence Service (Londres, 2002), p. 95.
105 Corsi, Hunting Hitler., p. 110. Alguns helicópteros foram de fato usados pelos nazistas durante a guerra. O primeiro modelo produzido foi desenvolvido por Igor Sikorski em 1942.
106 Ibid., p. 124.
107 Ibid., p. 129.
108 Ibid., pp. 131–33.
109 "Participants in Mission, Documents, Support Kerry's War Claim", *Seattle Times*, 22 de agosto de 2004.
110 "Book on Obama Hopes to Repeat '04 Anti-Kerry Feat", *The New York Times*, 12 de agosto de 2008.
111 "Anti-Obama Author on 9/11 Conspiracy", *The New York Times*, 14 de agosto de 2008.
112 http://www.teaparty.org/corsibio/, acesso em 20 de fevereiro de 2015.
113 https://www.youtube.com/watch?v=UyrncbZtZzM, acesso em 20 de fevereiro de 2015. O OSS (Office of Strategic Services, Escritório de Serviços Estratégicos) foi o serviço de inteligência dos Estados Unidos durante a Segunda Guerra Mundial, e precursor da CIA (Agência Central de Inteligência); "os Bush" são os presidentes Republicanos dos Estados UnidosGeorge H. W. Bush e George W. Bush, tidos como "liberais" pelo Tea Party.
114 https://en.wikipedia.org/wiki/Pizzagate_conspiracy_theory.
115 https://theoutline.com/post/3831/jerome-corsi-killing-the-deep-state-infowars?zd=1&zi=lzkb7zem.
116 Ver também a longa e incoerente discussão em um site associado ao teórico da conspiração David Icke, "lawful path forum" [fórum do caminho legal]: https://www.lawfulpath.com/forum/viewtopic.php?f=30&t=1082, acesso em 3 de fevereiro de 2020. Entre outras coisas, as postagens do blog descrevem a Reuters como uma fonte de fake news de "propaganda". Postado em 2016 por "firestarter". Icke também endossou pessoalmente a ideia de que Hitler escapou para a Colômbia: ver, por exemplo: https://www.davidicke.com/article/435069/cia-found-hitler-alive-colombia-1954--agency-told-man-familiar-facelived-ex-ss-community-called-fuhrer-given-nazi-salutesdeclass, reproduzindo um artigo de Andrew Cheetham, 1º de novembro de 2017, e o artigo do mesmo autor, também no site de David Icke: https://www.davidicke.com/article/532930/fbi-searched-hitler-supposed-death-declassified-documents-reveal.
117 Nicholas Goodrick-Clarke, *Black Sun: Aryan Cults, Esoteric Nazism and the Politics of Identity* (Nova York, 2002); ver também a postagem relativamente recente, reafirmando suas teorias sobre óvnis, de Ernst Zündel, notas http://www.csicop.org/si/show/hitlers_south_pole_hideaway, acesso em 23 de fevereiro de 2015. Zündel morreu em agosto de 2017.
118 Os argumentos em contrário apresentados por Eric Kurlander não convencem: ver Richard J. Evans, "Nuts about the Occult". Resenha de Eric Kurlander, Hitler's Monsters: A Supernatural History of the Third Reich (Yale, 2017), in London Review of Books 40, n. 5 (2 de agosto de 2018), pp. 37–8.
119 https://rationalwiki.org/wiki/Maximillien_de_Lafayette, acesso em 3 de fevereiro de 2020; http://maximilliendelafayettebibliography.org/biblio/, acesso em 3 de fevereiro de 2020.

120 http://www.nizkor.org/hweb/people/z/zundel-ernst/flying-saucers/, acesso em 23 de fevereiro de 2015.
121 Robert Ressler, com Thomas Schachtmann, *Whoever Fights Monsters: My Twenty Years Tracking Serial Killers for the FBI* (Nova York, 1992). Para uma conexão diferente entre o antissemitismo e a subcultura óvni, ver Michael Barkun, "Anti-Semitism from Outer Space: The Protocols in the UFO Subculture", em Richard Landes e Steven T. Katz (Org.), *The Paranoid Apocalypse. A Hundred-Year Retrospective on The Protocols of the Elders of Zion* (Nova York, 2012), pp. 163–71.
122 http://www.bibliotecapleyades.net/luna/esp_luna_46.htm, acesso em 24 de fevereiro de 2015.
123 Gavriel D. Rosenfeld, *Hi Hitler! How the Nazi Past is being Normalized in Contemporary Culture* (Cambridge, 2014), pp. 198–203.
124 Clark, "The Big Read": "Rubbishing the Truth".
125 Butter, "Nichts ist, wie es scheint", p. 17.
126 Michael Saler: *As If: Modern Enchantment and the Literary Prehistory of Virtual Reality* (Nova York, 2012).
127 Nicholas Carr, *The Shallows: What the Internet is Doing to Our Brains* (Nova York, 2011), p. 16, citado em Rosenfeld, *Hi Hitler!*, p. 295.
128 Para Baumgart, ver Daly-Groves, *Hitler's Death*, pp. 39–41, 56, tendo em mente que Baumgart era um notório mentiroso.
129 McKale, *Hitler*, p. 128.
130 http://www.zeit.de/1966/33/gisela-kein-hitlerkind, acesso em 1º de março de 2015.
131 Ver, por exemplo, https://en.mediamass.net/people/napoleon/alive.html, acesso em 30 de janeiro de 2020; https://forums.spacebattles.com/threads/what-if-fredrick-barbarossa-survives.652812/, acesso em 30 de janeiro de 2020.
132 Clark, "The Big Read": "Why It Matters".

Conclusão

1 Butter, "Nichts ist, wie es scheint", p. 57; *Mark Fenster, Conspiracy Theories; Secrecy and Power in American Culture* (Minneapolis, Minnesota, EUA, 2008), p. 119.
2 Evans, *Altered Pasts*.
3 Evans, *The Feminist Movement*, pp. 180–81.
4 Essas características das técnicas conspiratórias são descritas em Butter, "Nichts ist, wie es scheint", pp. 57–79.

ÍNDICE REMISSIVO

Alemanha
    Depressão (1929), 80, 109, 115
    derrota na Primeira Guerra Mundial, 54–5
    greves (1918), 69
    invasão da União Soviética, 83, 129, 134
    Lei de Concessão de Plenos Poderes (1933), 95
    Liga Pangermânica, 69, 75, 77
    "Noite das facas longas" (1934), 102, 105, 117
    Organização Cônsul, 34, 35
    Partido Popular Alemão (Deutsche Volkspartei, DVP), 65, 69, 72
    Publicação de *Os protocolos dos sábios de Sião*, 21
    "*Putsch* da cervejaria" (1923), 34, 81, 92, 127
    Putsch de Kapp (1920), 34
    República de Weimar, 107, 114
    revolução (1918), 63
    social-democratas, 60, 62
    Terceiro Reich, 90, 95, 96
    termos do armistício, 33, 58–9, 60, 63–4
Aliança Israelita Universal (Alliance Israélite Universelle), 230n76
Aliança Nacional, 179
Allen, Martin, 150
Allen, Peter, 151
Alsácia e Lorena, 59
Alvensleben, Ludolf von, 185
Ancín, Hernán, 185
Antártica, bases secretas nazistas na, 164
Antissemitismo
    Caso Dreyfus, 31
    cristão, 75
    e a extrema direita, 76
    e conspiração judaica mundial, 32
    e feminismo, 75
    e os nazistas, 51

e *Os protocolos dos sábios de Sião*, 77
e teoria racial, 27
na Rússia, 32
teorias da conspiração, 11
Arendt, Hannah, 22
Argentina e mitos de sobrevivência de Hitler, 172, 179
Armstrong, Garner Ted, 172
Arquivo Nacional Britânico, 150, 151
Arquivo Ômega, 164
Artur, rei, 211
Associação contra o Presunção dos judeus, 33
Associação de Parapsicologia dos Estados Unidos, 105
Augsburg, Alemanha, 123, 132
Áustria, 54
Áustria-Hungria, 54

Bachmann, Lutz, 174
Bach-Zelewski, Erich von dem, 45
Baden, Max von, 56
Baer, Bob, 193
Bahar, Alexander, 104
Bariloche, Argentina, 177, 181
Barnes Review (revista), 179
Barnes, Harry Elmer, 180, 247, n274
Barruel, abade, 27
Basti, Abel, 191, 192
Batinic, Jorge, 185, 191
Bauer, Max, 68, 79
Baumann, Hans, 175
Baumbach, Werner, 183
Baumgart, Peter, 182
Beaverbrook, Max, 144
Beck, Ludwig, 64
Bedaux, Charles, 152
Bellantoni, Nicholas, 193
Bentine, Michael, 155
Bergier, Jacques, 203

Berna, Suíça, 41, 43
Bernstein, Herman, 38
Bevin, Ernest, 245n103
Bezymenski, Lev, 168
Biarritz (romance, Hermann Goedsche), 29
Bismarck, Otto von, 68
Blavatsky, Madame, 203
Blomberg, Werner von, 121
Blüher, Hans, 78
Bodenschatz, Karl, 132
Bohle, Ernst Wilhelm, 130, 141, 142
Bolcheviques, 34, 37, 65, 119
Bonjour (revista), 171, 172
Borenius, Tancred, 155
Bormann, Martin, 128, 170, 177, 180, 188, 209
Boym, Svetlana, 23
Bracher, Karl Dietrich, 102
Brandt, Willy, 102
Brasil, 173, 192, 196
Braun, Eva, 166, 170, 173, 175, 176, 180–87, 197
Braun, Wernher von, 199, 205
Breiting, Richard, 101, 102
Brest-Litovsk, Tratado de (1918), 54
Britons Society [Sociedade dos Britônios], 154
Brockdorff, Werner, 180,
Brockdorff-Rantzau, Ulrich von, 61
Bronner, Stephen, 23, 25
Bulgária, 55, 58, 59, 66, 71, 97
Bulwer-Lytton, Edward, 203
Bünger, Wilhelm, 96
Burckhardt, Carl J., 135, 136
Butter, Michael, 206, 215, 220
Buwert, Karl, 90, 91
Byford, Jovan, 22, 49
Byrd, Richard, 164

Caçando Hitler (série de TV), 192–5, 198

Cadogan, Alexander, 125
Calic, Edouard, 101, 102
Cameron, Ewen, 163
Cameron, James, 163
Carr, Nicholas, 207
Carto, Willis, 179
Caso "*Pizzagate*", 202
Cencich, John, 192
Censo judaico, 77
Centro de Pesquisa em História Contemporânea, Ingolstadt, 158
Chamberlain, Houston Stewart, 35
Chase, Richard, 205
Chicherin, Georgi, 64
Chiquita, Mar, 191
Chuikov, Vasilii, 165
Churchill, Winston
   e o voo de Rudolf Hess para Escócia, 121, 123, 153
   e *Os protocolos dos sábios de Sião*, 38
Clark, Roger, 179, 182, 190, 193, 195, 206, 211
Class, Heinrich, 77
Clinton, Hillary, 202
Cohn, Norman, 46, 50
Cohn, Oskar, 65
Colotto, Jorge, 186, 192-3
Colville, Jock, 125
Comício de Nuremberg (1934), 127
Comissão Luxemburgo, 105, 106, 119
Compiègne, França, 60, 64, 74
comunidades de conhecimento alternativo, 203, 217
Comunistas
Conferência de Paz de Paris, 61
Congresso Sionista da Basileia (1897), 23, 31, 36
Conspiração da facção da paz, 148
Conspiração judaica mundial, 21

Conspirações, genuínas, 13
Conversa com a besta (filme, 1996), 175
Cooper, Harry, 177–80
Corsi, Jerome, 198, 200
Cossmann, Paul, 73
Costello, John, 130
crise dos mísseis soviéticos em Cuba, A 116
Cumplicidade nazista-sionista, 163

Da Vinci, Leonardo, 155
Daily News (jornal), 65
Daily Sketch (jornal), 140
Darré, Richard Walther, 130
Dawson, Geoffrey, 42
   defesa de
Degrelle, Leon, 179
Delbrück, Hans, 74
Delmer, Sefton, 92, 113, 114
DePaul, Lenny, 192-3
Deu a louca nos nazis (filme, 2012), 206
Diana, Princesa de Gales, morte, 151
Diários de Hitler, 181
Dias, Simoni Renée Guerreiro, 196
Diels, Rudolf, 108
Dimitrov, Georgii, 96–9
Discurso do rabino, O, 30–2, 38
Dönitz, Karl, 165
Dorril, Stephen, 254n104
Douglas, Gregory, ver Stahl, Peter
Dreyfus, Alfred, 31, 48
Druffel-Verlag (editora), 151, 259
Dulles, Allen, 199
Dumas, Alexandre, pai, 30
Dungavel House, Escócia, 124
Dunstan, Simon, 180
   e a morte de Hitler
   e o voo de Hess para a Escócia, 135

Ebert, Friedrich, 60, 70-2, 79
Eckart, Dietrich, 36
Eco, Umberto, 22, 226n34
Eden, Anthony, 140, 149
Eduardo VIII, rei, 151
Eichmann, Adolf, 173, 185,188, 208
Eisner, Kurt, 63, 79
Ele está de volta (2012), 175
Ellis, Charles, 179
  emancipação na França, 29
Erdmann, Stefan, 191
Ernst, Karl, 117
Erzberger, Matthias, 60
Estados Unidos da América (EUA), 56, 154
eterno judeu, O (filme, 1940), 51, 52
Europa Oriental (Leste Europeu), 141, 154
extrema esquerda, 79

Fake news, 11, 13, 178, 186, 202
Farago, Ladislas, 198
Farrell, Joseph P., 162–3
Fath, Hildegard, 157
Fatos alternativos, 9, 11, 13, 19
FBI, 166, 181
Fegelein, Hermann, 182
Feminismo, 35, 68, 75
Fest, Joachim C., 169
Fischer, Klaus, 22
Fischler, Hersch, 119
Fleischer, Tilly, 209
Fleischhauer, Ulrich, 41
Fleming, Ian, 148
Flesh Feast (filme, 1970), 174
Flöter, Hans, 90
Força Livre Eulenburg, 64
Ford, Henry, 36
Foundations of the Nineteenth Century (1899), 35

França
  Caso Dreyfus, 31
  emancipação dos judeus, 29
  Terceira República, 30
  ver também Revolução Francesa
Francisco José, imperador da Áustria, 59
Frank, Hans, 157
Frederico Barbarossa, 211
Frederico, o Grande, 86, 93
Freisler, Roland, 157
Frente Nacional Suíça, 41
Freud, Sigmund, 50
Frey, Gerhard, 158
Friedrich zu Eulenburg-Wicken, conde, 64
Friedrich, Otto, 38
Fritsch, Theodor, 30, 35
Fritsch, Werner von, 121, 142

Ganz, Bruno, 185
Gerbil Filmes, 190–1
Gewehr, Hans-Georg, 106, 112
Gisevius, Hans Bernd, 108
Gleiwitz, Alemanha, 114
Gobineau, Artur de, 35, 75
Godwin, Mike, 11
Goebbels, Joseph
  antissemitismo, 42
  diários, 23
  e a morte de Hitler, 167, 168
  e a propaganda nazista, 179
  e o incêndio do Reichstag, 93, 95, 97–9, 101, 104-7, 109
  e o voo de Hess para a Escócia, 135
  e *Os protocolos dos sábios de Sião*, 21–3, 33, 35, 37, 39–40, 77-8, 154, 191, 214, 217, 221
Goebbels, Magda, 171
Goedsche, Herrmann, *Biarritz* (romance), 29

Gomero, Catalina, 184, 191
Göring, Hermann, 91, 96, 108, 121, 157, 161
Graefe, Albrecht von, 65
Graf, Christoph, 102
Graml, Hermann, 105
Graves, Philip, 37-9, 49, 220
Grey Wolf (livro, programa de TV e DVD), 180, 182-92, 195, 208, 209
Grey Wolf Media, 190, 192
Grobman, Alex, 21
Groener, Wilhelm, 62, 71
Guerra Franco-prussiana (1870-71), 59
Guerra Fria, 116, 180
Guilherme II, cáiser, 59, 68, 77, 79
Günsche, Otto, 169
Gurdjieff, George, 203
Gwyer, John, 47
Gwynne, H. A., 38

Haase, Hugo, 79
Habsburgos, monarquia dos, 53, 59, 71
Hagemeister, Michael, 220
Haiger, Ernst, 152
Hamilton, Douglas, 14º duque de Hamilton, 124-6, 129, 134, 144, 147, 149, 154-5, 163
Hanfstängl, Ernst ("Putzi"), 92-3, 113
Hansig, Ron T., 175-7
Harris, John, 134-7, 151, 155
Harrison, Ted, 149
Hart, Herbert, 167
Harvey, Oliver, 188
Hassell, Ulrich von, 136
Haushofer, Albrecht, 127, 129-30, 136-7
Haushofer, Karl, 127, 131, 150
Heimlich, W. F., 248n11
Heines, Edmund, 98
Heisig, Helmut, 113
Helfferich, Karl, 65
Helldorf, Wolf-Heinrich von, 105
Helsing, Jan van (Jan Udo Holey), 191
Hess, Alfred, 141
Hess, Ilse, 154
Hess, Myra, 145
Hess, Rudolf, 196
  antissemitismo, 154-5
  encarceramento na prisão de Spandau, 18
  estado mental, 217
  histórico e papel nazista, 126
  morte, 18
  teoria do *Doppelgänger* (sósia), 161
  voo para a Escócia, 130
Hess, Wolf-Rüdiger, 158, 159
Hett, Benjamin Carter, 107-16, 118
Heydrich, Reinhard, 101, 137-8, 152
Himmler, Heinrich, 83, 121, 151-2, 161
Hindenburg, Paul von, 60, 65, 67-8, 71-2, 74, 95
Hintze, Willi, 112
History Channel, 192-3
Hitler, Adolf
  antissemitismo, 205, 211
  ascensão ao poder, 17
  Chanceler do Reich, 17, 44, 90, 117
  e o incêndio do Reichstag, 17, 89-121
  e o voo de Hess para a Escócia, 135
  e Rudolf Hess, 127
  e teorias da conspiração, 11
  lenda da "punhalada pelas costas", 17, 62, 69, 73, 75, 78, 217

Mein Kampf, 22, 37, 40, 49, 51
morte, 15, 167–9, 171, 173, 175, 192, 212
na Primeira Guerra Mundial, 17
Noite das facas longas (1934), 14, 102, 105, 117, 141
oportunidades, 121
Os protocolos dos sábios de Sião, 16, 21-3, 33, 35, 39–40, 77-78, 154, 191, 214, 217, 221
problemas de saúde, 171
suposto crânio, 170
tentativa de assassinato, 15
ver também teorias da sobrevivência de Hitler
Hoare, *Sir* Samuel, 154
Hofer, Walther, 102
Hoffmann-Kutsche, Arthur, 179
Hofstadter, Richard, 9, 10, 90
Holland, James, 193
Holocausto, 16, 22, 23, 101, 153–4, 158, 160, 163, 177, 179, 185, 204–7, 211, 212, 214
Hopkins, Harry, 106
Hospital Maindiff Court, País de Gales, 156
Hudal, Alois, 173
Hugenberg, Alfred, 103
Hutton, J. Bernard, 130
Hutton, Kurt, *Speaking Likeness* (1947), 178

Icke, David, 254n116
Igreja Católica, 30, 196
Igreja Evangélica Protestante, 69
Illuminati, 10, 12, 27, 191, 215
Império Britânico, 141, 153, 154, 214
incêndio de Reichstag, O, 117
Incidente de Roswell (1947), 162
InfoWars (site), 202
Instituto de História Contemporânea de Munique, 100, 105–6, 110–1

Instituto do Marxismo-Leninismo de Berlim Oriental, 118
Instituto Histórico Alemão em Londres, 134
Internet e teorias da conspiração, 10, 18, 207
Irving, David, 158

Jahnecke, Walter, 112
Jesuítas, 27
Joachimsthaler, Anton, 169
Joly, Maurice, 32, 37–8
Jones, Alex, 202
Jones, Howard, 160
Judeus
emancipação na França, 29
extrema esquerda, 79
na Primeira Guerra Mundial, 73
Júkov, Gueorgui, 166
Julgamentos de Crimes de Guerra de Nuremberg, 150, 157, 159
julgamentos públicos encenados e expurgos
Junge, Traudl, 252n73

Karl (Carlos), imperador da Áustria, 59
Kellerhoff, Sven Felix, 106
Kennedy, John F., assassinato de, 12, 89, 163, 177
Kennedy, Tim, 193
Kent, Príncipe George, Duque de, 152, 163
Kerry, John, 199
Kershaw, Ian, 134, 170
Kessel, Eugen von, 103
Kettenacker, Lothar, 134
Kiel, 60
Kilzer, Louis L., 148
King, Mike, 179, 186–7
Kirkpatrick, Ivone, 125–6
Koch, Ilse, 157

Köhler, Henning, 103
Krausnick, Helmut, 110–1, 119, 121
Krebs, Hans, 165
Kreuzzeitung (jornal), 29
Kruglov, Sergei, 169
Krumeich, Gerd, 85
Krushevan, Pavel Aleksandrovich, 31-2
Kugel, Wilfried, 105
Kuhl, Hermann von, 67, 68, 73
Kuttner, Erich, 67
Lafayette, Maximillien de, 203, 204
Lake, Veronica, 174
Landsberg, prisão de, 127
Langemarck, batalha de (1917), 82
Laqueur, Walter, 22
Le Tissier, Tony, 246n132, 247n138
Leasor, James, 133
Lebensraum, 84, 141
Lenda da "punhalada pelas costas"
　antissemitismo, 75, 84–5
　ascensão da, 62, 83
　costumava desacreditar a República de Weimar, 72, 76
　diferentes versões, 16
　e a revolução alemã (1918), 63, 84
　e conspiração socialista-pacifista, 73
　e os nazistas, 80
　investigação sobre (1919), 64–5
　julgamento de Cossmann, 74
Lênin, Vladimir Ilitch, 54, 68
Lennings, Hans-Martin, 116–9
Levenda, Peter, 197
Liebknecht, Karl, 60, 79, 87
Liga Antidifamação Judaica, 180
Liga das Nações, 53, 58, 125
Liga Espartaquista Alemã, 64
Liga Pangermânica, 69, 75, 77
Linge, Heinz, 168–70

Linney, Alf, 182
Litten, Hans, 107
Lloyd George, David, 126
Londres, ataque aéreo (maio de 1941), 123, 143, 145
Lorcke, Grete, 139
Lubbe, Marinus van der, 91, 96–100, 102, 104–5, 109–15, 117–8, 120–1, 137, 221
Ludendorff, Erich
　e a derrota da Alemanha na Primeira Guerra Mundial, 57, 65, 68, 72
　e *Os protocolos dos sábios de Sião*, 34–5
　lenda da "punhalada pelas costas", 62, 67–9, 75
Ludwig, Emil, 172
Luís XVI, rei da França, 27
Lumley, Joanna, 174
Luxemburgo, Rosa, 79

Macarthismo, 10
Maçons, 10, 12, 24, 27–30, 46
Maisky, Ivan, 126
Malcolm, Neill, 67
Marsden, Victor, 230n74
Marx, Karl, 24, 79
Maurice, Frederick, 65, 66
McCormick, Donald, 148
McKale, Donald M., 172, 189
McLean, David, 124
McNee, Patrick, 174
Melaouhi, Abdullah, 160, 163
Mello, Laurence de, 190
Méndez, Araceli, 186, 191
Mengele, Josef, 173, 174
Meninos do Brasil, Os (filme, 1978), 174
Merkel, Angela, 186
Messerschmitt, Willy, 130
Mezger, Edmund, 157

MI5, 130, 145, 160, 167
MI6, 155, 160
Ministério da Propaganda da Alemanha, 43, 139, 141
Misch, Rochus, 252n73
Mitford, Unity, 209
Mommsen, Hans, 110–1, 121
Monasterio, Manuel, 186, 191
Monde, Le (jornal), 172
Movimento "*birther*", 201
Mueller, Robert, 202
Müller von Hausen, Ludwig, 33
Müller, Heinrich, 217
Müller-Meiningen, Ernst, 63
Müller-Stahl, Armin, 175
Münzenberg, Willi, 98
Murphy, James Vincent, 138
Murphy, Mary, 140
Mussolini, Benito, 126, 170
    na Primeira Guerra Mundial, 73

Nações Unidas, 199
Napoleão Bonaparte, 28, 211
Napoleão III da França, 30, 32
National Christian News (jornal), 179
National Enquirer (jornal), 210
Nazis (nacional-socialistas)
    antissemitismo, 46, 75
    e *Os protocolos dos sábios de Sião*, 34
    e o incêndio do Reichstag, 93
    e Rudolf Hess, 125
    e a lenda da "punhalada pelas costas", 73, 75, 78
    propaganda, 13, 17
Negação do Holocausto, 12
Neonazistas, 109, 158, 174, 179, 198, 206, 210
Neue Zürcher Zeitung (jornal), 66
Nexus Illuminati (site), 197–8
Nichols, Alex, 202

Nicolaievski, Boris, 41
Nicolau II, tsar, 33, 54
Nilus, Sergei, 31
Nixon, Richard M., 13
Nova Ordem Mundial, 191, 202

O judeu Süss (filme, 1940), 52
Obama, Barack, 200-2
Oberfohren, Ernst, 98
Objetos voadores não identificados (óvnis), 162, 203
Ocultismo, 106, 128, 155, 186, 197, 198, 203–4, 207
Oldenburg-Januschau, Elard von, 63
Oliveira, Alicia, 186
Operação Barbarossa, 129, 134
Organização Cônsul, 34, 35
Organização Mundial do Comércio (OMC), 199
Organização Sionista Mundial, 41
Orquestra Vermelha", 15, 140
Os protocolos dos sábios de Sião
    conteúdo e ideologia, 23
    desmascarados como falsificação, 37
    e a conspiração judaica mundial, 21–2, 27, 32, 34
    e Hitler, 36, 44
    e o Holocausto, 21-2
    e os nazistas, 40-1
    e teorias da conspiração, 16
    fontes e origem, 31–2
    traduzidos para o alemão, 33
    traduzidos para o inglês, 154
Otto, Willi, 90

Padfield, Peter, 131, 137, 147, 152, 153
Palestina, 23, 163
Panka, Albert, 172
Paranormalidade, 106

Partido Comunista da Alemanha, 60, 64, 90, 96, 114
Partido Comunista da Grã-Bretanha, 144
Pätzold, Kurt, 137
Pauwels, Louis, 203
Pavelić, Ante, 185
Pegida (movimento anti-islâmico alemão), 174
Perón, Juan, 173, 186, 199
Petacci, Claretta, 170
Peterson, Magnus, 190
Philby, Kim, 145
Philipp, Albrecht, 69
Philosophes, 27
Picture Post (revista), 178
Pinknett, Lynn, 154, 155
Pintsch, Karlheinz, 132, 145
Pirâmides egípcias, 163, 191
Pocock, Maurice, 146
Podesta, John, 202
Police Gazette (revista), 171, 210
Pollitt, Harry, 144
Polônia, 53, 54, 58, 61, 133
Potências Centrais, 55, 57, 58
Pousos na lua, 12, 205
Pravda (jornal), 145
Priebke, Erich, 185
Primeira Guerra Mundial
  acordo de paz, 53, 54, 61
  armistício, 33
  derrota da Alemanha, 16
  judeus alemães na, 77
  Rudolf Hess na, 16–7
Prince, Clive, 154
Prior, Stephen, 154–5

Quisling, Vidkun, 244n77
queda! As últimas horas de Hitler, A (filme, 2004), 109
Raça ariana, 35
Rall, Adolf, 106

Ranke, Leopold von, 119
Raslovlev, Mikhail Mikháilovitch, 37–8
Rathenau, Walther, 34–5, 44
Rattenhuber, Johann, 252n73
Rauschning, Hermann, 103
Ravenscroft, Trevor, 155
Real Força Aérea (RAF), 124
Reeves, Emery, 103
Rehme, Anna, 90
Reichstag
  ataque incendiário ao (1933), 17
  teoria da conspiração comunista, 96, 101
  teoria da conspiração nazista, 96, 106
Reitsch, Hanna, 198
Rense, Jeff, 180
República de Weimar, 17, 33, 34, 40, 72, 75, 79, 81, 86, 90, 96, 107, 117
Revolução Francesa (1789), 47, 215
Revoluções europeias (1848–49), 29
Ribbentrop, Joachim von, 140
Riefenstahl, Leni, 127, 179
Robison, John, 28
Roeder, Manfred, 179
Röhm, Ernst, 14, 117
Romênia, 126
Roosevelt, Franklin D., 102
Rosenberg, Alfred, 128, 133
Rudolf, Germar, 250n38
Rupprecht (Rodolfo), o príncipe herdeiro da Baviera, 63
Russell, Bertrand, 116
Rússia
Ryrie, Alec, 11

Sachsenhausen, campo de concentração de, 101, 104

Sack, Alfons, 238n6
Schabelski-Bork, Piotr Nikolaievitch, 33
Schaeffer, Heinz, 172
Schaeffer, Ingeborg, 191
Schaub, Julius, 170
Scheidemann, Philipp, 60, 87
Schenck, Ernst-Günther, 252n73
Schmidt, Rainer F., 149
Schneider, Gitta, 184
Schneider, Hans, 106
Schneider, Ursula ("Uschi"), 184, 186
Scholz, Rudolf, 90
Schwarzwäller, Wulf, 132
Seeckt, Hans von, 62
Segunda Guerra Mundial, 10, 22, 54, 83, 102, 154, 158, 178, 203, 214
Seidl, Alfred, 157
Serviço secreto britânico, 145, 148–50, 162
Sharkhunters International (editora), 179
Simon, John (visconde), 129, 131
Simonini, Giovanni Battista, 28
Simpsons, The (série de TV), 174
Sionismo, 23
Sisman, Adam, 167
Smith, Alfred, 147-8
Smith, Craig, 200
Smith, Giordan, 197
Socialismo, 215
Sociedade Alemã de Proteção e Desafio, 79
Sociedade Anglo-alemã, 129
Sociedade Thule, 127
Sociedade Vril, Berlim, 203
Sognnaes, Raedar, 252n73
Sokolow, Nahum, 41
Spandau, prisão de, 157
Speer, Albert, 132–3, 158, 160–1, 170

Spiegel, Der (revista), 99, 106
Spotlight, The (jornal), 179
Stafford, David, 149
Stahl, Peter, 177
Stálin, Josef
  teórico da conspiração, 14
  defesa de, 207
  e a morte de Hitler, 166, 181
  e o voo de Hess para a Escócia, 135
  julgamentos públicos encenados e expurgos, 119
Stampfer, Friedrich, 109
Stangl, Franz, 173, 208
Starck, Johann August, 225n26
Stauffenberg, Claus von, 14
Stein, Alexander, 22
Steiner, Rudolf, 208
Stormfront (site), 174
Streicher, Julius, 41
Stresemann, Gustav, 63
Ström, Ferdinand, 252n73
Stürmer, Der (jornal), 41
Sudário de Turim, 155
Sue, Eugène, 226n34
Suécia, 86
Sun, The (jornal), 188
Svengali, 224n81
Szabó, Ladislas, 172

Tannenberg, Batalha de (1914), 82
Tchecoslováquia, 54, 117, 140
Tea Party, 199, 201, 206
Techow, Ernst, 35
Templários, 27, 155
Teoria da conspiração por trás de um evento, 12, 16, 18
Teoria da conspiração sistêmica, 12
Teoria racial, 27
Teorias da conspiração, características, 9–18, 21, 23, 30, 47, 57, 67, 79, 89, 98-99, 103, 105,

119–20, 134–5, 137–8, 143–4, 147–8, 151–3, 156, 160, 162, 164, 175-6, 181, 191, 197, 201–2, 207–8, 212-7
Teorias da sobrevivência de Hitler, 195
 aparições de, 210
 e a Antártida, 202
 e a extrema direita, 208
 e a Igreja Católica, 196
 e ocultismo, 196, 197
 fuga para a Argentina, 196
 indústria da sobrevivência, 195
 motivações para, 180
 ufólogos, 203
Terziski, Vladimir, 205
Thaer, Albrecht von, 77, 233n10
Thaler, Werner, 91
Thatcher, Margaret, 159
The New Avengers [*Os novos vingadores*] (série de TV), 174
They Saved Hitler's Brain (filme, 1963), 174
Thomas, Hugh, 197
Thyssen, Fritz, 103
Times, The, 37-9, 42-3, 220
Tobias, Fritz, 99, 109
 incêndio do Reichstag, 93, 95, 99, 101, 104, 106, 109, 111–6, 119, 121,135, 214–5
Tomatobubble (website), 178
Torgler, Ernst, 90, 96
Torre de Londres, 126
Travemünde, Alemanha, 183
Trevor-Roper, Hugh, 171
triunfo da vontade, O (filme, 1935), 127, 179
Trow, Meirion, 134
Trump, Donald, 11, 202
Tuchel, Johannes, 177
Turquia, 55, 58-9

Ucrânia, 23, 33, 83-4
Udet, Ernst, 132
Ufólogos, 203
Ullrich, Volker, 33
União das Repúblicas Socialistas Soviéticas (URSS)
 e a morte de Hitler, 166, 168, 176
 e o voo de Rudolf Hess para a Escócia, 144, 148
 serviços de inteligência, 145
Uscinski, Joseph, 10

Variety (revista), 193
Vaticano, 173, 196
Velasco, Don Ángel Alcázar de, 177, 178
Verdun, Batalha de (1916), 55, 126
Vermes, Timur, 175
Versalhes, Tratado de (1919)
Vinberg, Fiódor Viktorovitch, 33
Vitale, Alberto, 191
Vittorio Veneto, Batalha de (1918)
Völklein, Ulrich, 169
Vorwärts! (jornal), 66

Wagner, Richard, 62
Wahrmund, Adolf
Watergate, 13
Weavering Capital, 190
Weber, Max, 64
Webster, Nesta, 49
Weininger, Otto, 78
Weissbecker, Manfred, 137
Welch, Edgar, 202
Welt, Die (jornal), 104, 106
Wendt, Albert, 90, 91
White, Dick, 167
Wickham Steed, Henry, 37
Wilbourn, Richard, 134, 155
Williams, Gerrard: *Grey Wolf, Caçando Hitler, 180*

Wilson, Woodrow, 58
Wippermann, Wolfgang, 22
Wistrich, Robert, 21
Witte, Sergei Yulievitch, 32
Wolf, Lucien, 38, 41
World Trade Center, ataque terrorista de 11 de Setembro, 89, 197
Wrisberg, Ernst von, 77

Ypres, Batalha de (1914), 126

Zeit, Die (jornal), 103, 206
Zipfel, Friedrich, 102
Zirpins, Walter, 91, 113
Zündel, Ernst, 204

Protokolle der Weisen von Zion: Die größte Fälschung des Jahrhunderts! (Os protocolos dos sábios de Sião: a maior fraude do século!). Organizado por Johann Baptist Rusch a partir de um manuscrito provavelmente escrito pelo renomado sionista suíço Saly Brauschweig, publicado na Suíça, em 1933. *Coleção particular.*

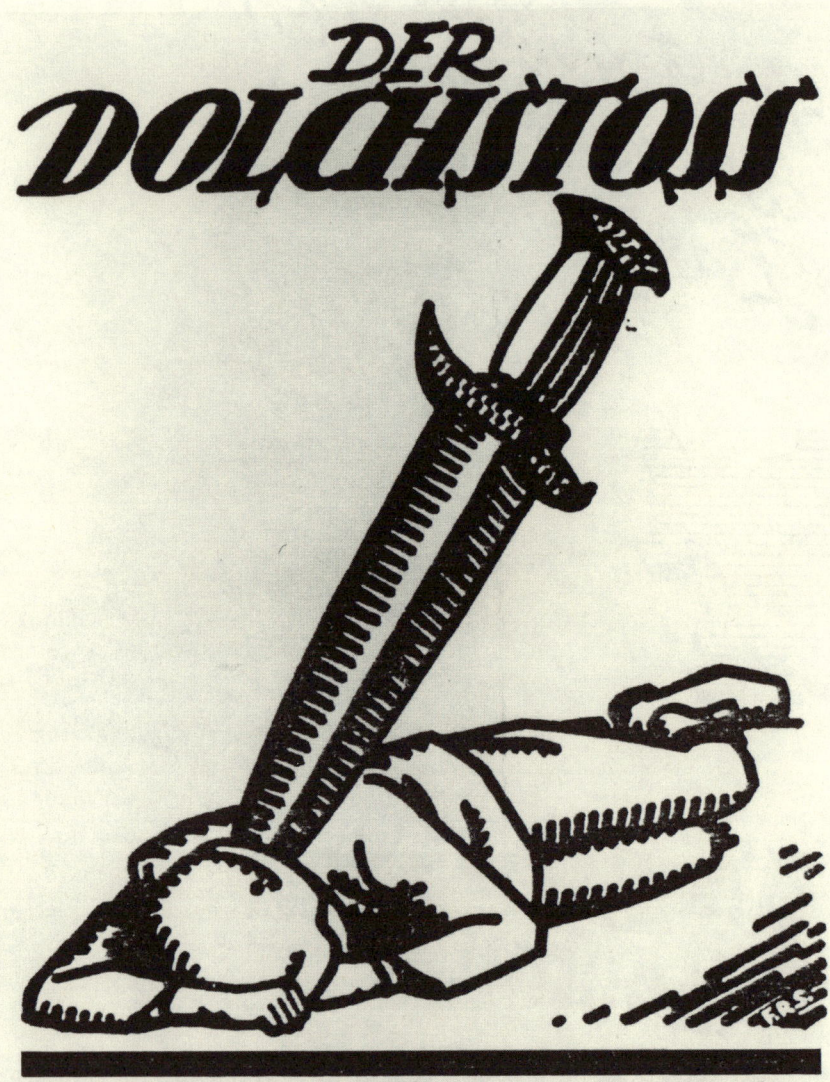

Der Dolchstoss (A punhalada pelas costas). Capa da revista nacionalista alemã de direita *Süddeutsche Monatshefte*, publicada em Munique, em abril de 1924. *akg-images/Alamy*.

Folheto publicado em 1933 por Adolf Ehrt, apresentando o incêndio do Reichstag como produto de uma conspiração para estabelecer o jugo do "bolchevismo judaico" na Alemanha. Ehrt dirigia o escritório de "defesa contra o movimento ateu marxista-comunista" no serviço de imprensa da Igreja Evangélica Alemã. O homem do boné de pano à direita da ilustração é Marinus van der Lubbe, que foi detido no local no momento do incêndio. *Coleção particular.*

Destroços do Messerschmitt Me110 de Rudolf Hess na fazenda Floors, Eaglesham, East Renfrewshire, Escócia, em maio de 1941. A aeronave caiu depois que Hess saltou de paraquedas. *Arquivo Hulton/Getty Images.*

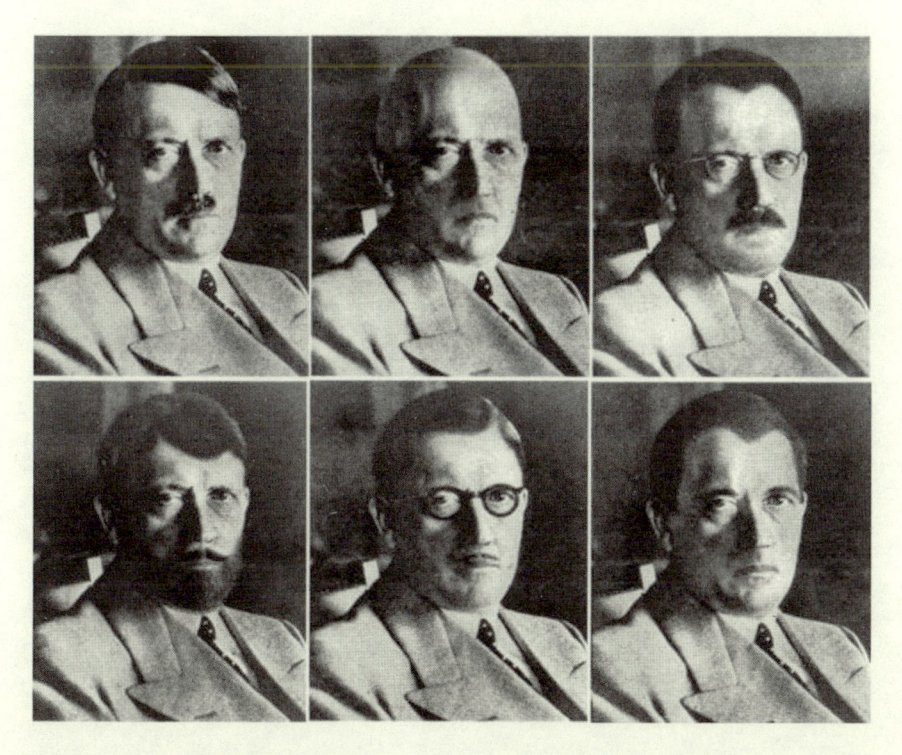

Retratos de Adolf Hitler na concepção do maquiador Eddie Senz, elaborados para o Escritório de Serviços Estratégicos dos Estados Unidos a fim de mostrar qual poderia ser a aparência do Führer disfarçado para escapar. *UIP/Getty Images.*

**Acreditamos
nos livros**

Este livro foi composto em Fairfield LT Std e impresso pela
Geográfica para a Editora Planeta do Brasil em março de 2022.